E. C. Diskin

Das Dunkle in ihr

amazon crossing

Das Buch

An einem eisigen Wintertag im Südwesten Michigans erwacht Grace aus der Bewusstlosigkeit, nachdem sie einen traumatischen Autounfall überlebt hat. Infolge ihrer schweren Verletzungen muss sich Grace einer beängstigenden Realität stellen: Sie kann sich an nichts mehr erinnern. Die junge Frau wird in die Obhut ihrer Schwester gegeben, die sie in das alte, abgelegene Farmhaus ihrer Eltern bringt. Doch kaum eine Stunde nach ihrer Heimkehr steht die Polizei vor der Tür. Graces Freund ist ermordet worden und sie steht unter dringendem Tatverdacht. Während sie immer weiter in den Fokus der Ermittlungen gerät und die Vergangenheit sie einzuholen beginnt, begibt sich Grace auf die Suche nach ihrer eigenen Geschichte und kommt einer schrecklichen Wahrheit auf die Spur.

Die Autorin

E. C. Diskin studierte Wirtschaft an der Texas Christian University und Jura am DePaul University College of Law in Chicago. Nachdem sie mehrere Jahre als Anwältin gearbeitet und eine Schublade voller Ideen für Geschichten hatte, trat Diskin einer Autorengruppe bei und begann mit der Niederschrift von »The Green Line«, das auf Deutsch unter dem Titel »Green Line – Mord in Chicago« erschienen ist. Mittlerweile arbeitet sie an einer Fortsetzung.

E.C. DISKIN

DAS DUNKLE IN IHR

THRILLER

AUS DEM AMERIKANISCHEN VON DIANA BÜRGEL

amazon crossing

Die amerikanische Ausgabe erschien 2015 unter dem Titel »Broken Grace« bei Thomas & Mercer, Seattle.

Deutsche Erstveröffentlichung bei
AmazonCrossing, Amazon Media E.U. S.à r.l.
5 Rue Plaetis, L-2338 Luxembourg
Februar 2017

Umschlaggestaltung: semper smile, München, www.sempersmile.de
Umschlagmotiv: © May Xiong / Getty; © David M. Schrader / Shutterstock; © Patricia Chumillas / Shutterstock
Lektorat: Bernadette Goebel
Korrektorat: Manuela Tiller/DRSVS
Printed in Germany
By Amazon Distribution GmbH
Amazonstraße 1
04347 Leipzig, Germany

ISBN: 978-1-477-82271-5

www.amazon.de/amazoncrossing

Für Jim

Kapitel 1

Mit zitternden Händen steckte Grace den Schlüssel ins Zündschloss. Sie spähte über die Schulter zum Haus, rammte den Rückwärtsgang hinein und setzte aus der Einfahrt. Kies spritzte auf. Sie schaltete in den ersten Gang, drückte das Gaspedal durch und raste die Straße hinunter.

In der Nachbarschaft herrschte Stille, die Sonne war noch hinter dem Horizont verborgen und nur ein orange-rosa Schimmer drang durch die kahlen Bäume. Das Auto holperte mit hoher Geschwindigkeit über die Bahnschienen und Grace wurde herumgeschleudert, stieß sich den Kopf am Autodach. Als sie den Red Arrow Highway erreichte, bremste sie ab und bog nach rechts auf die leere Straße ein.

Atmen. Sie musste zur Polizei. Sie sah sich um, doch noch folgte ihr niemand. Rasch wandte sie sich wieder der Fahrbahn zu. Wo ging es zum Revier? Sie umklammerte das Lenkrad so fest, dass ihre Finger prickelten und weiß wurden. Eine nach der anderen schüttelte sie die Hände aus. *Atmen.*

Sie warf einen Blick in den Rückspiegel. Da. Noch befand sich das Auto mehrere Hundert Meter hinter ihr – aber es würde aufholen. Sie gab Gas, sah zu, wie die Geschwindigkeitsanzeige in die Höhe kletterte, als plötzlich ein Hirsch zwischen den

Bäumen hervorbrach. Sie trat auf die Bremse und riss das Lenkrad nach links, aber es war zu spät. Das gewaltige Tier wurde in die Luft gerissen, sein Körper krachte auf die Motorhaube und das Geweih zerschmetterte die Windschutzscheibe. Der Wagen geriet ins Schlingern.

Dann kamen die Reifen von der Fahrbahn ab und pflügten über gefrorenen Boden. Wieder wollte sie bremsen, trat jedoch stattdessen auf das Gaspedal. Sie wurde umhergeschleudert, während das Auto über Steine und Erdlöcher raste. Ihr Kopf schlug so heftig gegen das Beifahrerfenster, dass sie ein Krachen hörte.

Panisch versuchte sie, etwas zu erkennen, doch die Windschutzscheibe war nur noch eine verschwommene Masse aus zersplittertem Glas. Und dann rammte sie etwas – massiv wie eine Backsteinmauer –, der Hirsch flog von der Motorhaube und sie wurde gegen das Lenkrad geworfen. Plötzlich umgab sie kühle Luft. Dann wurde alles dunkel. Die einzige Wärme kam von etwas, das ihre Stirn hinabrann.

In der plötzlichen Stille erfasste sie die Endgültigkeit dieses Augenblicks. Offensichtlich sollte sie nicht überleben. Sie schloss die Augen und fühlte, wie der Schmerz abebbte. Kühle, weiche Federn, die bei der ersten Berührung schmolzen, prickelten auf ihrer Haut. Ein letztes Mal öffnete sie die Augen. Schneeflocken. Große, luftige Flocken, wie sie häufig im Gebiet um den Lake Michigan fielen. Und dann schien sie einfach davonzuschweben.

Kapitel 2

Acht Tage später

Grace saß neben dem Bett auf der Kante eines Stuhls. Sie trug die Kleider, die ihr eine Fremde gebracht hatte, und wartete. Die Wände des steril wirkenden Krankenhauszimmers passten zu der leeren Leinwand in ihrem Kopf. Tagelang hatte sie die weiße Decke angestarrt – die Abertausende von winzigen Löchern auf jeder Kachel, die Luft und Geräusche aufnahmen und den Raum atmen ließen –, doch sie hatte dort keine Antworten gefunden. Und jetzt war es Zeit zu gehen. Die Welt draußen vor dem Fenster, jenseits dieses kleinen Kastens, glitzerte weiß gewaschen und jede Bewegung schien erfroren. Das einzige Anzeichen von Leben waren die Rauchwolken, die aus einem Schornstein in der Nähe drangen.

Dr. Roberts betrat lächelnd den Raum, einen aufgeklappten Laptop in der Hand. »Großer Tag heute, was, Grace?«

Langsam stand sie auf, um ihn zu begrüßen. »Schätze schon«, sagte sie kaum hörbar. Sie räusperte sich und wiederholte die Worte. Seine hellblauen Augen und das Grübchenkinn waren während der ganzen Woche ihr einziger Trost gewesen, seine Stimme und sein Lächeln hatten sie immer beruhigen können. Heute fielen ihr jedoch seine hängenden Schultern, die dunklen Leberflecke auf seiner Stirn, die Tränensäcke unter den Augen und der fast weiße Fünftagebart auf. Er war alt und müde. Und er schien froh, sie loszuwerden.

»Ich weiß, dass Sie nervös sind«, sagte er und klappte den Computer zu. »Aber Sie brauchen jetzt vor allem Ruhe und Zeit. Von beidem haben Sie zu Hause reichlich.«

Zu Hause. Wenn ihr das doch nur etwas bedeuten würde.

»Und jetzt lassen Sie mich mal sehen.« Er klopfte auf das Bett, damit Grace sich setzte, und stellte den Laptop beiseite. Sie bewegte sich vorsichtig, versuchte, ihre Rippen möglichst nicht zu belasten. Behutsam drückte Dr. Roberts ihr das Kinn auf die Brust, um die Naht auf ihrem Kopf zu untersuchen. »Sieht gut aus. Was machen die Kopfschmerzen heute?«

»Vor einer Stunde waren sie ziemlich schlimm, aber jetzt ist es ein bisschen besser.«

Als sie aufwachte und erkannte, dass ihr etwas Entscheidendes fehlte, hatten ihr die Ärzte erklärt, dass unter anderem eine große Wunde am Kopf, die man mit zwölf Stichen hatte nähen müssen, dafür verantwortlich war. Ihre Antwort war nur ein unverständliches Murmeln gewesen, aber in ihrem Inneren hatte sie geschrien. Sie war überzeugt, dass durch dieses klaffende Loch in ihrem Kopf alle Erinnerungen herausgeflossen waren.

Dr. Roberts hob ihr Kinn und leuchtete ihr mit seiner winzigen Taschenlampe in die Augen. »Gut, und jetzt holen Sie tief Luft«, wies er sie an, legte ihr das Stethoskop auf die Brust und lauschte.

Vor Schmerz verzog sie das Gesicht.

»Ja, die Rippen werden noch eine ganze Weile wehtun, aber Ihre Lungen hören sich gut an.«

Auf das wahre Problem achtete niemand. Die ganze Woche über waren Krankenschwestern und Ärzte ein und aus gegangen, hatten Geräte und Schläuche überprüft, ihr in die Augen gesehen, ihre Brust abgehört und ihre Wunden überprüft, aber niemand hatte sich um das riesige schwarze Loch in ihrem Geist gekümmert. Sie hatte die kleine Handtasche neben ihrem Bett durchsucht, den Führerschein und die zerknüllten Quittungen betrachtet, aber nichts hatte geholfen. Nicht einmal das Handy hatte ihre Welt wieder geraderücken können. Darin fand sie keine Fotos, keine Notizen, keine Nachrichten. Es war beinahe ebenso leer wie sie selbst. Nur ein paar Namen in den Kontakten: Lisa, Dave, Michael. Keine Nachnamen.

Schwester Molly kam herein. Sie trug ihren mit Teddybären bedruckten Krankenhauskittel, schreiend rosa Sneakers und dieses dumme, breite Dauergrinsen im Gesicht. Ihr rot gefärbtes Haar hatte sie wie ein kleines Mädchen zu zwei Zöpfchen gebunden. Das einzig Gute an diesem Tag war, dass sie sich von Schwester Molly verabschieden konnte. Endlich Schluss mit dem ununterbrochenen Gegrinse und dem permanenten Gequassel über jede einzelne Realityshow im Fernsehen. Zum hundertsten Mal maß Schwester Molly ihre Temperatur.

»Genau siebenunddreißig«, sagte sie zu Dr. Roberts. »Sie kommen heute gerade rechtzeitig für die Kirche hier raus, Schätzchen.« Allein das Wort *Kirche* rief eine verwirrende Vielfalt an Bildern von den zahlreichen Kirchen wach, die Grace jemals gesehen hatte, doch sie wusste nicht, ob es ihre eigenen Erinnerungen waren oder nur Bilder aus Büchern und Filmen. Ging sie überhaupt in die Kirche? War sie Christin? Vielleicht lagen die Antworten ja irgendwo dort draußen, jenseits dieser weißen Wände.

»Sie können doch unmöglich hierbleiben wollen«, fuhr die Schwester fort und legte ihr eine Blutdruckmanschette an. »Nach einer Woche? Da müssen Sie doch endlich mal etwas Richtiges zu essen haben wollen. Apfelkuchen, Käsemakkaroni, Eis …«

Plötzlich verspürte Grace den Wunsch, Schwester Molly zu ohrfeigen und ihr so das dämliche Schmunzeln aus dem Gesicht zu wischen. Sie stellte sich die schockierte Miene der Frau vor und lächelte.

Ahnungslos erwiderte die Schwester das Lächeln, tätschelte ihr das Knie und hob aufmunternd den Daumen, bevor sie sich mit weiteren abschließenden Routinekontrollen beschäftigte.

»Ich fühle mich immer noch, als hätte mich ein Lastwagen überrollt«, sagte Grace zu Dr. Roberts, der Notizen auf ihrem Kurvenblatt machte.

Schwester Molly antwortete, bevor es der Arzt konnte. »Na ja, das ist ja auch gar nicht so verkehrt. Ich an Ihrer Stelle würde heute in die Kirche gehen und Gott dafür danken, dass er auf mich aufgepasst hat. Sie sollten sehr froh sein, dass er Ihr hübsches Gesicht beschützt hat. Sie haben großes Glück gehabt, junge Dame.«

Grace achtete nicht auf sie. Der Arzt ergriff ihre Hand. »Sie haben ein massives Trauma durchlitten und es wird noch etwas Zeit brauchen. Aber dadrin sieht alles gut aus.« Er deutete auf ihren Kopf. »Ich bin mir ziemlich sicher, dass diese Situation nur vorübergehend ist. Gehen Sie es diese Woche einfach langsam an. Nächsten Montag möchte ich Sie in meiner Praxis sehen. Dann schauen wir, wie die Dinge stehen, und erstellen einen langfristigen Plan. In Ordnung?«

Eine Woche. Es kam ihr wie eine Ewigkeit vor. Sie nickte.

»Ich weiß, dass es beängstigend ist, aber Sie müssen sich ausruhen und zulassen, dass sich Ihre Schwester um Sie kümmert. Das ist jetzt das Beste.«

Grace sah ihm in die Augen, wo sie ihren derzeit einzigen Trost fand. »Ich kenne sie nicht einmal.«

Er drückte ihre Hand und ließ sie dann los. »Das stimmt, aber Ihre Schwester kennt Sie. Es wird Ihnen helfen, zu Hause zu sein.«

Wie auf ein Stichwort erklang ein Klopfen von der offenen

Tür her. Dr. Roberts und Schwester Molly drehten sich um und lächelten. Auch Grace wandte sich langsam zum Eingang und achtete dabei sorgsam auf ihre Rippen. Lisa hob zur Begrüßung grinsend ihren Kaffeebecher, über ihrem Arm hing ein zusätzlicher Mantel. Offenbar hatte sie die Unterhaltung gehört. »Und außerdem zahlt die Versicherung keine weiteren Tage in der Klinik, also bleibt uns keine Wahl, Schwesterchen.«

Lisa war jeden Tag gekommen, um Grace zu besuchen. Sie hatte ihr Kleider gebracht, eine Zahnbürste und sogar eine alte Decke, von der sie schwor, dass sich Grace seit zwanzig Jahren darin einwickelte, doch nichts davon war ihr bekannt vorgekommen. Lisa hatte an ihrem Bett gesessen und leise und langsam mit ihr geredet, als wäre Grace eine zerbrechliche Puppe. Sie hatte sogar Graces Hand gehalten, wenn diese versucht hatte zu schlafen. Sie hatte Grace tief in die Augen gesehen, als könnte sie dadurch irgendeinen Funken entzünden, und sie schien sich von Graces Distanziertheit nicht aus der Ruhe bringen zu lassen. Wenn Grace ihre Hand zurückzog, wegsah oder nur knapp antwortete, lächelte Lisa wie eine Grundschullehrerin, die es mit einem schwierigen Kind zu tun hatte, und sagte: »Ist schon gut, Grace. Das muss alles so verwirrend für dich sein.«

Wenn sie Lisa in die Augen sah, war es fast, als würde sie in einem tiefen Teich versinken, also konzentrierte sie sich stattdessen auf die schwarz getuschten Wimpern und den dicken, dunklen Lidstrich, auf die dramatischen Gesichtszüge und die fast durchscheinende Porzellanhaut, die sie an einen Charakter aus einem Tim-Burton-Film denken ließen. (Sie bemerkte, dass sie mindestens fünf Tim-Burton-Filmtitel aufsagen konnte, doch diese Namen waren bloße Fakten, die nichts mit Erinnerungen zu tun hatten.) Die Vorstellung, Lisas Fürsorge überlassen zu werden, machte sie äußerst nervös.

Lisa kam mit ihren klobigen Absatzschuhen und den zu großen schwarzen Kleidern in den Raum gestiefelt und brachte

Zigarettengeruch und eine schrille, fast blendende Energie mit, als lieferten die Ereignisse des heutigen Tages einen Grund zum Feiern. Grace sah ihr ins Gesicht, doch sie fand dort keine Antworten.

Dr. Roberts begann seine Litanei über die verordneten Medikamente: Paracetamol gegen die Schmerzen, Seroquel gegen Angstzustände und Zolpidem gegen Schlafstörungen. Es war schwer, sich auf seine Ausführungen zu konzentrieren. »Menschen mit Schädel-Hirn-Traumata haben häufig Schwierigkeiten mit dem Schlafen«, sagte er, eher an Lisa gewandt als an Grace. »Und sie können außerdem vergesslich und verwirrt sein. Es gibt ein paar Nebenwirkungen wie Schwindel und verschwommene Sicht …« Ihr Kopf begann wieder zu pochen.

Schwester Molly schob einen Rollstuhl heran und half Grace hinein, während Dr. Roberts fortfuhr. »Grace soll in der kommenden Woche so viel Ruhe wie nur möglich bekommen. Das ist für ihre Verletzungen das Beste.« Endlich wandte er sich wieder an Grace. »Keine Anstrengungen, in Ordnung? Und Sie dürfen auf keinen Fall Auto fahren. Das sind ziemlich starke Medikamente und Ihre Reaktionszeit wird noch eine ganze Weile eingeschränkt sein.«

»Verstanden, Doc«, antwortete Lisa. »Ich muss diese Woche eine Menge arbeiten, weil ich die letzten Tage so viel Zeit hier verbracht habe, aber ich werde so oft wie möglich bei ihr bleiben.«

Dr. Roberts nickte. »Hoffentlich schläft sie die meiste Zeit. Aber bitte sehen Sie regelmäßig nach ihr.«

»Mache ich«, versicherte Lisa. »Und fahren kann sie sowieso nicht.« Sie sah Grace an. »Dein Auto hat einen Totalschaden.«

Bei dem Gedanken, mit dieser Frau zu gehen, fühlte sich Grace nicht wohl, doch das schien niemanden zu kümmern.

»Und wie steht es mit dem Erinnerungsverlust?«, fragte Lisa.

»Ich hoffe, dass er nur vorübergehend ist und mit den Verletzungen des Gehirns zusammenhängt.« Wieder wandte er sich an Grace. »Haben Sie Geduld. Ihr Gehirn hat einen schweren Schlag abbekommen. Geben Sie ihm etwas Zeit. Und sollte Ihnen etwas einfallen, dann schreiben Sie es auf. Machen Sie sich Notizen. Es ist ein Prozess.«

Er legte Lisa eine Hand auf die Schulter. »Sie können ihr helfen, indem Sie die Einnahme der Medikamente kontrollieren. Schreiben Sie sich eventuelle Nebenwirkungen auf, alles, was Ihnen auffällt. Und rufen Sie an, falls Sie mich brauchen! Ansonsten sehen wir bei unserem Termin nächste Woche weiter, einverstanden?«

Grace sah nicht auf, ihr Hals und ihr Kopf taten bei jeder Bewegung weh. Doch sie hob die Hand an die Naht auf ihrem Schädel. »Was ist damit? Kann ich duschen?«

»Natürlich. Aber seien Sie vorsichtig. Wenn Ihnen schwindlig wird, dann baden Sie lieber.«

»Alles klar«, sagte Lisa. »Na komm, draußen ist es eiskalt, Schwesterchen.« Sie hielt Grace den zusätzlichen Mantel hin. Mit Schwester Mollys Hilfe zog sie ihn Grace an und schob den Rollstuhl dann zum Lift. Die Krankenschwester kam ihnen noch einmal nachgeeilt. »Vergessen Sie das hier nicht, Liebes.« Sie legte Grace die Handtasche und eine Tüte in den Schoß, in der sich die Kleider befanden, die sie bei ihrer Einlieferung in die Notaufnahme getragen hatte. »Viel Glück, Schätzchen«, fügte sie noch hinzu und entfernte sich dann mit quietschenden Schritten.

Schweigend saßen die Schwestern nebeneinander, während Lisa den Wagen vom Parkplatz lenkte. Grace betrachtete die Straßenschilder und die Gebäude.

»Woran denkst du?«, fragte Lisa.

»Mir kommt hier nichts bekannt vor.«

»Na ja, das ist nicht weiter verwunderlich. Das hier ist Kalamazoo. Du warst wahrscheinlich noch nie hier. Aber sie haben dich in das Level-eins-Traumazentrum gebracht, das dem Unfallort am nächsten war.«

»Wie weit ist es von hier bis zu uns nach Hause?«

»Etwa eineinhalb Stunden Fahrt. Du kannst dich also ein bisschen ausruhen.« Lisa wand sich aus ihrem schweren Mantel, stellte das Radio an und bog auf die Autobahn ab.

Die Musik war zu laut und verstärkte das Pochen in Graces Schädel, aber sie fürchtete Fragen und die Energie dieser Frau war ihr unangenehm. Der Song schien Lisa abzulenken, sie klopfte den Takt auf dem Lenkrad und summte die dröhnende Rockmelodie mit, vertieft in die Musik. Grace konnte nicht anders, als sie anzustarren. Gerade strich sie sich das wilde, zerzauste schwarze Haar aus den Augen. Grace hatte im Krankenhaus viel Zeit vor dem Spiegel verbracht und sich betrachtet: die Form ihres Kinns, der Schwung ihrer Brauen, die unterschiedlichen Brauntöne ihres Haars mit den vereinzelten hellen Strähnen. Diese Frau kam ihr so anders vor – kleiner, zarter, das Gesicht schmaler, die Nase feiner, die Augen dunkler, die Haut heller. Sie fragte sich, ob das Krankenhaus wohl einen Nachweis verlangt hatte, dass sie wirklich Schwestern waren.

Lisas Fingernägel waren abgekaut, der schwarze Lack an einigen Stellen abgeplatzt. Sie trug zahllose Ohrringe und an ihrem Hals erkannte Grace den oberen Teil eines Tattoos. Lisa hatte offensichtlich eine raue Schale, doch ihre zierlichen Handgelenke ließen all das wie eine Rüstung wirken, die etwas sehr Zerbrechliches schützen sollte.

Grace betrachtete ihre eigenen Hände. Auch ihre Nägel sahen abgekaut aus, doch ihre Handgelenke waren etwas dicker, ihre Haut leicht sommersprossig. Und vernarbt. Dutzende dünner Narben – gerade Linien, einander kreuzend in der Form von Rauten – auf ihrem Unterarm. Lisa musste ihren Blick bemerkt haben, doch als Grace sie ansah, wandte sie sich kommentarlos wieder der Straße zu.

Grace starrte aus dem Fenster, las die Nummernschilder

der Autos. Hauptsächlich stammten sie aus Michigan, teils aber auch aus Indiana und ein paar sogar aus Illinois. Sie rieb sich die Ohrläppchen, massierte die kleinen harten Stellen im Gewebe, die ihr verrieten, dass auch sie Ohrlöcher hatte. Lisa hörte auf zu singen. »Was ist los?«

Grace ließ die Hände sinken. »Ich versuche nur, mich zu erinnern.«

Lisa legte ihre Hand auf die von Grace und verschlang ihre Finger mit ihren. »Keine Sorge. Das kommt schon. Alles wird gut.«

Grace starrte auf ihre verbundenen Hände hinab. Eine vertraute Geste, die sich gekünstelt anfühlte. Sie zog ihre Hand fort und Lisa begann wieder, zur Musik zu singen. Sie hatte eine schöne Stimme.

»Joan Jett«, sagte Grace unvermittelt.

Lisa drehte das Radio leiser. »Was?«

»Du erinnerst mich an Joan Jett. Sie ist Sängerin, richtig?«

Lisa lächelte. »Du kannst dich an Joan Jett erinnern? Ist ja komisch. Liegt es an den Haaren?«

»Ich glaube, ja. Ich habe dich singen gehört und da ist mir plötzlich ihr Name eingefallen.«

»Ist ja verrückt. Mom hat früher, als wir noch klein waren, immer Joan Jett gesungen. Sie hat diesen Song ›I Love Rock 'n' Roll‹ immer durchs ganze Haus geschmettert. Weißt du noch?«

Bevor Grace antworten konnte, begann Lisa das Lied zu singen, und auf einmal bereute es Grace, überhaupt davon angefangen zu haben. Sie tat so, als würde sie es wiedererkennen, und betrachtete dann die vorbeiziehende Landschaft in dem verzweifelten Wunsch, dieses ganze Chaos würde bald enden. »Dann studiere ich also?«

Lisa fischte sich eine Zigarette aus der Schachtel, bevor sie antwortete. »Erinnerst du dich an den Unterricht?« Der Anzünder sprang heraus und Lisa drückte ihre Zigarette dagegen und inhalierte tief.

»Nein, ich habe es mir nur gedacht, weil der Arzt meinte, ich wäre zwanzig.«

Lisa ließ das Fenster ein Stück herunter und blies den Rauch hinaus. »Wow, der Unfall hat wirklich deine komplette Festplatte gelöscht. Ja, du bist Studentin und kellnerst nebenher. Aber keine Sorge, es sind Semesterferien und du hast ein paar Wochen keinen Unterricht. Und im Restaurant habe ich auch schon angerufen. Sie haben dich vom Dienstplan gestrichen, bis du wieder einsatzbereit bist. Ich soll dir von allen gute Besserung wünschen.«

»Und was ist mit dir? Studierst du auch? Ich weiß nicht einmal, wie alt du bist.«

Lisa lachte leise. »Oh nein. Die Schule war nie so mein Ding. Ich bin siebenundzwanzig. Ich leite eine Bäckerei in Bridgman.«

Grace nickte knapp und wandte ihre Aufmerksamkeit wieder der flachen, verlassenen Straße zu, die von dichten Wäldern eingeschlossen wurde. Ihr Nacken schmerzte, weil sie sich so lange zum Fenster gedreht hatte, und sie versuchte, sich etwas bequemer hinzusetzen. Sie legte die Stirn an das kühle Glas.

»Es tut mir leid, dass ich die nächsten Tage so viel arbeiten muss, aber ich habe mir letzte Woche oft freigenommen, um zu dir zu fahren.«

»Kein Problem.« Grace war dankbar, dass die Fragen, die Blicke, der Small Talk endlich für eine Weile aufhören würden.

»Aber ich tue, was ich kann, um für dich alles etwas leichter zu machen, okay? Und ich bringe Gebäck und frisches Brot mit. Das ist doch nicht übel, oder?«

Grace zwang sich zu einem gequälten Lächeln und nickte, wobei sie weiter aus dem Fenster auf die Bäume starrte, an denen sie vorbeifuhren. Ihre Sicht trübte sich, die Wälder wurden zu einer verschwommenen Masse und dann konnte sie die Augen nicht länger aufhalten.

Kapitel 3

Als sie erwachte, lenkte Lisa das Auto gerade auf die Ausfahrtsstraße.

Vorsichtig setzte sich Grace auf. Jeder Muskel ihres Oberkörpers schmerzte. »Sind wir schon da?«

»Noch nicht ganz. Aber sag mir Bescheid, wenn dir etwas bekannt vorkommt.«

Sie bogen nach links ab und kamen an einer kleinen Brauerei vorbei, dann an einem Marktplatz, an einigen Antiquitätengeschäften und Restaurants. Danach folgten ein paar von der Straße zurückgesetzte Wohnhäuser.

»Ist das unsere Stadt?«

»Das hier ist Sawyer. Wir wohnen in der Nähe, aber ein Stück weiter draußen.«

Sie durchquerten ein Waldgebiet, bevor sich die Landschaft vor ihnen öffnete und Meile um Meile von Ackerland sich vor ihnen erstreckte. Lisa bog links ab und sie fuhren noch einige Meilen weiter durch eine landwirtschaftlich kultivierte Gegend. Dann wand sich die Straße durch mehrere Kurven. Wieder bogen sie ab, passierten eine Obstplantage und Reihen von Weinstöcken.

Hoffnungsvoll sah Lisa sie an. »Ist hier irgendetwas, das du kennst?«

Grace wollte schon Nein sagen, als Lisa erneut abbog und auf eine Kiesstraße fuhr. Es gab kein Straßenschild und die Fahrbahn war kaum breit genug für zwei Fahrzeuge. Auf der einen Seite wurde sie von einem Wald begrenzt, auf der anderen von einem großen Feld. Das Knirschen der Reifen kam ihr vertraut vor. Sie erkannte zwar nichts, doch sie schloss die Augen und lauschte auf das Geräusch.

Sie fuhren noch eine Viertelmeile weiter, dann hielt Lisa an und holte Post aus einem Briefkasten. »Das habe ich gestern ganz vergessen.«

Grace setzte sich auf und umklammerte den Autositz, wartete darauf, dass etwas geschah.

»Was ist los?«

»Ist es das?« Sie beugte sich vor und versuchte, durch die Bäume zu spähen.

Lisa lächelte. »Jep. Das ist unser Zuhause.« Sie fuhr eine ungepflegte Auffahrt entlang, die etwa vierhundert Meter durch dichten Wald führte, bevor die Bäume zurücktraten. Sie sah Grace an, als wartete sie auf eine bestimmte Reaktion. »Erinnerst du dich?«

In der Mitte eines offenen, schneebedeckten Grundstücks stand wie im Zentrum eines Labyrinths ein altes weißes Farmhaus. Der Schnee war zum Teil von dem Metalldach gerutscht, das sich über eine Veranda spannte. Eine der Regenrinnen hing in heiklem Winkel von einer Ecke herab. Die Hausverkleidung war an einigen Stellen abgesplittert. Im ersten Stock ragten zwei Mansardenfenster aus dem Dach. Zwei Schaukelstühle lagen, umgedreht und mit den Kufen nach oben zeigend, links und rechts neben der Eingangstür. Weit und breit war kein anderes Haus in Sicht.

»Ist das alles unser Land?«

»Jep. Etwa zehn Hektar.«

An einer Seite stand ein alter roter Pick-up-Truck. Auf dem

Hof ragte ein gewaltiger Baum empor; von einem seiner massigen Äste baumelte eine kaputte Schaukel. Der Wald schien das Haus schützend einzuhüllen. »Hier bin ich aufgewachsen«, stellte Grace fest.

»Stimmt.« Lisa hielt. »Erinnerst du dich an irgendetwas?«

Grace konnte den Blick nicht von dem Haus nehmen. »Ich kenne das Haus. Und ich kenne das Geräusch, das der Kies unter den Reifen macht. Es ist, als hätte ich das schon tausendmal gehört.« Sie wandte sich an Lisa. »Wohnen wir immer noch hier?«

Lisa nickte. »Unsere Eltern haben es uns hinterlassen. Das da drüben ist sogar noch Dads alter Truck.« Sie deutete auf den Pick-up. »Ich will ihn eigentlich loswerden, aber er hat irgendwie einen sentimentalen Wert.«

»Sind sie tot?«

Lisa fuhr noch ein Stück näher an das Haus heran und parkte das Auto, bevor sie antwortete. »Das ist lange her, Grace. Ich weiß, alles ganz schön viel auf einmal ...« Sie legte Grace eine Hand aufs Knie. »Es gibt jetzt nur noch dich und mich.«

Bevor Grace noch etwas sagen konnte, stieg Lisa aus und kam auf die Beifahrerseite, um Grace zu helfen.

»Mir geht's gut«, beharrte Grace. Es war gelogen. Bei jedem Schritt fühlte sie ihre gebrochenen Rippen. Ihr Kopf hämmerte bei jeder Bewegung und sie musste einige Male stehen bleiben und tief durchatmen, um das Schwindelgefühl zu lindern. Bei jedem Atemzug zuckte sie vor Schmerzen zusammen.

Lisa ging voraus, um die Tür aufzuschließen und sie für Grace aufzuhalten. Grace trat ein und als sie die Bank neben dem Treppenaufgang im Flur sah, setzte sie sich sofort. Lisa kehrte noch einmal zum Auto zurück, um Graces Medikamente zu holen. Die Fliegengittertür knallte hinter ihr zu, nur um gleich darauf wieder aufgestoßen zu werden, dann eilte Lisa, begleitet von dem obszön lauten Klackern ihrer Absätze, an ihr vorbei. Kurz darauf stand sie mit einem Glas Wasser und ein paar Tabletten vor Grace.

»Danke.« Mehr brachte sie nicht heraus. Mit einem Schluck spülte sie drei Tabletten hinunter.

»Na komm, du solltest dich etwas aufs Sofa legen.« Lisa half ihr auf. Im Wohnzimmer war es dämmrig, nur ein paar staubdurchtanzte Lichtstrahlen fielen herein. Die Luft im Raum roch abgestanden, so als wäre alles darin verdorben, was einmal frisch und liebevoll umsorgt worden war. Ein dicker brauner Wollteppich bedeckte den Boden, der älter sein musste als Grace. Dazu kamen zwei altertümliche Sessel, die ihr Verfallsdatum schon längst überschritten hatten. Die Wand vor ihr war zum Teil in schreiend grellem Blau gestrichen, doch die übrigen Wände sahen cremeweiß aus, vielleicht ein wenig schmutzig.

»Wir versuchen gerade, hier alles etwas zu renovieren«, erklärte Lisa. »Ein bisschen neues Leben, ein paar neue Sachen. Aber es zieht sich. Wir haben im Moment nicht gerade viel Geld und alles ist in ziemlich schlechtem Zustand. Die meisten von Moms und Dads Sachen haben wir verkauft, aber im Keller steht noch ein bisschen was herum.«

Grace türmte ein paar Kissen an einem Ende des Ledersofas auf, das eine neuere Anschaffung zu sein schien, und legte sich hin. Durch die Tür konnte sie in den Flur sehen und sie erkannte eine rot und eine orange gestrichene Stelle an der Wand neben der Tür. Hier und da hingen herausgerissene Seiten aus Zeitschriften.

»Inspiration«, erklärte Lisa.

Grace lächelte, dann legte sie sich einen Arm über die Augen.

»Tja, sag mir Bescheid, wenn du etwas brauchst.« Kurz darauf hörte sie Treppenstufen unter Lisas Schritten knarren.

Als Grace die Augen wieder öffnete, waren die Kopfschmerzen verschwunden, und als sie sich aufsetzte, fühlte sie auch den

Schmerz in ihren Rippen nicht mehr. Sie rollte den Kopf hin und her, streckte den Nacken und stand vorsichtig auf, wobei sie sich einen Moment Zeit nahm, um sich an die neue Perspektive zu gewöhnen. »Hallo?«, rief sie. Keine Antwort.

Langsam erklomm sie die Treppe. Dieses Geräusch. Das Quietschen, wenn sie das Gewicht auf die Stufe verlagerte. Sie blieb stehen und schloss die Augen, wartete darauf, dass etwas geschah. Vielleicht würden sich ihre Augen anpassen, wenn sie nur lange genug in die Dunkelheit starrte, und vielleicht würde sie dann einige Umrisse erkennen. Nichts geschah, doch dann sah sie die Stäbe des Treppengeländers an und griff nach einem davon. Er war locker – vollkommen losgelöst von der Stufe darunter. Sie hatte das gewusst. Das war wenigstens etwas.

Lisa befand sich im ersten Stockwerk in einem Zimmer zur Linken und schüttelte gerade ein großes Doppelbett auf. Grace lehnte sich an den dunkel gefleckten Türrahmen. »Hi.«

»Oh, hey, wie geht es dir?«

»Besser.«

»Das hier ist dein Zimmer. Ich wollte es gerade ein bisschen hübsch für dich machen.«

Es war ein ziemlich großer Raum, aber so gut wie leer. Der Holzboden war verschrammt und von der Sonne verblasst, abgesehen von einem großen dunkleren Viereck in der Mitte, wo wahrscheinlich lange Zeit ein Teppich gelegen hatte. Ein alter Ventilator hing an der Decke, daneben eine Glaslampe in vier verschiedenen Farben. Das Mansardenfenster rahmte eine weiße Gardine, die von einem gelben Band zurückgehalten wurde. Licht flutete herein. Die Wände waren kahl wie im Krankenhaus, nur schmutziger. Das metallene Doppelbett war mit weißen Laken bezogen, die Kissen aufgeschüttelt. Daneben stand eine alte Milchkiste und eine weiß gestrichene Kommode, deren Lack schon an einigen Stellen abgeschlagen war. Darauf standen eine Schreibtischlampe und ein Fotorahmen. Nichts davon fühlte sich vertraut an. Lisa nahm das Foto und brachte es ihr. »Was ist damit? Das bist du, Grace. Erinnerst du dich daran?«

Grace betrachtete sich. Auf dem Bild war ihr Haar länger: Es reichte ihr fast bis zur Taille und war von der Sonne gebleicht – oder mit blondierten Strähnchen durchzogen. Sie beschattete mit einer Hand die leicht zu Schlitzen verengten Augen und lächelte. Sonnengebräunt saß sie in kurzen Hosen am Strand und lehnte sich gegen einen Mann, der kein Oberteil trug. Er war etwas älter als sie. Süß – braun gebrannt, mit zerzaustem dunklen Haar, blauen Augen und Grübchen, die sich zeigten, weil auch er lächelte. »Wer ist das?«

»Michael.«

Michael. Einer der Namen in ihrer Handy-Kontaktliste. »Wann war das?«

»Muss vor ein paar Jahren gewesen sein. Es ist so ein hübsches Bild. Du siehst so glücklich aus. Aber das ist jetzt wohl vorbei.«

»Wie meinst du das?«

»Ihr habt letzte Woche Schluss gemacht.« Lisa stellte das Foto zurück.

»Warum?«

»Das hast du mir nicht verraten.« Ansonsten gab es keine weiteren Bilder im Raum.

»Und er war die ganze Zeit über mein Freund?«

»Oh ja, ihr wart schon zusammen, so lange ich denken kann.«

»Er sieht um einiges älter aus als ich.«

»Das ist er auch. Etwa zehn Jahre, glaube ich. Das war vielleicht auch der Grund, warum es nicht geklappt hat.«

»Was soll das heißen?«

»Er …« Lisa zögerte. »Es hat dir zu schaffen gemacht, dass er manchmal ziemlich kontrollsüchtig sein konnte.«

Sie fragte sich, ob er wohl auch ihr Handy kontrolliert hatte und ob das der Grund war, warum sie darin nichts finden konnte. »Weiß er von dem Unfall?«

Lisa schüttelte den Kopf. »Ich wusste nicht, ob du ihn sehen willst. Du warst ziemlich durcheinander wegen der Trennung.« Sie lächelte. »Na komm. Ich zeige dir alles.«

Grace folgte ihr in den Gang hinaus, blieb jedoch vor der nächsten Tür stehen und öffnete sie. »Was ist das?«

»Dieses Zimmer benutzen wir nicht«, antwortete Lisa und ging bis ans andere Ende des Flurs.

Grace blieb im Türrahmen stehen und betrachtete das kleine Schlafzimmer auf der Suche nach Erinnerungen. Ein Vorhang verhinderte, dass Licht durch das Fenster hereinfiel. Der Lichtschalter funktionierte nicht, doch sie konnte mehrere Löcher in der Wandbauplatte erkennen, als hätte jemand darauf eingeschlagen. »Was ist denn mit der Wand passiert?«

Lisa kehrte zu ihr zurück und beugte sich in das Zimmer. »Was meinst du?«

»Diese Löcher.«

Lisa kicherte. »Gott, die habe ich ja ganz vergessen. Ja, du warst als Kind ziemlich temperamentvoll. Du hattest eine Schwäche für Wutanfälle – und für fliegende Stühle. Komm schon.«

Sie ging weiter, doch Grace trat in den Raum, um sich näher umzusehen. Wie sollte ihr sonst alles wieder einfallen? »Wie alt war ich, als ich das getan habe?«

Lisa trat wieder zu ihr. »Oh, keine Ahnung. Zwölf vielleicht? Dreizehn? Das müsste hinkommen, das war etwa zu der Zeit, als ich ausgezogen bin.« Sie stieß Grace an. »Du wolltest mich wohl wirklich nicht gehen lassen. Dad hat die Löcher nie repariert. Es war ihm egal. Und jetzt komm, die Führung geht weiter.«

»Warum bist du ausgezogen?«

»Ich war so um die zwanzig – es war einfach Zeit, das ist alles. Aber ich bin oft zu Besuch gekommen.« Lisa lotste sie auf die andere Seite des Gangs und präsentierte ihr mit einer ausholenden Armbewegung ihr eigenes Schlafzimmer. »Und das hier ist meins.« Es war ein großes Zimmer mit einem Mansardenfenster, genau wie bei Grace. Auf einer unbezogenen Queen-Size-Matratze mitten im Raum lag ein Stapel Decken. Hinter dem Bett war die Tapete streifenweise von der Wand gerissen.

»Das hier war Moms und Dads Zimmer. Ich bin gerade dabei, es zu renovieren. Ich muss diese verdammte Tapete von der Wand kriegen, damit ich sie neu streichen kann.«

Grace betrachtete das Muster aus winzigen blauen und weißen Blumen an den Wänden und wartete auf Erinnerungen. Dann warf sie einen Blick durch die Flügeltür zu ihrer Linken, die in einen kleineren Raum führte. In der Mitte stand eine Staffelei und auf einem kleinen Tisch daneben standen ein Becher mit Pinseln und ein Eimer mit Acrylfarbtuben bereit. Mehrere Leinwände, einige davon bemalt, einige leer, reihten sich an den Wänden. Durch zwei Fenster, die zum Hinterhof führten, flutete die Nachmittagssonne herein. Grace betrat das Zimmer. »Du bist Malerin?«

Lisa zuckte mit den Schultern. »Ich versuche es. Ich bin nicht so gut wie Mom, aber ich bezeichne mich gerne als Künstlerin.«

»Kann ich ein paar deiner Arbeiten sehen?«

Lisa schüttelte rasch den Kopf. »Oh nein. Nichts dadrin ist schon für fremde Augen bestimmt. Und außerdem ist es ein totales Durcheinander. Gehen wir.«

Am Fuß der Treppe befand sich eine große Schiebetür zu ihrer Rechten.

»Was ist dadrin?«

»Zu viel.« Lisa schob die Tür ein Stückchen auf. Es war fast unmöglich hineinzugehen. Kartons stapelten sich, dahinter konnte man gerade noch einen Schreibtisch und einige Regale erkennen.

»In diesem Haus gibt es noch eine ganze Menge zu tun. Unsere Eltern haben gerne gehamstert. Wenn man hier aufräumen will, muss man vor allem umstapeln. Das Wohnzimmer und das Esszimmer sind mittlerweile einigermaßen ordentlich, aber ich hatte noch nicht die Kraft, dieses Zimmer anzugehen.« Sie schloss die Tür wieder und Grace ging ihr voraus ins Wohnzimmer, berührte Dinge, nahm sie in die Hand, sah sich alles genau an – Möbel, Bücher, Statuetten.

»Gibt es noch mehr Fotos?«

»Eigentlich nicht. Mom und Dad hatten überall Bilder von uns aufgestellt, aber die haben wir eingelagert. Wir sind keine großen Fotoliebhaber.« Lisa war inzwischen in der Küche angekommen und rief: »Hast du Hunger?«

»Nein. Aber ich hätte gerne ein Glas Wasser.« Die Übelkeit und dieses pelzige Gefühl im Mund waren zurückgekehrt. So ging das schon seit Tagen. Schwester Molly hatte gesagt, es läge an den Medikamenten. Erschöpft ließ sie sich auf das Sofa sinken und starrte zu der wasserfleckigen Decke hinauf.

Es klingelte an der Tür, eine Folge von acht Tönen, die erst langsam an- und dann ebenso langsam wieder abstiegen. Diese Melodie brachte etwas in ihr zum Klingen. Sie war mit angenehmen Dingen verbunden und entlockte ihr ein Lächeln.

Lisa ging zur Tür und Grace lauschte, war jedoch zu müde zum Aufstehen. Sie hörte Stimmen, verstand aber nicht, worum es ging, bis Lisa schließlich zwei Männer hereinführte und Grace mit einem dezenten Zeichen zu verstehen gab, sie solle sich aufsetzen. Lisas Miene verriet nicht, warum die Männer hier waren, doch ihre hochgezogenen Augenbrauen deuteten an, dass der Besuch sie überraschte. »Grace, diese Officers kommen vom Chikaming Township Police Department. Sie würden gerne mit dir sprechen.«

Ein großer Mann mit schwarzer Lederjacke streckte ihr die Hand entgegen. Er musste um die vierzig sein und verdeckte einen Großteil seiner Beine durch einen gewaltigen Bauch. »Wie geht's Ihnen?« Eine rein rhetorische Frage. Seine dunklen Augenringe und die belegte Stimme waren ein Spiegelbild ihrer eigenen Erschöpfung. Er wirkte ernst, vielleicht auch ärgerlich. »Detective Bishop«, fuhr er fort, wobei er ihr die Hand noch immer hinhielt. Sie ergriff sie nicht schnell genug und schließlich zog Bishop sie wieder zurück. Sein Blick wanderte durch das Zimmer.

Hinter ihm folgte ein junger Mann in Polizeiuniform. Er war größer, fit, eher ein Bilderbuch-Cop als ein echter Polizist. Dunkles Haar, olivfarbene Haut, strahlendes Lächeln, perfekte Zähne. Langsam richtete sich Grace auf, um ihn zu begrüßen. Doch er schien sich zurückzuhalten, so als wollte er die stoische Haltung seines Partners nachahmen. Als sich ihre Blicke trafen, verschwand das Lächeln aus seinem Gesicht und er streckte ihr ebenfalls die Hand hin. »Hallo Grace.«

Diese Stimme. Vorsichtig erwiderte sie die Begrüßung und betrachtete dabei seine sich verändernde Miene. Er hielt ihre Hand einen Moment zu lange, sah ihr in die Augen, musterte sie. »Kenne ich Sie?«, fragte Grace.

Er warf seinem älteren Kollegen einen Blick zu und dieser antwortete an seiner Stelle. »Das hier ist Officer Hackett.«

Hackett. Der Name sagte ihr nichts.

Lisa forderte die Männer mit einer Handbewegung auf, sich zu setzen, dann ließ sie sich neben Grace auf dem Sofa nieder. Hackett zog sich einen der Sessel heran, zückte Stift und Notizblock und sah seinen Partner an.

»Ich nehme an, es geht um den Unfall?«, fragte Lisa.

»Unfall?«, echote Bishop.

»Grace hatte vor einer Woche auf dem Red Arrow Highway einen furchtbaren Autounfall«, erklärte Lisa. Sie kauerte mit geradem Rücken auf der Sofakante und tätschelte Graces Knie. »Ein Hirsch ist ihr ins Auto gelaufen und sie ist irgendwo beim Warren Dunes State Park gegen einen Baum gekracht. Wir sind buchstäblich gerade aus dem Krankenhaus gekommen.«

Bishop nickte. »Miss Abbott, können Sie uns sagen, wann genau sich dieser Unfall ereignet hat?«

Grace wandte sich Hilfe suchend an Lisa. »Das war gestern vor einer Woche«, antwortete diese. »Was war das für ein Tag? Der siebte Dezember. Am Samstagmorgen.«

»Und wohin wollte sie?«

»Das weiß ich nicht«, sagte Lisa.

Alle sahen Grace an. Sie zuckte nur mit den Schultern.

Wieder tätschelte ihr Lisa das Knie. »Sie hat einen üblen Schlag auf den Kopf abbekommen. Außerdem hat sie sich ein paar Rippen gebrochen und eine Lunge wurde punktiert, aber es ist alles in Ordnung. Das wird schon wieder.« Der letzte Satz schien vor allem für Grace bestimmt zu sein. Sie erinnerte sich vage daran, dass Dr. Roberts Lisa davor gewarnt hatte, sie könnte Anzeichen einer Depression zeigen.

Bishop konzentrierte sich auf Grace. »Es tut mir wirklich leid, das zu hören, Miss Abbott. Aber erinnern Sie sich an irgendetwas an diesem Morgen?«

Schweigend schüttelte sie den Kopf.

»Detective«, setzte Lisa an. »Grace erinnert sich an überhaupt nichts.«

Hackett beugte sich vor, musterte sie eindringlich. »Dann erinnern Sie sich also auch nicht daran, wie es zu diesem Unfall gekommen ist?«

Grace öffnete den Mund, um zu antworten, doch Lisa kam ihr zuvor. »Sie war eine ganze Weile bewusstlos. Sie erinnert sich an nichts. Nicht einmal an mich. Die Ärzte sagen, dass sie ein Schädel-Hirn-Trauma erlitten hat, aber sie haben auch gesagt, wir sollen die Hoffnung nicht aufgeben.« Sie wandte sich an

Grace. »Wir gehen es einfach ganz langsam an, nicht wahr, Grace? Dann kommt das schon alles zurück.« Noch einmal tätschelte sie ihr das Knie, als müsste sie ein Kleinkind trösten. Grace starrte auf Lisas Hand. Am liebsten hätte sie sie weggestoßen und wäre davongelaufen. Ihre Kopfschmerzen kehrten zurück.

Lisa wandte sich wieder an die Polizisten. »Das verstehe ich nicht. Wenn es nicht um den Unfall geht, warum sind Sie dann hier?«

Grace spürte Bishops Blick auf sich ruhen. »Genau genommen versuchen wir schon seit ein paar Tagen, Sie zu finden, Miss Abbott.«

»Bitte sagen Sie das nicht«, erwiderte Grace, hielt den Kopf jedoch gesenkt.

»Was?«, fragte Hackett. Sein Ton war sanfter, weniger anklagend.

Sie sah in seine dunkelbraunen Augen. »Miss Abbott. Würden Sie mich bitte Grace nennen? Ich bin doch keine Bibliothekarin.« Hackett sah seinen Partner an, der sich nach hinten lehnte, die Arme verschränkte und Grace scharf im Blick behielt.

Lisa runzelte die Stirn. »Das gehört zu den Nebenwirkungen. Der Arzt hat gesagt, sie könnte sich ein bisschen merkwürdig benehmen. Vielleicht ziemlich reizbar sein.« Mit ihren schwarzen Nägeln trommelte sie ihr auf das Knie. »Ist schon gut. Grace, alles ist gut.«

Sie hätte aus der Haut fahren können. Nur tat ihr allein bei dem Gedanken, sich aufzuregen, alles weh. »Verraten Sie mir doch endlich, warum Sie hier sind.«

Bishop verengte die Augen zu Schlitzen. »Es geht um Michael Cahill«, sagte er und wartete auf ihre Reaktion.

»Was ist mit Michael?«, fragte Lisa. »Steckt er in Schwierigkeiten?«

Grace schlang die Arme um sich, ihr war kalt. »Wer ist Michael Cahill?«

»Michael ist dein Exfreund, weißt du noch?«, antwortete Lisa.

»Ex?« Bishop löste die verschränkten Arme voneinander und beugte sich vor.

Lisa und Grace antworteten gleichzeitig: »Ja.«

»Aber es hat den Anschein, als würden Sie und Mr Cahill zusammen in Harbert wohnen.«

»Ich dachte, ich wohne hier?« Grace wandte sich an Lisa.

»Das tust du auch, Grace. Jetzt jedenfalls. Aber die Officers haben auch nicht ganz unrecht. Du hast mich erst vor einer Woche gefragt, ob du wieder hier einziehen kannst. Das war Freitagabend.«

»Warum?«

»Ich … weiß es nicht genau. Du warst ziemlich neben der Spur und hast gesagt, es wäre aus mit Michael. Dann hast du mich gebeten, wieder hier wohnen zu dürfen. Du bist in dein altes Zimmer hinaufgerannt und ich habe dich in Ruhe gelassen. Ich dachte, du würdest vielleicht lieber erst am nächsten Morgen darüber reden wollen.«

»Wann war das?«, wollte Hackett wissen.

»Keine Ahnung.« Lisa zuckte mit den Schultern. »Vielleicht gegen zehn. Ich weiß es nicht mehr genau.«

»Hat Grace Ihnen am nächsten Morgen erzählt, was mit Michael passiert war?«, fragte Bishop.

»Ich bin nicht mehr dazu gekommen, sie danach zu fragen. Als ich aufgestanden bin, war sie schon weg. Und dann hatte sie diesen furchtbaren Unfall.«

Grace beugte sich vor, als könnte sie so die Kontrolle über die Situation zurückzugewinnen, über ein Leben, das für sie keinen Sinn ergab. »Worum geht es hier? Steckt er in Schwierigkeiten?«

Die beiden Männer sahen einander an. »Nein«, antwortete Bishop. »Mr Cahill steckt nicht in Schwierigkeiten. Ich muss Ihnen leider mitteilen, dass er tot ist.«

Grace konzentrierte sich auf das Wort. Tot. Sie stellte sich tote Menschen vor. Einen Sarg. Ein Begräbnis. Einen Mann, der in einem alten Western von einem Pferd geschossen wurde. Dutzende von Leichen, die in der Uniform der Konföderierten Armee auf einem Feld lagen.

»Mein Gott!« Lisas Entsetzen drang in ihre geistigen Streifzüge. »Was ist passiert?«

Bishop achtete nicht auf sie. »Miss Abbott? Grace?«

Endlich wandte Grace ihre Aufmerksamkeit wieder Bishop zu, oder um es genauer zu sagen: Sie sah auf seinen Mund, während er sprach.

»Wir versuchen immer noch herauszufinden, was genau passiert ist. Am Montag ist er nicht zur Arbeit erschienen, also ist einer seiner Kollegen abends bei ihm zu Hause vorbeigefahren. Er hat die Leiche gefunden. Nachdem wir den Zeugen und ein paar weitere Leute befragt haben, sind wir auf die Suche nach Grace gegangen.«

»Was ist mit ihm passiert?«, fragte sie.

»Er wurde umgebracht«, antwortete Bishop.

»Was soll das heißen?«, fragte Lisa. »War es ein Mord?«

»Ja.«

Lisa schlug die Hand vor den Mund. Grace sah sie an und versuchte, in ihrem Gesicht zu lesen, als wäre es eine fremde Sprache.

»Wir glauben, dass er schon ein paar Tage lang tot war.«

»Wie? Warum? Was, glauben Sie, ist da passiert?«

Grace lehnte sich zurück und betrachtete die Diskussion vor ihr, als wäre das Ganze ein Schauspiel – eine Art interaktives Theater, bei dem sie mitwirken sollte. Doch sie waren Fremde und Grace kannte die Geschichte nicht.

Bishop beugte sich noch weiter vor, als würde die Nähe sie zu Freunden machen. »Wir hatten gehofft, von Ihnen mehr zu erfahren, Grace. Als wir den Tatort untersucht haben, wurde wegen der Quittungen und Kleider sehr schnell deutlich, dass

Sie dort gewohnt haben. Als wir Sie aber nicht finden konnten, haben wir uns Sorgen gemacht.«

»Ich fasse es nicht.« Lisa rieb sich mit beiden Händen über das Gesicht. Dann tätschelte sie Grace das Knie. »Oh mein Gott, Grace, zum Glück warst du hier! Was, wenn du nicht …?« Sie sprach ihren Gedanken nicht aus, Tränen traten ihr in die Augen.

Nun beugte sich auch Hackett vor, seine Stimme klang sanft: »Grace, erinnern Sie sich an Vicki Flynn?«

Sie schüttelte den Kopf.

»Sie hat am Freitagabend vor Ihrem Unfall gegen neun Uhr eine SMS von Ihnen bekommen, in der stand, Sie hätten große Neuigkeiten und wollten sie am nächsten Morgen nach dem Joggen besuchen kommen. Sie wohnt einen Block von Cahills Haus entfernt.«

Grace sah Hackett an: Sie öffnete den Mund, wollte sprechen, bemerkte dann jedoch, dass sie nichts zu sagen hatte.

»Haben Sie irgendeine Ahnung, worum es dabei gegangen sein könnte?«, fragte Hackett.

Sie verstand kaum noch, worum es überhaupt ging. Diese ganze Unterhaltung war wie ein Buch, das sie nicht gelesen hatte. »Ich weiß nicht, wer Vicki ist. Ich weiß gar nichts.«

»Hat jemand bei ihm eingebrochen?«, fragte Lisa.

»Wir versuchen immer noch, das herauszufinden«, erklärte Bishop. »Es gibt keinen Beweis für einen Einbruch, aber natürlich erschwert es die Ermittlungen, dass die Leiche erst so spät entdeckt wurde und dass es in der Gegend am Samstagmittag heftig geschneit hat.«

»Was können wir tun?«, fragte Lisa.

»Wenn Sie können, dann helfen Sie uns dabei, Cahills letzte Tage vor dem Verbrechen zu rekonstruieren. Unser Team geht derzeit mehreren Spuren nach. Wir nehmen sein ganzes Leben unter die Lupe.«

»Natürlich«, versicherte Lisa.

Zögerlich wandte sich Grace an den jüngeren der Polizisten. »Wie wurde er umgebracht?«

»Durch einen Schuss mit einer Flinte. Er lag zu dieser Zeit im Bett.«

Wieder schlug sich Lisa eine Hand vor den Mund und schüttelte den Kopf. Grace stellte sich einen Mann in einer Blutlache vor – so klischeehaft wie den Darsteller eines Films, über den sie nichts wusste.

Bishop ruckte mit dem Kinn in Lisas Richtung. »Da sich Grace an nichts erinnern kann, könnten Sie uns vielleicht weiterhelfen?«

»Natürlich«, antwortete sie. »Was auch immer Sie brauchen.«

»Haben Sie irgendeine Idee, wohin Grace unterwegs gewesen sein könnte, als sie den Unfall hatte?«

Lisa rückte sogar noch näher an Grace heran und sah sie an, bevor sie antwortete. »Ich wünschte, ich könnte es Ihnen sagen.« Sie legte Grace einen Arm um die Schultern. »Ich habe ausgeschlafen und dann kam der Anruf aus dem Krankenhaus. Aber Grace joggt gerne. Samstagmorgens läuft sie immer ihre großen Runden. Vielleicht wollte sie zu einem der Dünenwege. Oder vielleicht wollte sie einen Kaffee trinken gehen.«

Hackett machte sich Notizen. Bishop wandte sich nun wieder Grace zu, die den Wollteppich anstarrte.

»Sie glauben doch nicht etwa, dass Grace das getan hat?« Sie zog Grace noch etwas enger an sich. Grace lehnte sich zur Seite, fort von Lisa, murmelte etwas über ihre Kopfschmerzen. Sie brauchte Luft. Lisas erstickende Nähe fühlte sich an wie eine Plastiktüte über dem Kopf.

»Wir sind nur dabei zu überprüfen, wer von Mr Cahills engen Freunden und Bekannten ein Alibi hat.« An Grace gewandt fuhr Bishop fort: »Da Sie dort gewohnt haben und wir Sie mehrere Tage lang nicht finden konnten …«

»Da dachten Sie, Grace wäre es gewesen?« Lisas Stimme wurde laut. »Das ist doch lächerlich.«

Bishop hob abwehrend die Hand. »Wir beschuldigen Sie nicht, Grace. Tatsächlich haben wir befürchtet, dass derjenige, der Mr Cahill ermordet hat, auch Ihnen Schaden zugefügt haben könnte.«

»Wir sind sehr erleichtert, dass es Ihnen gut geht«, sagte Hackett besänftigend. »Wir beschuldigen Sie keineswegs«, versicherte er Lisa. »Wir brauchen einfach nur Informationen, doch in Anbetracht von Graces Zustand wird das wohl etwas schwieriger als gedacht.«

»Tut mir leid«, antwortete ihm Grace. »Ich wünschte, ich könnte Ihnen helfen. Ich wünschte, ich könnte mich erinnern.« Ein stechender Schmerz schoss durch ihre Schläfe, so scharf und plötzlich, als wäre ein Nerv durchtrennt worden. Sie schrie auf, krümmte sich zusammen und umklammerte ihren Kopf mit beiden Händen.

Lisa sprang auf. »Leg dich hin.« Sie schob die Kissen an ein Ende des Sofas. Als Grace lag, wandte sich Lisa den Polizisten zu. »Es tut mir sehr leid um Michael, bitte halten Sie uns auf dem Laufenden. Aber wie Sie sehen, kann Grace Ihnen im Augenblick keine Hilfe sein. Der Arzt hat ihr Ruhe verordnet.«

Die Männer erhoben sich. »Grace, wir hoffen, dass es Ihnen bald besser geht«, sagte Bishop. »Wir melden uns.«

Grace konnte nicht antworten.

Lisa scheuchte die Polizisten zur Tür. Grace hörte, dass gesprochen wurde, doch sie konnte die Worte nicht verstehen. Dann wurde die Tür geöffnet und wieder geschlossen. Im Haus wurde es still. Kurz darauf wurde die Tür ein weiteres Mal geöffnet und wieder geschlossen.

Lisa näherte sich und legte Grace ein feuchtes Handtuch auf die Stirn. Sie kniete sich neben das Sofa und beugte sich über Grace. »Geht es dir gut?«

Grace sah dieser Frau ins Gesicht, betrachtete ihre Waschbäraugen, ihre eichhörnchenhaften Bewegungen, dachte an die Respektlosigkeit, mit der sie Graces persönliche Grenzen beständig überschritt. »Alles in Ordnung.«

»Grace – ist dir irgendetwas davon bekannt vorgekommen?«

»Was glaubst du denn?«, brummte sie sarkastisch. Ganz offensichtlich war das nicht der Fall gewesen, sonst hätte sie wohl kaum geschwiegen. Lisa verwandelte sich allmählich in Schwester Molly und Grace dachte bereits wieder über Ohrfeigen nach.

»Hey, der Arzt hat uns vor so etwas gewarnt, weißt du noch? Du könntest gereizt oder ärgerlich reagieren, auch wenn es dafür keinen Grund gibt.« Sie ging in die Küche und Grace hörte, wie der Kühlschrank geöffnet und wieder geschlossen wurde. »Also werde ich es einfach nicht persönlich nehmen, okay?«

Das hier war ein bizarrer Albtraum! Ja, genau, das war es. Und wenn sie aufwachte, würde der grässliche Schmerz vorbei sein und …

Lisa öffnete eine Limonadendose. »Du wolltest am Samstagmorgen zu Michaels Haus fahren. Du wolltest ein paar deiner Kleider holen, weil du dachtest, er wäre bei der Arbeit.«

Grace nahm das Tuch von ihrer Stirn und setzte sich auf. »Was?« Wieder raste der Schmerz durch ihren Schädel.

»Keine Sorge. Vielleicht ist es ja passiert, nachdem du schon wieder weg warst. Oder vielleicht bist du auch nie dort angekommen.«

Grace lehnte sich zurück. »Warum hast du nichts gesagt?«

»Weil ich keine Idiotin bin. Ich habe genug Filme gesehen. Die Polizisten suchen immer nach dem Partner, nach den Freundinnen und Freunden. Ich werde ihnen keine Informationen geben, die sie gegen dich verwenden könnten.«

Sie wusste nicht, was sie sagen sollte, und der Schmerz in

ihrem Kopf machte es unmöglich, sich auf etwas anderes zu konzentrieren.

»Aber sie haben die Kleider, die du beim Unfall getragen hast, mitgenommen«, sagte Lisa und schwieg ein paar Sekunden. »Dieser Bishop hat mir an der Tür eine richterliche Anordnung gezeigt. Die Tüte mit den Kleidern lag immer noch im Auto, also habe ich sie ihm gegeben.«

Sie kam mit einem Glas Wasser und einer Tablette zu ihr. »Hier. Und mach dir keine Sorgen. Vielleicht ist das gut so. Vielleicht können sie dich damit ausschließen und sich darauf konzentrieren, den zu finden, der das wirklich getan hat. Soll ich die Blenden schließen?« Sie trat zum Erkerfenster. »Vielleicht tut die Dunkelheit dir gut.«

»Gute Idee«, flüsterte Grace. Sie hatte keinen Grund, sich Sorgen zu machen – nach allem, was sie wusste, hatte sie nichts getan. Aber das half nichts: Plötzlich hatte sie das Gefühl, gejagt zu werden.

Kapitel 4

Der gefrorene Schnee knirschte auf dem Weg zum Streifenwagen unter den Stiefeln der beiden Männer. Hackett wusste nicht, wohin mit seinen Gedanken und Gefühlen. Jeder Tag, an dem er nicht damit rausrückte, machte die Sache nur noch schlimmer. Sie war es tatsächlich. Sie lebte. Dass sie ihn ansah wie einen Fremden, tat weh, aber wenigstens ging es ihr einigermaßen gut.

Bleib objektiv. Du musst den Fall lösen. Das war das Mantra, das er still vor sich hin betete, seit er Cahills Leiche gefunden und das Foto gesehen hatte, das in einem zerbrochenen Rahmen unter etlichen Glasscherben gelegen hatte. Die lächelnde Grace, Arm in Arm mit dem Opfer.

Sie stiegen ins Auto und ließen den Motor warm laufen. »Na, das war ja interessant«, sagte Bishop und rieb die Hände vor der Lüftung. »War wohl doch richtig, dass du mich an meinem freien Tag angerufen hast.«

»Dachte ich mir. Warum hast du so getan, als wüssten wir nichts von dem Unfall?«

»Ich wollte sehen, ob ihre Story zu unseren Fakten passt.«

Hackett war erleichtert, Grace endlich gefunden zu haben. Nachdem sie das genaue Modell ihres Autos herausgefunden hatten, war es am Dienstagmittag zur Fahndung ausgeschrieben worden. Gestern hatte sich endlich ein Kollege vom Revier in Bridgman gemeldet und angegeben, dass das Auto in einen beinahe tödlichen Unfall verwickelt gewesen war. Als klar war, wohin man Grace gebracht hatte, wäre Hackett am liebsten in den Wagen gesprungen und nach Kalamazoo gefahren, aber Bishop hatte ihn auf das Autowrack angesetzt, während er selbst die richterlichen Beschlüsse für ihre Krankenakte und die Kleidung vom Unfalltag besorgte. Bishop hatte entschieden, dass sie am Montag zusammen das Krankenhaus aufsuchen würden, aber Hackett konnte nicht so lange warten. Er war heute Morgen schon hingefahren, nur um von einer übermäßig gut aufgelegten Krankenschwester zu erfahren, dass Grace in die Obhut ihrer Schwester entlassen worden war.

»Und, was denkst du?«, fragte Hackett.

»Ich denke, dass die Kleine mächtig Glück hatte.«

Nichts an dieser Situation hatte mit Glück zu tun. »Wieso das?«

»Ihr Freund ist tot. Sie war vielleicht die Letzte, die ihn lebend gesehen hat, und sie kann sich nicht an das Geringste erinnern. Trifft sich doch gut, oder nicht?«

»Du meinst, sie tut nur so?«

»Das habe ich nicht gesagt, aber ihr Unfall passt in das Zeitfenster für den Todeszeitpunkt unseres Opfers. Solange der Doc nicht irgendwas in seinen Abschlussbericht schreibt, das beweist, dass Cahill definitiv nach neun Uhr starb, sieht es für mich so aus, als hätte die Täterin den Tatort verlassen. Unfall. Fertig.«

Bishop schnallte sich an und stopfte sich aus einer Blechdose in der Fahrertür ein Stück Kautabak unter die Lippe.

»Aber sollten wir nicht trotzdem nachforschen, ob es ein Motiv gibt? Wir können doch nicht einfach so den Schluss ziehen, dass es die Freundin war.«

Bishop fuhr los. »Motiv hin oder her, wenn die Beweise auf sie deuten, ist mir das Warum völlig egal. Menschen werden aus allen möglichen Gründen zu Mördern und wenn man sich zu lange damit beschäftigt, zwischen allem und jedem die Verbindung zu suchen, gehen sie einem durch die Lappen. Die Leute machen die verrücktesten Sachen, glaub mir. Aus den verrücktesten Gründen.«

»Hört sich an, als würdest du aus Erfahrung sprechen.«

»Und ob. Ich bin ein alter Hase. Deswegen wirst du schön auf mich hören, Junge, und tun, was ich dir sage, und dann kriegen wir diesen Fall in weniger als einer Woche gelöst.«

»Eine Woche? Woher willst du das wissen? Allein die Laborproben können Monate dauern.«

»Mag sein. Aber in neun von zehn Fällen springt der Mörder genau vor deiner Nase rum. Nur die jungen Kerle wie du, die wollen alles so kompliziert machen und übersehen dabei das Offensichtliche. Nichts für ungut.« Bishop schlug Hackett mit dem Handrücken gegen das Bein.

In Hackett fing es an zu brodeln. Bishop gehörte zur Mordkommission des Bezirks und Hackett war ihm für diesen Fall zugeteilt worden; er würde ihm und seiner Erfahrung den Vortritt lassen müssen. Aber er wollte von Bishop geschätzt und nicht wie ein blutiger Anfänger behandelt werden.

»Und du bist genauso ein Glückspilz«, sagte Bishop, als sie der größtenteils geräumten Straße folgten, die durch die schneebedeckte Einöde führte.

Hackett wurde rot. »Wieso das?«

»Wir sind hier mitten in der Pampa. Hier schlägst du dich jahrelang mit irgendwelchen Genehmigungen herum, mit Temposündern, Betrunkenen im Sommer und, wenn du Glück hast, hin und wieder mit einem Einbruch. Es kommt nicht jeden Tag vor, dass ein Grünschnabel wie du einer Mordermittlung mit einem Ass wie mir zugeteilt wird.« Er grinste. »Und der Fall fängt doch schon mal ziemlich verheißungsvoll an.«

Hackett rang sich ein Lächeln ab und starrte aus dem Fenster. Bishop hatte natürlich recht: Er hatte großes Glück, wenn man die Situation in Betracht zog. Er durfte auf keinen Fall von den Ermittlungen abgezogen werden. »Hast du denn schon viele Morde untersucht?«

Bishop legte die wenigen Strähnen auf seiner fortschreitenden Glatze zurecht und spuckte in einen Becher. »Mehr als genug. Die meiste Zeit als Polizist war ich in Detroit. Glaub mir, da bleibt einem nichts erspart. Aber vor etwa einem Jahr fing meine Frau an, mich wegen einer Versetzung anzubetteln. Sie kommt ursprünglich aus Stevensville und wollte, dass die Kinder in einer ruhigen Stadt aufwachsen, wo sie das Leben am Wasser kennenlernen. Ich kann es ihr nicht verübeln.«

»Stevensville sagt mir nichts.«

»Nördlich von Bridgman, noch vor St. Joe. Kommst wohl nicht von hier?«

»Ich wohne unten in New Buffalo, aber ich bin erst letzten Sommer aus Indiana hierher versetzt worden.«

»Und das hier ist natürlich dein erster Mordfall.«

»Richtig.«

»Also dann, Lektion Nummer eins, du Jungspund. Das perfekte Verbrechen gibt es nicht. Der Täter macht immer einen Fehler.« Er spuckte erneut aus.

Hackett konnte Graces Gesicht nicht vergessen. Diese kastanienbraunen Augen, die ihn vom ersten Moment an in ihren Bann gezogen hatten. Diese Lippen. Dieses Lächeln. Der Gedanke, dass sie mit all dem Blut und der Gewalttat an Cahill zu tun haben sollte, wollte nicht in seinen Kopf. Wenn sie dort gewesen war und alles gesehen hatte, war er nur froh, dass ihr Gehirn das verdrängte. Wie sollte sie mit solchen Bildern leben? »Mein Cousin hatte vor ein paar Jahren mal ein Gehirntrauma nach einem Skiunfall auf der Upper Peninsula.«

»Ach ja? Und hat er sein Gedächtnis verloren?«

»Na ja, an den Unfall oder den Morgen davor konnte er sich nicht erinnern, aber den Rest wusste er noch.«

»Hm.«

»Er war ziemlich durch den Wind und seine Reaktionen waren seltsam. Er fing bei einer ernsten Geschichte plötzlich an zu lachen oder wurde aus heiterem Himmel ausfällig. Die Ärzte meinten, bei traumatischen Gehirnverletzungen fehlt den Patienten manchmal die emotionale Verbindung zu dem, was gesagt wird.«

»Glaube ich gern. Sie machte jedenfalls nicht den Eindruck, als würde ihr das Opfer irgendwas bedeuten.«

»Sie kann sich ja auch nicht an ihn erinnern.« Bishop warf ihm einen prüfenden Blick zu. Hatte er zu defensiv geklungen? *Bleib objektiv. Zeig, was du kannst.* Vielleicht war es dann nicht so schlimm, selbst wenn Bishop die Wahrheit herausfand.

»Was hältst du denn von ihr?«, fragte Bishop.

»Ich weiß nicht.« Es fühlte sich an wie eine Fangfrage. »Was glaubst du?«

»Ich will mich nicht festlegen, aber wir fangen immer bei denen an, die dem Opfer am nächsten standen.«

Hackett betrachtete ein Silo in der Ferne. »Was steht als Nächstes auf der Liste?«

»Essen«, sagte Bishop und bremste an einer Kreuzung.

»Du warst doch schon beim Essen, als ich heute früh angerufen habe?«

»War ich auch, aber meine Frau hat mich auf irgend so eine verrückte Diät gesetzt. Ich habe den ganzen Tag Hunger.«

»Bringt sie denn was?«

»Würde sie bestimmt, wenn ich mich dran halten würde. Meine Frau packt für die Kinder und mich normalerweise immer Lunchpakete, aber in letzter Zeit ist sie nicht dazu gekommen, also habe ich eine kleine Verschnaufpause.«

Hackett blätterte in seinen Notizen. »Nach dem Essen sollten wir noch einmal bei der Arbeitsstelle des Opfers vorbeifahren. Wir warten auch noch auf die Kontoauszüge und die Anrufliste seines Mobiltelefons. Wir wissen noch immer nicht, wer ihn als Letztes lebend gesehen und wofür er sich interessiert hat.«

»Gut. Und ich werde Miss Abbotts Sachen ins Labor schicken. Wenn wir Glück haben, ist Cahills Blut irgendwo dran.«

Das konnte er überhaupt nicht brauchen. »Aber selbst wenn, beweist das nur, dass sie am Tatort war, weiter nichts. Vielleicht ist sie ja auch vor dem Mörder davongelaufen.«

»Wir werden ja sehen.«

Hackett verstaute seine Notizen und den Stift. »Ich hoffe, sie steckt nicht mit drin.«

Bishop spuckte in seinen Becher. »Warum?«

Hackett zuckte mit den Schultern und vermied den Augenkontakt. Er hätte das nicht sagen dürfen. »Sie ist ziemlich süß.«

Bishops Rückhand traf wieder sein Bein. »Lass das. Regel Nummer eins bei Mordfällen: Bleib objektiv. Verdirb dir nicht die Spürnase.«

Hackett nickte. »Ich weiß. Ich sag ja nur, dass sie süß ist. Findest du nicht?«

»Das tut nichts zur Sache. Pass bloß auf, Junge.« Bishop sah ihn an. »Sie ist eine heiße Schnecke, und du bist was? Sechsundzwanzig?«

»Ja.«

»Single?«

»Ja …«

»Keine Kinder, nehme ich an?«

Hackett warf Bishop einen Seitenblick zu. Warum erwähnte er Kinder? Was wusste er? Aber Bishop lachte nur. »Ich weiß, in deiner Generation gibt es megaviele Daddys mit Babys«, sagte er, als hätte er den aktuellen Straßenjargon drauf. »Und heiraten ist auch nicht mehr in.«

Er war näher an der Wahrheit als gedacht.

»Ich meine ja nur. Die Stadt ist ein Kaff, ich weiß, und die Saison ist vorbei, also fühlt sich alles noch kaffiger an. Aber du musst dich konzentrieren.«

»Ich habe doch nur gesagt, dass sie süß ist«, murmelte er. »Können wir das Thema wechseln?«

»Holla. Bisschen empfindlich, was? Die Warnung ist angekommen, Francis.«

»Wie bitte?« Konnte sich sein neuer Partner noch nicht einmal seinen Vornamen merken? Er wusste doch, dass er Justin hieß.

»Na komm. Wie heißt der Film? Den Spruch musst du kennen.« Bishop wiederholte den Satz, noch ruppiger. »Die Warnung ist angekommen, Francis.«

»Keine Ahnung.«

»Die Vorstellungsrunde auf der Stube ...« Er begann zu lachen. »*Ich glaub', mich knutscht ein Elch!*«

»Hab ich nie gesehen.«

»Mensch, du bist aber auch echt ein junger Jahrgang. Also schön, der Film ist Pflicht. Ich sage dem Chief, dass du erst weiterkommst, wenn du ihn gesehen hast.«

Hackett musste jetzt wirklich lächeln. »Schon gut, schon gut. Ich schreib ihn auf die Liste.«

Bishop spuckte in den Becher. »Na bitte.«

* * *

Als Grace aufwachte, hatte sie jemand zugedeckt und ihr die Schuhe ausgezogen. Es war dunkel im Wohnzimmer, aber aus der Küche, wo Lisa den Geräuschen nach am Herd stand, schien Licht herein. Musik lief leise im Hintergrund. Grace nahm das Handtuch von der Stirn, setzte sich auf und tappte in die Küche.

»Na, du Schlafmütze, geht es dir besser?«

»Ja. Dieser Brummschädel macht mich fertig. Ich bin jetzt noch ganz duselig.«

»Immerhin besser als die Kopfschmerzen. Was meinst du, warum ich das hier trinke?« Lisa hob ihr Weinglas. »Ein Hoch auf den Dusel.«

Grace setzte sich auf einen Barhocker an der Küchentheke, während Lisa irgendetwas in einer Kasserolle anrührte. Der Duft von gebratenen Tomaten hing in der Luft. »Hast du vorhin die Wahrheit gesagt? Der Polizei, meine ich?«

Lisa erstarrte. »Wie meinst du das?«

»Habe ich dir erzählt, was passiert ist, als ich am Freitagabend herkam?«

»Nein«, sagte Lisa und setzte das Glas erneut an. »Das muss so komisch für dich sein. Du weißt bestimmt noch nicht einmal, wie du dich fühlen sollst.«

»Ich fühle mich verloren.«

»Weißt du was? Vielleicht hatte das alles ja auch sein Gutes.« Sie stellte das Glas ab und rührte.

»Wie kannst du so was sagen?«

»Ich meine nicht die Tatsache, dass er tot ist. Sondern dass ihr nicht mehr zusammen seid. Wenigstens bist du jetzt sicher vor ihm.«

»Was meinst du damit?«

Lisa zögerte und sah auf den fettbespritzten Fliesenspiegel hinter dem Herd. »Michael konnte ziemlich ausrasten. Deswegen wolltest du dein Zeug holen, als er nicht zu Hause war. Du wolltest ihm nicht begegnen. Grace, ich habe dir so oft gesagt, du sollst ihn verlassen. Das war nicht gesund.«

»Hat er mir wehgetan?«

»Gute Frage«, sagte Lisa und schaffte es nicht, Grace dabei anzusehen. »Ich habe dich nie mit einem Veilchen gesehen oder so, und du hast auch nie gesagt, dass er dich schlagen würde, aber was bei euch hinter verschlossenen Türen ablief, weiß ich nicht. Du hattest jedenfalls Angst.« Sie wandte sich Grace zu, als hätte sie ihre Verunsicherung gespürt. »Mach dir keine Sorgen. Der Arzt meinte, du brauchst Ruhe. Das Gedächtnis kommt schon wieder zurück. Und dann klärt sich alles auf. Die finden schon raus, was passiert ist. Wahrscheinlich hatte er jede Menge Feinde.« Sie holte zwei Sandwiches aus dem Ofen, bei denen der Käse an der Seite herausfloss. »Also. Ich habe Tomatensuppe und Käsetoast gemacht. Na, wie hört sich das an?«

Es war Musik in Graces Ohren. Jedenfalls viel besser als das Zeug im Krankenhaus, und egal, wie die Umstände waren, sie hatte Hunger.

Nach dem Essen legte sie sich wieder auf die Couch und Lisa machte sich ans Renovieren. Grace hatte gesagt, sie würde fernsehen, aber dann war ihr die Stille doch lieber. Sie betrachtete die Wände, sah die abgeschrammten Stellen, die Nagellöcher, die hellen Rechtecke, wo einst Bilder oder Fotos gehangen haben mussten. Dort drüben der Kamin mit seinem bemalten Kaminsims, die unzähligen Verzierungen, vom Ruß mittlerweile grau geworden; der Kaminrost, die Holzscheitreste, die Aschehäufchen und der rissige Kaminboden. Sie hatte ihre Kindheit in diesem Haus verbracht, hatte als kleines Mädchen bestimmt vor dem Kamin gesessen und auf dem Vorleger Brettspiele gespielt. Aber sosehr sie auch versuchte, das Bild heraufzubeschwören und der Vergangenheit ein Gesicht zu geben, es fühlte sich erzwungen an, als würde sie es erfinden.

Als sie so dringend zur Toilette musste, dass sie es nicht mehr aushielt, stand sie auf und stützte sich am Sofa ab, bis der Schwindel nachließ. Kleine helle Punkte tanzten vor ihren Augen, aber sie mühte sich trotzdem langsam die Treppe hinauf und blieb extra vor Lisas Zimmer stehen, um ihr eine gute Nacht zu wünschen. Lisa brachte ihr ein abgetragenes T-Shirt und eine Jogginghose aus ihrer alten Kommode, machte ihr das

Bett fertig und gab ihr die abendliche Dosis Medikamente.

Die grüne Digitalanzeige der Uhr auf dem Milchkasten neben ihr leuchtete in der Dunkelheit, als Grace die Augen wieder öffnete. 1:36 Uhr. Sie war hellwach. Vorsichtig setzte sie sich auf und versuchte dabei, ihre Rippen zu schonen, die jede Bewegung schmerzhaft quittierten. Die kalten Dielen unter ihren nackten Füßen knarzten, als sie zum Fenster lief. Der Vollmond tauchte den Rasen vor dem Haus in ein fahles Licht. Am wolkenlosen Himmel glänzten Sterne. Es war friedlich. Malerisch. Oder zumindest konnte es das sein. Vielleicht war es das auch einst gewesen. Grace legte eine Hand ans Fenster. Rund um ihre Finger beschlug das kalte Glas.

Sie fand ein Paar Socken in der Kommode und lief ins Bad. Dort stand sie am Waschbecken im grellen Licht, umgeben von weißen Fliesen, und starrte ihr Spiegelbild an: die Sommersprossen, den Leberfleck am Kinn, die Zähne und ihren Biss. Ihre Zähne waren tadellos und sehr gerade. Ob sie eine Spange getragen hatte? Sie schnitt Grimassen, ernst, albern, streckte die Zunge heraus. Ob sie sie wohl rollen konnte? Es war wie ein neues Spielzeug, dieses Gesicht, dieser Körper. Grace öffnete den Badschrank und untersuchte den Rasierschaum, die Einwegrasierer, das Deo, die Zahnpasta, die Zahnseide – wie ein Detektiv auf Spurensuche. Sie zog die Kappe des Deos ab, Marke Mennen, und schnupperte. Männlich, vertraut. War das Lisas Deo? Ihres? Michaels? Neben dem Waschbecken stand ein wackeliges Tischchen, das mit Make-up, Bürsten, einem Föhn und diversem Schmuck beladen war. Grace suchte nach einer Tasse oder einem Glas, weil sich ihr Mund auf einmal wieder so trocken anfühlte, aber in diesem Bad gab es alles Mögliche, nur kein Trinkgefäß.

Sie trat in den Flur und spähte in Lisas Zimmer hinein. Farbrollen und offene Farbeimer standen auf Zeitungspapier entlang der zur Hälfte in einem kräftigen Türkis gestrichenen

Wände, die im Dunkeln fast leuchteten. Ein großer Haufen Tapetenreste lag auf dem Boden und Lisa hatte sich wie ein Embryo auf ihrer Matratze zusammengerollt.

Grace ging die knarzenden Stufen zur Küche hinunter. Das Haus lag still im Dunkeln. Sie blieb mitten im Raum stehen und ließ den Ort auf sich wirken. Er fühlte sich vertraut an. Sie schloss die Augen und hörte das Klappen der Schranktüren und die Stimme einer Frau, die sie zum Frühstück nach unten rief. Ihre Anspannung ließ nach. Sie öffnete die Augen wieder, und da, vor dem Spülbecken, stand eine groß gewachsene Frau in ihren Vierzigern mit langer, dunkler Lockenmähne in T-Shirt, Jeans und einer bunt bedruckten Schürze. Sie sah aus dem Fenster und lächelte. Mom. Einen Augenblick später war das Bild verschwunden.

Vielleicht hatten sie allesamt recht. Hier würde ihr Gedächtnis wieder zurückkommen. Grace füllte sich ein Glas mit Wasser und nahm noch eine Schlaftablette aus dem Fläschchen am Waschbecken. Sie setzte sich an den Tisch und genoss die Millisekunde einer Erinnerung, als plötzlich ein lautes Klacken die Stille durchbrach.

Grace folgte dem Geräusch in den Flur. Es kam von unten. Unter der Treppe entdeckte sie eine Tür. Sie hob den Haken aus der Öse und die Tür schwang von allein auf, als hätte sie eine unsichtbare Kraft befreit. Kalte, feuchte Luft wehte ihr entgegen. Das Geräusch war jetzt noch lauter. Es musste die Heizung sein. Lisa hatte außerdem gesagt, dass die Sachen ihrer Eltern im Keller waren.

Der Schalter an der Wand brachte keine Beleuchtung. Grace griff nach dem Handlauf und stieg die knarzenden Holzstufen hinunter. Völlige Dunkelheit umfing sie. Sie berührte den kalten Steinfußboden und schrie fast auf, als etwas ihr Gesicht streifte. Aber es war nur eine Schnur. Sie zog daran und eine schwache, nackte Glühbirne erleuchtete den Raum.

Die Heizung in der Ecke rumpelte und gab dann ein letztes Klacken von sich. Die Stille füllte den Raum. Alles hier zog sie an, bettelte fast darum, erkundet zu werden: alte Möbelstücke, Kisten, Haufen mit Kleidungsstücken, in denen noch Bügel steckten, eingerahmte Kunstwerke, bis zum Rand gefüllte Wäschekörbe und Stapelboxen. Überall konnten sich Hinweise auf ihr Leben verstecken. Grace ging zu einem großen, zusammengerollten Teppich und knickte eine Ecke um. Weißer Flokati. Sie befühlte die flauschigen Fasern und lächelte. Es war ihrer. Auf diesem Teppich war sie als Kind in ihrem Kinderzimmer herumgerollt.

Neben der Teppichrolle stand ein weiß angemalter Tisch, der mit Schmetterlingen übersät war. Auch der gehörte ihr. Sie fuhr mit der Hand die Struktur der Farbe nach, die zarten Pinselstriche der Flügel. Ihre Mutter hatte ihn bemalt. Grace ging um den Tisch herum und sah sich alle Seiten genau an: die Schmetterlinge, die Blumen, die fein gezeichneten Bäume und das Gras. Auf der hinteren Seite fand sie Smileys, mindestens ein Dutzend, gemalt mit Filzstift von Kinderhand. War sie das gewesen? Zwischen den lächelnden Gesichtern waren zwei Kreise, die sich überlappten. In jedem stand ein Buchstabe. G und M. Grace und Michael? Aber das waren Kinderzeichnungen. Konnte M für Mom stehen?

Grace setzte sich auf den Fußboden und kramte in den Kisten neben sich. In einem Bilderrahmen war ein Foto einer Frau und eines Kindes, die auf einer Picknickdecke saßen und sich intensiv ansahen. Das Mädchen, wahrscheinlich Lisa, war etwa vier, hatte kurze, feine Haare und beide Hände an das Gesicht der Frau gelegt. Die Frau war eine jüngere Version der Mutter, an die sie sich in der Küche erinnert hatte. Grace strich über das Glas, als könnte sie hindurchfassen und die Haare der Frau berühren. Schmerz wallte in ihr auf, eine überwältigende Sehnsucht nach ihrer Mutter, auch wenn sie nichts mehr von ihr wusste. Was war mit ihr passiert? Mit beiden Eltern? Sie musste Lisa gleich morgen fragen.

Tiefer in derselben Kiste fand sie noch ein Foto, auf dem ein kleines Mädchen unter dem großen Baum vor dem Haus auf einer Schaukel saß. Das Mädchen beugte sich nach hinten, den Mund vor Lachen weit geöffnet, die dunkle Mähne hing herunter, die kleinen Füße hoch in der Luft. Die Haare sahen aus wie ihre eigenen. Grace schloss die Augen und versuchte, den Luftzug heraufzubeschwören, das Geräusch des dicken Asts, der unter dem Zug der Schaukelseile ächzte, die Vögel. Es fühlte sich fast real an – oder war das alles nur Wunschdenken? War das wirklich sie?

Irgendwo draußen setzte ein Heulen ein. Grace ging zum Fenster über der Waschmaschine. Sie konnte nichts sehen, aber das Geheul hörte nicht auf. Zuerst war es nur eine Stimme, dann mehrere. Kojoten.

Grace stand da und hatte auf einmal ein Déjà-vu. Sie versuchte, die seltsame Empfindung einzuordnen. Nichts von dem, was sie sah, war ungewöhnlich: eine alte Waschmaschine, ein etwas neuerer Trockner daneben, eine gusseiserne Schüssel voller dreckiger Wäsche und darüber das Ende einer alten Metallrutsche. Trotzdem wurde ihr schlagartig flau im Magen und kurz darauf erfasste sie Übelkeit. Sie klammerte sich an die Waschmaschine, fühlte sich schlapp und von einer Angst im Griff gehalten, die sie nicht zuordnen konnte. Dann ertönte aus dem Nichts wie ein Alarmsignal ein langer, angsterfüllter Schrei.

Grace riss den Kopf so schnell herum, dass sie vor Schmerz zusammenzuckte. Niemand sonst war im Keller. Aber sie hörte es erneut, das panische Kreischen. Es war ein Kind. Grace presste die Augen zu und versuchte, das Geräusch aus ihrem Kopf zu verbannen. Als es zu einem leisen Wimmern geworden war, atmete sie tief durch und ließ den Kopf nach hinten sinken.

Ihr Blick fiel wieder auf den Wäscheschacht. Es war still, aber in ihrem Magen rumorte es noch immer. Grace befürchtete, sich übergeben zu müssen. Hatte sie Wahnvorstellungen? Waren es Erinnerungen? Sie hastete nach oben und klemmte hinter sich den Türhaken wieder fest.

Auf dem Weg in den ersten Stock blieb sie instinktiv vor einer der mittleren Stufen stehen. Woher wusste sie, dass hier der Geländerstab locker war? Einen Augenblick lang überlegte sie, griff den Handlauf mit beiden Händen, bewegte ihren Fuß langsam auf die Stäbe zu, als wollte sie sie treten, und da hörte sie es: schwere, dick besohlte Stiefel, die die Stufen heraufstürmten und die Stäbe krachen ließen wie Donnerschläge. Die Intensität der Erinnerung raubte ihr die Kraft. Grace sank gegen die Wand und landete unsanft auf einer der Stufen. Ihr Kopf fühlte sich an wie eine defekte Leiterplatte, auf der sie mit Drähten versucht hatte, die Signalwege wiederherzustellen, aber nur Funken und Stromschläge erzeugt und noch mehr Schaden angerichtet hatte.

Sie kehrte ins Bett zurück, lag mit geschlossenen Augen da und wartete vergeblich auf den Schlaf. Erst versuchte sie, gute Gedanken heraufzubeschwören, aber es kamen nur Fragen, Fragen über Fragen. Sie spielte mit ihnen, sortierte und ordnete sie, als wären sie Teil eines Rätsels, überlegte, welche Antworten die dringlichsten waren, welche davon Hinweise auf andere Fragen liefern konnten und was es noch in diesem Haus zu entdecken gab. Die Erschöpfung brachte schließlich den ersehnten Schlaf.

Kapitel 5

Es war Viertel vor zehn, als Grace aufstand. Lisas Tür war geschlossen, aber sie hörte gedämpfte Musik und Lisas Gesang. Grace öffnete die Tür und der laute Song erfüllte das gesamte Stockwerk. Lisa sprang herum und spritzte Farbe an die Wände. Überall auf dem Boden und an der Decke waren Farbspritzer. Als sich Lisa zu ihr umwandte, machte sie einen Satz.

»Hilfe, hast du mich erschreckt«, rief sie. »Guten Morgen! Na, was hältst du von meinem Meisterwerk?« Die Wände erstrahlten nun vollständig in kräftigem Türkis, aber Lisas großer Pinsel troff vor schwarzer Farbe. Schwarze Spritzer bedeckten Teile der Wände. Lisa war selbst voller Farbspritzer, aber ihre Augen strahlten vor Stolz.

Grace wusste nicht, was sie zu dem Chaos sagen sollte. Es hatte etwas von einem Nachtclub, nur ohne Schwarzlicht.

»Wie hast du geschlafen?« Lisa versah die Wand mit der nächsten Ladung Spritzer.

Grace beneidete Lisa um ihre Energie. Sie schien das komplette Gegenteil von ihr zu sein. »Ich weiß nicht. War oft wach. Bin rumgelaufen.«

»Echt? Hab ich gar nicht gehört. Ich bin schon seit Ewigkeiten wach. Mir reichen meistens fünf Stunden Schlaf.«

War sie tatsächlich herumgelaufen oder hatte sie das nur geträumt? »Ich bin noch etwas benebelt.«

»Ist dir irgendwas eingefallen?«

»Ja, dass ich gestern hergekommen bin.«

Lisa musste sich ein Lachen verkneifen. »Erinnerst du dich an die Polizei, die gestern hier war?«

»Polizei«, wiederholte Grace und durchkämmte ihr Gehirn nach der Begegnung.

Lisa ließ den Pinsel sinken und kam zu ihr. »Weißt du noch, was sie über Michael gesagt haben?«, fragte sie leise.

Grace kämpfte sich durch den Nebel in ihrem Kopf.

»Deinen Exfreund?«

Es waren Bruchstücke da, sie konnte sie sehen, aber …

»Er ist tot«, sagte Lisa, als wäre es kalter Kaffee.

»Ach ja.« Grace nickte. »Ja, richtig, das stimmt. Du hast Suppe gekocht.«

»Stimmt.« Lisa lächelte sie verunsichert an und wandte sich wieder ihrem Pinsel zu.

»Bitte.« Grace drückte panisch Lisas Arm. »Hilf mir!«

Lisas Arm wurde rot. »Lass mich los«, sagte sie mit gepresster Stimme.

Grace zog sofort ihre Hand zurück.

Lisas schmerzerfüllter Gesichtsausdruck wich dem besorgten Blick aus dem Krankenhaus. »Natürlich helfe ich dir.«

»Es tut mir leid. Ich muss einfach wissen, wer ich bin. Ich brauche eine Vergangenheit.«

Lisa umarmte sie, aber es fühlte sich an wie eine Bühnenanweisung, mit der beide sich unwohl fühlten. Sanft tätschelte Lisa ihr den Rücken. »Ist schon gut. Hol dir einen Kaffee und mach dir eine Schale Müsli. Ich habe deine Lieblingssorte gekauft. Ich mache nur rasch die Pinsel sauber. Bin gleich da.« Sie führte sie aus der Tür und schob sie sanft zur Treppe.

Grace stieg vorsichtig die Stufen hinunter und ließ sich vom

Duft der gerösteten Kaffeebohnen leiten. Nachdem sie sich eingeschenkt hatte, nahm sie die Müslipackung aus dem Hängeschrank rechts neben dem Ofen und ließ den Blick durch den Raum schweifen. »Dort drüben«, murmelte sie und steuerte für die Schale direkt auf einen anderen Küchenschrank zu. Sie wusste, wo sich alles befand, als wäre ihr Körper auf Autopilot.

Der Kaffee war heiß und stark und rann wohltuend die Kehle hinunter. Grace saß am Tisch und sah aus dem Fenster zum Wald. Die Äste lagen voller Schnee und formten ein wattiges Dach auf den dicken Stämmen. Lisas Schritte über ihr ließen das Holz knarren; Möbel wurden auf den Holzdielen herumgeschoben. Grace hielt sich die Ohren zu; es war zu laut und unangenehm wie Fingernägel auf einer Tafel.

Ihr Blick fiel auf die Linoleumfliesen. Das Muster zog sie in seinen Bann. Grace konzentrierte sich auf die Linien in jeder Fliese, aber das Muster fing an zu wandern. Die Formen veränderten sich. Grace wusste, dass es nicht real war, aber zur Sicherheit stellte sie ihre Füße auf die Querstreben des Stuhls und drückte sich die Fäuste gegen die Augen, als könnte sie die Bilder hinauspressen. Dann richtete sie ihren Blick auf das Wohnzimmer, wo die Morgensonne den Teppich bestrahlte. Vorsichtig sah sie wieder nach unten. Der Boden hatte aufgehört, sich zu bewegen, und sie konnte ihre Füße wieder darauf absetzen. Sie nahm einen Schluck Kaffee, goss Milch über ihr Müsli und schob sich ein paar Löffel voll in den Mund, aber es hatte keinen Zweck. Die Übelkeit war zurück.

Als Lisa in die Küche kam, zwang sich Grace dazu, sich gerade hinzusetzen. »Erzählst du mir von Michael? Und unseren Eltern? Unserer Kindheit?«

Lisa setzte sich ihr gegenüber und tippte mit den Fingern gegen den Stuhl, als wüsste sie nicht, wo sie anfangen sollte. »Na schön. Michael. Ihr wart echt lange zusammen, obwohl ich ehrlich gesagt nicht verstehe, wieso. Aber ich habe leider auch keinen besonders guten Männergeschmack.« Ihre Blicke trafen sich. »Und wir hatten auch nicht immer das engste Verhältnis.«

»Wieso nicht?«

»Ich weiß nicht. Vielleicht, weil ich älter bin. Ich bin zu Hause ausgezogen, da warst du gerade mal dreizehn, und danach war es einfach nicht mehr diese typische Geschwisterbeziehung. Aber du kamst zu mir und wolltest bei mir einziehen, und ich habe mich gefreut.«

»Aber ich verstehe nicht. Warum …«

Das Telefon klingelte, bevor sie den Gedanken vollenden konnte. Lisa sprang auf wie eine schreckhafte Katze. Es war schwer auszumachen, wer am anderen Ende war. Sie sagte nur Dinge wie »Ja … in Ordnung … okay … und wo sind Sie? Alles klar.«

Grace massierte sich die Schläfen. Das Pochen hatte wieder eingesetzt.

Lisa legte auf und hockte sich neben sie. »Was ist los?«

»Kopfweh.«

Lisa ging zu der Batterie von Medikamenten aus dem Krankenhaus, die sie auf der Arbeitsplatte aufgereiht hatte. »Hier. Zeit für deine Medizin. Das wird dir helfen.«

Grace schluckte die Tabletten und wartete auf die Wirkung.

»Die Polizei war dran«, sagte Lisa. »Wir sollen aufs Revier kommen.«

»Wieso?«

»Na ja, immerhin gab es einen Mord. Sie werden neue Fragen haben. Aber mach dir keine Sorgen. Es ist bestimmt reine Routine. Ich muss nur vorher noch duschen. Wir sollen in einer Stunde da sein.«

Grace brauchte auch eine Dusche, aber sie war nicht sicher, ob sie so lange stehen konnte. Vielleicht nahm sie lieber später ein Bad. Sie stieg langsam die Treppe hinauf und sah absichtlich nicht auf die lockeren Stäbe. Der Wandschrank war leer, auch in der Kommode lagen nur wenige Kleidungsstücke. Grace entschied sich für eine Jeans, die sauber zusammengelegt in einer der Schubladen lag.

Die Fahrt aufs Revier dauerte eine halbe Stunde. Lisa half ihr aus dem Auto und geleitete sie ins Gebäude. Die Rippenschmerzen waren gut auszuhalten, aber ihr Gleichgewichtssinn spielte verrückt. Hackett und Bishop warteten schon im Eingangsbereich.

Hackett kam auf Grace zu und wollte sie stützen. »Geht es Ihnen besser heute?«

Grace zog ihren Arm zurück und zwang sich zu einem Lächeln. »Danke, es geht schon. Mir wird nur schwindlig, wenn ich aufstehe.«

»Hier entlang«, sagte Bishop und führte sie in einen kleinen Raum. Die Wände waren weiß wie im Krankenhaus und lösten in Grace den dringenden Wunsch aus, zurück in ihr Krankenhausbett zu kriechen und die Augen zu schließen, vielleicht für immer.

Hackett zog ihr einen Stuhl heran. »Vielen Dank, dass Sie gekommen sind. Wir werden versuchen, es kurz zu halten.« Lisa nahm den Stuhl neben ihr und zog ihre Jacke aus.

Als sie Grace helfen wollte, ihren Mantel abzulegen, lehnte Grace ab. Bishop und Hackett nahmen auf der anderen Tischseite Platz. Bishop übernahm wieder die Führung. »Und? Was sagt das Gedächtnis?«

»Ich habe meine Mutter gesehen«, antwortete Grace kaum hörbar.

»Was?«, fuhr Lisa dazwischen.

Grace wartete, bis sie ihre Gedanken im Griff hatte. »Gestern Abend in der Küche. Es muss eine Erinnerung gewesen sein. Ich sah sie an der Spüle stehen, mit einer Schürze um den Bauch.«

Hackett beugte sich vor. »Also fallen Ihnen allmählich wieder Dinge ein?«

Grace wandte ihm den Kopf zu und musste ein Auge schließen, weil durch die Bewegung kurz alles verschwommen war. Trotzdem fiel ihr etwas an seiner Haltung und seinem Gesichtsausdruck auf. Die Art, wie er gebannt auf ihre Antwort wartete. Sie war ihm nicht egal. »Vielleicht. Wenn ich durchs Haus laufe, kommen lauter Gefühle hoch.«

Bishop räusperte sich. »Wir möchten Sie über einige Dinge in Kenntnis setzen. Vielleicht kommen wir ja so weiter.« Er stieß seinen Partner an, als müsste Hackett an die eigentliche Aufgabe erinnert werden.

»Prima«, sagte Lisa fröhlich.

»Wir wissen nun einiges mehr über Mr Cahill, also Michael.« Hackett legte sich Stift und Notizblock zurecht. Neben ihm stand eine weiße Aktenbox. Bishop verschränkte die Arme und kippelte mit seinem Stuhl nach hinten. »Zum einen war Michael offensichtlich Drogenkonsument. In seinem Nachttisch haben wir einen ziemlich großen Beutel mit Marihuana gefunden.«

Grace war unsicher, ob das etwas bedeuten sollte, aber ihr sagte das nichts.

»Weiß jemand von Ihnen etwas darüber?«

»Mich brauchen Sie nicht anzusehen«, blockte Lisa ab.

Alle warteten auf Graces Antwort. »Nein«, sagte sie.

Bishop nickte, als glaubte er ihr kein Wort, als hätte er schon Hunderte Mörder verhört und ihre Antworten würden genau ins Muster passen. Grace hatte auf einmal das unbedingte Bedürfnis, diesen Mann zufriedenzustellen. Sie wollte genau das sagen, was er hören wollte, und helfen, den Fall zu lösen, ihn zum Lächeln bringen und dafür sorgen, dass er sie nicht mehr wie eine Laborratte inspizierte. Aber sie wusste nicht, wie.

»Wir haben auch Grund zu der Annahme, dass Michael Glücksspiel betrieb.«

Grace sah Hackett Hilfe suchend an. Lisa schaltete sich ein. »Warum sagen Sie das?«

»Seine Kontoauszüge zeigen, dass er nie eine Kreditkarte benutzte. Seine Bonität ist eher schlecht, also gehen wir davon aus, dass er in der Vergangenheit Probleme mit Geld hatte.«

»Und was hat das mit Glücksspiel zu tun?«

»Nun, nichts, zumindest nicht direkt. Aber er hat ziemlich regelmäßig nach seinem Gehaltsscheck Geld abgehoben und alle paar Wochen sogar beträchtliche Summen. Hin und wieder hat er große Geldbeträge eingezahlt.«

»Ich sehe da keine Verbindung«, meldete sich Grace zu Wort, ohne jemanden anzusehen. Es war am besten, wenn sie den Kopf gar nicht bewegte, also sah sie einfach vor sich auf den Tisch.

Diesmal antwortete Hackett. »Grace, wir ermitteln derzeit in alle Richtungen. Jemand mit schlechter Bonität kann nicht gut mit Geld umgehen, ein Glücksspieler kann auch nicht gut mit Geld umgehen, und wer große Summen abhebt, könnte ein Glücksspieler sein.«

Lisa schnaubte. »Mehr haben Sie nicht? Ich meine, die Sache ist jetzt eine Woche her. Was ist mit der Mordwaffe? Fingerabdrücken? DNA-Spuren? Wurde etwas gestohlen?«

Schwungvoll ließ sich Bishop auf dem Stuhl wieder nach vorne kippen. »Wir gehen sehr vielen Spuren nach, Miss Abbott. Es ist eine ganze Sondereinheit auf diesen Fall angesetzt, und die Forensiker untersuchen diverse Gegenstände. Nur weil wir hier in einer Kleinstadt sind, heißt das nicht, dass wir nicht wissen, was wir tun. Aber es kann ein bisschen dauern, vor allem die Untersuchung der DNA-Spuren.«

»Entschuldigung«, sagte Lisa. »Ich wollte Ihnen nicht zu nahe treten.«

Bishop hob einen Mundwinkel. »Nichts für ungut. Alle denken immer, das Labor wäre spätestens nach einer Stunde fertig.«

»Wie bei *CSI*«, grinste Lisa.

»Ja, aber so schnell geht es nicht. Es gibt nur ein Labor für ganz Michigan.«

»Dann bitte, machen Sie weiter. Ich dachte nur, Sie hätten vielleicht eine heiße Spur oder so was.«

Bishop sah Hackett an und verdrehte die Augen. »Nun, dann sage ich Ihnen mal, was wir wissen. Zum einen, dass sein Auto nicht gestohlen wurde. Zunächst hatten wir das in Betracht gezogen, weil es nicht am Tatort war, aber wie sich herausstellte, hatte er es am Freitagnachmittag für einen Ölwechsel in die Werkstatt gebracht.«

Alle Blicke richteten sich erwartungsvoll auf Grace. Sie zuckte mit den Schultern.

»Und wir hoffen«, fuhr Bishop fort, »dass Sie oder Grace uns dazu etwas Aufschlussreiches sagen können.« Er nickte Hackett zu, der einige Umschläge aus dem Karton holte.

»Das könnte etwas unangenehm werden«, sagte Hackett.

Grace wartete darauf, dass er noch mehr erklärte. Es störte sie, dass alle sie nach jedem Satz anstarrten und auf eine Reaktion warteten.

Hackett schob einen durchsichtigen Beweisstückbeutel über den Tisch. Darin lag ein stark vergrößertes Foto von Michael und einer attraktiven Blondine, die beide in die Kamera lächelten.

»Erkennen Sie diese Frau?«, fragte Hackett.

»Nein«, antwortete Grace. »Du vielleicht?«, wandte sie sich an Lisa.

»Nein«, wiederholte diese. »Woher ist das Foto?«

»Die Frau hat es am Freitag vor dem Mord auf Facebook veröffentlicht. Michael war markiert und sie hatte ›Glückwunsch!‹ daruntergeschrieben.«

Grace sah Hackett an. Die Information löste nichts in ihr aus.

»Hat einer von Ihnen eine Idee, wozu sie ihm gratuliert haben könnte?«

»Nein.«

»Und was ist hiermit?« Hackett schob den nächsten Umschlag über den Tisch. Grace nahm ihn und inspizierte den Behälter mit verschreibungspflichtigen Medikamenten. Xanax, für Grace Abbott von Dr. Bethany Newell.

»Sind das meine?«

»Offensichtlich.«

»Und was hat das mit Michael zu tun?«

»Nun, angesichts der Rauschmittel am Tatort haben wir das Labor einen ersten toxikologischen Schnelltest machen lassen«, sagte Bishop. »Dieses Medikament war zum Todeszeitpunkt in seinem Blut.«

Lisa beugte sich vor und breitete die Arme wie einen Schild vor Grace aus. »Na und? Ich meine, es geht doch gar nicht um Drogen oder Medikamente. Er wurde erschossen, haben Sie gesagt.«

»Das stimmt, Miss Abbott, und wir suchen selbst noch nach einer Erklärung«, sagte Hackett. »Aber es gibt noch mehr. Wir haben auch die hier gefunden.« Er holte mehrere Tüten aus dem Karton. In jeder steckte ein zwanzig mal fünfundzwanzig Zentimeter großes Foto, das zwei nackte Menschen auf einem Bett zeigte.

»Was ist das?«, wollte Grace wissen.

»Die sagen Ihnen auch nichts?«, fragte Bishop ungläubig.

Grace wollte am liebsten schreien. Sie hatte das Gefühl, mit dem Kopf gegen die Wand zu rennen. Wieso kapierte er es nicht? Sie massierte sich die Schläfen und stützte den Kopf in die Hände. »Mir sagt überhaupt nichts etwas.«

»Was wir sicher wissen, ist, dass der Mann auf den Bildern Michael ist«, fasste Bishop zusammen.

Lisa betrachtete die Fotos. »Aber Grace ist das jedenfalls

nicht.« Die Frau saß mit dem Rücken zur Kamera auf ihm. Man konnte nur ihre platinblonden langen Haare sehen.

»Die Haare stimmen nicht, das ist richtig«, stimmte Hackett zu. »Und das Foto scheint nicht in Cahills Haus gemacht worden zu sein, weswegen wir davon ausgehen, dass es sich um eine andere Frau handelt. Auf der Rückseite ist übrigens ein Datum vermerkt. Hier, erster Dezember.«

»Und was bedeutet das?«, fragte Lisa.

»Das wissen wir noch nicht«, erwiderte Bishop. Grace wickelte sich eine Haarsträhne um den Finger, betrachtete die Farbe und fragte sich, ob das ein gutes Zeichen war.

»Könnte das die Frau auf dem Facebook-Foto sein?«, überlegte Lisa.

»Möglich«, sagte Hackett, nahm die Fotos an sich und legte sie säuberlich nebeneinander.

»Arschloch«, kam es von Lisa. »Ich wusste, dass er ein Vollidiot ist.«

Bishop hob die Augenbrauen. »Kannten Sie Michael?«

»Natürlich.«

»Wieso natürlich?

»Wir kennen ihn schon ewig. Wir waren schon als Kinder Nachbarn. Haben jahrelang zusammen gespielt. Aber als Freunde würde ich uns nicht gerade bezeichnen.«

»Warum nicht?«

»Wie Sie gesagt haben, er hatte mit Drogen zu tun. Wenn Sie mich fragen, er war kein guter Mensch. Und er war viel zu alt für Grace. Wollte immer wissen, wo sie war und mit wem. Das hat die Beziehung natürlich belastet. Und deswegen hatten Grace und ich die letzten Jahre auch kein besonders enges Verhältnis.«

Endlich offenbarte Lisa etwas mehr über ihre Beziehung. Grace beugte sich interessiert vor.

»Wissen Sie, ob er Drogen verkauft hat?«, fragte Bishop.

»Nein.«

»Na gut. Wie gesagt, wir ermitteln in alle Richtungen. Es war ein ziemlicher Vorrat an Marihuana. Und wer in illegale Machenschaften verstrickt ist, kann es mit gefährlichen Leuten zu tun bekommen.«

»Das kann ich mir nicht vorstellen. Grace hätte so etwas nie zugelassen.«

»Wussten Sie, dass Cahill Grace betrog?«

Jetzt schien Lisa der intensive Blick des Polizisten zu irritieren. »Das habe ich nicht gesagt.«

Hackett übernahm. »Können Sie uns etwas dazu sagen?«

Lisa warf Grace einen Seitenblick zu. »Ich habe mich nur gefragt, ob Grace ihn vielleicht deswegen verlassen hat. Ist das nicht der Grund für viele Trennungen?«

Bishop nickte beiläufig. »Grace, wir möchten Sie um ein paar Dinge bitten.«

Grace konnte seinem stechenden Blick nicht lange standhalten und sah wieder auf den Tisch herunter. »Gern.«

»Zunächst hätten wir gern Ihre Fingerabdrücke. Wir haben jede Menge Fingerabdrücke vom Tatort, aber da Sie und Michael beide dort gewohnt haben, wüssten wir gern, welche davon Ihnen gehören und welche weder Ihre noch Cahills sind.«

»Ist gut.«

»Und wir möchten Sie gern einem Lügendetektortest unterziehen.«

»Wie bitte?« Lisa saß kerzengerade.

»Das ist reine Routine.«

»Sie hat kein Gedächtnis, verstehen Sie? Wie zum Kuckuck soll sie da lügen?«

Grace legte Lisa eine Hand auf den Arm, was sie beide überraschte. Lisa versuchte offensichtlich zu helfen, aber es schien ein Fehler zu sein, die Polizisten zu verärgern.

Bishop hob abwehrend die Hände. »Wir behaupten nicht,

dass Grace lügt. Aber wir möchten gern bestätigt haben, was sie weiß oder nicht weiß.«

»Von mir aus«, sagte Grace und hoffte, dass sich ihre Ruhe auf ihre Schwester übertrug. »Ich sehe nicht, was das bringen soll, aber wenn Sie das wollen, bitte schön.«

»Sehr gut«, sagte Bishop lächelnd. »Das hilft uns weiter. Wir können die Fingerabdrücke gleich heute nehmen. Wegen des Detektors rufen wir Sie noch einmal an.«

»Also schön«, sagte Grace und war froh, ein Lächeln zustande gebracht zu haben. Sie stand auf, musste sich aber sofort am Tisch festklammern und ein Auge zukneifen, um nicht umzufallen. Hackett eilte herbei und bot ihr seinen Arm an. Er führte sie aus dem Zimmer und durch den Flur zum Fingerabdruckscanner.

»Alles in Ordnung?«, fragte er.

Sie löste sich von ihm, als sie ihr Gleichgewicht wiederhatte. »Ja, vielen Dank. Sie sind übrigens viel netter als der andere.«

Ihr Kompliment führte nicht zur gewünschten Reaktion. Sein Lächeln erstarb.

Als er aber ihre Finger einzeln auf den Scanner drückte und festhielt, bis die Aufnahme beendet war, stand er so nah, dass sie sein Aftershave riechen konnte. Sie kannte den Duft irgendwoher. »Wie heißen Sie noch mal?«

»Hackett, Justin Hackett«, sagte er, ohne sie anzusehen.

»Justin«, wiederholte sie. »Schöner Name.«

Er sah sie intensiv und prüfend an. Grace lächelte.

»Erinnern Sie sich an etwas?«

»Sollte ich?«

Er schüttelte lächelnd den Kopf. Irgendetwas war mit ihm, aber sie bekam es nicht zu fassen. Sie fühlte sich in seiner Nähe nicht belauert. Sondern sicher, selbst beim Abnehmen der Fingerabdrücke.

Als sie zurück ins Vernehmungszimmer kamen, beäugte

Bishop sie wie eine Außerirdische. »Samstagmorgen, woran erinnern Sie sich noch?«, fragte er gerade Lisa. »Haben Sie Grace im Bad gehört? Wie die Haustür zuging? Das Auto? Es würde uns sehr helfen, ihren genauen Aufenthaltsort zu bestimmen.«

»Das hatten wir doch schon. Sie hatte einen Autounfall.«

»Ja, aber die Kollegen am Tatort kamen dort kurz vor neun Uhr an. Ihre Ermittlungen ergaben, dass der Unfall zwischen einer halben und einer ganzen Stunde her war.«

»Und wann starb Michael?«, fragte Lisa.

»Das wissen wir nicht genau. Gemessen vom Zeitpunkt, an dem er gefunden wurde, hat uns der Gerichtsmediziner ein Zeitfenster genannt. Definitiv am frühen Samstagmorgen, aber das kann sowohl vor als auch nach dem Unfall passiert sein.«

Grace richtete sich auf und benannte, was sowieso alle dachten. »Also halten Sie es für möglich, dass ich es war.«

Hackett schüttelte den Kopf. »Wir dürfen einfach noch nichts ausschließen. Das ist alles.«

Lisas Wangen brannten. »Das ist doch verrückt. Sie kennen sie doch überhaupt nicht. Das war nicht Grace. Nie im Leben. Ja, sie war vielleicht wütend, aber …« Sie zögerte und schien zu überlegen, was jetzt das Richtige war.

»Wohin könnte sie denn gewollt haben?«, fragte Hackett.

»Das habe ich doch schon gesagt.« Lisa wurde wieder laut. »Joggen gehen. Einen Kaffee trinken. Was weiß ich.« Sie schlug mit der Hand neben Hacketts Notizblock auf den Tisch. »Ich weiß, worauf das hinausläuft.« Sie stand auf. »Ich denke, wir sollten gehen, Grace.«

Grace reagierte nicht sofort. Lisa zog an ihr. »Ich will hier nicht sitzen und Ihnen dabei helfen, meiner Schwester einen Mord in die Schuhe zu schieben, nur weil sie sich im Augenblick nicht vernünftig verteidigen kann.«

»Vielleicht sollte ich zu Michaels Haus fahren«, schlug Grace vor. »Möglicherweise erinnere ich mich dann.«

»Das wäre gut«, meinte Bishop.

»Kommt überhaupt nicht infrage.« Lisa zog an Graces Arm. »Komm, wir gehen.«

Bishop stand auf. »Miss Abbott, wir tun nur unsere Arbeit. Wir schieben hier niemandem etwas in die Schuhe.«

Grace stand vorsichtig auf und folgte Lisa, die schon die Tür aufhielt. »Ich weiß, dass Sie nur Ihre Arbeit machen und dass es einen Mord aufzuklären gibt, aber ich versuche hier alles, damit es meiner Schwester besser geht. Ihr Arzt hat ihr Ruhe verordnet und kaum ist sie zu Hause, steckt sie mitten in einem Mordfall. Das muss sehr verwirrend für sie sein, und wir sollten nichts tun, was sie noch mehr belastet, vor allem nicht, ohne mit ihren Ärzten Rücksprache zu halten.«

Die Polizeibeamten folgten ihnen in den Empfangsbereich.

»So wie ich das sehe, führt die Spur ganz woandershin«, fasste Lisa zusammen. »Glücksspiel, Drogen und wer weiß, was noch. Vielleicht hat sich Michael in einer Bar mit dem falschen Typen angelegt. Sie wissen doch noch gar nichts. Wehe, Sie versteifen sich hier auf die erstbeste Tatverdächtige.«

Grace betrachtete das Hin und Her und musste kichern. Sie alle schienen aus einem Comic entsprungen zu sein: eine rauflustige Rockgöre, die eine mit Pillen zugedröhnte Hohlbirne aus dem Verhör zerrte, und zwei Polizisten, die ihnen wie zwei Kandidaten aus Keystone Kops hinterhertappten.

Bishop versuchte, ihre Schwester zu beruhigen, was ihm offensichtlich nicht gelang. »Also schön, Miss Abbott. Wir geben ihr noch ein paar Tage. Es gibt noch andere Spuren, die wir verfolgen. Tun Sie uns den Gefallen und bleiben Sie in der Stadt.«

»Wir gehen sowieso nirgendwohin«, antwortete Lisa.

Sie zog so heftig an der Eingangstür, dass diese mit großem Schwung auf- und wieder zuflog und Grace von hinten traf, als sie aus dem Gebäude trat. Grace wurde nach vorn gestoßen und schrie auf, weil ihr der Schmerz durch den Brustkorb fuhr, aber

Lisa stürmte unbeeindruckt weiter zum Auto. Grace folgte ihr wie eine alte Frau durch die klirrende Kälte.

Im Auto drehte sich Lisa zu ihr und sah sie mit verhärteten Gesichtszügen an. »Sag mal, spinnst du?«

Grace vergaß ihre Schmerzen und lachte.

»Du hast keine Ahnung, was da am Samstagmorgen gelaufen ist. Du kannst doch nicht einfach anbieten, in das Haus zurückzugehen. Die werden jede deiner Bewegungen beobachten, jede Reaktion. Hast du nicht verstanden? Die sammeln Beweise gegen dich. Hilf ihnen nicht auch noch dabei.«

»Ich dachte, ich könne es gar nicht gewesen sein?«

»Nur weil ich das gesagt habe, heißt das noch lange nicht, dass sie mir auch glauben.«

Graces Kopfschmerzen setzten wieder ein. Sie schloss die Augen und ließ den Kopf gegen den Sitz sinken.

»Und hör auf zu lachen. Das ist nicht lustig.« Lisa sah auf die Uhr. »Schnell nach Hause. Du musst dich ausruhen und ich habe zu tun. Und bis du dich wieder an alles erinnerst, soll die Polizei mal schön ihre Arbeit selbst machen, ja?«

Grace willigte ein.

Kapitel 6

Hackett beobachtete, wie der Wagen der beiden Frauen vom Parkplatz rollte. »Warum hast du das Kasino nicht erwähnt?«, fragte er seinen Partner. Sie wussten mittlerweile, dass das Foto mit der Blondine im Four Winds Casino aufgenommen worden war, und laut ihrem Facebook-Profil arbeitete die Frau auch dort.

»Wir müssen höllisch aufpassen. Grace ist vielleicht von dem Unfall traumatisiert, vielleicht auch von etwas, das sie in Cahills Haus gesehen hat. Oder sie ist unsere Täterin. Ich will noch nicht alle Karten auf den Tisch legen.«

»Sollten wir nicht hinfahren?«

»Unnötig. Wir haben seit heute Morgen, was wir brauchen.«

»Was soll das heißen?«

»Kewanee war schon mit der Stammespolizei dort. Das Kasino gehört den Potawatomis, und sie helfen uns, wenn es um Stammeseigentum geht. Er hat schon herausgefunden, dass die Frau dort kellnert, ihre Schichten letzte Woche getauscht und diese Woche frei hat. Niemand hat sie gesehen, zu Hause oder auf der Arbeit. Sie ist wohl verreist, sagen alle. Jedenfalls muss sie erst wieder am Freitag arbeiten.«

»Die Frau und das Opfer hatten also am Tag vor seinem

Tod Kontakt – und jetzt ist sie auf einmal verreist?«

»Ja, schon, aber es ist noch ein bisschen früh für wüste Vermutungen. Vielleicht macht sie auch nur Ferien.« Bishop nahm an seinem Schreibtisch Platz und blätterte in seinen Notizen. »Wie weit bist du mit Graces Anrufliste?«

Hackett ging zu seinem Schreibtisch gegenüber und suchte in seinen Akten. »Der Beschluss ging letzten Donnerstag raus, aber der Telefonanbieter meinte, es würde mindestens eine Woche dauern, die Anrufe und SMS herauszusuchen.« Er hoffte, dass es länger dauerte. Wenn Bishop die Verbindungsnachweise sah, bevor sie den Täter gefunden hatten, war es aus.

Sein Vorgesetzter nippte am Kaffee und widmete sich wieder seinem Muffin, den er wegen der Befragung der Frauen beiseitegelegt hatte. »Außerdem haben wir gerade neue Informationen bekommen.«

Hackett setzte sich. »Und die wären?«

»Als du die Fingerabdrücke genommen hast, erwähnte Lisa, dass Cahill ziemlich ausfallend werden konnte. Grace hatte Angst vor ihm.« Bishop zog einen Mundwinkel hoch, als hätte er gerade einen besonderen Fund gemacht. Oder als wäre es doch Grace gewesen, die Cahill erschossen hatte. Ausgerechnet Grace, die wirklich schon genug durchgemacht hatte!

Hackett war überzeugter denn je, dass es die bessere Wahl gewesen war, nichts zu sagen. Irgendjemand musste Grace aus der Schusslinie ziehen. »Wir haben aber nichts in den Akten, was auf häusliche Gewalt hinweist.«

»Mag sein. Aber das heißt überhaupt nichts. Ruf im Labor an und frag nach Miles. Sag ihm, wir haben Graces Fingerabdrücke und müssen jetzt wissen, ob sie mit denen auf den Fotos übereinstimmen.«

»In Ordnung. Meinte er nicht, es gebe verschiedene Fingerabdrücke auf den Fotos?«

»Ja. Aber die von Cahill sind jedenfalls nicht dabei. Wenn

Grace die Fotos in der Hand hatte, dann könnte sie ein Motiv gehabt haben – Mord aus Eifersucht.«

Hackett griff zum Telefon und schickte ein Stoßgebet für Grace zum Himmel. Und für sich selbst. Als er auflegte, griff Bishop gerade nach seiner Jacke. »Los. Wir fahren nach Berrien Springs.«

* * *

Der Wind vom Lake Michigan her hatte aufgefrischt und wehte den Schnee der vergangenen Woche auf die Straße. Noch immer lag alles unter einer dichten weißen Decke und auch was die Temperaturen betraf, war keine Besserung in Sicht. Hackett rieb die Hände aneinander und versuchte, sich auf die Fakten zu konzentrieren und den ebenso coolen Ermittler zu geben. Aber seine Gedanken schweiften immer wieder ab und kreisten um Graces Gesicht und diesen einen Anruf, der ihn Kopf und Kragen kosten konnte.

»Was ist?«, fragte Bishop.

»Nichts«, antwortete Hackett und sah hinaus auf die weißen Felder.

»Hast du ihn dir schon angeschaut – *Ich glaub', mich knutscht ein Elch!?*«

Hackett schmunzelte. »Den hast du mir doch erst gestern empfohlen.«

»Na und? Was hast du denn sonst vor? Wie schlägt so ein Jungspund wie du hier überhaupt die Zeit tot? Einen Kater scheinst du jedenfalls nie zu haben, also vermute ich, dass du keiner von der Sorte bist.«

»Nein.«

»Na, komm schon«, hakte Bishop nach. »Raus mit der Sprache. Ich habe schon fast ein halbes Jahrhundert auf dem Buckel. Mann, klingt das scheiße. Weißt du, wie ich meine

Freizeit verbringe? Beim Basketball, beim Ballett, mit Hausarbeit. Habe ich schon Ballett gesagt?«

Hackett musste lachen.

»Also ist es meine verdammte Pflicht, stellvertretend durch meinen gut aussehenden Grünschnabel und Partner zu leben, der es hoffentlich ordentlich krachen lässt! Ich meine, guck dich doch mal an!«

Hackett lachte wieder. »Wohl kaum. Du wärst schrecklich enttäuscht.«

»Hast du ein Mädchen?«

»Nein.«

»Und deine Leute wohnen in Indiana?«

»Ja. Chesterton. Hab sie schon eine ganze Weile nicht mehr gesehen.«

»Na, das wird sich ja wohl bald ändern.«

»Wieso?«

»Weihnachten.«

»Ach ja, bestimmt.« Ganz bestimmt nicht. Seine Mutter hatte ihm schon mehrfach auf den Anrufbeantworter gesprochen und er kam womöglich in Teufels Küche, wenn er nicht hinfuhr, aber er war nun mal nicht besonders gut darin, heile Welt zu spielen. Und er wollte nicht, dass sie ihn mitleidig ansahen wie einen verletzten Vogel. Er konnte ihr Mitgefühl nicht ertragen.

»Jedenfalls sollten wir diesen Fall besser lösen, und zwar gestern.«

»Wieso die Eile?«

»Er passt mir gerade überhaupt nicht in den Kram.«

»Wegen Weihnachten?«

»Ja, und weil ich Doppelschichten schiebe. Sandys Mutter ist wieder im Krankenhaus. Sieht nicht gut aus.«

»Was hat sie denn?«

»Krebs. Sie kämpft schon seit Jahren dagegen an, aber es

sieht aus, als wäre der Kampf verloren. Sandy weicht ihr nicht mehr von der Seite. Sie rechnet damit, dass es jeden Augenblick zu Ende geht. Sie ist Tag und Nacht in St. Joe.«

»Das ist hart.«

»Ja. Versteh mich nicht falsch, ich mag meine Schwiegermutter, und ein Elternteil zu verlieren, ist beschissen, aber ich war noch nie allein für den ganzen Weihnachtskram verantwortlich. Ich soll jetzt auf einmal alles stemmen.«

»Wie alt sind denn deine Kinder?«

»Fünfzehn, dreizehn, elf und neun.«

»Wow, das ist ja eine ganze Mannschaft. Wenigstens sind sie aus dem Gröbsten raus, nicht wahr?«

Bishop schüttelte den Kopf. »Du hast keine Ahnung, was für ein Albtraum das mit den Geschenken ist. Die Älteren haben ja noch Verständnis dafür, dass es wegen Grandma kein so tolles Jahr wird, aber Paige, unsere Neunjährige, glaubt immer noch an den Weihnachtsmann. Gestern Abend wollte sie, dass ich eine App auf meinem Telefon installiere, mit der man seine Position verfolgen kann. Damit wir genau wissen, wann er an Heiligabend nach Michigan kommt.«

»So was gibt's?«

»Oh ja. Und die Älteren wollen nur noch dieses Elektronikzeugs. PlayStation, Wii, Xbox. Zum Glück für meinen Sohn spiele ich ja auch ganz gerne mal. Aber diese iPods, iPads, iPhones – ich hasse diesen ganzen i-Mist! Die sollen endlich aufhören, meinen Kindern diesen teuren Schrott anzudrehen.«

Hackett schmunzelte.

»Ich lehne das alles ab«, fügte Bishop hinzu. »Aber nichts gibt einem so sehr das Gefühl, ein Versager zu sein, als enttäuschte Kinder am Weihnachtsmorgen.«

Hackett dachte an Donny und wie er seine Geschenke aufmachen würde, wahrscheinlich zum ersten Mal selbstständig und ohne Hilfe. Er würde strahlend das Papier aufreißen, vergnügt in einem leeren Pappkarton spielen – und Hackett war nicht dabei.

»Na, du bist mir ja ein echter Dauerquassler«, stellte Bishop fest.

»Tschuldigung.« Seine Gedanken kreisten nun um Weihnachten und darum, dass jedes Weihnachtsfest ab sofort nur noch verkrampft ablaufen würde.

Sie fuhren zwanzig Minuten schweigend vor sich hin. Als Bishop auf die Shawnee Road in Richtung Stadtzentrum bog, schlug er auf das Lenkrad, um den Bann zu brechen. »Pass auf. Ich habe noch ein Zitat für dich.«

»Dann los.«

»Das ist ein Klassiker. Jeder, wirklich jeder kennt den Film.«

»Okay.«

»Ich weiß nicht, wo ich sonst hinsoll!« Bishop krächzte und quälte die Worte heraus. »Ich kann sonst nirgendwohin gehen! Ich hab sonst nichts anderes.«

Hackett grinste und sah zu, wie Bishop Grimassen zog. »Keine Ahnung.«

»Ach, komm schon, Ma-yo-nnaise.« Bishops Ton war tiefer und rauer geworden.

»Was?«

Bishop warf ihm einige wüste Beschimpfungen über Oklahoma entgegen.

»Ist das alles noch derselbe Film?«

»Ja! Junge, was hast du dein ganzes Leben gemacht? *Ein Offizier und Gentleman.* Richard Gere. Debra Winger.« Er klatschte mit der rechten Hand auf seinen Oberschenkel und wechselte in eine Fistelstimme. »Ich wünsch dir alles Gute, Paula! Viel Glück!«

Hackett lachte auf und stellte sich seinen Partner im Kleid vor. »Immer noch der Film?«

Bishop schlug ihm feixend mit der Rückhand gegen das

Bein. »Natürlich.«

»Also, jetzt muss ich ihn sehen.«

Sie parkten vor The Rack ein, einen knappen Kilometer von Cahills Baustelle entfernt. Sein Vorarbeiter hatte gesagt, ein Zwischenstopp bei The Rack war nach jeder Schicht ein Muss. Der Laden war heruntergekommen und zwischen einen Secondhandshop und einen Parkplatz gequetscht. Das Einzige, was von Leben zeugte, war die flackernde Bierwerbung. Drinnen empfing sie Zigarettenrauch und der Geruch von schalem Bier. Led Zeppelin dröhnte aus der Jukebox. Der Barkeeper, Mitte sechzig, langer, grauer Pferdeschwanz, diverse Ohrringe, mit Tattoos auf den Unterarmen und einem gewaltigen Bierbauch, der unter seinem Harley-T-Shirt hervorquoll, lehnte am Tresen und las Zeitung.

Hackett und Bishop setzten sich auf zwei Barhocker und stellten sich vor. Der Barkeeper bot ihnen einen Drink an, den sie ablehnten. »Hätt' ja sein können.« Er lächelte und gab beiden die Hand. »Ich bin Ed. Was kann ich euch antun, Jungs?«

»Kennen Sie diesen Mann?« Hackett hielt ihm ein Foto von Cahill hin.

»Geht um diesen Mord, was?«

Hackett nickte. »Wir haben von Mr Cahills Vorarbeiter gehört, dass er und die Jungs oft nach der Arbeit hier waren.«

»Ja, Mike war Stammgast.«

»Wie oft war er denn hier?«, fragte Bishop.

»Keine Ahnung, ein paar Mal die Woche? Normalerweise kommt gleich ein ganzer Haufen von den Jungs nach Schichtende, um ein, zwei Stunden abzuschalten, bevor sie nach Hause gehen.«

Bishop nickte Hackett aufmunternd zu. »Wir versuchen seine letzten Tage zu rekonstruieren«, setzte Hackett an. »Wann haben Sie ihn zum letzten Mal gesehen?«

»Paar Wochen her, schätze ich.«

»Laut seinem Vorarbeiter hat er vor seinem Tod noch vier Tage gearbeitet.« Hackett blätterte in seinen Notizen. »Sonntag, Dienstag, Mittwoch und Donnerstag. Können Sie nachsehen, ob er an irgendeinem dieser Tage hier war, vielleicht nach Feierabend?«

»Kann ich nicht. So was schreib ich nicht auf. Solange hier nicht jemand mit Kreditkarte zahlt, kann ich nicht sagen, wer hier ein und aus geht.«

Bishop drehte sich auf seinem Barhocker weg vom Tresen in Richtung der Billardtische.

»Wie gut kannten Sie Mr Cahill?«, fragte Hackett.

»Nicht besonders. Für mich hieß er Mike, nicht mehr. Ich mache hier keinen auf Sam oder so.«

»Sam?«

»Sie wissen schon, Sam. *Cheers*?«

Bishop drehte sich wieder zurück und lächelte. »Vergessen Sie's. Mein Partner hier kennt nichts vor 1990.«

»Leute«, beschwerte sich Hackett. »Was kann ich dafür, dass ich nicht steinalt bin?« Die Männer lachten.

»Können wir bitte wieder weitermachen? Wann haben Sie Mr Cahill zum letzten Mal gesehen? Ich meine Mike.«

Der Barkeeper nippte an seinem Kaffee. »Nach Sonntag der vorletzten Woche war er jedenfalls nicht mehr da. Ich wollte ihn eigentlich ein bisschen verarschen, nur son bisschen hochnehmen, aber es kam nicht mehr dazu.«

»Also wissen Sie, dass er an jenem Sonntag hier war.«

»Jep.«

»Und warum wollten Sie ihn hochnehmen?«

»Ach, das. Verrückte Story. Die Jungs kommen immer her und hängen hier rum. Machen Krach. Ziehen sich gegenseitig auf. Schließen dämliche Wetten auf die Spiele ab. Manchmal mische ich ein bisschen mit, aber Himmel, ich wäre so was von pleite, wenn ich das bei allen Gästen machen würde. Jedenfalls weiß ich noch, wie Mike meinte, dass er jetzt erst mal keine Wetten mehr abschließen könne. Dass der Ring ihn ganz schön zurückgeworfen hätte.«

»Der Ring?«, hakte Hackett nach.

»Verlobungsring. Er hatte ihn sogar dabei. Zeigte ihn rum. Er sagte zu den Jungs, dass er jetzt ernst machen würde, und natürlich haben sie sich alle amüsiert, auf seine Kosten.«

»Und deswegen wollten Sie ihn aufziehen?«, schaltete sich Bishop ein.

»Quatsch, nicht deswegen. Sondern weil er noch am selben Abend, wo er den Jungs sagt, dass er jetzt den großen Sprung wagt, hier mit einer anderen Perle rausspaziert.«

»Woher wissen Sie, dass es eine andere Frau war?«, fragte Hackett. »Kennen Sie seine Freundin?«

»Nein, nein. Wir haben nicht viele Miezen hier. Ist mehr so ein Fluchtort für die Jungs. Aber die Braut kam hier rein, ich weiß nicht, wie Sharon Stone oder so. Heißer als heiß, wenn Sie mich fragen. Mike ist an der Bar, zischt ein paar Bier, und diese Perle quatscht ihn an, flirtet rum. Ne Freundin war das nicht, ganz bestimmt. Ich war zwar am andern Ende vom Tresen, aber ich merke doch, wenn eine Mieze es nötig hat, schon allein daran, wie sie die Zigarette hält, verstehen Sie?«

»Sie hat also geraucht?«

»Jedenfalls nicht hier drin. Aber sie hatte eine frische Kippe in der Hand. Und bevor ich michs versehe, spaziert er mit ihr raus. Hat den Arm um sie gelegt und alles.«

»Und das war am Sonntag? Erster Dezember?« Hackett sah auf seine Notizen.

»Ja. Muss wohl.«

»Also lernt er irgendeine Frau kennen und verschwindet mit ihr? Wissen Sie noch, wie sie aussah?«

»Schlankes Gestell, Pfennigabsätze, lange blonde Mähne. Dieses Weißblond, Sie wissen schon, wie ein Pornostar. Oh ja, ich wäre auch mit ihr gegangen, wenn sie mich gefragt hätte.«

»War sie in Begleitung hier? Hat sie sonst noch mit jemandem gesprochen?«

»Kann ich nicht sagen. Hab ich nicht gesehen. Aber sie war die einzige Mieze. Glauben Sie mir, nicht alle Tage verirrt sich solch ein Hingucker in so ein Drecksloch wie das hier, aber sie hatte offensichtlich Gefallen an Mike gefunden. Na schön, er sieht ja auch gut aus. Sah gut aus. Scheiße.« Ed schüttelte den Kopf und verschränkte die Arme.

»Augenblick.« Hackett zog sein Mobiltelefon heraus, rief auf Facebook Michael Cahills Profil auf und suchte das Foto, das wenige Tage vor seinem Tod gepostet worden war. »Ist das die Frau?«

Der Barkeeper griff nach dem Telefon und betrachtete das Bild. »Beschwören könnte ich's nicht. Die Haarfarbe kommt hin, aber ich habe mich nicht so auf ihr Gesicht konzentriert, wenn Sie verstehen, was ich meine.«

Hackett nahm das Telefon wieder an sich. »Und Sie arbeiten auch dienstags und donnerstags hier?«

»Ja. Aber an den Tagen hab ich ihn nicht gesehen.«

Hackett wandte sich an Bishop. »Cahill war auch am Mittwoch auf der Baustelle.«

»Wer schmeißt den Laden mittwochs?«, wollte Bishop wissen.

»Richie. Er macht Mittwoch, Freitag und Samstag.«

»Also ist es möglich, dass Mr Cahill … ähm, Mike am Mittwoch hier war.«

»Augenblick«, sagte Ed. Ein Gast hatte ihn zu sich gewinkt. Der Barkeeper füllte sein Schnapsglas auf und stellte ihm ein Bier hin. Dann kam er zurück. »Keine Ahnung.«

Bishop stand auf. »Na, das hat uns doch weitergebracht. Tun Sie mir einen Gefallen? Schreiben Sie uns Richies Nummer auf.«

»Klar doch.« Ed schrieb etwas auf eine Serviette.

»Wohnt er in der Gegend?«, fragte Hackett.

»In Three Rivers. Knappe Stunde von hier. Aber wie gesagt, er kommt Mittwoch rein, irgendwas gegen zwei.«

Bishop hielt die Serviette hoch. »Vielen Dank jedenfalls. Ach, und noch was. Würden Sie sagen, dass Mike oft zu tief ins Glas geschaut hat?«

»Nicht tiefer als die anderen.«

»Nie streitsüchtig? Sie mussten nie einschreiten?«

»Nein.«

»Hat er je den Eindruck gemacht, als würde er Drogen nehmen?«

»Keine Spur.«

»Und wie würden Sie ihn beschreiben? Netter Kerl, harter Knochen, schwierig? Irgendwas?«

»Hm. Guter Kerl. Sind sie doch alle. Manche haben mehr Ecken und Kanten als andere, aber sie sorgen dafür, dass der Laden halbwegs läuft. Also, für mich sind das alles gute Kerle.«

»Und an jenem Sonntag, wie viel hat er da getrunken?«

»Vielleicht zwei Bier.«

Bishop nickte und zog eine Visitenkarte heraus. »Danke«, sagte er. »Und wenn Ihnen noch etwas einfallen sollte, rufen Sie mich an.«

»Klaro.«

»Wir müssen noch mal mit Wesley Flynn reden«, sagte Bishop im Streifenwagen.

»Der Typ, der Cahill gefunden hat?«

»Ja. Er meinte, er habe ihn seit Sonntag nicht mehr gesehen. Vielleicht waren sie zusammen hier. Vielleicht hat er die Frau gesehen, mit der Cahill gegangen ist.«

»Okay. Worauf willst du hinaus?«

»Die Perle, mit der er losgezogen ist, könnte die Frau auf den Sexfotos sein. Und auch das Mädel auf Facebook.«

»Stimmt. Und dieser Glückwunsch-Kommentar? Geht es da um die Verlobung?«

»Vielleicht. Aber schon seltsam, oder? Wenn das die Frau von den Fotos ist, warum sollte sie ihm gratulieren, wenn er eine andere heiratet?«

»Ich weiß nicht.«

»Wir wissen nicht, ob es ein und dieselbe Person ist. Cahill hatte jede Menge Facebook-Freunde und viele davon sind Frauen. Womöglich war er ein Frauenheld.«

Hackett dachte an Grace. Warum nur hatte sie sich auf diesen Kerl eingelassen?

»Und da ist noch was«, sagte Bishop. »Die Nacktfotos. Was stimmt daran nicht?«

»Keine Ahnung.«

»Wer hat sie gemacht? Die Frau ist nur von hinten fotografiert, als hätte jemand am Fußende des Bettes gestanden.«

»Du meinst, da gibt es noch eine dritte Person?«

Bishop schob sich wieder Kautabak unter die Lippe. »Weiß nicht. Aber jedenfalls wurden die Bilder nicht in Cahills Haus aufgenommen. Es war nicht sein Bett und nicht sein Schlafzimmer.«

»Und was ist mit einer Webcam? Vielleicht war es ja so eine Art kleiner Extrakick.«

Bishop spuckte aus dem Fenster. »Wenn ich meine Freundin betrüge, warum lege ich dann Fotos von mir und einer anderen Frau auf den Nachttisch, wo sie sie mit Sicherheit findet?«

Hackett fragte sich, ob Grace sie tatsächlich gefunden hatte oder ob sie sowieso vermutet hatte, dass Cahill untreu geworden war. Ein paar Tage würde es noch dauern, bis das Labor die Fingerabdrücke identifiziert hatte.

»Was, wenn ihn jemand erpressen wollte?«, überlegte Bishop. »Cahill hat eine Woche vor seinem Tod fünftausend Dollar abgehoben.«

»Das stimmt. Aber er hatte an jenem Sonntag auch einen Ring dabei, eine Woche vor seinem Tod. Das Geld kann also dafür gedacht gewesen sein.«

»Stimmt auch wieder.«

»Oder meinst du, die Blondine wollte Michael und Grace auseinanderbringen? Vielleicht sollten wir nach ihr suchen?« Hackett sprach betont beiläufig, um sich und seine heimliche Hoffnung nicht zu verraten.

»Hm«, machte Bishop und spuckte in seinen Becher. Dann lachte er auf. »Was, wenn Grace die Blondine war? Mit einer blonden Perücke? Was, wenn sie ihr Liebesleben mit einem Rollenspiel aufpeppen wollten? Sie kommt mit einer Perücke in die Bar und tut so, als wäre sie eine Fremde.«

»Könnte sein«, sagte Hackett und tat gleichgültig. Das war nie und nimmer Grace.

»Meine Frau würde so was nie machen, aber vielleicht war Cahill ein echter Glückspilz.«

Aber nur bis Samstag.

Kapitel 7

Grace wachte auf, starrte an die Decke mit den Wasserflecken und fragte sich, wie lange sie wohl geschlafen hatte. Nachdem Lisa sie zu Hause abgesetzt hatte, war sie in die Küche gegangen und hatte sich neuen Kaffee und einen Toast gemacht. Das trockene, krustige Brot hatte in ihrem Mund geknirscht, aber von der Marmelade und dem Frischkäse schmeckte sie nichts, als wären ihre Geschmacksknospen mit allem anderen in ihrem Kopf eingegangen. Alles, was sie hörte, war das laute Knirschen im Ohr, gepaart mit einem seltsamen Geschmack im Mund, der an überalten, faden Kaugummi erinnerte. Ihr war immer noch flau im Magen und schwindlig. Sie nahm den Kaffee und die Tabletten mit ins Wohnzimmer, schaltete den Fernseher ein und ließ sich auf das Sofa sinken. Aber obwohl sie sich auf den Bildschirm zu konzentrieren versuchte, verschwamm alles vor ihren Augen. Ihre Lider wurden schwer. Irgendwann schloss sie die Augen und rutschte noch tiefer in die Kissen, bis sie in einen halb wachen Zustand gesunken war. Sie nahm Geräusche wahr, konnte sich aber nicht mehr bewegen.

Inzwischen lief eine ganz andere Sendung, die Sonne stand tiefer. Grace stand auf und stützte sich auf eine Stuhllehne, um nicht umzufallen. Sie fühlte sich wie betrunken und noch schlechter als zuvor.

Sie setzte sich wieder, stützte den Kopf in den Händen ab und versuchte, sich zu erinnern. Die Tage vermischten sich. Irgendjemand war tot. Polizeirevier. Im Auto mit Lisa. Die Übelkeit schwappte wieder hoch. Sie brauchte frische Luft. Grace griff nach dem Mantel im Flur, schlüpfte in ihre Stiefel und trat aus dem Haus.

Die schneebedeckte Landschaft sah aus wie ein Gemälde, eingefroren für die Ewigkeit. Graces Atem zog in Wölkchen an ihr vorbei. Aber das Bild war schief – oder war sie es selbst? Sie umschlang den nächsten Pfosten auf der Veranda, kniff die Augen zu und atmete langsam die kalte Luft, immer darauf bedacht, die Schmerzen im Brustkorb zu vermeiden.

Erst nach einiger Zeit öffnete sie wieder die Augen. Die Welt drehte sich nicht mehr. Grace lief ums Haus und entdeckte in Richtung Wald einen kleinen weißen Schuppen. Sie spähte durch das Fenster in der Tür und sah Dünger, Gartenwerkzeug und an der Wand eine rote, rostige Schubkarre.

Wie in einem Tagtraum saß sie plötzlich in der Schubkarre. Wurde geschoben. Lachte. Aber sie war noch klein. Sie drehte sich um und sah ein junges Mädchen auf der großen freien Fläche, das vor Vergnügen quietschte. Die Sonne schien auf ihre langen braunen Haare, und das Gras war mit Herbstlaub bedeckt. Das Mädchen klammerte sich fest, sah nach hinten und lachte den Mann an, der sie durch den Garten schob. Dad? Er war groß, schlank, attraktiv, hatte Sommersprossen und einen roten Bart. Grace blinzelte und die Sonne, das Gras und die Blätter waren verschwunden. Die Welt war wieder weiß.

Irgendetwas löste sich in ihrem Kopf. Sie ging vom Schuppen bis zum Waldrand und sah ins Unterholz, sah die krummen Zweige, die Dornen überall. Die Leichtigkeit und Freude waren wie weggeblasen. Anspannung kroch ihren Rücken hinauf. Ein einzelner Schuss hallte in der Ferne. Grace versuchte, die Richtung auszumachen, aber das Geräusch war weg. Hatte sie sich den Schuss nur eingebildet? Sie hörte einen Schrei. Ein kleines Mädchen weinte. Grace fuhr herum, aber da war niemand. Sie drehte sich und drehte sich, bis sie das Gleichgewicht verlor und in den Schnee sackte. »Was ist nur mit mir los?«, schrie sie gen Himmel. Ihre Stimme hallte durch den Wald.

* * *

Wesley Flynn kam ins Revier. Er brachte eine leichte Fahne mit und hielt einen Thermokaffeebecher in der Hand. Seine ungeschnürten Timberlands, das bis zur Brust offene Flanellhemd und der Dreitagebart zeugten von einem hastigen Aufstehen, obwohl es schon Nachmittag war. Hackett bedankte sich, dass er so kurzfristig gekommen war, und brachte ihn ins Verhörzimmer, wo Bishop schon wartete. Flynn zog seine Strickmütze vom Kopf und fuhr sich durch die zerzausten Haare. Bishop bot ihm einen Stuhl an.

»Was ist los, Leute? Kriege ich Schwierigkeiten, oder was?«

»Nein«, sagte Bishop. »Wir hoffen nur, dass Sie uns dabei helfen, Cahills letzte Tage zusammenzusetzen. Sie haben ihn vergangenen Sonntag zuletzt gesehen, eine Woche vor dem Mord, richtig?«

»Ja.«

»War das nach Feierabend im The Rack?«

»Genau da.«

Bishop wiederholte, was der Barkeeper ihnen erzählt hatte, aber Flynn konnte sich nicht an die Blondine erinnern. »Muss aber nichts heißen«, sagte er. »Hab den ganzen Abend Billard gespielt.«

»Erinnern Sie sich, ob Cahill über seine Verlobung sprach?«

Flynn schluckte. »Weiß ich nicht. Ehrlich, wir waren zwar beide da, aber ich war nur mit Billard beschäftigt.« Er grinste sie an, als könnte sein lockeres Lächeln eine Auskunft ersetzen.

»Können Sie uns die Namen derjenigen sagen, die noch da waren?«

Flynn dachte kurz nach und nannte einige seiner Bauarbeiterkollegen. Hackett schrieb mit und rief dann erneut den Facebook-Eintrag auf. »Kennen Sie diese Frau?«

Flynn betrachtete das Bild. »Nein.«

»Es wurde wohl im Four Winds Casino aufgenommen. Und am Freitag vor dem Mord gepostet.«

Flynn schüttelte den Kopf und sah finster drein.

»Was ist?«, fragte Bishop.

»Dem Laden haben wir eigentlich abgeschworen. Also, ich musste meiner Frau hoch und heilig versprechen, da nicht mehr hinzugehen. Hab viel zu viele Lohnschecks verjubelt, wenn ich mal mit ein paar Bier zu viel dort gelandet bin. Ich dachte, Mike hätte auch aufgehört.« Er starrte auf das Foto. »Was bedeutet das alles?«

»Wissen wir noch nicht«, erwiderte Bishop. »Und Sie haben Cahill dann erst am nächsten Montag wiedergesehen?«

Flynn lehnte sich zurück und knöpfte sich das Hemd zu. »Genau.«

Hackett war, als hätte er etwas gesehen. Ein kurzes Zögern, ein Ausweichen vor Blickkontakt. Er war sich nicht sicher, machte aber ein Sternchen auf seinem Notizblock an Flynns Antwort. »Wie lange kennen Sie Cahill eigentlich?«

»Ach, ewig. Wir sind Kumpels, seit wir zusammen arbeiten. Und das war so ziemlich gleich nach der Highschool.«

»Dann kennen Sie Grace Abbott auch gut?«, hakte Bishop ein.

»Klar. Grace ist ein Sonnenschein.« Flynn beugte sich vor. »Gibt es was Neues wegen ihr?«

Hackett nickte. »Es geht ihr den Umständen entsprechend. Sie hatte einen Autounfall. Die vergangene Woche war sie oben in Kalamazoo im Krankenhaus.«

»Verdammt.« Er schlug auf den Tisch. »Da bin ich aber froh. Meine Frau wird so erleichtert sein. Kommt sie durch?«

»Sie ist ziemlich mitgenommen«, sagte Hackett. »Aber sie lebt.«

»Apropos Grace«, schaltete sich Bishop ein. »Wissen Sie, ob sie raucht?«

»Zigaretten? Niemals, sie hasst den Geruch. Wo ist sie denn jetzt?«

»Bei ihrer Schwester in Buchanan«, sagte Hackett.

Bishops Handy klingelte. Er sah auf die Nummer, stand auf und gab Hackett ein Zeichen, das Gespräch zu beenden. Hackett beugte sich vor. »Wissen Sie, ob Cahill Grace je betrogen hat?«

Flynn wich erstaunt zurück. »Wieso? Sie glauben, eine Frau hat ihn umgebracht?«

»Ich frage nur.«

Flynn erwiderte Hacketts Blick und überlegte. »Michael hat Grace geliebt, so viel steht fest.«

»Das ist keine Antwort auf meine Frage.«

»Ich meine nur, Michael war vielleicht nicht immer der beste Partner, aber …«

»Also hat er sie betrogen.«

»Das habe ich nicht gesagt.«

»Sondern?«

»Ich weiß nichts von einer Affäre. Ich weiß nicht, ob da was gelaufen ist, aber Michael war schon eine Art Frauenmagnet. Das heißt noch nichts, aber wenn er fremdgegangen ist, dann ist das bestimmt schon länger her. Er war ein guter Kerl.«

Hackett lehnte sich entnervt zurück. »Mr Flynn, glauben Sie, Grace könnte das getan haben?«

»Grace? Nie im Leben.«

»Wenn Sie irgendwas wissen, das uns weiterhilft, dann raus damit. Das könnte ihr helfen.«

Flynn sah sich um. »Na ja, es ist nur so, hin und wieder

passierten ihm so Sachen. Vor einer Weile hat ihm jemand die Reifen zerstochen. Muss ungefähr ein Jahr her sein. Ich glaube, er wusste, wer es war, aber er hat nichts gesagt. Mehr nicht. Und davor hat jemand mal sein Schlafzimmerfenster mit einem Stein eingeworfen. Hörte sich für mich irgendwie nach einer Frau an.«

»Warum?«

»Keine Ahnung. Wir waren an dem Abend weg und hatten Graces Geburtstag gefeiert. Ich dachte nur, vielleicht hat irgendeine Frau die beiden gesehen und wurde sauer. Was soll ich sagen, er war nun mal ein gut aussehender Typ. Vielleicht hab ich zu viele Filme gesehen. Aber es kam nie raus, wer es war.«

Hackett bedankte sich, brachte Flynn zum Ausgang und kehrte an seinen Schreibtisch zurück. Er wusste nicht, ob das, was Flynn gerade erzählt hatte, Grace helfen oder schaden würde, und beschloss, es erst einmal für sich zu behalten.

Bishop saß ihm gegenüber und hatte gerade das Telefongespräch beendet. »Das war Kewanee«, sagte er und legte das Handy zur Seite. »Scheint, als hätte Cahill letzten Freitag im Four Winds kräftig abgeräumt.«

»Wie viel?«

»Zehn Riesen.« Bishop griff nach seiner Jacke und sah auf die Uhr. »Los, komm.«

»Wohin fahren wir?«

»Wir holen uns einen neuen Durchsuchungsbeschluss für sein Haus.«

Zwei Stunden später bog Bishop auf die Kiesauffahrt vor Cahills Haus. Der Schnee war von den vielen Streifenwagen platt gefahren worden, aber das gelbe Absperrband wehte noch vor der Eingangstür. »Gut«, meinte Bishop. »Sieht aus, als wäre noch niemand hier gewesen.«

»Ich verstehe nicht.«

»Das Flatterband ist eigentlich überflüssig. Eine Woche ist um. Deswegen brauchten wir einen neuen Beschluss. Ich dachte, der Vermieter hätte vielleicht schon ein Aufräumkommando geschickt.«

»Den Job möchte ich nicht machen.«

»Gott, ich auch nicht.«

Weil es den ganzen Samstag und auch die Tage davor geschneit hatte, war niemand auf die Idee gekommen, draußen nach Reifen- oder Fußspuren zu suchen. Auch jetzt erübrigte sich die Suche.

Bishop zog Gummihandschuhe über und warf Hackett ein Paar hin, bevor sie in das Haus gingen. Hackett betrat das Schlafzimmer und stellte sich an das Fußende des Bettes. Die Blutflecken auf der Matratze waren noch deutlich zu sehen. »Und wonach suchen wir?«

»Nach allem«, sagte Bishop. »Wo würdest du einen dicken Batzen Geld verstecken? Wenn wir das Geld finden, wissen wir, dass es bei dem Mord nicht darum ging. Wenn nicht, tja, wer weiß? Jedenfalls ist nichts davon auf seinem Konto aufgetaucht.«

Bishop suchte im Bad, im Wohnzimmer und fing dann an, die Schränke in der Küche zu durchwühlen. Er schüttete den Inhalt eines kleinen Mülleimers auf die Arbeitsfläche. »Hey Hackett, schau dir das mal an.«

»Was denn?«

Bishop zog einen großen gelben Umschlag aus dem Stapel weggeworfener Post. »Adressiert an Grace. Stempel vom fünften Dezember. Ein paar Tage vor dem Mord.«

»Was könnte das sein?«

»Ich denke, der hat genau die richtige Größe für Fotos.«

»Aber es ist nur ein Umschlag. Ist das nicht ein bisschen weit hergeholt?«

»Wirklich?« Bishop drehte den Umschlag um, sodass Hackett die Vorderseite mit dem Stempel NICHT KNICKEN – FOTOS sehen konnte.

»Das war ja ziemlich einfach«, sagte Hackett.

»Vielleicht wollte derjenige, der die Fotos von Cahill und der Blondine gemacht hat, dass Grace sie sieht.« Hackett untersuchte den Umschlag. Auf der Rückseite stand unten rechts winzig klein HBG. »Was das wohl heißt?«

»Keine Ahnung.«

Hackett kehrte ins Schlafzimmer zurück und suchte unter dem Bett nach einer Schachtel oder irgendeinem Behältnis, worin man Geld aufbewahren konnte. Er fand einen leeren, handbeschriebenen Umschlag, adressiert an Michael Cahill, der aus der Haftanstalt Oaks kam und ebenfalls am fünften Dezember abgestempelt worden war. Er brachte ihn zu Bishop. »Was hältst du hiervon?«

Bishop nahm den Umschlag. »Von einem Knastbruder? War was drin?«

»Nein.«

»Ruf nachher gleich im Gefängnis an. Finde raus, ob Cahill je dort war, und wenn ja, wen er besucht hat.«

»Geht klar.«

Sie suchten den Tatort eine Stunde lang ab, fanden aber nirgendwo einen Hinweis auf das Geld.

»Tja, das wirft viele Fragen auf«, sagte Bishop.

»Ich denke nur …«, setzte Hackett an. »Cahill müsste ihr doch den Antrag gemacht haben. Hast du einen Ring an Graces Finger gesehen?«

»Hab ich nicht drauf geachtet.«

»Ich schon, weil ich genau neben ihr stand, als ihre Fingerabdrücke genommen wurden. Sie trug überhaupt keinen Schmuck. Ich frage mich, ob er noch Gelegenheit dazu hatte.«

»Warten wir auf die Krankenakte aus Kalamazoo. Vielleicht steht dort ja drin, ob sie bei der Einweisung einen Ring am Finger hatte.«

Sie standen an der Küchentheke und ließen ihre Blicke durchs Wohnzimmer schweifen. Der Raum mit seinen zartgelben Wänden verriet nichts von der Gewalt, die sich nebenan im Schlafzimmer ereignet hatte, abgesehen von dem zerstörten Bilderrahmen mit Graces und Cahills Foto darin.

Hackett erinnerte sich daran, wie er vergangenen Montag das Haus betreten hatte. Er war der Erste am Tatort gewesen. Schüsse seien gefallen, mehr wusste er nicht. Bald darauf hatte es von Ermittlern, die alles fotografierten und in Tüten verpackten, nur so gewimmelt. Er hatte sich davor gescheut, das Schlafzimmer zu betreten, aus Angst, Grace zu finden. Jetzt ging er dorthin, wo das Foto des einst glücklichen Paares gelegen hatte. An der Wand darüber war eine kleine Kerbe. »Vielleicht hast du doch recht mit den Fotos.«

»Ach ja? Wieso?«

»Vielleicht ging es doch um Erpressung.«

Bishop schüttelte den Kopf. »Unwahrscheinlich.«

»Erinnerst du dich an das zerschellte Bild von Cahill und Grace?«

»Ja.«

»Es lag genau hier«, sagte Hackett und deutete vor sich auf den Boden. »Und da.« Er zeigte auf die Wand. »Das sieht aus, als hätte jemand das Bild quer durchs Zimmer geworfen.«

»Das heißt aber noch nichts. Vielleicht war es Grace. Oder Cahill selbst.«

»Oder irgendjemand war neidisch auf das glückliche Paar. Wir wissen, dass er eine andere Frau getroffen hat. Was, wenn das Geld deswegen fehlt, weil er jemanden bestechen musste?«

»Die Fotos lagen im Nachttisch«, entgegnete Bishop. »Auf Graces Seite, wie es aussieht. Und wenn sie tatsächlich in dem Umschlag steckten, gingen sie an Grace. Wenn ich Cahill hätte erpressen wollen, hätte ich den Brief an ihn adressiert, nicht an Grace.«

Kapitel 8

Grace wachte im Bademantel auf. Es war Dienstag. Das nasse Handtuch hatte sich von ihren Haaren gelöst und das Kissen durchfeuchtet. Sie setzte sich langsam auf. Es war wieder eine unruhige Nacht gewesen. Sie hatte von der Schaukel geträumt, vielleicht wegen des Fotos, das sie gefunden hatte. Aber sie war nicht das Mädchen auf der Schaukel. Sie hatte das vergnügte Mädchen lachend angeschubst. Dann war das Kind von der Schaukel gefallen, hatte aufgeschrien und sich den Knöchel gehalten. Graces Knöchel hatte plötzlich genauso wehgetan und davon war sie aufgewacht.

Um drei Uhr nachts war sie aufgestanden und hatte überlegt, wieder durchs Haus zu streifen und nach Hinweisen auf ihr früheres Leben zu suchen, aber der dumpfe Schmerz, der sich scheinbar dauerhaft hinter ihren Augen eingenistet hatte, und die Anstrengung, die jede Bewegung sie kostete, hielten sie davon ab. Stattdessen ließ sie sich eine Badewanne ein und nahm sich einen Waschlappen. Wenigstens würde sie sich endlich wieder einmal sauber fühlen. Sie rasierte sich die Beine und wusch sich. Aber dann kam es wieder, dieses Gefühl, dieses Rumoren im Magen, die Beklommenheit. Grace lehnte ihren Hinterkopf an die Wanne, bedeckte das Gesicht mit dem feuchten Waschlappen und konzentrierte sich nur auf ihren Atem. Doch da überrollte sie schon ein Bild aus dem Album ihrer Erinnerungen. Umherspritzendes Wasser, Ringen nach Luft, wild um sich schlagende Arme. »Aufhören! Nein!« Grace brach in Schluchzen aus. Die Schreie waren echt. Und laut. Grace setzte sich ruckartig auf und zuckte vor Schmerzen zusammen. Sie war erschrocken über ihren heftigen Ausbruch.

Lisa stürzte ins Bad. »Was ist los?«

»Ich weiß es nicht.« Grace weinte. »Ich weiß nicht, was mit mir los ist.«

Lisa ging neben der Badewanne in die Hocke. »Komm, ich bringe dich zurück ins Bett.«

»Ich glaube, ich werde verrückt.«

»Das war sicher nur ein Albtraum.« Lisa half ihr hoch.

»Aber ich habe doch gar nicht geschlafen.«

Ihre Schwester wickelte sie in ein Handtuch und holte ein zweites für ihre Haare. »Wann bist du denn ins Bad gegangen?«

Grace zog einen Bademantel über und machte einen Turban aus dem Handtuch. »Ich weiß es nicht. Gegen drei?«

»Es ist fünf Uhr morgens. Du bist bestimmt in der Badewanne eingeschlafen. Und dann hattest du einen Albtraum.«

Ja, es war tatsächlich ein Albtraum. Und das schon, seitdem sie im Krankenhaus aufgewacht war.

Einige Zeit später war sie in dem leeren Haus aufgewacht. Lisa war zur Arbeit gegangen, wie sie Grace auf einem Notizzettel auf der Küchentheke mitteilte. Daneben erinnerten sie andere Zettel daran, ihre Tabletten zu nehmen, die schon als kleine mit »morgens«, »mittags« und »abends« markierte Häufchen bereitlagen. Lisa hatte Kaffee gekocht und Chili con Carne im Schmorgarer hingestellt, dazu eine Notiz, die Grace zum Essen ermahnte, und daneben ihre Mobilnummer, falls irgendetwas war.

Grace spülte das erste Tablettenhäufchen mit Kaffee hinunter und ging ins Bad. Dort klebte ein weiterer Zettel am Spiegel: »Tabletten nicht vergessen!« Trotz ihrer Mattheit und des vagen Gefühls, gleich umzukippen, war Grace froh, allein zu sein.

* * *

Hacketts Alarm ging um sieben Uhr, aber er drückte auf den Snooze-Knopf und zog sich ein Kissen über den Kopf, um das Licht auszusperren. Es war wirklich Zeit für Jalousien. Die violetten Vorhänge, die Olivia ausgesucht hatte, waren sofort nach seinem Umzug vor fünf Monaten in den Müll gewandert. Er hatte alles aus ihrem Haus mitgenommen, sogar das Zeug, das er nicht mochte. Leider konnte er das meiste davon nicht leiden, weil sie das Haus ohne ihn zu fragen oder sogar gegen seinen Willen eingerichtet hatte. Aber für ihn war es eine Möglichkeit, sie zu bestrafen, indem er ihr die Sachen wegnahm. Das Bett war das Einzige, was er wirklich mochte. Es war groß und die Matratze war aus Memoryschaum, der sich um ihn herumwölbte, wenn er sich darauffallen ließ. Manchmal konnte jedoch auch die Matratze ihn nicht trösten. Immer dann, wenn er daran dachte, was darauf passiert war.

Der Alarm schrillte wieder und Hackett quälte sich mürrisch aus dem Bett in die Dusche. Bishop wollte ihn um halb neun im Büro sehen. Das Telefon klingelte, als er noch im Bad war, aber er ließ den Anrufbeantworter laufen. Es war natürlich Mom, wie an jedem Dienstag, wenn sie all ihre Kinder durchtelefonierte. Wahrscheinlich rechnete sie gar nicht mehr damit, dass er ranging. Er ignorierte ihre Anrufe nun schon seit Monaten. Das erlöste ihn aber nicht davon, bald eine Entscheidung treffen zu müssen. Weihnachten hatte er noch nie verpasst. Aber schon bei dem Gedanken, sie alle Weihnachten zu sehen, wurde ihm übel.

Was machten eigentlich Leute, die keine Familie hatten? In die Kneipe gehen? Hackett konnte sich nicht entscheiden, welche Version ihn mehr deprimieren würde. Sein ganzes Leben hatte sich um die Familie gedreht – Eltern, Brüder, Cousins und Cousinen, Großeltern, Schwiegereltern, Schwäger, Schwägerinnen: große Feiern mit fünfzig Personen zu jedem Feiertag und Geburtstag, zu jeder Verlobung, nach Geburten und auch zu jedem Spiel der Little League. Aber jetzt konnte er den Gedanken nicht ertragen, mit ihr am Tisch zu sitzen, sie um die Schüssel mit Kartoffeln zu bitten oder mit ihm ein Bier zu trinken und, am allerschlimmsten, Donny dabei zuzusehen, wie er mit seinen Brüdern spielte oder zu seinem Dad lief und die Arme um ihn schlang.

Hackett rasierte sich, zog sich an und war innerhalb von zwanzig Minuten startklar. Nachdem er auf dem Weg seinen täglichen Kaffee und einen Muffin gekauft hatte, fuhr er ins Revier, wo Bishop schon am Schreibtisch saß und gerade ein Telefonat beendete.

»Entschuldige, dass ich gestern so schnell wegmusste«, sagte Bishop. »Große Krise im Basislager.«

»Geht es den Kindern gut?«

»Erst mal ja. Hat noch keiner das Haus angesteckt, wenn du das meinst. Hattest du gestern noch Erfolg?«

»Ich habe im Gefängnis angerufen und mit dem Mitarbeiter im Besuchszentrum gesprochen. Ein Cahill ist nicht bei ihnen registriert. Auch keine Post.« Hackett verkniff sich, dass er danach zu Lisa Abbotts Haus gefahren war. Er wollte Grace sehen, und je mehr ihm bewusst wurde, dass das keine gute Idee war, desto größer wurde die Versuchung. Er fuhr bis zu ihrer Einfahrt und sah zu dem alten Haus hinüber. Im Stillen hoffte er, dass es Grace gut ging. Als sich einer der Vorhänge bewegt hatte und eine Silhouette am Fenster zu sehen gewesen war, hatte er den Gang eingelegt und war gefahren.

Bishop reagierte nicht. Sein Blick ruhte auf einem Familienfoto. »Alles in Ordnung?«, fragte Hackett.

»Was? Oh, sicher.« Bishop lächelte. »Bin nur müde. Sandy ist um Mitternacht vom Krankenhaus heimgekommen und hatte einen kleinen Zusammenbruch. Ich sage dir, Junge, es ist nicht einfach, ein Elternteil zu verlieren. Ganz egal, wie alt man ist. Und ich hasse es, sie so traurig zu sehen und nichts tun zu können.«

In Hackett zog sich alles zusammen. Bishops Worte taten mehr weh, als dieser ahnte.

»Na komm«, sagte sein Partner und griff nach der Jacke.

Sie fuhren schweigend zu Cahills ehemaliger Baustelle. Hackett betrachtete auf dem Weg die verlassenen und zerfallenen Scheunen, die nicht mehr zu retten waren. Der Vorarbeiter wies ihnen den Weg zum Bürocontainer. Beim Eintreten herrschte sie eine Frau an, die sich gerade über einige Zeichnungen auf einem Tisch beugte, die Tür zuzumachen. Der eisige Wind draußen machte die minus fünf Grad kalte Luft noch um gefühlte zehn Grad kälter. Hackett schloss die Tür, während Bishop schon nach Joe McKenzie, dem Chef, fragte.

Die Frau sah hoch, ließ den Stift fallen und richtete sich auf. Sie war Ende dreißig, auf entwaffnende Weise hübsch und hatte sich offensichtlich einen Look zugelegt, der trotz der Baustellenumgebung ihre weiblichen Reize zur Geltung brachte: enge Jeans, »Arbeitsstiefel« – ein Timberland-Verschnitt mit leichten Absätzen – und ein langärmliges, eng anliegendes Thermoshirt, dazu ein Holzfällerhemd um die Hüfte gebunden. Sie sah aus, als würde sie nebenher für Zimmermannskataloge modeln. Sie kam auf die Polizisten zu und gab ihnen die Hand. »Tja, das bin dann wohl ich.«

»Oh, Verzeihung«, murmelte Bishop. »Wir dachten, Sie wären ein Mann.«

Die Frau lächelte, zeigte auf die zwei Stühle vor ihrem Schreibtisch und nahm dahinter Platz. »Ja, das passiert oft. Es heißt Jo wie in Jo-Anne.«

Hackett grinste und sah zu, wie Bishop verlegen an sich herumnestelte.

»Tut mir leid, dass ich erst jetzt Zeit für euch habe, Jungs«, sagte Jo. »Hier ist mächtig was los. Gab 'nen Notstand hier auf der Baustelle, da wurde jede Hand gebraucht. Und ich musste dem Neuen zeigen, woran Mike gearbeitet hat. Gibt's schon einen Verdächtigen?«

Bishop übernahm wie immer das Reden. »Es gibt einige heiße Spuren, aber wir versuchen noch, unsere Infos über Cahills Leben zu vervollständigen. Wir wollen nichts außer Acht lassen, bevor wir den nächsten Schritt machen.«

»Klar. Wie kann ich helfen?«

»Erzählen Sie uns, was Sie über ihn wissen. War er ein guter Mitarbeiter?«

»Verdammt, und wie. Er war auch bei der Baustelle davor dabei, einem Einkaufszentrum in St. Joe vor knapp zwei Jahren. Und das Projekt hier ist ziemlich groß, wie Sie sehen.« Sie zeigte auf die Plakate an der Containerwand. Das Gewirr aus Stahl und Betonpfeilern würde in naher Zukunft ein zwanzigstöckiges Gebäude werden. »Also, alles in allem würde ich sagen, Mike hat hier einige Jahre hart gearbeitet. Er war ein guter Mann.«

»Wir haben Drogen in seiner Wohnung gefunden.«

»Drogen? Glaube ich nicht. Sonst wäre er schon längst von einem dieser Pfeiler gefallen und mausetot. Wovon reden wir denn?«

»Marihuana.«

Die Frau lachte. »Ach so, und ich dachte an richtige Drogen. Wegen einem Joint hier und da mache ich mir keinen Kopf. Das ist für mich nicht viel anders als ein paar Bier. Solange es nach Feierabend passiert. Aber das ist nur meine Meinung.«

»Schon verstanden. Wir machen die Gesetze ja nicht. Wissen Sie, ob er Geldschwierigkeiten hatte oder viel gespielt hat? Er hatte keine Kreditkarten und um seine Kreditwürdigkeit stand es auch nicht besonders gut. Sieht aus, als hätte er sich nur mit Bargeld durchgeschlagen.«

»Ungewöhnlich, nicht wahr? Ich kann ohne meine Visa-Karte nicht leben. Andererseits falle ich jeden Monat fast um, wenn ich die Rechnung kriege. Vielleicht hatte er uns allen auch einfach etwas voraus.«

»Also wissen Sie nichts über Geldschwierigkeiten?«

Sie lehnte sich zurück, steckte sich eine Zigarette an und blies den Rauch zur Seite. »Nein.« Auf ihrem Schreibtisch stand ein Aschenbecher voller lippenstiftbedeckter Zigarettenstummel. »Er hat nie um einen Vorschuss oder um einen Überbrückungskredit gebeten, wenn Sie das meinen.«

Hackett schaltete sich ein. »Sie würden also sagen, er war zuverlässig und hatte keine finanziellen oder anderen Probleme?«

»Wir waren natürlich keine Freunde. Er hat für mich gearbeitet. Ich war nicht seine Vertraute, aber ja, er war zuverlässig. Wenn er Schicht hatte, war er da, und die wenigen Male, wo er nicht konnte, brachte er mir sogar ein Attest vom Arzt.«

»Wann ist das zum letzten Mal passiert?«

»Vor gar nicht allzu langer Zeit. Höchstens ein paar Wochen her.« Sie öffnete einen kleinen Aktenschrank und durchsuchte ihre Unterlagen. »Es war an einem Montag. Ich weiß das noch, weil wir an dem Tag viele Leute brauchten und ich etwas improvisieren musste, als Mike anrief.«

»Hat er sich letzten Montag krankgemeldet? Am zweiten Dezember? Dem Montag vor seinem Tod? Und am nächsten Tag brachte er ein ärztliches Attest?«

»Ja. Er meinte, er sei krank, und vielleicht hat er gemerkt, dass ich ihm das nicht abkaufe. Nicht, dass er schon mal blaugemacht hatte, aber ich wusste, dass einige von den Jungs am Sonntagabend noch im The Rack waren, und vielleicht habe ich sogar laut gedacht und mich gefragt, ob er ein bisschen zu tief ins Glas geguckt hatte. Aber als er am Dienstag kam, brachte er mir eine Rechnung von der Notaufnahme mit. Hatte sich irgendwas eingefangen.« Sie zeigte den Beamten die Rechnung.

»Dürfen wir das mitnehmen?«

»Klar doch.«

Bishop stand auf und reichte ihr die Hand. »Gut, vielen Dank für Ihre Zeit. Und entschuldigen Sie nochmals die Verwechslung. Also, das mit dem Mann.«

Sie stand auf. »Passiert ständig. Die Baubranche ist nicht gerade als Frauendomäne bekannt.«

»Genau.« Bishop wurde rot und wandte sich ab.

»Miss McKenzie, gehen Sie auch ins The Rack? Scheint, als würde sich die ganze Belegschaft dort häufiger treffen.«

»Also, ich kann auch hin und wieder mal 'nen Drink vertragen. Aber wenn ich ausgehe, dann eher nicht mit meinen Jungs. Interessenskonflikt, wie man so schön sagt.«

Hackett nickte. »Natürlich. Danke.«

Im Streifenwagen knöpfte sich Hackett seinen Partner vor. »Du findest sie also scharf.«

»Was redest du da?«

»Willst du mich auf den Arm nehmen? Du hast dich benommen wie ein Zwölfjähriger, der das erste Mal eine Cheerleaderin aus der Nähe sieht.«

Bishop schmunzelte. »Okay, verdammt, sie war ein heißes Eisen. Ganz anders, als ich erwartet hatte. Hab mich gefühlt wie Tim Taylor, der Heimwerkerkönig.«

»Hey, den kenne ich! *Hör mal, wer da hämmert.*«

»Na, Gott sei Dank. Wenigstens eine Serie, die du draufhast. Aber sie läuft ja sicher noch irgendwo.« Bishop holte sich neuen Kautabak aus dem Handschuhfach.

»Ja. Du stehst auf Blondinen, oder?«

»Vielleicht nur auf die eine.« Er ließ den Motor an.

»Denk dran, was du mir gesagt hast«, zog Hackett ihn auf. »Kühlen Kopf bewahren und so.«

»Willst du damit sagen, sie hätte was mit Cahill gehabt? Dass sie die Frau auf den Sexfotos ist?«

»Möglich wäre es doch. Oder zumindest die Frau in der Kneipe. Die richtigen Haare hat sie jedenfalls. Und sie raucht.«

»Scheiße«, sagte Bishop und spuckte in seinen Becher. »Du verdirbst mir den ganzen Spaß, Junge.«

Sie fuhren direkt zur Notaufnahme nach Bridgman. Die Frau am Empfang führte sie in den Pausenraum zu dem Arzt, der damals Dienst gehabt hatte, einem schlaksigen Mann in mittlerem Alter mit Drahtgestellbrille. Sie tauschten ein paar Höflichkeitsfloskeln aus und baten um Verzeihung, weil sie ihn in seiner Pause störten. »Wir sind wegen eines Patienten hier, der vor Kurzem bei Ihnen war. Michael Cahill. Wir hoffen, Sie können uns sagen, weswegen er hergekommen ist.«

»Haben Sie einen Beschluss?«, fragte der Arzt und kaute auf seinem Sandwich.

Bishop lächelte. »Nicht dabei, aber wir können einen besorgen. Eigentlich gehen wir davon aus, dass Sie eine Ausnahme machen. Es gibt nämlich keine Schweigepflicht in diesem Fall.«

»Und warum das?«

»Weil der Patient tot ist.«

»Oh«, sagte der Arzt. »Und Sie glauben, das hat mit seinem Besuch hier zu tun?«

»Nur, wenn Sie ihm eine Ladung Blei in die Brust verschrieben haben.« Bishop schmunzelte.

»Meine Güte.«

»Wir rekonstruieren gerade seine letzten Tage«, warf Hackett ein.

Der Arzt ging zu einem der Computer auf dem Flur, rief die Akte auf und las. »Richtig. Ich erinnere mich. Er kam mit seiner Freundin. Muss gegen sechs Uhr morgens gewesen sein. Sie hatte ihn vor dem Haus im Auto gefunden, völlig weggetreten. Er lallte, erzählte wirres Zeug, und ihm war übel. Sie machte sich Sorgen wegen Drogen. Also haben wir einen Bluttest gemacht, der Alkohol und Marihuana nachwies. Was er am Abend zuvor gemacht hatte, daran konnte er sich nicht mehr erinnern. Hatte einige Halluzinationen während der Untersuchung. Wurde sogar ausfällig, schlug nach den Mitarbeitern und verlangte von den Schwestern, sie sollten ihn in Ruhe lassen. Wir stellten ihn ruhig, dann hat die Untersuchung geklappt.«

»Wissen Sie noch, wie seine Freundin aussah?«, fragte Bishop.

»Hübsches Mädchen. Vielleicht zwanzig. Lange braune Locken, schlank. Hier.« Der Arzt zeigte auf den Bildschirm. »Sie hat das Aufnahmeformular unterschrieben. Grace Abbott.«

»Alles klar, vielen Dank. Und welche Vermutungen hatte die junge Frau?«

»Sie wusste, dass er nach Feierabend mit Freunden in einer Kneipe gewesen war. Mehr nicht. Sie meinte, er wollte beizeiten zu Hause sein, ist aber nicht aufgetaucht. Bis sie ihn dann morgens fand.«

»Aber Sie haben sich keine weiteren Gedanken darüber gemacht?«

»Nein. Ich meine, sein Pegel war niedrig, noch unter dem gesetzlichen Wert. Dass er nichts mehr wusste, war seltsam, aber jeder reagiert anders auf Rauschmittel. Vielleicht hatte er zum ersten Mal Marihuana geraucht. Oder es war mit irgendetwas gestreckt, das wir nicht gefunden haben. Heutzutage kann man ja alles kaufen. Wir leben im Zeitalter des Internets.«

Bishop und Hackett bedankten sich bei dem Arzt und kehrten zum Streifenwagen zurück. »Sehr interessant«, fasste Bishop zusammen.

»Was hältst du davon?«

»Das war nicht das erste Mal, dass er Gras geraucht hat, und in der Kneipe hatte er auch nicht viel getrunken. Diese Blondine ist anscheinend nicht ungefährlich.«

»Du meinst, sie hat ihm irgendwas untergejubelt?«

»Vielleicht haben sie auch zusammen was genommen. Wir müssen diese Frau finden.«

»Dann sollten wir uns auf die Kellnerin im Kasino konzentrieren. Das könnte unsere Frau gewesen sein. Und vielleicht auch die letzte Person, die ihn lebend gesehen hat. Nach dem Kasinobesuch am Freitag hat niemand mehr davon gesprochen, ihn gesehen zu haben. Und sie hat sich aus dem Staub gemacht.«

Bishop schüttelte den Kopf. »Grace hat ihn bestimmt am Freitagabend noch gesehen. Sie erzählt es nur nicht.«

»Du meinst, sie weiß es nur nicht mehr.«

»Von mir aus.«

»Ich sehe keinen Grund, an Grace zu zweifeln. Sie versucht, uns zu helfen. Und sie ist offensichtlich ziemlich lädiert. Aber trotzdem tust du so, als würde sie uns allen nur etwas vorspielen.«

»Moment, das habe ich nicht gesagt. Und warum führst du dich auf einmal auf wie der große Beschützer? Ich nenne einfach nur die Fakten.«

Hackett öffnete den Mund, um etwas zu erwidern, überlegte es sich dann aber anders.

Kapitel 9

Lisa rief gegen Mittag an und erinnerte Grace daran, ihre Medikamente zu nehmen. Grace starrte auf das kleine Häufchen vor ihr auf der Küchentheke. »Ja, mache ich.«

»Und vergiss nicht, etwas zu essen. Ich habe Chili con Carne gemacht, dein Lieblingsessen.«

»Okay.«

»Und denk dran, der Arzt hat dir Ruhe verschrieben. Was hast du gemacht?«

»Nichts«, erwiderte Grace schroff.

»Was ist denn los?«, fragte Lisa.

»Nichts!« Sie wusste nicht, was los war. Aber Lisas Stimme und diese ganzen Klebezettel nahmen ihr die Luft zum Atmen.

Nachdem sie aufgelegt hatte, sah sie wieder auf das Tablettenhäufchen und die Uhr. Sie schob den Haufen beiseite. Langsam wurde sie wieder klar im Kopf. Hungrig war sie auch, aber der Gedanke an Hackfleisch, Bohnen und Gewürze, die sie doch nicht schmecken konnte, förderte nicht gerade den Appetit. Und sie hasste es, gesagt zu bekommen, was ihr gefiel. Sie wusste nicht mehr, was sie mochte, aber Chili con Carne war es nicht. Stattdessen aß sie ein paar salzige Kräcker mit Käse und sah sich *The Chew* im Fernsehen an. Die Moderatoren tauschten Rezepte aus, kochten und lachten. Das Geplänkel fühlte sich vertraut an und Grace machte es sich gemütlich.

Auf einmal lief eine andere Sendung. Grace hatte geträumt. Sie hatte nicht zugehört oder hingesehen, aber wie lange, wusste sie nicht. Sie schaltete den Fernseher aus und hörte ein feines Brummen, ein Vibrieren. Sie folgte dem Geräusch bis zu ihrer Handtasche in der Küche. Beim Durchsuchen der Tasche wurde das Brummen lauter. Als sie schließlich ihr Mobiltelefon in der Hand hielt, hatte das Vibrieren aufgehört. Sie hatte neue Nachrichten. Grace wusste, welche Knöpfe sie drücken musste. Seltsam, dass sie sich an technische Funktionen erinnern konnte, nicht aber an Menschen.

Die erste Nachricht auf der Mailbox kam von einem Mann namens Dave. Er wollte wissen, wie es ihr ging. Alle im Restaurant hätten vom Unfall gehört, sagte er. Sie würden alle an sie denken, außerdem läge ihr Scheck bereit. »Wir würden dich gern wiedersehen«, hörte sie ihn sagen. Sie könne den Scheck abholen, er würde ihn aber auch per Post schicken. Sie solle einfach Bescheid geben.

Grace rief die Nummer an und war erschrocken, als bereits beim ersten Tuten jemand abhob. »Brewster's, Augenblick bitte.« Die Frau schickte sie in die Warteschleife, bevor Grace etwas sagen konnte. Grace wartete und murmelte den Namen des Restaurants vor sich hin, während italienische Musik dudelte. Als die Frau wieder dran war, fragte Grace, wo das Restaurant sei.

»Wir sind an der Merchant Street in New Buffalo, direkt an der Whittaker.«

Grace legte auf, bevor die Frau ihre Stimme erkannte.

»Brewster's«, sagte sie noch einmal. Sie lehnte an der Küchentheke und dachte nach. Da fiel ihr ein Schlüssel auf, ein einzelner Schlüssel an einem Schlüsselband, der neben der Tür an einem Haken hing. Sie ging näher heran. Auf dem Schlüssel stand FORD. Grace sah aus dem Fenster zu dem alten Pick-up. Ein Ford. Schnell rief sie auf ihrem Smartphone die Karten-App auf. Striktes Fahrverbot, klang die Stimme des Arztes in ihrem Ohr. Entschlossen durchquerte sie die Küche, als müsste sie sich etwas beweisen. Ihr Kopf war endlich klar. »Es geht mir gut, schon viel besser«, sagte sie laut.

Das Haus fühlte sich sowieso wie eine Isolationszelle an. Vielleicht förderte das Restaurant wieder neue Erinnerungen zutage. Schon bei dem Gedanken, hier rauszukommen und Menschen zu sehen, die vielleicht ihre Freunde waren, wurde sie ganz aufgeregt. Sie griff nach ihrem Mantel und ihrer Handtasche, zog die Gummistiefel an, die neben der Eingangstür standen, und ging langsam zu dem alten Auto.

Der penetrante Geruch nach Vinyl in der Fahrerkabine erschien ihr wie ein wohlriechendes Parfum und erinnerte sie an alte Zeiten. Sie schloss die Augen und sah kleine nackte Füße auf dem Armaturenbrett vor sich, deren Zehen zu einem Song von Bruce Springsteen wippten. Welcher war das noch gewesen? »Born to Run«, sagte Grace und lächelte zufrieden. Ihr Vater hatte Springsteen geliebt. Aber während sie da auf dem Fahrersitz saß und das Haus sah, den Hof, den Wald, erstarb ihr Lächeln. Mehr wusste sie nicht. Sie drehte den Zündschlüssel, aber vom Motor kam nur ein schwaches Röcheln, bevor wieder Stille herrschte. Sie versuchte es erneut und trat immer wieder aufs Gaspedal. Das hörte sich nicht gut an.

Sie sah auf ihr Smartphone und las die Entfernung ab. Kurz hatte sie den verrückten Gedanken, bis zu diesem Brewster's zu laufen. Aber es waren dreißig Kilometer. Das ganze Land lag unter einer dicken, weißen Decke, es war eiskalt draußen, und jeder Schritt rüttelte an ihren schmerzenden Rippen. Sie war gefangen. Ihre Aufregung fiel in sich zusammen, als hätte jemand das Tor zur Freiheit geöffnet und es direkt vor ihrer Nase wieder zugestoßen und dabei hämisch gelacht. Sie schloss entmutigt die Karten-App und hörte eine zweite Nachricht ab.

Grace schaltete den Lautsprecher ein. Eine Frauenstimme erfüllte die Fahrerkabine. »Hier ist die Praxis von Dr. Newell. Die Frau Doktor lässt Sie daran erinnern, dass Sie schon zwei Wochen nicht mehr bei uns waren. Wir wollten uns nach Ihnen erkundigen und hoffen, dass es bei dem Termin am Freitag bleibt. Bitte rufen Sie mich an, wenn Sie Ihren Termin verlegen möchten.« Die Frau nannte ihre Telefonnummer und Grace rief sofort zurück. Dr. Newells Name hatte auf dem kleinen Behälter mit Xanax gestanden.

Als die Sprechstundenhilfe ans Telefon ging, nannte Grace ihren Namen und erklärte, dass sie wegen eines Autounfalls im Krankenhaus gewesen sei und gern so schnell wie möglich die Ärztin sehen wolle. Die Frau gab ihr einen Termin zwischen zwei anderen Patienten am darauffolgenden Morgen. Grace schrieb sich die Adresse auf. Vielleicht konnte die Ärztin einige Lücken in ihrer Erinnerung schließen.

Grace legte auf und fügte instinktiv einen Termin im Terminplaner hinzu. Sie stellte Datum und Uhrzeit ein und schloss die Tagesansicht. Dann durchforstete sie die Tage vor dem Unfall nach Einträgen. Sie sah die wöchentlichen Arzttermine am Freitag um eins. Aber es gab keinen Hinweis darauf, warum sie ihn am Tag vor dem Unfall verpasst hatte. Es war nur ein Eintrag zu finden, der darauf hinwies, dass sie am Nachmittag gearbeitet haben musste. Sie ging in den Tagen immer weiter zurück, aber alle Einträge hatten mit ihrer Arbeit zu tun. Nichts zu irgendwelchen Freunden, nichts, was ihr etwas sagte.

Sie drehte den Zündschlüssel erneut, aus reiner Neugier. Doch dieses Mal startete der Motor tatsächlich! Langsam kletterte die Tanknadel auf halbvoll und sie fuhr los. Die Navifunktion ihres Telefons führte sie diverse Straßen entlang, bis sie schließlich in südlicher Richtung auf den Red Arrow Highway kam. Nach ein paar Meilen richtete sich Grace auf. »Ein Fluss«, sagte sie voraus, bevor sie kurz darauf über eine Brücke fuhr. »Hamburger«, sprudelte sie hervor, bevor das Zeichen von Redamak's Tavern auftauchte. »Nägel«, sagte sie, kurz bevor sie ein Nagelstudio passierte. In New Buffalo bog sie rechts ab, ohne auf die Karte zu sehen. Einige Straßen später lenkte sie nach links, ohne den Straßennamen zu lesen, und da war es, auf der linken Straßenseite: Brewster's Italian Café.

Grace starrte auf den Eingang, die Klinkerfassade, die alte Laterne vor der Tür, und versuchte sich den Gastraum vorzustellen, die Uniform der Kellner, den Grundriss, aber es kam nichts.

Die Frau am Pult hinter der Eingangstür trug ein Namensschild. SHERI PRESTON. Ihr Gesicht hellte sich auf, als Grace eintrat.

»Grace! Wie geht es dir?«

Es war beängstigender, als sie erwartet hatte. Diese Frau kannte sie, und sie konnte ihr Gesicht nicht zuordnen. »Hi«, sagte sie leise. »Ich bin wegen des Schecks hier. Dave hat angerufen.«

»Natürlich. Setz dich.« Sie zeigte auf ein paar Bänke am Eingang. »Ich hole ihn.« Die Frau stakste eilig auf Zehn-Zentimeter-Absätzen davon und zog dabei ihren Minirock nach unten.

Grace nahm Platz und ließ die große Bar auf sich wirken. Geflieste Theke, riesige Holzsäulen, kopfüber hängende Weingläser und die im warmen Gelborangeton der Toskana gehaltenen Wände. Aber nichts löste etwas in ihr aus.

Die junge Frau kehrte kurz darauf zurück, drückte sich hinter dem Pult herum, kritzelte etwas und versuchte, ein Gespräch in Gang zu bringen. »Grace, es tut uns allen so leid wegen Michael.«

»Michael«, wiederholte Grace. Es dauerte einen Augenblick. Michael, der tote Freund, fiel ihr plötzlich ein.

»Die Polizei war letzte Woche hier und hat Fragen gestellt.«

»Oh.«

»Mach dir keinen Kopf. Wir wissen, dass du das nicht warst.«

Grace nickte stumm.

»Jedenfalls bin ich froh, dass es dir gut geht. Wir haben uns alle Sorgen gemacht.«

Noch eine junge Frau mit Namensschild und ähnlich hohen Absätzen kam herein. »Hallo Grace.« Sie winkte. Die beiden Kellnerinnen sahen sich mit hochgezogenen Augenbrauen an. Das Getratsche würde sofort beginnen, nachdem Grace gegangen war. Es war ein Fehler gewesen, hierherzukommen. Die Leute würden denken, sie hätte nicht mehr alle Tassen im Schrank.

Schließlich trat ein Mann hinzu und lächelte breit. Er überragte die zarten Kellnerinnen, auch wenn seine Schultern nach vorn hingen und seinen dicken Bauch noch mehr hervortreten ließen. Er streckte die Arme nach ihr aus. »Grace!«, sagte er und wartete darauf, dass sie seine überschwängliche Begrüßung erwiderte. Sie stand auf und versuchte, ihn einzuordnen – die schwarzen Haare, nach hinten gegelt, die rötlichen Wangen, die blutunterlaufenen braunen Augen mit Lidern auf Halbmast. Kein Groschen fiel.

»Hallo«, sagte sie.

Der Mann schien Verständnis zu haben und ließ Arme und Stimme sinken. »Wir haben von deinem Unfall gehört. Deine Schwester hat angerufen und uns gesagt, dass es deinen Kopf ziemlich erwischt hat und du Erinnerungslücken hast.«

»Ja.«

»Bist du selbst gefahren?«

Sie konnte seine Sorgenfalten sehen. »Ja, aber es geht schon. Ich musste nur mal raus.« Auf einmal kam es ihr so seltsam vor, mit diesem Mann zu reden, an den sie sich überhaupt nicht erinnerte, und so zu tun, als würde sie ihn kennen, ihn, diesen Ort und ihre Kollegen, und alle davon überzeugen zu wollen, dass sie nicht völlig übergeschnappt war. »Ich gehe dann mal wieder.«

Er gab ihr einen Umschlag. »Okay, Grace, pass auf dich auf. Du kannst gern hier wieder anfangen, sobald du so weit bist.«

»Ich bin auch weg, Dave«, sagte Sheri und übergab ihren Platz der anderen jungen Frau.

Grace bedankte sich rasch und ließ sich von Sheri die Tür aufhalten. Draußen bedankte sie sich ein weiteres Mal und ging zum Auto, bevor Sheri ein neues Gespräch anfangen konnte.

Sie saß im Pick-up und betrachtete das Restaurant. Wieso konnte sie sich nicht an diese Leute erinnern? Alle kannten sie. Das hier war ihr Leben. Sie klappte den Umschlag auf und sah den Gehaltsscheck. Als sie ihn herauszog, fiel ihr ein Zettel in den Schoß.

> Grace,
> komm nach Cherry Beach, wenn du kannst.
> Zwei Uhr. Wir müssen reden.
> Dave

Verwundert blickte sie zum Restaurant. Dave, der Restaurantchef? Sie sah auf die Uhr. Es war halb zwei. »Cherry Beach«, wiederholte sie und parkte aus. Es fühlte sich vertraut an. Sie war sich nicht sicher, aber sie wollte es versuchen. Einfach fahren. Vielleicht fand sie den Weg.

Instinktiv erreichte sie wieder den Red Arrow Highway und fuhr nach Norden. Schilder und Geschäfte zogen vorbei. Es funktionierte. »Antiquitätenhändler«, sagte sie und fuhr lächelnd an einigen Läden vorbei. Aber irgendwann hatte sie das Gefühl, sich verfahren zu haben. Sie ging vom Gas und las jedes Straßenschild. Autos rauschten vorbei. Da sah sie es:

Cherry Lane. Ein kleiner Abzweig westlich des Highways. Sie bog auf die kurvige, enge Straße ein, die von Häusern und dichten Waldstücken gesäumt war. Am Ende der Straße rollte sie auf einen großen Schotterparkplatz an einer Steilküste. »Cherry Beach«, sagte sie zufrieden.

Der eiskalte Wind peitschte über das Ufer des Michigansees, aber das Wasser glitzerte verheißungsvoll in der Sonne. Dieser Ort fühlte sich vertraut an. Die steile, hölzerne Treppe, die dreißig Meter bis zum Strand hinabführte, war von Schnee bedeckt, den zahlreiche Winterstiefel jedoch bereits festgetreten hatten. Vorsichtig stieg sie hinab und ließ die Größe des Sees auf sich wirken.

Auch der Strand war zur Steilküste hin mit Schnee überzogen, aber am Ufer hatten die Wellen den feinen Sand freigelegt. Der Wind versuchte, ihr die Kapuze vom Kopf zu zerren. Sie musste sie mit einer Hand festhalten, als sie einige Schritte in den Fußstapfen vorheriger Besucher ging und nach Überbleibseln ihrer Erinnerung Ausschau hielt. Das Geräusch des Wassers tat gut. Unter einer Schneehaube lag ein Haufen aus verrottetem Treibholz und rief ein Bild aus ihrer Erinnerung wach. Ein Lagerfeuer am Strand.

»Grace!«, hörte sie eine männliche Stimme aus der Ferne rufen. Sie sah nach oben. Dave stand an der Steilküste am Treppenabsatz und winkte. Langsam stieg Grace die Treppe wieder hinauf. Jede Stufe fiel ihr schwerer als die vorherige, jeder Schritt erinnerte sie daran, dass es hinauf so viel anstrengender war als hinunter und dass einhundert Stufen im tiefsten Winter vielleicht keine so gute Idee für Rippen und Lunge waren.

»Ich bin so froh, dass du gekommen bist«, sagte Dave, als sie oben ankam. »Eigentlich wollte ich gar nicht, dass du dich bis nach unten quälst, aber ich dachte, hier wäre der richtige Ort, um allein mit dir zu reden.«

»Es fühlt sich vertraut an hier. Ich wollte sehen, ob mir irgendetwas einfällt.«

»Also stimmt das mit dem Gedächtnisverlust? Du erinnerst dich wirklich an nichts mehr?«

»Nein.«

»Nicht an den Unfall? Oder nicht an den Tag? Oder wie?«

»An fast gar nichts. Ich habe noch nicht einmal das Restaurant erkannt. Oder dich.« Es war, als hätte sie nach einem Welpen getreten. »Es tut mir leid. Mein ganzes Leben ist weg. Es ist ...«

»Furchtbar.«

»Es gab hier und da einen Gedächtnisblitz, zumindest glaube ich das. Ehrlich gesagt werde ich im Augenblick so mit Tabletten vollgepumpt, dass ich gar nicht mehr weiß, wo oben und unten ist.«

»Aber an diesen Ort erinnerst du dich?«

»Ja, irgendwas hier fühlt sich gut an.«

Sein Lächeln kehrte zurück. »Wir waren gemeinsam hier.«

»Du und ich?«

»Ich hatte solche Sehnsucht, dich anzurufen, aber deine Schwester meinte, du bräuchtest Ruhe und dürftest nicht gestört werden.«

»Ich verstehe nicht ...«

»Es ist so viel passiert. Ich will einfach nur, dass du weißt, dass ich nichts getan habe.«

»Was meinst du?«

»Michael. Ich habe ihm nichts getan. Also, ich wollte natürlich ...« – er sprach unbekümmert, als wäre das alles nur ein Scherz – »aber ich hätte ihm nie auch nur ein Haar gekrümmt.«

»Warum sollte ich das denken? War da was zwischen uns? Ich dachte, ich war mit Michael zusammen.«

»Warst du auch. Es war ...« Er zögerte und lächelte. »Kompliziert.«

Grace betrachtete ihn. Dieser alte Kerl – na gut, vielleicht nicht alt, aber Mitte dreißig – mit Bierbauch und gegelten Haaren, die ihm immer wieder in Büscheln vor die Augen wehten. Sie wusste zwar nicht, wer ihr Typ Mann war, aber der hier bestimmt nicht.

»Du bist kein schlechter Mensch«, fuhr Dave fort. »Ich wollte dich nicht herbitten und dann alles nur noch verwirrender machen. Ich wollte nur, dass wir unter vier Augen reden können. Vielleicht hast du Angst, habe ich mir gedacht. Und deswegen sollst du wissen, dass ich für dich da bin. Jederzeit.« Er griff nach ihren Händen, aber sie zog sie zurück.

»War ich denn nicht glücklich mit Michael?«

Dave sah sie lange an. »Ich weiß es nicht. Ich wünschte, ich könnte dir das sagen, aber aus dir wurde man ja oft nicht so richtig schlau.«

»Was soll das heißen?«

»Ich meine, am Freitag sahst du noch ganz glücklich aus, als wir das letzte Mal zusammen gearbeitet haben.« Er legte eine Pause ein, als müsste ihr das etwas sagen. Tat es nicht. »An dem Wochenende wurde er ermordet, nicht wahr? Was sagt denn die Polizei? Haben sie schon jemanden in Verdacht?«

»Das weiß ich nicht. Ich habe wohl kein Alibi für die Tatzeit und ich kann mich an nichts erinnern. Sie wissen nicht, was sie davon halten sollen.«

»Mist. Dann solltest du der Polizei gegenüber lieber nichts von unserer Beziehung erwähnen. Wenn sie glauben, dass du Michael betrogen hast, ist das wohl für keinen von uns beiden gut.«

Betrogen? Und dann auch noch mit diesem Kerl? Grace konnte es nicht glauben. Sie sah auf den See hinaus. »Und wir waren zusammen hier?«

»Genau hier. Hier habe ich dich zum ersten Mal geküsst.« Er streckte seine Hände nach ihren aus, als könnten sie gemeinsam in der Erinnerung schwelgen.

Allein bei dem Gedanken wurde ihr übel. Sie kannte sich selbst nicht mehr, aber irgendetwas trieb sie instinktiv von diesem Mann weg. Seine Nähe rieb ihre Nerven auf und sein unverhohlenes Interesse machte ihr Angst. Sie schob die Hände in die Hosentaschen.

»Glauben die Ärzte, dass sich das wieder gibt?«, fragte er.

»Sie sind ganz optimistisch. Sie sagen, dass der Gedächtnisverlust bei einem Schädel-Hirn-Trauma eigentlich nicht so umfassend ist, aber ich habe das Gefühl, als hätte sich jemand mit einem Radiergummi in meinem Kopf zu schaffen gemacht. Die Ärzte sagen, das gibt sich mit der Zeit. Immerhin gab es schon diese Gedächtnisblitze. Ich wusste, wo ich zum Restaurant abbiegen muss und wie ich hierherkomme. Vielleicht bessert sich alles langsam wieder.«

»Du meine Güte, Grace. Findest du den Weg nach Hause? Soll ich vorausfahren?«

»Nein, nein. Ich schaffe das. Und ich habe ein Navi auf dem Handy. Keine Sorge.«

»Gut, also, wenn du etwas brauchst …« Unbeholfen zog er ihre Hände aus den Taschen. »Ruf mich an.«

Er wusste zu viel über sie. Es war ihr unheimlich. Und er kam ihr zu nahe. Sie befreite sich.

»Ich muss los«, sagte sie und wandte sich zum Auto.

»Gut. Du hast meine Nummer. Ruf mich an, jederzeit. Und mach dir keine Sorgen, die finden schon den Richtigen.«

Grace zog ihr Smartphone heraus und suchte Dave in den Kontakten. Dann hielt sie ihm den Bildschirm hin. »Bist du das?«

Dave sah auf die Nummer. »Ja. Und ich meine das ernst. Ich bin für dich da, ja?«

Grace konnte auf einmal nicht schnell genug von diesem Mann wegkommen. »Danke. Ich muss los.« Sie kletterte in den Wagen. Er winkte matt zum Abschied.

Kapitel 10

Grace erwachte im dunklen Wohnzimmer. Die Sonne war hinter Wolken verschwunden. Sie setzte sich auf, schaltete die Tischlampe ein und sah zur Uhr an der Küchenwand. Sie hatte ein paar Stunden geschlafen. Die Kopfschmerzen hatten etwas nachgelassen und ihr Körper tat nicht mehr so weh. Sie hatte den Weg nach Hause aus dem Gedächtnis gefunden, was sich wie ein großer Fortschritt anfühlte, aber die Anstrengung hatte ihr ein heftiges Pochen im Kopf beschert. Vielleicht waren auch die nicht genommenen Tabletten daran schuld. Grace hatte den alten Ford genau dort wieder abgestellt, wo er gestanden hatte, damit Lisa es nicht merkte – Lisas Donnerwetter konnte sie überhaupt nicht brauchen –, aber das Aussteigen hatte ihr Schwierigkeiten bereitet. Jede Bewegung war ihr vorgekommen, als würde sie durch Sirup schwimmen. Bei den Temperaturen im Pick-up zu bleiben, war der sichere Tod oder, noch schlimmer, ein Garant für Lisas Zorn. Also hatte sie die Hände an den Kopf gepresst und versucht, die Schmerzen zu ignorieren, die ihr jeder Atemzug bereitete. Mit Mühe hatte sie es in die Küche geschafft, nach dem Tablettenhäufchen gegriffen und sich bis aufs Sofa geschleppt.

Jetzt fühlte sie sich fast wie neugeboren. Sie streckte die

Arme nach oben: unglaublich. Dann stand sie auf, atmete tief durch und stellte überrascht fest, dass sich ihr Brustkorb mit Leichtigkeit ausdehnte. Sie fühlte schlagartig neue Energie. Es gab so viel, über das sie nachdenken musste.

Grace öffnete die großen Schiebetüren zum ehemaligen Bibliothekszimmer, das voller Kisten stand. Hier verbarg sich alles, was sie über ihre Geschichte zu erfahren hoffte. Erinnerungsstücke aus der Familienhistorie, aber leider vollständig verpackt, eingesperrt hinter massenweise Paketklebeband. Grace arbeitete sich in das Zimmer vor und fand unter Kistenstapeln einen alten Schreibtisch. Sie holte sich ein Messer und öffnete die nächstbeste Kiste. Darin waren Hängeregister mit Aufschriften wie »Kreditkarten«, »Nebenkostenabrechnungen«, »Hypothek« und »Versicherungen«. Nichts davon würde ihr Rätsel lösen, aber sie sah sich trotzdem die Rechnungen an, las Kostenaufstellungen und hoffte auf einen Funken. Aber er blieb aus. Zwischen den Versicherungsunterlagen fand sie Rechnungen von Psychiatern, Psychologen und Therapeuten. Rechnungen, die sich über Jahre erstreckten. Wollte sie das wirklich alles wieder wissen? Vielleicht gab es einen Grund für ihr Vergessen. Ein Register hieß »New Haven Fertilitätszentrum« und enthielt Behandlungsunterlagen, die zurück in die frühen Achtzigerjahre reichten. Vielleicht erklärte das den Altersunterschied zwischen ihr und Lisa.

Die nächste Kiste war schon vielversprechender. Ein Register namens »Grace« enthielt ihre Vergangenheit oder zumindest ihre Schulzeit. Zeugnisse, Schularbeiten, sogar einige Fotos aus den ersten Schuljahren. Grace blieb an einem Foto hängen, auf dem die Kinder einer Vorschulklasse vor einer Schaukel Aufstellung genommen hatten. Die Sonne schien ihnen ins Gesicht, das Gras im Hintergrund leuchtete grün. Es dauerte ein wenig, aber dann hatte Grace sich selbst entdeckt. Es war dieses Kleid, das sonnengelbe mit den riesigen Gänseblümchen. Ihr Lieblingskleid. Alle Kinder strahlten in die Kamera, nur sie nicht. Sie sah verträumt aus, fast traurig.

Grace überflog ihre Zeugnisse und die Bewertungen der Lehrer. »Grace ist ein reizendes Mädchen«, »Ich hoffe, dass sie sich nach und nach wohler in der Klasse fühlt und sich traut, zum Unterricht beizutragen«, »Grace ist sehr still und oft in ihrer eigenen Welt versunken, aber wenn sie lächelt, ahnt man, was alles in ihr steckt«, »Sie muss an ihren Rechenfähigkeiten arbeiten«. Eine Bewertung musste sie mehrfach lesen. Sie stammte von ihrer Vorschullehrerin: »Angesichts dessen, was sie alles durchmachen musste, schlägt sie sich tapfer.« Was hatte sie durchgemacht? Grace saß zwischen offenen Kisten und aufgeschlagenen Aktenmappen und fühlte sich von einer Vergangenheit überwältigt, an die sie sich nicht erinnern konnte.

Sie ging in den Keller und fand eine Kiste, auf der »Mädchenkleider« stand. Unbedingt wollte sie dieses Gänseblümchenkleid finden und ihr früheres Selbst berühren. Nach und nach zog sie ein Dutzend sauber zusammengelegter Kleider verschiedener Farben und Größen aus der Kiste, ohne irgendetwas zu spüren, bis sie es endlich sah: das einfache, hellgelbe Baumwollkleid mit den großen Gänseblümchen. Sie hob es heraus und vergrub ihre Nase darin, als könnte sie der Geruch in die Vergangenheit entführen. Aber nichts geschah.

Als sie wieder in die Kiste sah, lag dort ein weiteres Kleid. Es sah genau gleich aus wie das erste, außer dass es nicht gelb, sondern orange war. Grace verglich die Etiketten. Beide hatten dieselbe Größe. Die beiden Kleider schienen etwas zu erzählen. Vielleicht hatte sie um ein zweites gebettelt, weil ihr dieses Motiv so gefiel. Sie stellte sich ein kleines Mädchen im Kaufhaus vor, das seiner Mutter in den Ohren lag, doch beide Kleider zu kaufen. Aber das war nur Wunschdenken. Sie fantasierte hier etwas zusammen in dem Versuch, das Vakuum zu füllen. Die nostalgische Freude über einen Gegenstand, der mit Glück verknüpft schien, verblasste. Grace legte die Kleider nebeneinander. Empfand sie nur Leere angesichts einer Vergangenheit, an die sie nicht herankam, oder wartete da noch mehr?

* * *

»Ich glaube, wir haben unsere Mordwaffe«, sagte Bishop und legte auf. »Das war das Kriminallabor. In New Buffalo haben ein paar Kollegen Beweismaterial gesichert. Die Recyclingfirma, die hinter den Bellaire-Apartments die Müllsortierung macht, hat wohl angerufen. Sie haben eine Schrotflinte und ein blutiges T-Shirt gefunden.«

Hackett legte sein angefangenes Sandwich auf den Schreibtisch und wischte sich den Mund ab. »Wann?«

»Montag, noch bevor wir die Leiche gefunden haben. Sie haben die Sachen dann dem Kriminallabor übergeben. Ein verblichenes gelbes T-Shirt mit einem Smiley vorn drauf, hinten mit Be-Happy-Schriftzug, und voller Blut, das von unserem Opfer stammt. Die Flinte ist auf Michael Cahill registriert. Sie schicken uns gleich ein paar Beweisfotos.«

»Noch was?«

»Die Waffe wurde abgewischt. Keine Fingerabdrücke. Aber vielleicht können wir ja das Shirt Grace zuordnen.«

Hackett verkniff sich eine Antwort, aber er schüttelte den Kopf und wandte den Blick ab.

Bishop warf den Stift auf den Tisch. »Was?«

»Cahill gewinnt einen Haufen Geld, das wir nicht finden können. Er ist ein Spieler und konsumiert Drogen. Wir haben Bilder von ihm und einer anderen Frau im Bett. Aber du willst die Sache immer noch Grace in die Schuhe schieben.«

»Wenn dir was ins Auge springt, dann schau gefälligst hin. Das habe ich schon vor langer Zeit gelernt. Das rächt sich sonst, glaub mir.«

Hackett atmete hörbar aus. »Wovon redest du eigentlich?«

Bishop kippelte nach hinten wie ein Lehrer, der sich anschickte, seinen nächsten Monolog vor der Klasse zu halten. »Vor Jahren hatten wir mal einen Mordverdächtigen. Motiv, Gelegenheit, alles da. Und er war der Einzige. Aber wir suchten und suchten, wollten unbedingt den eindeutigen Beweis. Nur, um sicherzugehen. In der Zwischenzeit schlug er noch einmal zu. Manchmal kriegst du keine hundert Prozent, Grünschnabel. Du musst auf deinen Instinkt hören. Grace lebte mit ihm zusammen, sie hatte Grund, ihn tot sehen zu wollen, und sie hat kein Alibi. Den Unfall hatte sie bestimmt auf der Flucht vom Tatort.«

»Mein Instinkt sagt mir aber, dass sie es nicht war.«

»Wir werden ja sehen.«

In Hackett brodelte es. Er nahm schnell einen Schluck aus seiner Dose und konzentrierte sich auf seinen Schreibtisch. Erst nach einer Weile wich die Anspannung. »Schauen wir doch lieber mal, wer in diesen Apartments wohnt. Ich meine, was, wenn der Täter dort lebt und so dumm war, die Waffe in seiner näheren Umgebung wegzuwerfen? Und wir suchen noch immer die Blonde, die mit Cahill im The Rack war. Die Nacktfotos sind genau an dem Tag entstanden, als er mit der geheimnisvollen Blonden dort rausmarschiert ist.«

»Das stimmt. Aber sobald wir die Fotos von dem T-Shirt haben, klemmst du dich hinter Cahills Facebook-Seite. Grace war nicht auf Facebook, aber er hatte jede Menge Fotos auf seinem Account. Und Grace war auf einigen davon, soweit ich mich erinnere. Wenn wir Grace mit dem Shirt finden …«

Jetzt ließ Hackett den Stift fallen. »Was dann? Was beweist das schon? Sie hat dort gewohnt. Der Täter hat vielleicht das Blut damit aufgewischt und es dann weggeworfen.«

Bishop nickte halbherzig.

Wenigstens etwas. »Wenn wir allerdings beweisen können,

dass das T-Shirt definitiv nicht Grace gehört, dann könnte es unserem Täter oder unserer Täterin gehören, richtig?«

»Wer weiß«, sagte Bishop.

Eine Stunde später standen sie vor dem Bellaire-Wohnkomplex. »Haben die Kollegen von New Buffalo hier schon jemanden befragt?«, wollte Hackett wissen.

»Damals war die Tat noch nicht im System. Also müssen wir jetzt herausfinden, ob jemand am Freitagabend oder Samstagmorgen etwas Verdächtiges gesehen hat.«

Eine ältere Dame Anfang sechzig mit auffallend silbergrauem Haar öffnete im Büro der Hausverwaltung. Zwei Labradorhunde standen rechts und links neben ihr. Sie schaltete den Fernseher aus, klappte eine Ausgabe der Zeitschrift *People* zu und hob einen Stapel älterer Ausgaben vom Sofa. Dann bot sie den beiden Polizisten einen Platz an. Sie schien sich über die unerwartete Gesellschaft zu freuen. Als die beiden ihr den Grund ihres Besuchs mitteilten, zog sie eine Liste der Mieter aus einer Schublade hervor.

Hackett überflog die Liste, während Bishop Fragen stellte. »Gibt es Überwachungskameras auf dem Parkplatz?«

»Leider nicht. Ein paar Ihrer Kollegen waren hier, nachdem die Sachen gefunden worden waren, aber ich konnte ihnen nicht weiterhelfen. Ich glaube, niemand hat etwas gesehen. Also, ich jedenfalls nicht. Das Büro geht nach vorne raus, und die Tonnen stehen hinten. Sie können sie sich gerne ansehen. Die Tonnen stehen ein Stück vom Parkplatz entfernt und werden nachts nicht beleuchtet.«

»Alles klar, danke«, sagte Bishop.

Hackett sah auf. »Ma'am, wissen Sie zufällig, ob eine Ihrer Mieterinnen blond ist?«

»Natürlich«, sagte die Frau und kam zu ihm herüber. »Hier.« Sie zeigte auf Apartment 306. »Das ist meine einzige Blondine.«

Die beiden Polizeibeamten bedankten sich und verließen

das Büro. »Dann wollen wir mal bei der 306 anfangen«, sagte Bishop.

Sie klopften an die Tür und eine zierliche Frau mit langem, platinblondem Haar öffnete. Hacketts siebter Sinn schlug an. Sie war definitiv ein Hingucker, genau wie der Barkeeper gesagt hatte.

Bishop übernahm das Reden. »Hallo Ma'am, ich bin Detective Bishop und das ist Officer Hackett. Dürfen wir vielleicht kurz reinkommen?«

»Was ist denn los?« Sie trug einen schwarzen Minirock und ein Top mit tiefem Ausschnitt, an dem ein Namensschild klemmte. Die nackten Füße rieb sie wegen der kalten Luft, die ins Apartment strömte, aneinander.

Bishop zeigte auf das Namensschild. »Miss Preston, darf ich Sie Sheri nennen?«

»Von mir aus.«

»Kannten Sie Michael Cahill?«

»Ja, das war der, der ermordet wurde, oder?«

»Das stimmt.«

»Er war mit Grace zusammen. Waren Sie nicht letzte Woche im Restaurant? Ich war auch da.«

Hacketts Puls beschleunigte sich. »Also sind Sie eine Kollegin von Grace?«

»Ja.« Sie lehnte sich gegen die Tür.

»Dürfen wir?«, wiederholte Bishop. »Es ist doch ziemlich kalt.«

»Na schön.« Die junge Frau ließ sie herein und schloss die Tür. Hackett ließ den Blick durch den Raum schweifen, während Bishop die Befragung fortführte.

»Sind Sie mit Grace befreundet?«

Sie setzte sich auf die Couch. »Sozusagen. Man kennt sich halt.«

Hackett nahm auf einer Sessellehne Platz. Bishop blieb stehen. »Hatten Sie auch außerhalb der Arbeit mit Grace zu tun?«

»Ja. Wenn wir zusammen Schicht hatten. Wir gehen meist danach irgendwo noch was trinken. Wissen Sie, nach dem stundenlangen Gerenne ist man ziemlich aufgedreht. Und sie ist ganz nett. Wir sind keine Busenfreundinnen, aber wir haben ab und zu etwas zusammen unternommen. Sie ist nur ziemlich still.«

Anders als du, dachte Hackett. Es war die Art, wie sie lief: Sie war auf Aufmerksamkeit aus, genau wie Olivia. »Und kannten Sie ihren Freund gut?«

»Ich wusste, wer er war. Also, ich kannte seinen Namen, aber mehr auch nicht.«

Hackett holte sein Notizheft heraus und notierte Prestons Verbindung zu Grace, ihre äußerliche Ähnlichkeit zu der Frau im The Rack und ihre Angabe, Cahill nicht gekannt zu haben.

Bishop lief derweil im Zimmer herum und betrachtete beiläufig die Fotos und andere Dinge, die dort herumstanden. »Sheri, wie es scheint, wurden im Müll hinter Ihrem Haus ein paar Gegenstände gefunden, die in direktem Zusammenhang mit Cahills Tod stehen.«

Preston schlug die Beine übereinander. »Ach ja? Und was zum Beispiel?«

»Zum Beispiel die Mordwaffe und ein T-Shirt mit Cahills Blut daran.«

»Ach du Scheiße.« Weder Hackett noch Bishop sagten etwas. Preston sah sie erschrocken an, dann wanderte ihr Blick durch den Raum. Sie schien nicht zu wissen, wohin mit ihren Händen, also zog sie eine Zigarette aus der Packung vom Couchtisch und tippte damit immer wieder gegen ihr Knie. »Und was hat das mit mir zu tun?«

Bishop räusperte sich. »Nun, wir versuchen herauszufinden, was Cahill in den letzten Tagen vor seinem Tod so getrieben hat, und es scheint, als wäre er gesehen worden, wie er mit einer blonden Frau eine Kneipe verlassen hat. Eine Frau, deren Beschreibung sehr nach Ihnen klingt.«

»Was? Nein, da liegen Sie falsch. Ich kannte den Typ überhaupt nicht.«

»Waren Sie jemals im The Rack in Berrien Springs?«

»The Rack?« Sie runzelte die Stirn. »Was ist das denn für ein Name? Hört sich an wie ein Stripschuppen. Nein. Nie gehört.«

Bishop wanderte wieder durchs Zimmer. »Wenn wir also den Männern, die an jenem Abend dort waren, Ihr Foto zeigen, wird Sie niemand erkennen?«

Sie lehnte sich zurück, blies Rauch zur Decke und schüttelte den Kopf. Keine Spur von Nervosität. »Ich war noch nie in Berrien Springs. Ich weiß noch nicht mal, wo das ist.«

»Wirklich?«, fragte Bishop skeptisch.

Sie lächelte. »Wirklich. Ich komme aus Chicago. Bin erst letzten Sommer hergezogen. Eigentlich sollte es nur ein Sommerjob sein, ich wollte ein bisschen am Strand liegen. Aber dann bin ich hiergeblieben. Aufs College habe ich keinen Bock. Also nein, ich kenne nicht jedes Kaff hier.«

Hackett glaubte ihr kein Wort. »Wo waren Sie am Sonntag, dem ersten Dezember?«

»Ach, keine Ahnung.« Sie stand auf und ging zum Kühlschrank in der Küche, wo ein Kalender hing. »Arbeiten war ich jedenfalls nicht. Aber das ist über zwei Wochen her. Das weiß ich doch heute nicht mehr. Da muss ich nachdenken.«

Bishop sprach aus, was Hackett dachte: »Es ist etwas viel Zufall auf einmal, Beweisstücke von einem Tatort genau hier zu finden, nur wenige Schritte vor Ihrer Tür, und zu hören, dass Cahill wenige Tage vor seinem Tod eine Kneipe mit einer Frau verlassen hat, auf die Ihre Beschreibung passt. Und ich muss sagen, die Kleider haben etwa Ihre Größe.«

Das war natürlich geblufft, aber Bishop war auf eine Reaktion aus, und er bekam sie. »Sie sind doch verrückt. Das hier ist ein Riesenhaus. Ich bin nicht die Einzige, die hier wohnt. Und wer sagt, dass man hier wohnen muss, um etwas in den Müll zu werfen?«

»Wo waren Sie am Samstag, dem siebten Dezember?«, fragte Hackett.

»Das ist nicht Ihr Ernst.« Sie ließ sich wieder auf die Couch plumpsen. »Ist das der Tag, an dem er starb?«

»Ja«, bestätigte Hackett.

»Ich habe geschlafen. Etwa um elf bin ich aufgestanden und zur Arbeit gefahren. Meine Schicht fing um drei an.«

»Und kann jemand bestätigen, wo Sie am Morgen waren?«

Sheri Preston verschränkte die Arme. »Ob Sie es glauben oder nicht: ja. Ich war bei Dave Jacks. Meinem Chef.«

Die beiden Polizisten sahen einander an.

»Es war ein One-Night-Stand, okay? Nichts Ernstes. Ein paar von uns hatten am Freitag noch gefeiert.«

»Und Sie waren die ganze Nacht bei ihm?«

»Ja.«

»Bei ihm oder hier?«

»Bei ihm.«

»Sie wissen nicht zufällig, wo wir ihn jetzt finden können?«

»In seinem Apartment, schätze ich. Wir haben beide vorhin Feierabend gemacht, aber er muss heute Nachmittag noch mal ins Restaurant. Er wohnt unten in der 104.«

Kapitel 11

Als Hackett und Bishop an Dave Jacks' Tür klopften, fanden sie den Mann nur halb bekleidet und eindeutig stoned vor. Er trug Boxershorts, ein weißes T-Shirt und ein offenes blaues Hemd und lugte hinter der nur einen Spaltbreit geöffneten Tür hervor. Lächelnd streckten sie ihm ihre Dienstmarken entgegen und stellten sich vor.

»Hallo Officers, was kann ich für Sie tun?« Er versuchte, lässig zu klingen, doch seine Stimme geriet mitten im Satz ins Wanken. Sein Gesicht schwebte im Türspalt, und er machte keine Anstalten, die Tür weiter zu öffnen und ihnen so einen Blick in seine Wohnung zu gewähren.

»Können wir reinkommen?«, fragte Bishop.

Jacks rührte sich nicht. »Ich bin im Augenblick nicht gerade gesellschaftstauglich. Wie kann ich Ihnen helfen?«

Bishop trat einen Schritt näher an ihn heran. »Mr Jacks, erinnern Sie sich an uns? Wir sind am vergangenen Donnerstag wegen des Mordes an Michael Cahill in Ihr Restaurant gekommen.«

»Natürlich, ja, ich erinnere mich. Was gibt's?«

Bishop steckte die Dienstmarke ein und rieb sich die Hände. »Es ist eiskalt hier draußen, Mr Jacks. Können wir bitte reinkommen und mit Ihnen reden?«

»Tut mir leid, Jungs, es ist nur …« Jacks warf einen Blick über die Schulter in sein Wohnzimmer. »Könnte ich vielleicht zu Ihnen ins Revier kommen? Ich bin nicht angezogen und ich muss dringend unter die Dusche und dann zur Arbeit.«

Bishop trat noch näher an ihn heran und stellte einen Fuß in die Tür. »Da rieche da doch nicht etwa Marihuana, oder?«

Jacks schüttelte den Kopf, doch sein bekifftes Lächeln war eine sehr viel eindeutigere Antwort.

Bishop legte eine Hand an die Tür und drückte dagegen. »Sie sollten uns wohl lieber reinlassen, Mr Jacks.«

Ergeben ließ Jacks die Tür los und ging in sein Badezimmer, während die Polizisten seine Wohnung betraten. Auf dem Kaffeetischchen stand eine gut sechzig Zentimeter hohe Bong. Als Jacks zurückkehrte, trug er einen Bademantel. »Ich rauche das aus gesundheitlichen Gründen, Jungs. Ihr macht doch da jetzt keine große Sache draus, oder? Gott, ich sitze nur hier in meiner eigenen Wohnung, das tut doch niemandem weh.«

»Woher bekommen Sie Ihren Stoff?«, fragte Hackett. Bishop hob den Deckel einer Zigarrenkiste auf dem Kaffeetischchen an und zog einen mit Marihuana gefüllten Frühstücksbeutel heraus, dann folgten eine kleine Pfeife und ein Tütchen mit weiß-rosa Kapseln.

Jacks sagte nichts zu Bishops Entdeckungen. Er setzte sich auf die Armlehne des Sofas. »Kommt schon, Leute, worum geht's hier?«

»Wir möchten mit Ihnen über Michael Cahill sprechen«, antwortete Bishop. »Aber vielleicht erklären Sie uns erst einmal, woher Sie Ihre Drogen bekommen, Dave.«

»Keine Ahnung. Gras ist nicht gerade schwer zu bekommen. Und es ist noch nicht mal viel.«

Bishop hob das Tablettentütchen hoch. »Was ist das?«

»Vitamine«, entgegnete Jacks und sah überallhin, nur nicht

zu den Polizisten.

»Ach, wirklich?«, hakte Bishop nach. »In einer Zigarrenkiste auf dem Kaffeetisch?«

Jacks verschränkte die Arme. »Jep.«

Hackett trat vor, um sich das Tütchen genauer anzusehen. »Was denn für Vitamine?«

»Multivitamine.«

»Großartig«, meinte Bishop. »Dann haben Sie doch sicher nichts dagegen, wenn wir sie mitnehmen? Ich könnte ein paar Multivitamine gut gebrauchen.«

Hackett grinste. »Ich auch.«

Jacks rieb sich über das Gesicht, als könnte er durch diese Trockenwäsche wieder etwas zu sich kommen und verstehen, was die Polizisten in seinem rauchverhangenen Wohnzimmer wollten und warum sie seinen Vorrat einsteckten. »Ich dachte, hier geht es um Cahill.«

»Das stimmt«, gab ihm Bishop recht und machte es sich auf einem der beiden zueinanderpassenden Ledersofas gemütlich. »Kannten Sie ihn?«

»Nicht wirklich.«

»Er war also nicht Ihr Dealer?«, fragte Hackett.

»Was? Nein! Warum fragen Sie das?«

Bishop übernahm. »Wir haben in Michaels Haus eine ganze Menge Pot gefunden. Wir sind gerade dabei, uns ein Bild von seinem Leben und seinen sozialen Kontakten zu machen. Können Sie uns sagen, wo Sie am Samstag, dem siebten Dezember, waren?«

»Beschuldigen Sie mich wegen irgendwas?«

»Wir stellen Ihnen einfach nur ein paar Fragen.«

»Ich war hier.«

»Waren Sie allein?«

»Geht es um Grace? Sie hat Michael nicht umgebracht.«

»Niemand hat etwas von Grace gesagt«, rief Hackett,

während er begann, den Raum zu untersuchen. Er hielt mehrere gerahmte Fotos hoch. Dann ging er in die Küche, betrachtete die an den Kühlschrank gehefteten Bilder. Die meisten davon waren Ausdrucke, Fotos von feiernden Mittzwanzigern – Nahaufnahmen, prostend erhobene Bierflaschen, Kartenspiele, rauchverhangene Räume. Ein paar der Bilder zeigten die Mitarbeiter des Restaurants. Auf mehreren Aufnahmen erkannte er Sheri Preston und Grace Abbott.

Als er zum Schlafzimmer weiterging, stand Jacks auf und folgte ihm. »Suchen Sie etwas Bestimmtes?«

Hackett sah sich um. Neben dem Bett stand ein Bild von Grace.

Jacks folgte seinem Blick. »Hey Leute, ich will wirklich nicht unhöflich sein, aber ich kann mich nicht erinnern, euch hereingebeten zu haben. Langsam wird mir das ein bisschen zu viel. Und ich muss mich für die Arbeit fertig machen.«

Hackett sah Jacks an und ging zurück zu Bishop ins Wohnzimmer. »Können Sie mir meine Frage beantworten, Dave?«

»Welche Frage?«

»Waren Sie letzten Samstag alleine hier?«

»Nein, ich war nicht allein. Ich war bis etwa elf Uhr morgens mit Sheri Preston zusammen. Nach unserer Schicht am Freitagabend habe ich hier eine kleine Party geschmissen. Ist ziemlich spät geworden.«

»Wie spät?«, fiel Bishop ihm ins Wort.

»Etwa sechs oder sieben Uhr morgens. Sheri hat hier übernachtet. Nachdem sie gegangen war, habe ich so bis zwei Uhr nachmittags ferngesehen und dann bin ich zur Arbeit gegangen.«

»Waren Grace und Michael auch auf Ihrer Party?«

»Natürlich nicht.«

»Warum natürlich nicht?«, bohrte Hackett weiter. »Ich dachte, Grace ist öfter mit Kollegen ausgegangen.«

»Das stimmt, aber ihr Freund ist nie mitgekommen.«

Er konnte den Widerwillen in Jacks Stimme hören. Dieser Typ kam ihm immer verdächtiger vor. »Tja, und ist *Grace* denn zu Ihrer Party gekommen?«

»Nein.«

»Aber sie hatte an diesem Abend Dienst.«

»Schon, aber sie ist danach nicht mit uns mitgekommen.«

»War das normal?«, fragte Bishop.

»An diesem Tag wohl schon. Ich meine, sie hatte sich immerhin gerade verlobt.«

»Verlobt?« Hackett verschluckte sich beinahe an diesem Wort und musste es noch einmal wiederholen.

»Ja. Sie hat es uns am Freitag bei der Arbeit erzählt. Ich glaube, er hat am Donnerstagabend um ihre Hand angehalten.«

»Kam sie Ihnen glücklich vor?«, fragte Bishop.

»Normalerweise freut man sich darüber, dass man heiratet«, gab Jacks zurück.

»Von einer Trennung wussten Sie nichts?«, wollte Hackett wissen.

Jacks ruderte zurück. »Na ja, wenn sie gesagt hat, sie hätten Schluss gemacht, dann war das wohl auch so.«

»Das klingt, als wüssten Sie etwas, das Sie uns verschweigen.«

Dave band sich den Bademantelgürtel neu. »Ich weiß gar nichts.«

Hackett sah Bishop an. »Hast du das gesehen? Ich dachte, ich hätte da etwas aufleuchten sehen, als ich gesagt habe, Grace und Michael könnten sich getrennt haben.« Bishop grinste verhalten.

»Darüber habe ich keine Meinung«, sagte Jacks. »Warum auch? Hat sie irgendwas über mich gesagt?«

»Warum hätte sie das tun sollen?«, fragte Hackett.

»Keine Ahnung. Hören Sie mal, wenn das alles ist, ich muss

jetzt wirklich duschen gehen.«

Bishop erhob sich und sie folgten Jacks zur Tür. »Nur noch ein paar Fragen«, sagte Hackett. »Wie lange arbeitet Grace schon in Ihrem Restaurant?«

»Seit zwei Jahren.«

»Und Sie waren die ganze Zeit über ihr Chef?«

»Ja.«

»Und Sie sind regelmäßig nach der Arbeit miteinander ausgegangen – sie haben sich unterhalten, den Kontakt gepflegt?«

»Und?«

»Also kennen Sie Grace recht gut.«

»Ich kenne sie sehr gut. Ich mag sie.«

»Vielleicht ein bisschen zu sehr?«

»Was soll das heißen?«

»Sie haben hier eine ganze Menge Fotos von ihr. Haben Sie diese Bilder alle selbst aufgenommen?«

Jacks sah sich um. »Ist doch keine große Sache. Ich fotografiere einfach mit meinem Handy.«

»Und dann drucken Sie die Aufnahmen aus und rahmen sie ein.«

»Was wollen Sie damit sagen?«

Mit hochgezogenen Brauen warf Hackett seinem Partner einen Blick zu. »Neben dem Bett steht auch ein Foto von Grace«, sagte er an Jacks gewandt. »Das sieht für mich nicht nach einer normalen Beziehung zwischen Chef und Angestellter aus. Meinen Sie nicht auch?«

Bishop lächelte. »Das finde ich allerdings auch.«

»Da ist echt nichts dabei, Jungs. Auf dem Bild waren eigentlich mehrere Leute, aber die anderen hatten alle die Augen zu, also habe ich sie weggeschnitten. Es ist ein gutes Foto von ihr. Wir sind Freunde, das ist alles.«

»Klar«, sagte Hackett. »Ich würde aber sagen, dass Sie starke Gefühle für Grace hegen.«

»Ich würde alles für sie tun, und ja, ich mache mir Sorgen um sie. Ihr Freund wurde ermordet, sie scheint sich an nichts und niemanden zu erinnern, und sie hat wahrscheinlich Angst. Aber ich kann euch nicht weiterhelfen, Jungs. Ich weiß nichts. Und ich muss jetzt zur Arbeit.«

Mehr würden sie von diesem Typ im Augenblick nicht erfahren. »Kein Problem, Jacks«, sagte Bishop. »Sie hören von uns.«

* * *

Grace ging in die Küche zurück, um sich ihre Tablette und eine Tasse Kaffee zu holen, bevor das Stehen zu anstrengend wurde. Allmählich konnte sie ihre Kopfschmerzen vorhersagen. Es war, als würde jeder Versuch, sich länger zu konzentrieren, den Eispickel hinter ihren Augen in Gang setzen. Doch nach zwanzig Minuten fühlte sie sich schon wieder besser.

Jetzt schien eine geradezu fieberhafte Energie die geschlossenen Türen ihres Geistes durchbrechen zu wollen. Sie ging im Zimmer auf und ab, murmelte vor sich hin, durchdachte den Tag. Da gab es eine Lücke. Sie erinnerte sich an das Restaurant, an Dave, Cherry Beach, aber was war davor gewesen? Sie konnte sich nicht entsinnen, dorthin gefahren zu sein. Was war davor passiert? »Was zum Teufel war da?«, schrie sie. Ihre Gedanken begannen zu rasen, sie fühlte sich, als könnte sie nicht alle schnell genug verarbeiten. War es so, wenn man verrückt wurde?

Was stimmte nicht mit ihr? Sie hatte sich heute an etwas erinnert, das stand fest, doch sie wusste nicht mehr, an was. Sie durchstreifte das Haus, sah sich um, deutete auf Gegenstände, listete auf, was sie wusste und was sie nicht wusste. Die Wände kamen näher, die Decke sank immer tiefer. Nach ungefähr zehn Runden brach sie auf dem Küchenboden zusammen, sie war kaum noch bei Bewusstsein, konzentrierte sich allein auf die Lampe über ihr.

Als Lisa eine Stunde später durch die Hintertür hereinkam, fühlte Grace ihre Gegenwart, doch es kostete sie enorme Anstrengung, die Augen zu öffnen. Lisa ließ Tasche und Schlüssel fallen und kniete sich neben sie. »Grace«, rief sie und gab ihr eine Ohrfeige. »Bist du in Ordnung?«

Grace sah zu ihr auf.

»Was geht hier vor? Was ist passiert?«

Mit Lisas Hilfe setzte sie sich auf. »Ich fühle mich, als wäre ich verrückt.«

»Hast du dich an etwas erinnert?«

»Ich weiß nicht. Ich dachte es. Aber jetzt bin ich mir nicht mehr so sicher. Nur an die Straßen.«

»Die Straßen?«

Sofort bereute sie, dass sie das gesagt hatte. »Ich meine, an diesen Ort. Ich erinnere mich daran, dass du mich hergebracht hast. An die Straßen, die hierherführen.«

Lisa sah auf die Arbeitsfläche, wo sie Graces Tabletten bereitgelegt hatte. »Hast du heute alle deine Medikamente genommen?«

»Heute Mittag habe ich ein paar weggelassen. Ich fühle mich schrecklich, wenn ich sie schlucke. Aber dann ging es mir immer schlechter, also habe ich sie doch genommen.«

»Weißt du noch, was der Arzt gesagt hat? Du darfst sie nicht weglassen.«

»Aber ich kann nicht schlafen! Wie soll ich mich erholen, wenn ich nicht schlafen kann? Ich würde mich am liebsten aus meiner Haut schälen.« Sie kämpfte sich hoch.

Auch Lisa stand auf. »Davor hat uns der Arzt gewarnt. Er hat gesagt, dass sich die Kopfverletzung auf dein Schlafmuster auswirken könnte. Und vielleicht hast du ja auch schon vorher unter Schlafstörungen gelitten – vielleicht hat man dir deshalb

Xanax verschrieben. Er hat dir Zolpidem gegeben. Hier.« Sie reichte ihr die Tabletten. »Na komm, wir bringen dich jetzt erst mal ins Bett.«

Grace setzte sich an den Tisch und legte den Kopf in die Hände. »Irgendetwas in diesem Haus macht mir Angst.«

»Wie meinst du das?«

»Ich höre Dinge. Gestern habe ich ein kleines Mädchen weinen gehört. Und ich habe ein Mädchen im Hof gesehen, vielleicht war ich das selbst.«

Lisa setzte sich zu ihr. »Im Hof?«

»Ich bin draußen herumgelaufen. Ich brauchte etwas frische Luft. Ich habe die Schubkarre im Schuppen gefunden, und dann habe ich gesehen, wie ein Mädchen darin über den Hof geschoben wurde. Sie war noch klein. Es war Herbst. Da war ein Mann, der sie geschoben hat. Sie sahen glücklich aus.«

»Das warst wahrscheinlich wirklich du, mit Dad.«

Grace lächelte. »Dann war es also eine echte Erinnerung?«

»Vermutlich.«

»Aber dann habe ich Angst bekommen. Ich habe einen Schrei gehört, und ich schwöre, dass da auch ein Schuss war.«

»Tja, über den Schrei weiß ich nichts, aber einen Schuss könntest du tatsächlich gehört haben. Hier draußen hat immer irgendetwas Jagdsaison. Ich glaube, gerade ist Fasanenzeit, und vielleicht darf man auch immer noch anderes Wild schießen. Bis Weihnachten, dachte ich.«

Sie setzte sich auf und starrte Lisa an. »Erzähl mir von unseren Eltern. Warum kann ich mich nicht an sie erinnern?«

Lisa ging zum Kühlschrank, lehnte sich dann an den Tresen und öffnete eine Bierdose, bevor sie antwortete. »Ich weiß nicht, ob das jetzt das Richtige ist.«

»Warum nicht? Ich fühle mich wie ein schwarzes Loch. Bitte. Ich muss mein Leben wieder zusammensetzen. Jemand ist tot. Jemand, mit dem ich offenbar zusammengelebt habe.

Und es sieht so aus, als ob …« Sie wollte es nicht aussprechen.

»Du musst dich ausruhen. Ich will dich nicht aufregen.«

»Was soll das heißen?«

Lisa trank einen Schluck, dann sagte sie: »Unsere Eltern waren keine besonders guten Menschen.«

»Was meinst du damit?«

Lisa trank noch einen Schluck, öffnete erneut den Kühlschrank und starrte die halb leeren Fächer an. »Hast du schon was gegessen?«

Grace stand auf. »Ich habe keinen Hunger.« Plötzlich war sie sehr müde. Sie ließ sich wieder auf den Stuhl fallen. »Könnte ich Michael getötet haben? Ich weiß nicht, wer ich war. Ich weiß nicht, ob ich so etwas getan haben könnte.«

Lisa stellte ihre Dose weg und kam zu ihr. »Grace, ich weiß es auch nicht. Komm schon.«

Mit ihrer Hilfe gelang es Grace, aufzustehen. Sie nahm noch eine weitere Tablette, um schlafen zu können, und ließ sich von Lisa die Treppe hinaufführen. Ohne sich auszuziehen, kroch sie ins Bett, so schwach, als hätte sie eine Grippe. Sie konnte nicht einmal den Kopf heben. Auf einmal war sie so müde, dass es sich anfühlte, als würde sie mit der Matratze verschmelzen.

Lisa deckte sie zu und erhob sich dann, um zu gehen.

»Warte.« Es war kaum mehr als ein Flüstern. »Erzähl mir, was du über mich weißt. Über Michael und mich. Sind wir dir glücklich vorgekommen?«

Lisa setzte sich zu ihr auf das Bett und strich ihr eine Haarsträhne aus dem Gesicht. »Ich habe dir ja gesagt, dass wir uns nicht immer nahestanden. Von eurem alltäglichen Leben habe ich also nicht besonders viel mitbekommen. Nur wenn etwas passiert ist, habe ich davon gehört. Wie letzten Freitag, als du völlig aufgewühlt hier angekommen bist.«

Grace nickte.

»Oder wie damals, als du ihm die Reifen zerstochen hast.«

»Was?«

Lisa kicherte. »Ich fand es eigentlich ziemlich lustig. Ich meine, er hat es bestimmt verdient, aber du hast mir nie verraten, warum du es gemacht hast.«

»Wann habe ich das getan?«

»Etwa vor einem Jahr. Ihm hast du erzählt, dass du sein Auto so gefunden hast, als du von der Arbeit nach Hause gekommen bist. Aber mir hast du die Wahrheit gesagt.«

Die Medikamente hatten sie jetzt fest im Griff. Sie konnte sich nicht mehr aufsetzen und brachte kaum noch eine Antwort heraus, doch irgendetwas an dieser Geschichte kam ihr bekannt vor. »Das war an meinem Geburtstag«, lallte sie.

»Ja, stimmt. Erinnerst du dich daran?«

Grace konnte die Augen nicht länger offen halten. Sie antwortete nicht, sondern fragte stattdessen weiter. »Unsere Eltern … du hast gesagt, sie waren böse.«

Lisa zog ihr die Decke noch ein Stück höher über die Brust. »Das Einzige, was Kinder von ihren Eltern brauchen, ist Liebe. Sagen wir einfach, die beiden haben ihre Aufgabe nicht erfüllt.«

»Haben sie uns wehgetan?«

Als Lisa nicht antwortete, zwang sich Grace, die Augen wieder zu öffnen. Lisa sah sich im Zimmer um, so als suchte sie nach Worten.

»Woher habe ich die da?« Schwach hob Grace den Unterarm und zeigte Lisa die methodischen Narben.

»Ich weiß es nicht.«

»Du lügst«, murmelte sie. »Du hast im Auto gesehen, wie ich sie entdeckt habe. Du weißt es.«

»Wie schon gesagt, unsere Eltern waren nicht gerade die besten.«

»Sie haben das getan?«

»Dad war kein großer Fan von Prügeln. Ihm waren kleine Taten mit großer Wirkung lieber.«

Ungläubig sah Grace auf ihren Arm, versuchte, den Blick scharf zu stellen.

Lisa lächelte. »Das ist noch gar nichts. Sieh dir mal das hier an.« Sie zog ihren Ärmel zurück und zeigte Grace ihren Unterarm. Fünf kleine runde Narben, jede so groß wie ein Bleistiftradierer.

»Was ist das?«

»Zigarettenverbrennungen.«

»Hat er das getan?«

»Er hat wohl geglaubt, uns so in der Spur halten zu können.«

Es kam ihr wie reine Fiktion vor – irgendeine wilde Fantasie, die nicht zu den Instinkten ihres verwirrten und getrübten Geistes passte. Doch dort war der Beweis, eine Geschichte, die man nicht einfach löschen konnte. Zwei unglückliche Kinder. Missbrauch. Vielleicht war es gut, dass ihre Eltern nicht mehr da waren. Wie Lisa gesagt hatte.

»Jemand ist hier eingebrochen.«

Grace versuchte, sich aufzusetzen, schaffte es jedoch nicht. »Entspann dich.« Lisas Stimme klang beruhigend. Sie nahm Graces Hand und hielt sie sanft in ihrer. »Es ist eine schreckliche Geschichte. Ich wollte sie dir nicht erzählen, denn du erinnerst dich an nichts. Du weißt ja gar nicht, was du für ein Glück hast.«

»Wann? Wie?«

»Vor etwa drei Jahren. Wir waren nicht zu Hause.«

»Es ist hier passiert?«

»Ja.«

»Wo waren wir?«

»Du warst bei einer Freundin. Ich war damals schon ausgezogen.«

»Wie? Wer hat das getan?«

»Irgendein Drogensüchtiger, der sie ausrauben wollte. Er sitzt jetzt im Gefängnis.«

»Oh mein Gott.«

Lisa schwieg und streichelte nur weiter Graces Hand, als wäre sie ein kleines Mädchen.

»Warum wohnen wir noch hier, nachdem etwas so Schreckliches passiert ist? Und wenn sie wirklich so schlimm waren? Warum …?« Wieder versuchte sie, sich aufzusetzen. »War es hier?« Panisch sah sie sich um.

»Nein, nicht hier. Sie haben geschlafen. Es war nicht leicht, hierzubleiben, Grace, aber dieses Haus ist das Einzige, was sie uns hinterlassen haben. Sonst haben unsere Eltern uns nichts gegeben.« Auf einmal klang ihre Stimme ärgerlich. »Und das Leben ist schwer genug. Ich will jetzt wirklich nicht darüber reden.«

Grace ließ sich in die Kissen zurücksinken. Es war zu anstrengend, aufrecht zu sitzen. Die Augen drohten ihr zuzufallen. »Neulich bin ich nachts in den Keller gegangen. Bei der Waschmaschine habe ich mich ganz komisch gefühlt. Und ich habe dieses kleine Mädchen weinen hören.«

Lisa deckte sie erneut zu, behandelte sie wie ein Kind, das ins Bett gebracht werden musste. »Vielleicht versucht dein Gehirn, dich zu beschützen. Manche Dinge vergisst man besser. Einige Erinnerungen sind zu schmerzhaft. Ich habe mein ganzes Leben lang versucht zu vergessen. Du kannst jetzt noch einmal ganz von vorne anfangen.«

Sie hatte noch so viele Fragen, doch sie brachte die Worte nicht mehr heraus. Sie verlor das Bewusstsein. Wie durch Watte hörte sie noch, dass Lisa hinausging, ihre Schritte hallten im Gang. Dann das Quietschen einer sich schließenden Tür und ein Klicken. Hatte Lisa sie eingeschlossen? Hatte sie Angst vor ihr? Dann wurde alles schwarz.

Kapitel 12

Grace war unter etwas Schwerem gefangen. Um sie herum war alles dunkel. Sie befreite sich, begann, aus der Dunkelheit emporzukriechen. Als sie stand, sah sie winzige blaue und weiße Blüten auf der Wand vor sich. Ihre Sicht konzentrierte sich auf dieses Muster, dann wurde ein Kreis verschwommener Bilder daraus, umgeben von Schwärze, als befänden sie sich meilenweit entfernt. Sie ging näher heran. Näher. Die Bilder wurden klarer. Das schmiedeeiserne Bett. Mom. Dad. Alles war voller Blut. Grace stand am Bett ihrer Eltern und schrie. Ihr eigenes Nachthemd war rot getränkt. *»Nein nein nein nein nein nein.«*

Das Schütteln weckte sie endlich. Als sie die Augen aufschlug, sah sie Lisa. Sie packte sie und hielt sie fest, obwohl ihre Rippen dabei schmerzten.

»Du hattest einen Albtraum. Was ist passiert? Hast du dich an etwas erinnert?« Lisa setzte sich zu ihr, ihre Schultern weiter fest umklammernd. »Was ist los?«

»Ich habe sie gesehen.«

»Wen?«

»Mom und Dad. Sie waren tot. Überall war Blut. Ich habe dort gestanden. Moms Gesicht war starr. Ihr Mund stand offen, als wollte sie schreien. Habe ich gesehen, wie es passiert ist?«

»Nein. Nein. Es war nur ein Traum.«

»Aber ich hab es gesehen. Ich hab alles gesehen!«

Lisa lockerte ihren Griff und zog die Decke hoch. »Ich habe dir gerade erst von dem Mord erzählt. Wahrscheinlich hast du fantasiert. Siehst du, deshalb wollte ich dir das alles nicht sagen. Ich habe mir gedacht, dass es dich sehr aufwühlen könnte.«

»Aber es war real.« Schweiß prickelte auf ihrer Stirn. »Bitte nimm die Decke von mir runter.«

Lisa verließ das Zimmer und kehrte kurz darauf mit einem feuchten Tuch zurück, das sie sanft auf Graces Stirn legte. »Alles ist gut. Du hast es damals nicht wirklich gesehen. Es war nur ein Traum.« Lisa setzte sich auf die Bettkante und strich ihr über das Haar.

»Ich werde nie wieder einschlafen können.«

Lisa sah auf die Uhr und ging dann hinaus. Die Treppen knarrten, kurz darauf kam sie zurück und brachte ein Glas Wasser und eine Tablette mit.

»Hier.« Sie setzte sich. »Seit der letzten sind über vier Stunden vergangen. Du kannst noch eine nehmen.«

Grace schluckte die Tablette und lehnte sich zurück in die Kissen.

Lisa stellte das Glas weg und streichelte Grace über den Kopf. »Es wird alles gut«, sagte sie immer wieder.

Die Wirkung der Tablette setzte ein. Wie eine Welle wurde Grace ins Meer hinausgetragen.

In der Nacht wachte sie mehrmals auf, doch sie wagte es nicht, aufzustehen, aus Angst vor den Bildern und Geräuschen, die ihre Erkundungszüge ihr brachten. Sie starrte den Wasserfleck an der Wand an. Blasses Mondlicht erhellte den Raum. Sie dachte an Michael – und an das Foto von ihnen beiden –, sie versuchte, sein Gesicht zum Leben zu erwecken, sein Lächeln zu sehen, seine Stimme zu hören. Doch es gelang ihr nicht. Stattdessen traten ihr die Gesichter dieser beiden Officers vor die Augen, besonders das des jüngeren. Justin.

* * *

Hackett saß auf dem Sofa, ein Bier in der Hand, und starrte auf den Konsolentisch, auf dem früher einmal sein Fernseher gestanden hatte. Olivia hatte ihn davon überzeugt, dass sie ihn mitnehmen musste. Joe hatte keinen Flachbildfernseher und Donny sah sich ja jeden Nachmittag seine Trickfilmshow an. Mit diesem Argument hatte sie ihn erpresst. »Bitte mach es nicht noch schwerer«, hatte sie gesagt. Bullshit. Einfach alles. Aber es war alles so schnell gegangen und er hatte es einfach nur hinter sich bringen wollen. Er hatte gehen und nie wieder zurückblicken wollen. Also hatte er nachgegeben.

Es war schon spät, doch er zog sich trotzdem seine Jacke an und lief die zwei Blocks zum The Pub in der Hoffnung, dass er noch geöffnet hatte. Er brauchte jetzt Sport auf einem Großbildschirm, um seine rasenden Gedanken zur Ruhe zu bringen.

Alice schenkte noch Getränke an ein paar Männer ganz hinten an der Bar aus, ansonsten war der Pub leer.

»Hey Officer!« Alice winkte. Mittlerweile kannte sie zwar seinen Namen, doch sie würde ihn wohl immer einfach »Officer« nennen. Als er zum ersten Mal hier gewesen war, hatte sie ihn um seinen Ausweis gebeten. Lächelnd hatte er ihr das gewünschte Dokument und seine frisch erworbene Dienstmarke gezeigt. »Tut mir leid, Schätzchen, aber Sie haben ein echtes Milchgesicht«, hatte sie gesagt und sie hatten gelacht. Damit war er in der Nachbarschaft willkommen geheißen.

Sie brachte ihm ein Bud, sein übliches Getränk – es war gar nicht so übel und er musste aufs Geld schauen. Dann ließ sie ihn allein mit dem Hinweis, er solle einfach rufen, wenn er noch etwas brauchte.

Hackett wandte seine Aufmerksamkeit dem Fernseher in der Ecke zu und versuchte, sich auf das Spiel zu konzentrieren, doch seine Gedanken schweiften nach wie vor zu seinem Fall ab. Da war etwas mit diesem Jacks. Der Typ wollte etwas von Grace, das hatte er im Gefühl. Und Sheri Preston traute er auch nicht, auch wenn es vielleicht nur daran lag, dass sie ihn zu sehr an Olivia erinnerte. Bishop war dagegen weniger beeindruckt gewesen. Ihn interessierte vor allem die Nachricht von der Verlobung, die seine derzeitige Theorie untermauerte: Am Donnerstag hatte sich Grace verlobt, am Freitag hatte sie die Fotos gefunden, die zeigten, dass ihr Verlobter sie betrog. Sie war gegangen und am Samstagmorgen zurückgekehrt, um ihm das Hirn wegzupusten.

Bishop wollte noch die Tabletten untersuchen lassen, die sie in Jacks' Wohnung gefunden hatten, aber abgesehen davon war er an diesem Zeugen nicht mehr interessiert. Doch Hackett wusste, dass da noch mehr war. Mit diesem Kerl stimmte irgendetwas nicht.

Zwanzig Minuten später verließen die Männer am anderen Ende der Bar den Pub und Alice bot ihm an, sein Bier noch einmal aufzufüllen. Er nickte, wollte noch nicht nach Hause, obwohl die Sportsendung zu Ende ging.

»Also, Officer, warum sehe ich Sie hier nie mit Freunden oder Mädchen? Die Frauen rennen Ihnen doch sicher die Tür ein.«

Er musste lächeln, was sie nur noch weiter anstachelte. »Und dieses Grübchen. Kommen Sie schon, erzählen Sie mir nicht, dass es da kein Mädchen gibt.«

Lachend schüttelte er den Kopf.

Während mehrerer Abende hatte Alice ihm nach und nach ihre Lebensgeschichte erzählt: geschieden, zwei Kinder, Versager-Exehemann, dafür aber ein neuer Freund, der ihre große Liebe war, ihre Bestimmung. Sie war nett und er mochte sie, aber er konnte einfach nicht anders, als sich zu fragen, warum er so ein Pech hatte, während diese Frau – zwanzig Kilo Übergewicht, ein Mopp wilder, grau gesträhnter Haare auf dem Kopf und jahrzehntealte Tattoos auf den Armen, die so verblichen und verformt waren, dass sie wie undefinierbare Tintenflecken aussahen – so ein Glück in der Liebe hatte. Vielleicht lag es an ihrer scharfen Zunge. Vielleicht standen Frauen ja wirklich nicht auf nette Typen. Das war es, was sein Bruder ihm jahrelang einzuhämmern versucht hatte. Er sollte reservierter, cooler und dadurch eben irgendwie attraktiver auf Mädchen wirken.

»Kommen Sie schon«, drängte Alice. »Was ist mit dem hübschen jungen Ding, mit dem ich Sie vor ein paar Wochen gesehen habe?«

Scheiße. »Mit wem?«

»Ich weiß nicht, aber ich erinnere mich daran, dass ihr euch in dieser Ecke da unterhalten habt. Schien ganz gut zu laufen. Ich glaube, Sie haben sie noch rausgebracht – wissen Sie noch?«

»Nein, ich glaube nicht.« *Scheiße.* »Tja, dann kann es nicht so toll gewesen sein, sonst wüsste ich es ja noch, oder?«

Alice grinste anzüglich und trank einen Schluck von ihrem Bier. »Wenn Sie das sagen.«

* * *

Als Grace am Mittwoch erwachte, war Lisa schon fort. Im Bad lag wieder eine Nachricht mit ihren Arbeitszeiten und einer Erinnerung daran, die Medikamente zu nehmen.

Sie ging gerade die Treppe hinunter, als ein Streifenwagen die Einfahrt heraufkam. Grace erstarrte. Kamen sie, um sie abzuholen? Oder gab es endlich auch einmal gute Nachrichten?

Der junge Officer – Justin – stieg aus und kam zur Tür. Sie öffnete, bevor er anklopfen konnte.

»Hi«, sagte sie, plötzlich hoffnungsvoll.

»Hi Grace.«

»Was ist passiert? Gibt es etwas Neues?«

Er schüttelte den Kopf und errötete leicht. »Ich wollte nur

nach Ihnen sehen. Ich bin gerade unterwegs ins Revier, aber ich habe mich gefragt, ob es Ihnen vielleicht schon besser geht. Ich hoffe, das ist in Ordnung.«

»Natürlich«, sagte sie und versuchte, ihre Enttäuschung zu verbergen. »Kommen Sie rein.«

Sie führte ihn ins Wohnzimmer und sie setzten sich. Als die Stille zwischen ihnen unangenehm wurde, brach Grace endlich das Eis. »Das klingt jetzt vielleicht merkwürdig, aber ich habe letzte Nacht dauernd Ihr Gesicht vor mir gesehen.«

Er lächelte und auf einer Wange erschien ein Grübchen. »Wie meinen Sie das? Haben Sie sich an etwas erinnert?«

»Nicht so richtig.« Es kam ihr nicht klug vor, von ihren Eltern und dem Blut zu erzählen. »Ich hatte diese merkwürdigen Gedanken und aus irgendeinem Grund hat es mich beruhigt, mir Ihr Gesicht vorzustellen. Komisch, was?«

Hackett beugte sich vor und seine Lippen teilten sich, so als wollte er etwas sagen, als wüsste er etwas, dass er ihr nicht erzählt hatte. Doch er schwieg.

»Was ist los?«

Er rutschte unruhig hin und her. »Ich sollte wohl gar nicht hier sein. Mein Partner wäre darüber sicher nicht glücklich, aber ich … ich möchte Sie wissen lassen, dass ich nicht glaube, dass Sie es getan haben.«

Vor Erleichterung musste sie lachen. »Nicht? Obwohl es doch bestimmt nicht allzu gut für mich aussieht?«

Er lehnte sich zurück und räumte ernst ein: »Wir müssen allen Spuren nachgehen und ein paar davon weisen in Ihre Richtung, aber ich muss auch auf mein Bauchgefühl hören. Ich glaube nicht, dass Sie Michael umgebracht haben.«

Bis er es sagte, war ihr nicht einmal bewusst gewesen, wie viel ihr das bedeutete. Sie hatte sich nur darauf konzentriert, ihre Geschichte zusammenzusetzen, und war nicht in der Lage gewesen, sich auch mit der Gegenwart zu beschäftigen. Doch irgendwo in ihrem Hinterkopf lauerte der Gedanke, sie könnte ein Verbrechen begangen haben, sie könnte jemanden umgebracht haben und würde vielleicht lebenslänglich eingesperrt werden für etwas, das sie nicht einmal verstand. Diese Vorstellung fühlte sich an, als hätte sie ein Erdrutsch lebendig begraben. Als er sagte, dass er ihr glaubte, war es, als hätte jemand einen Felsbrocken beiseitegerollt, als würde Licht in ihr dunkles Gefängnis fallen, das Hoffnung brachte.

»Wissen Sie, es kommt mir fast so vor, als würden Sie und ich dasselbe tun«, sagte sie leise. »Ich fühle mich schon selbst wie eine Ermittlerin. Ich habe im Grunde nur dieses Haus und die Erinnerungsfetzen, die immer wieder auftauchen, aber die meiste Zeit verbringe ich damit, nach Antworten zu suchen.«

»Und haben Sie schon etwas herausgefunden?«

»Nur, dass ich keine besonders schöne Kindheit hatte. Anscheinend gab es da einige Missbrauchsfälle und irgendetwas an diesem Haus macht mir Angst. Gestern Abend habe ich herausgefunden, dass meine Eltern hier umgebracht wurden.«

Er nickte mit zusammengezogenen Brauen. »Ich weiß. Es tut mir sehr leid, Grace.«

»Sie wissen davon?«, fragte sie, beantwortete sich ihre Frage jedoch gleich darauf selbst. »Sie haben mich überprüft.«

Er nickte. »Dieses Verbrechen wurde aufgeklärt und wir werden auch dieses hier aufklären.«

Sie senkte den Blick, zupfte an einer Naht im Leder. »Ich kann nur einfach nicht glauben, dass ich nichts wirklich wiedererkenne. Ganz offensichtlich habe ich hier gelebt. Ich habe zwar Bruchstücke von Erinnerungen, aber alles, was ich erfahre, fühlt sich an wie eine verrückte Geschichte.«

»Sie können mit mir reden. Wenn Sie sich an irgendetwas erinnern. Ich bin auf Ihrer Seite.«

Doch diese Worte – *Ich bin auf Ihrer Seite* – nahmen plötzlich einen bedrohlichen Klang an, als sie in Graces Gedanken nachhallten. Eine leise Stimme in ihrem Kopf fragte sich plötzlich, ob das eine Falle war. Ob sie ihm trauen konnte. Vielleicht war das hier ja ein Guter-Cop/Böser-Cop-Spielchen. Aber warum sollten die Polizisten versuchen, sie zu einem Geständnis zu verleiten, wenn sie doch überhaupt nichts wusste? Sie lehnte sich zurück, schaffte eine Distanz zwischen sich und ihm. Auf einmal hatte sie Angst.

Officer Hackett sah sich im Zimmer um, fuhr sich durch sein dichtes, dunkles Haar. »Ich wünschte, ich könnte Ihnen einfach mit einem Fingerschnippen Ihre Erinnerungen zurückgeben. Aber ich wollte Sie wissen lassen, dass ich Spuren verfolge, die von Ihnen wegführen.«

»Was für Spuren?«

Er zögerte. »Michael hat am Tag, bevor er ermordet wurde, eine Menge Geld gewonnen. Zehntausend Dollar. Ich glaube, dass sein Tod vielleicht mit dem Geld in Zusammenhang steht; dass vielleicht jemand von dem Gewinn wusste oder dass er möglicherweise jemandem viel Geld geschuldet hat.«

»Ich wünschte, das würde mir etwas sagen, aber das tut es nicht.«

»Wir haben außerdem Grund zu der Annahme, dass Michael schon seit Langem mit irgendjemandem im Streit lag. Jemand hat einen Stein durch sein Fenster geworfen und vor etwa einem Jahr wurden ihm die Reifen zerstochen …«

»Das war an meinem Geburtstag«, sagte sie. *Scheiße.* Sie durfte ihm nicht sagen, was Lisa ihr erzählt hatte. Dass sie das gewesen war.

»Erinnern Sie sich daran?«, fragte Hackett.

»Ich weiß nicht genau.« Sie lächelte, fühlte Nervosität durch ihren Körper zucken. »Das muss für Sie ziemlich verrückt klingen.«

»Ganz und gar nicht.« Er stand auf und trat zum Kamin, bevor er sich wieder an sie wandte. »Grace, erinnern Sie sich noch an Ihren Chef Dave Jacks?«

Sie schluckte schwer und dachte an das unangenehme Gefühl, als er sie am Strand berührt hatte. Wenn sie Michael betrogen hatte, dann würde das nicht gut aussehen. »Ich … habe ihn getroffen. Ich bin zum Restaurant gefahren, um mir meinen Lohn abzuholen.« Das stimmte sogar. »Warum?«

»Ich glaube, er hegt Gefühle für Sie.«

Sie sagte nichts. Wieder fühlte sie sich, als würde sie in der Falle sitzen. Vielleicht hatte man ihn beauftragt, hierherzukommen, mit seinem freundlichen Lächeln, um sie zu einem Geständnis zu bewegen. »Es tut mir leid, es geht mir nicht gut. Ich sollte mich jetzt besser hinlegen.«

Hackett nickte, offenbar überrascht, aber er ging zur Tür. Dann wandte er sich noch einmal zu ihr um. »Ich bin auf Ihrer Seite. Ich wollte nur, dass Sie das wissen.«

Sie sah ihm nach, als er zu seinem Auto ging. Wurde sie allmählich paranoid? Sein Gesicht, sein Ausdruck, seine Stimme beruhigten sie, aber er war ein Cop. Es hatte einen Mord gegeben und sie war eine Verdächtige. Lisa hatte sie davor gewarnt, zu viel zu sagen. Und plötzlich war sie auch überzeugt, dass sie Officer Hacketts bärbeißigem Partner nicht verraten sollte, dass er heute hier gewesen war.

Sie ging in die Küche und schenkte sich eine Tasse Kaffee ein, doch bevor sie auch nur daran nippen konnte, vibrierte das Handy in ihrer Handtasche. Sie holte es heraus und las die Erinnerungsmeldung auf dem Bildschirm. Sie hatte heute einen Termin bei dieser Ärztin.

Rasch stellte sie den Kaffee weg und zog sich an. Ihr Herz pochte. In einer Stunde begann der Termin. Diese Ärztin kannte sie. Sie war Therapeutin, sie musste ein paar Antworten für sie haben. Grace eilte in die Küche zurück, um sich ihre Handtasche zu holen. Ihr Blick fiel auf die Tabletten. Ihrem Kopf ging es nicht übel und ihre Rippen schmerzten nicht mehr so stark wie am Vortag. Sie kam allmählich wieder zu Kräften. Und sie musste klar bleiben, um fahren zu können. Sie steckte die Tabletten ein und suchte die Adresse der Ärztin heraus.

Kapitel 13

Als Hackett im Revier ankam, steuerte er direkt die Kaffeemaschine an, um sich eine starke Dosis Koffein zu holen. Grace an diesem Morgen zu sehen, sie zum Lächeln zu bringen, das hatte ihm einen dringend benötigten Energieschub versetzt, auch wenn ihre Reaktion nach wie vor distanziert geblieben war. Offensichtlich erinnerte sie sich überhaupt nicht an ihn. Er fragte sich, ob sich das jemals ändern würde.

Ihn plagte das unangenehme Gefühl, dass sein anfängliches Schweigen darüber, dass er sie kannte, auf ihn zurückfallen, ihn überrollen und unter sich begraben könnte. Wenn er von Anfang an ehrlich gewesen wäre, dann hätte Bishop die Sache vielleicht regeln und ihn aus der Verantwortung nehmen können. Doch dafür war es jetzt zu spät. Er musste sicherstellen, dass der wahre Täter gefasst wurde, denn nach allem, was er wusste, konnte derjenige, der Michael ermordet hatte, auch Grace etwas antun wollen. Sie konnte in Gefahr sein.

Doch Alices Kommentare im Pub am vergangenen Abend hatten nicht gerade dazu beigetragen, dass er sich mit seinen Geheimnissen besser fühlte. Den Großteil der Nacht hatte er wach gelegen und sich gefragt, ob sie wohl wusste, wer Grace war. Seit er im vergangenen Sommer hergezogen war, hatte er den Pub öfter besucht, als er zählen konnte, doch mit Grace hatte er sich nur zweimal dort getroffen. Wahrscheinlich musste er sich also keine Sorgen machen. Aber selbst nachdem er sich das immer wieder vorgesagt hatte, war er nicht in der Lage gewesen, einzuschlafen. Er hatte sich sogar bis vier Uhr morgens *Ein Offizier und Gentleman* auf seinem Tablet angesehen. Der Film hatte ihn abgelenkt und er lachte, als er den Dialog hörte, den Bishop zum Besten gegeben hatte. Doch wenn er vorher gewusst hätte, dass es eine Liebesgeschichte war, dann hätte er sich stattdessen *Ich glaub', mich knutscht ein Elch!* angesehen.

Als er mit einem Kaffeebecher in der Hand an seinem Schreibtisch ankam, war Bishop gerade am Telefon. Sie hatten die Forensik gebeten, Graces Kleider vom Unfallort möglichst schnell zu untersuchen, also rief Hackett im Kriminallabor an, um nach Neuigkeiten zu fragen. Miles sagte, es würde ein bis zwei Tage dauern, bis sie Antworten hatten. Aber dann rückte er doch noch mit einer Hammernachricht heraus: »Hey, aber ich habe das Zeug in den Pillen identifiziert.«

Die Pillen, die sie in Dave Jacks' Wohnung gefunden hatten! »Ja? Was ist es denn?«

»Scopolamin. Ein Medikament gegen Reisekrankheit.«

»Jacks hat behauptet, es wären Vitamine, aber das klingt jetzt auch nicht allzu schlimm.«

»Genau genommen ist es das aber. Was ihr uns da geschickt habt, war kein vom Arzt verschriebenes Medikament. Es waren Kapseln für Erkältungstabletten, die jemand ausgeleert und mit Scopolamin-Pulver aufgefüllt hat.«

Hackett runzelte die Stirn. »Wird man davon high?«

»Nicht, dass ich wüsste. Aber die Dosis in diesen Kapseln war viel höher als alles, was medizinisch noch akzeptabel ist. Das da sind ziemlich gefährliche Pillen.«

»Wie wirken sie denn?«

»Auf der Straße setzt man sie häufig im Rahmen krimineller

Aktivitäten ein. Raubüberfälle, Vergewaltigungen, so was in der Art. Es macht einen vollkommen willenlos.« Dann beschrieb er noch einige Nebenwirkungen, darunter auch Halluzinationen und Gewaltbereitschaft.

Hackett machte sich Notizen und malte einen Kreis um den Namen der Droge. »Weißt du, wie lange das Zeug im Körper bleibt?«

»Das kommt darauf an, was du meinst. Die Wirkung ist fast zwölf Stunden lang spürbar. Aber es ist nicht leicht nachzuweisen. In Blut- oder Urintests taucht es nicht auf. Aber wir könnten eine Haarprobe nehmen. Solche Tests können etwa neunzig Tage rückwirkend noch Ergebnisse bringen.«

»Was, wenn man Michael Cahill dieses Mittel etwa fünf Tage vor seinem Tod verabreicht hat?«

»Ich glaube nicht, dass wir das nachweisen könnten. Normalerweise dauert es zwischen fünf und zehn Tagen, bis sich Einlagerungen von Drogen bei Haartests zeigen. Klingt, als wäre er gestorben, bevor es so weit kommen konnte.«

»Kannst du den Test bitte trotzdem machen? Nur um sicherzugehen.«

Nachdem er aufgelegt hatte, erzählte er Bishop von den Ergebnissen.

»Was ist mit Graces Kleidern?«

»Noch nichts bekannt. Aber ich glaube, wir sollten uns mal eine Minute auf Jacks und diese Kapseln konzentrieren. Graces Kleider aus dem Krankenhaus – das waren alles Jogging-Klamotten. Aus Vickis Nachricht wissen wir, dass Grace vorhatte, am Samstagmorgen joggen zu gehen. Lisa scheint auch zu glauben, dass sie laufen war. Oder sich danach einen Kaffee geholt hat.«

Da läutete Bishops Handy. Nachdem er einen Blick auf die Nummer geworfen hatte, ging er ins Hinterzimmer, um den Anruf anzunehmen. Ein paar Minuten später kehrte er zurück und nahm seine Jacke vom Stuhl. »Das war meine Frau«, erklärte er. »Ich muss gehen.«

»Alles in Ordnung?«

Er schüttelte den Kopf. »Eigentlich nicht. Sie glaubt, dass es heute so weit ist. Sie möchte, dass ich die Kinder aus der Schule hole und sie zum Krankenhaus bringe, damit sie sich von ihrer Oma verabschieden können.«

»Gott, das tut mir leid.«

»Ich glaube ehrlich gesagt nicht, dass es schon so weit ist. Diese Frau ist ein alter Haudegen und sie ist dem Tod schon so oft von der Schippe gesprungen. Würde mich nicht wundern, wenn sie grinsend im Bett sitzt, wenn ich mit den Kindern auftauche. Aber ich tue, was man mir sagt.« Er zog sich die Jacke an. »Wenn meine Frau recht hat und sich meine Kinder nicht von ihr verabschieden konnten, dann wird mir das kein Mensch verzeihen.« Er sah auf die Uhr. »Tu mir einen Gefallen. Mach dieser Telefongesellschaft wegen der Handydaten ein bisschen Druck. Ich will die Namen von allen, mit denen Grace in den zwei Tagen vor dem Mord gesprochen hat. Wenn wir Glück haben, hat sie vielleicht sogar im Auto noch telefoniert, vor dem Unfall. Und ruf diesen Barkeeper vom The Rack an und frag ihn, ob er Cahill an diesem Mittwoch gesehen hat. Tut mir leid, dass ich dich so hängen lasse, Junge. Ich versuche, am Spätnachmittag wieder hier zu sein.«

Hackett nickte und tippte gedankenverloren mit dem Stift auf die Notizen vor sich.

Bishop stieß ihn an. »Über was denkst du nach, Grünschnabel? Du siehst aus, als wärst du ganz woanders. Hast du den Fall gelöst?«

Es war Miles' Kommentar über die Nebenwirkungen der Droge aus Jacks' Wohnung. Gedächtnisverlust, Raubüberfälle – dieser Arzt in der Notaufnahme hatte doch gesagt, dass Michael keine Erinnerung mehr an den Vortag hatte? Er hatte halluziniert und war so aggressiv gewesen, dass man ihn hatte sedieren müssen. Hackett sah zu Bishop auf. »Noch nicht.« Er klappte seinen Schreibblock zu. »Tut mir leid. Ich weiß, dass du wegmusst.«

»Eine Minute habe ich schon noch. Raus damit.«

»Ich habe nur nachgedacht. Im Haus haben wir weder den Gewinn aus dem Kasino noch den Ring gefunden. Auch Grace trug keinen Ring, als sie ins Krankenhaus eingeliefert wurde; ich habe das überprüft. Könnte es sich bei unserem Mord um einen Raubüberfall handeln?«

Bishop wiegte den Kopf hin und her. »Vielleicht, aber nichts an dieser Sache scheint zufällig passiert zu sein. Auf dem Kaffeetisch lagen ein iPad und Cahills Geldbeutel. Wenn tatsächlich jemand das Geld gestohlen hat, dann haben sie gezielt danach gesucht.«

Hackett nickte bestätigend, doch ihm schien ein Raubüberfall eine einleuchtende Erklärung zu sein. »Wenn es in diesem Facebook-Kommentar um das Geld ging, dann hat es jeder von Cahills ›Freunden‹ gesehen. Und er hatte eine ganze Menge davon.«

»Aber die einzigen Antworten auf diesen Post waren Fragezeichen und Vermutungen. Niemand wusste, worum es dabei ging. Nichts hat darauf hingedeutet, dass es um Geld geht, schon gar nicht, um wie viel Geld.«

»Und was ist mit den Freunden dieser Kasino-Angestellten?«

»Wie meinst du das?«

»Sie hat das Foto gepostet und Cahill darauf markiert. Jeder in seinem Netzwerk hat dieses Foto bekommen, aber auch jeder in ihrem Netzwerk. Vielleicht wissen ihre Freunde, dass sie im Kasino arbeitet. Vielleicht konnten sie sich denken, dass es um einen großen Gewinn ging. Vielleicht hat jemand ein paar Nachforschungen angestellt und in Cahill ein lohnendes Ziel erkannt.« Bevor Bishop etwas einwerfen konnte, fuhr Hackett hastig fort. »Oder vielleicht postet sie solche Bilder als Signal an irgendjemanden. Sie hält nach großen Gewinnen Ausschau, macht ein Foto und lädt es hoch. Und dann werden diese Typen ausgeraubt. Vielleicht ist es dieses Mal schiefgegangen und sie ist aus der Stadt geflohen. Wir müssen diese Frau finden.«

Bishop schloss seine Jacke und zog sich Mütze und Handschuhe an. »Tja, vor Freitag wird das nichts mehr. Was wir haben, reicht nicht für eine landesweite Fahndung nach ihr. Und ich hoffe jedenfalls, dass du dich bei dieser Facebook-Sache irrst.«

»Warum?«

»Weil ich die Spuren einengen und nicht in alle Richtungen erweitern möchte. Wenn wir diesen Fall nicht in ein paar Wochen lösen, wird er so kalt wie der verdammte Schnee da draußen.« Er nickte zu der weiten, weißen Fläche vor dem Fenster. »Und außerdem steht Weihnachten vor der Tür und ich hätte diese Akte bis dahin gerne unter Dach und Fach.«

Sobald Bishop fort war, ging Hackett online und las, was man auf dem Schwarzmarkt so alles mit Scopolamin anstellte. Die Droge war bekannt unter der Bezeichnung *Devils Breath* und in Südamerika, besonders in Kolumbien, ziemlich beliebt. Auf der Website des US State Department fand er sogar eine Warnung, die Touristen davor warnte, in Regionen, in denen Kriminelle diese Droge verwendeten, Nahrung oder Getränke unbeaufsichtigt zu lassen. Das Mittel war geruch- und geschmacklos, man konnte es in Zigaretten drehen, ins Essen oder in Getränke mischen oder es den Opfern ins Gesicht pusten, die unter Einfluss der Droge zu einer Art Zombies wurden. Sie waren bei Bewusstsein, konnten sprechen und gehen, doch jede Willenskraft ging ihnen verloren. Einigen Berichten zufolge hatten die Opfer keinerlei Erinnerung mehr daran, was in den Stunden nach der Aufnahme passiert war, sobald die Wirkung der Droge nachließ. Ein Mann erfuhr, dass sein Konto vollkommen leer geräumt worden war. Bei den Ermittlungen stieß man auf ein Video, das zeigte, wie eben dieser Mann mit zwei Fremden seine Bank betreten und den Kassierer ganz ruhig um die Auszahlung seines Geldes gebeten hatte. Er erinnerte sich nicht mehr daran. Ein weiteres Opfer, eine Frau, die verzweifelt nach ihrem Sohn suchte, erklärte, dass sie nackt auf der Straße wieder zu Bewusstsein gekommen sei. Sie hatte keine Ahnung, was mit ihr passiert war. Ihre letzte Erinnerung: Sie saß mit ihrem Kind in einem Bus auf dem Weg zum Markt. Kolumbianische Prostituierte gaben an, die Droge einzusetzen, um ihren Opfern all ihr Geld abnehmen zu können.

Hacketts Gedanken kehrten zu Grace zurück. Ihr Gedächtnisverlust erinnerte ihn an die Symptome, unter denen die Opfer der Droge litten. Er blätterte durch sein Notizbuch, ging alles durch, was er wusste. Unter den ersten Notizen, die er sich am Tatort gemacht hatte, las er ihren Namen, ihren vollen Namen, den sie auf einer Internetrechnung neben der Tür gefunden hatten. Grace Abbott. Mehrmals eingekreist. Daneben hatte er *Vermisst? Verdächtig?* geschrieben. Er sah hinab, erinnerte sich an das Gefühl ihrer schmalen Hand in seiner und an jenen Moment, als er den leichten Druck ihrer Finger gespürt hatte. Es war nicht nur er gewesen, auch sie hatte etwas empfunden. Die Schuldgefühle in ihren Augen waren verblasst, als er sie an sich gezogen hatte. Und dann dieser Kuss – zögerlich, zart, aber dann so leidenschaftlich. Tagelang hatte er an nichts anderes mehr denken können. Sie war die Richtige.

Die Blutspur musste zu einem anderen Menschen als Grace führen. Sie war keine Mörderin. Sie war das Mädchen, dessen Lächeln und dessen Augen ihn verfolgten, seit er ihr zum ersten Mal begegnet war. Das Mädchen, das ihm gezeigt hatte, dass sein Leben wieder in Ordnung kommen würde.

* * *

Die Praxis der Ärztin lag einen Block vom Brewster's entfernt, direkt an der Hauptstraße von New Buffalo, im ersten Stock über einem Coffeeshop. Grace erklomm die schmale Treppe und klopfte an eine schwere Holztür. »Herein«, erklang es. Sie betrat einen kleinen Empfangsraum. Eine ältere Frau, vermutlich zwischen fünfzig und sechzig, lächelte sie an. »Hallo Grace. Setzen Sie sich. Dr. Newell wird gleich bei Ihnen sein.« An der Frau, die sich schon wieder dem Computerbildschirm zugewandt hatte, kam ihr überhaupt nichts bekannt vor.

Grace setzte sich. Ihr gegenüber hing ein großes Foto eines von dickem Eis umgebenen Leuchtturms. Spitze Eisschollen streckten sich wie Speere zum Wasser aus. Der Leuchtturm sah aus wie eine Skulptur oder ein Artefakt aus der Eiszeit. Sie hatte dieses Bild schon einmal gesehen. Hier? Sie trat vor die Aufnahme und las die winzige Schrift ganz unten: ST. JOSEPH, MICHIGAN. Wie oft hatte sie schon in dieser Praxis gesessen?

Grace blätterte durch ein Modemagazin, konnte sich jedoch auf nichts anderes konzentrieren als auf die Hoffnung, dass Dr. Newell vielleicht Antworten für sie hatte. Ein korpulenter Mann kam aus einem der Sprechzimmer. Er vermied es, ihr in die Augen zu sehen. Hinter ihm stand lächelnd eine große Frau mit schwarz gerahmter Brille. »Komm rein, Grace.«

Sie folgte der Frau in das Sprechzimmer und ließ den Blick über die Regalbretter, Bilder und Möbel wandern. Nichts kam ihr bekannt vor. Die Frau trug Wollhosen und ein Sweatshirt, ihr perfekt geschnittenes, platinblondes Haar war sorgfältig zusammengebunden. Sie wirkte wie eine Mischung aus sexy und klug, war vielleicht vierzig Jahre alt und strahlte Selbstvertrauen und Gelassenheit aus – alles, was Grace fehlte. Sie setzte sich in einen Sessel und bot Grace den Platz auf dem Sofa neben ihr an.

Schnell erklärte Grace, was geschehen war: der Unfall, der Gedächtnisverlust, Michaels Tod. Die leicht hochgezogenen Brauen der Ärztin waren das einzige Anzeichen von Überraschung, während sie sich Notizen machte. Schließlich verstummte Grace und sah der Ärztin zu, die noch etwa eine Minute lang weiterschrieb.

Als Dr. Newell fertig war, legte sie den Stift weg und lehnte sich zurück. »Nun, ich bin froh, dass es dir gut geht, Grace. Und ich bin froh, dass du hergekommen bist. Ich habe mir Sorgen gemacht, als du die Termine in den letzten beiden Wochen nicht eingehalten hast, aber das erklärt natürlich alles.«

»Aber Sie können mir helfen, richtig? Wer, wenn nicht Sie? Ich bin so verwirrt. Ich konnte mich nicht einmal mehr daran erinnern, dass ich gestern diesen Termin vereinbart habe, bis ich vorhin die Erinnerungsnotiz in meinem Handy gesehen habe. Es ist, als wäre alles ein Traum. Nicht nur mein Leben vor dem Unfall, sondern auch danach. Als würden Teile des Vortages einfach verschwinden, wenn ich schlafen gehe. Ich habe nur von Ihnen erfahren, weil mir Ihre Sprechstundenhilfe eine Nachricht auf meiner Mailbox hinterlassen hat, wegen irgendwelcher Xanax-Tabletten, die die Polizei gefunden hat und die Sie mir verschrieben haben.«

»Nehmen Sie die Medikamente noch? Können Sie schlafen?«

»Die Polizei hat die Tabletten. Sie sind Beweisstücke. In Michaels Körper hat man Spuren von Xanax gefunden.«

Die Ärztin nickte und machte sich eine weitere Notiz.

»Aber im Krankenhaus habe ich eine ganze Menge Medikamente bekommen. Gegen die Schmerzen und damit ich besser schlafen kann.«

»Okay, ich wüsste gerne die Namen dieser Präparate.«

»Warum?«

»Bei solchen Arzneien können eine ganze Menge Nebenwirkungen auftreten und ich wüsste gerne, worauf ich achten muss. Grace, Sie wissen also nicht mehr, dass Sie Xanax genommen haben?«

»Nein. Ich glaube, die Polizei verdächtigt mich, diesen Mann umgebracht zu haben, und allmählich frage ich mich, ob ich es tatsächlich getan haben könnte. Anscheinend lief es nicht besonders gut zwischen uns.«

»Warum vermuten Sie das?«

»Na ja, das müssten Sie doch eigentlich besser wissen, oder? Ich meine, wenn Sie meine Therapeutin waren, worüber haben wir dann gesprochen?«

»Über eine ganze Menge Dinge. Was Sie mit Ihrem Leben anfangen wollen, was Sie belastet. Und Sie haben allmählich begonnen, auch ein bisschen über Ihre Eltern zu sprechen.«

»Wie lange war ich denn schon bei Ihnen?«

»Etwa einen Monat.«

»Und wann war ich das letzte Mal hier?«

»Sie hatten am Freitag, dem sechsten, einen Termin, aber Sie haben ihn abgesagt.«

»Habe ich erzählt, warum?«

»Nein.«

Stille breitete sich zwischen ihnen aus. Endlich sagte Grace: »Ich habe gehört, dass Michael sehr unbeherrscht sein konnte. Außerdem war er offenbar ein Spieler und ein Kiffer und hat mich betrogen.«

Dr. Newell nickte und schrieb dabei. »Davon habe ich bisher noch nichts gehört.«

»Allerdings war ich offenbar auch nicht besser.«

Dr. Newell hielt mit dem Schreiben inne und sah sie an. »Was meinen Sie damit?«

»Mein Chef scheint mich auf sehr intime Weise zu kennen. Er wollte mich wissen lassen, dass er Michael nicht getötet hat und dass ich mich jederzeit bei ihm anlehnen darf. Allein bei der Vorstellung ist mir übel geworden.«

»Und Ihr Chef …« Sie zögerte und blätterte durch ihre Notizen. »Ist das Dave?«

»Ich habe ihn erwähnt?«

»Ja.«

»Allmählich frage ich mich, ob dieser Gedächtnisverlust ein Schutzmechanismus ist, der mich davor bewahren möchte herauszufinden, wer ich bin und was ich getan habe.«

Dr. Newell schloss ihr Notizbuch, nahm die Brille ab und lächelte Grace an. »Ich weiß, dass wir noch nicht sehr viel Zeit miteinander verbracht haben, aber ich bin ziemlich gut darin, ein Gespür für meine Patienten zu entwickeln und einzuschätzen, wer labil ist. Ich glaube, Sie waren – nein, Sie sind! – eine junge Frau, die herausfinden wollte, was sie mit ihrem Leben anfangen soll. Ich habe nie den Eindruck gewonnen, dass Sie gewaltbereit sind.«

Grace fragte sich, ob sie der Ärztin jemals davon erzählt hatte, dass sie Reifen zerstach und Wände demolierte. »Wissen Sie etwas über meine Kindheit?«

Die Ärztin setzte die Brille wieder auf und blätterte durch ihre Notizen. »Wie meinen Sie das?«

Grace schob ihren Ärmel hoch und zeigte der Ärztin ihren Unterarm. »Ich glaube, das hat mein Vater mir angetan.«

Dr. Newell betrachtete die Narben kurz und ohne erkennbare Regung. »Das haben Sie mir bisher noch nicht erzählt«, sagte sie und schrieb etwas auf.

Grace rutschte auf ihrem Platz herum. Diese Unterhaltung führte zu nichts. »Ich dachte, Sie hätten vielleicht ein paar Antworten für mich. Ich kann nicht schlafen. Ich wache immer wieder auf, wegen irgendwelcher schrecklicher Bilder oder Geräusche. Letzte Nacht habe ich davon geträumt, dass ich vor meinen toten Eltern stehe.«

Die Ärztin sah auf. »Dann erinnern Sie sich also an sie?«

»Ich hatte so etwas wie Visionen. Aber gestern Abend habe ich erfahren, dass sie ermordet wurden. Ich habe geträumt, dass ich im selben Zimmer stehe, an ihrem Bett. Meine Mutter hat plötzlich die Augen aufgeschlagen und ihr Gesicht war verzerrt vor Grauen. Überall war Blut. Auch auf mir.« Ihr wurde schlecht, als sie sich an das Bild erinnerte, und sie wischte sich die Tränen von den Wangen. »Was bedeutet das? Lisa hat gesagt, dass ich nicht da war, als es passiert ist. Irgendein Drogensüchtiger ist für das Verbrechen verurteilt worden, aber ich weiß nicht …«

»Diesen Traum hatten Sie früher schon. Sie konnten oft nicht einschlafen, weil Sie wussten, wie Ihre Eltern gestorben sind, und weil Sie es sich oft vorgestellt haben. Das ist normal. Wenn denen, die wir lieben, grauenvolle Dinge geschehen, dann durchleben wir das, was geschehen ist, oft sehr plastisch. Wir versuchen herauszufinden, wie es für die von uns geliebten Menschen gewesen sein könnte. Das muss nicht unbedingt etwas zu bedeuten haben. Und was Ihre Eltern betrifft – bisher haben Sie noch nie etwas Schlechtes über sie gesagt!«

Grace rieb sich über die Augen, während sie verzweifelt versuchte, die Türen ihres Verstandes zu öffnen.

»Grace, wenn man Beruhigungsmittel schlagartig absetzt, können Schlafstörungen die Folge sein – es ist also kein Wunder, dass Sie diesbezüglich Probleme haben. Als Sie zu mir kamen, litten Sie bereits an Schlafstörungen. Deshalb habe ich Ihnen die Tabletten verschrieben. Und anscheinend haben sie geholfen. Bei Ihren letzten Besuchen haben Sie mir erzählt, Sie könnten durchschlafen.«

»Und ich habe nie über irgendwelche Missbrauchstaten meiner Eltern gesprochen?«

Dr. Newell schüttelte den Kopf. »Eine Therapie ist ein langsamer Prozess. Wir waren gerade dabei, einander kennenzulernen. Mir kam es so vor, als wären Ihre Gefühle Ihren Eltern gegenüber etwas kompliziert.«

»Warum kann ich mich an nichts erinnern? Liegt das nur an diesem verdammten Unfall?«

Dr. Newell lehnte sich zurück und legte den Stift auf das Notizbuch. »Ich weiß es nicht. Diese Art der Amnesie entsteht selten durch Autounfälle oder Kopfverletzungen. Durch solche Ereignisse kann es zwar zu Gedächtnisverlusten kommen, aber meistens handelt es sich dabei um eine sogenannte retrograde Amnesie oder transiente globale Amnesie. In diesen Fällen erinnert man sich daran, wer man ist, und man erkennt die Menschen, die einem nahestehen, aber man vergisst die Ereignisse, die zu der Verletzung geführt haben, und auch alles, was sich im zeitlichen Umfeld ereignet hat. Sie scheinen jedoch sehr viel mehr als das auszublenden. Diese Art der Amnesie – psychogene Amnesie oder dissoziative Amnesie – tritt häufiger als Folge emotionaler Schocks oder Traumata auf.«

»Michaels Tod muss etwa zu der Zeit eingetreten sein, als ich den Autounfall hatte. Glauben Sie, das bedeutet, dass ich dort war?«

»Es könnte eine Menge bedeuten.«

»Es könnte bedeuten, dass ich ihn umgebracht habe.«

»Oder dass Sie gesehen haben, wer ihn umgebracht hat.«

»Und wie lange wird es dauern, bis ich mich wieder erinnern kann?«

Dr. Newell öffnete den Mund, schloss ihn dann wieder und sagte schließlich: »Da gibt es viele offene Fragen. Diese Art von Gedächtnisverlust kann Stunden oder Jahre andauern. Wir haben noch nicht sehr viel Zeit miteinander verbracht, also kann ich Ihre Gedächtnislücken nicht ausreichend füllen. Aber ich habe zwei Vorschläge für Sie.« Sie sah auf ihre Uhr. »Leider fängt mein nächster Termin jetzt an, aber ich möchte Sie gerne so schnell wie möglich wiedersehen. Am Freitagnachmittag hätten wir so viel Zeit, wie wir brauchen.«

»Okay.« Noch zwei Tage. Sie musste nur noch zwei weitere Tage durchhalten.

»Und ich möchte Ihnen das hier geben.« Sie ging zu ihrem Schreibtisch und holte einen Kassettenrekorder aus einer Schublade. »Ich nehme meine Therapiestunden immer mit diesem alten Ding auf, damit ich mir wenn nötig später weitere Notizen machen kann. Vielleicht wäre es in Ihrer Situation hilfreich, wenn Sie sich das Band anhören.«

»Ja, bitte!« Grace erhob sich und zuckte bei dem plötzlichen Schmerz, der ihre Rippen durchfuhr, zusammen.

»Okay, aber seien Sie vorsichtig damit. Ich habe noch nie einem meiner Patienten diese Aufnahmen mitgegeben.«

»Warum nicht?«

»Nun ja, denken Sie einfach daran, dass ich als Ihre Ärztin durch die Schweigepflicht gebunden bin. Sie besteht jedoch einzig und allein zu Ihren Gunsten. Sie ist Ihr Privileg und gesetzlich können Sie dieses Privileg verlieren, wenn Sie den Inhalt dieser Aufnahmen mit irgendjemandem teilen. Das wäre, als würden Sie einer dritten Person gestatten, mit im Raum zu sein, und in diesem Fall erlischt Ihr Privileg.«

»Okay.« Grace steckte das Band in ihre Handtasche und setzte sich wieder.

»Es tut mir leid, dass meine Aufnahmetechnik so rückständig ist. Haben Sie einen alten Kassettenrekorder?«

»In meinem Truck gibt es einen.«

»Gut. Bringen Sie die Kassette am Freitag wieder mit, dann unterhalten wir uns. Vielleicht wird es Ihrer Erinnerung auf die Sprünge helfen, wenn Sie sich selbst reden hören. Außerdem sollten wir es vielleicht mit ein paar Entspannungstechniken versuchen. Was halten Sie davon?«

»Wie Hypnose?«

Die Ärztin lächelte. »Ich benutze dieses Wort nicht gerne, weil es suggeriert, dass ich den Prozess auf irgendeine Weise kontrolliere, aber ich denke, dass es Ihnen in einem entspannten Zustand vielleicht gelingt, an weitere Erinnerungen heranzukommen.«

»Ich möchte mich erinnern. Da sind diese Gefühle im Haus. Als ich zum ersten Mal dorthin gefahren wurde, kam es mir vertraut vor. Ich habe mich gut gefühlt und manchmal sind mir plötzlich völlig wahllos Dinge wieder eingefallen – Lachen, Spielen. Aber wenn ich in die Nähe des Waldes komme, ist es, als wäre ich wieder ein kleines Mädchen, das sich vor Monstern fürchtet. Im Keller habe ich ein kleines Mädchen schreien hören. Es war so echt, dass ich mich sogar umgedreht habe. Es hat sich angefühlt wie eine Panikattacke. Und dann ist es wieder passiert – oder jedenfalls dachte ich, dass es wieder passiert ist, aber Lisa hat mir versichert, dass es bestimmt nur ein Albtraum war. Ich bin in der Wanne ertrunken, es war, als würde mich jemand unter Wasser drücken. Ich habe das Gefühl, den Verstand zu verlieren.«

»Nun, ich bin froh, dass Sie wieder hierhergefunden haben, Grace.« Dr. Newell stand auf und brachte sie zur Tür. »Wir werden das gemeinsam durcharbeiten und herausfinden, was passiert ist, in Ordnung?«

Grace nickte und fühlte einen Funken Hoffnung.

»Wie wäre es am Freitag um ein Uhr?«

»Ich habe sonst nichts vor.«

»Wunderbar. Dann bringen Sie am Freitag eine Liste Ihrer Medikamente mit. Ruhen Sie sich bis dahin gut aus. Wenn auch nur Bruchstücke Ihrer Erinnerung zurückkehren, sind Sie vielleicht sogar selbst in der Lage, das Rätsel um Michaels Tod zu lösen.«

Grace blieb stehen, bevor Dr. Newell die Tür öffnen konnte. »Was, wenn ich etwas getan habe?«

»Lassen Sie uns keine voreiligen Schlüsse ziehen.« Dr. Newell legte ihr einen Arm um die Schultern. »Vergessen Sie nicht, dass alles, was hier drinnen geschieht, der ärztlichen Schweigepflicht unterliegt. Ich könnte meine Lizenz verlieren, wenn ich irgendjemandem davon erzähle, was Sie mir anvertrauen.«

Nachdem Grace die Praxis verlassen hatte, kletterte sie in den Truck, ließ den Motor an und betrachtete die Kassette. Darauf befanden sich drei Stunden ihrer eigenen Lebensgeschichte. Sie schickte ein Stoßgebet zum Himmel und schob die Kassette in das Abspielgerät.

Kapitel 14

Zuerst hörte sie nichts. Stille. Sie befürchtete schon, der alte Kassettenrekorder hätte das Band gefressen, doch dann hörte sie Dr. Newells Stimme sagen: »Fünfter November, Grace Abbott.« Schritte erklangen und Dr. Newell bat Grace herein. Sie erklärte ihr, dass sie diese Sitzung aufzeichnen würde, dann fragte sie Grace, was sie dazu gebracht hatte, einen Termin zu vereinbaren. Als sie ihre eigene Stimme vernahm, beugte Grace sich vor, schloss die Augen und versuchte zu verstehen, dass dies ihr Leben war.

Sie erzählte der Ärztin, dass sie seit etwa sechs Monaten unter Schlafstörungen litt. Sie hatte bereits ihre Ernährung umgestellt und darauf geachtet, weniger Koffein zu sich zu nehmen, aber es hatte nicht geholfen. Nun hatte sie gehofft, dass die Ärztin ihr etwas verschreiben könnte.

»Ist in den vergangenen sechs Monaten irgendetwas vorgefallen?«

»Na ja, ich hatte ziemlich viel Stress.«

Dr. Newell bat sie, das genauer zu erklären und Grace hörte zu, wie sie von ihren Sorgen erzählte, von Michael und ihrer Zukunft. Sie hatte mit dem Studium am Southwestern Michigan College, dem Niles Campus, begonnen. Aber es war schwierig. Es war ein Balanceakt zwischen ihren Seminaren und den Schichten im Restaurant, außerdem schienen Michael und sie nie denselben Zeitplan zu haben. »Er ist von alldem ziemlich genervt«, hörte sie sich erzählen und laut fragen, ob ihr Interesse am Studium nicht vielleicht der Anfang vom Ende ihrer Beziehung gewesen sein könnte. »Und ich bin im Moment ziemlich von ihm genervt«, fügte sie an. Er wollte, dass sie jederzeit bereitstand, wenn ihm danach war, ein bisschen auszuspannen. Selbst aber war er meist entweder high oder beim Pokerspielen, manchmal bis spät in die Nacht. Dann weckte er sie, auch wenn sie am nächsten Tag einen wichtigen Test hatte. Sie hatte sich sogar für das kommende Semester um einen Wohnplatz direkt auf dem Campus beworben, doch sie hatte bisher noch nicht erfahren, ob man sie angenommen hatte. Sie sprach über ihre Unsicherheit und darüber, ob sie das auch durchziehen könnte und wie Michael darauf reagieren würde.

Dr. Newell fragte sie, wie lange sie denn schon zusammenlebten. Drei Jahre, antwortete sie. Die Ärztin bemerkte, dass sei eine lange Zeit, besonders wenn man bedenke, wie jung Grace noch sei. »Ich kenne ihn schon mein ganzes Leben lang. Er ist so etwas wie meine einzige Familie.«

»Dann muss der Gedanke, ihn zu verlassen, schwer sein.«

»Ja.«

Grace lehnte den Kopf neben dem Lautsprecher an das Lenkrad, um kein einziges Wort zu verpassen, kein Geräusch, keine Betonung. Doch da klingelte ihr Handy. Sie drückte auf die Stopptaste und nahm den Anruf entgegen.

»Spricht dort Grace Abbott?«, fragte ein Mann.

»Ja.«

»Hier ist Donald von *Harbor Country Jewelers,* dem Juwelierladen. Ihr Ring ist fertig.«

»Mein Ring?«

»Ihr Verlobungsring, Ma'am. Ich weiß, es hat ein bisschen

länger gedauert, als ich gesagt habe, aber jetzt ist er fertig und er sieht sehr schön aus.«

Was? »Könnten Sie mich noch einmal daran erinnern, wo Ihr Laden liegt, dann komme ich gleich vorbei.«

»Natürlich. An der Whittaker, ein Stückchen westlich von der Merchant.«

»Ich bin sofort da.« Grace rief die Adressbeschreibung des Juweliers auf ihrem Handy auf. Das Geschäft lag nur einen Block die Straße hinunter.

Das Schaufenster war hell erleuchtet, als sie dort ankam. Das Licht wurde von den Edelsteinen und Juwelen reflektiert, ein großes SALE-Schild sollte Passanten anlocken. Grace öffnete die Tür, woraufhin ein melodisches Klingeln ertönte. Rosa Damastvorhänge zierten die Wände und in antiken Glasvitrinen reihten sich die Schmuckstücke. Ein älterer Herr in Anzug und Krawatte trat hinter einem Samtvorhang hervor aus einem abgetrennten Hinterzimmer. Er passte perfekt in diese elegante Umgebung. Einzelne graue Haarbüschel zierten seinen kahlen, altersfleckigen Schädel, tief auf seiner Nase saß eine Lesebrille. »Nun, das ging ja wirklich schnell«, sagte er lächelnd.

»Sic crinnern sich an mich?«

»Natürlich. Es ist gerade mal zwölf Tage her, richtig? Zu dieser Jahreszeit habe ich nicht so viele Kunden.«

Sie trat an den Verkaufstresen. »Es tut mir leid, das hier ist eine sehr merkwürdige Situation. Ich hatte einen schlimmen Verkehrsunfall und seither habe ich Probleme mit meinem Gedächtnis. Ich erinnere mich nicht mehr daran, hier gewesen zu sein.«

»Meine Liebe, das ist ja furchtbar. Es freut mich sehr, dass es Ihnen gut geht. Vielleicht kann das hier helfen.« Er beugte sich hinunter, holte einen Verlobungsring aus einer Schachtel und hielt ihn Grace hin.

Sie starrte das Schmuckstück an, während der Mann

es beschrieb: »Eins Komma fünf Karat, zwei Edelsteine im Rechteckschliff, Vierzehn-Karat-Goldfassung.«

»Hübsch«, sagte sie. Diesen Ring hatte sie noch nie gesehen.

»Hier.« Sanft nahm er ihre Hand und steckte ihr den Ring an den Finger. Er passte perfekt.

»Wann habe ich Ihnen den gebracht?«

»Lassen Sie mich mal nachsehen.« Er holte eine Quittung aus einer Schublade. »Am Freitag, dem sechsten Dezember. Am Nachmittag. Wann hatten Sie denn den Unfall?«

»Am Samstag. Also am nächsten Tag.«

»Oh, wie furchtbar. War es ein Autounfall?«

»Ja.« Sie starrte noch immer die Quittung an. »Und ich habe das da ausgefüllt?«

»So ist es, Ma'am.«

Sie betrachtete ihren Namen, ihre Telefonnummer, ihre Adresse. Eine Adresse, die sie nicht kannte. »Wurde der Ring hier gekauft?«

»Natürlich. Der Gentleman war eine Woche vorher hier.«

»Michael?«

»Nun, ich erinnere mich genau genommen nicht mehr an seinen Namen, aber Sie müssten es ja wissen«, scherzte er. »Er war ein wenig nervös; er sagte, der Ring müsste perfekt sein. Offenbar schien er sich nicht sicher zu sein, dass Sie Ja sagen würden. Aber ganz offensichtlich haben Sie das getan.« Der Mann lächelte.

»Könnte ich die Quittung sehen – für seinen Kauf?«

Furchen erschienen auf seiner Stirn. »Tut mir leid, Miss, Ihre Bitte ist ein wenig unorthodox. Ich bin es nicht gewöhnt, Quittungen vorzuzeigen. Ich bin sicher, dass die meisten Männer nicht wollen, dass ihre Zukünftige erfährt, wie viel genau sie für den Ring ausgegeben haben. Es könnte zu viel sein oder zu wenig … Ich möchte ihn nicht in Schwierigkeiten bringen. Verstehen Sie das?«

»Natürlich. Ich weiß, dass meine Frage merkwürdig ist. Aber … er ist tot.«

»Oh mein Gott.« Er legte seine Hand auf ihre mit dem Ring und drückte. »Es tut mir so leid.«

Sie zog ihre Hand zurück. Die Leute mussten damit aufhören, sie anzufassen. »Danke. Aber wie ich schon gesagt habe, ich versuche gerade, alles wieder zusammenzusetzen.«

»Natürlich. Warten Sie hier.« Er ging in das Hinterzimmer und kehrte ein paar Minuten später zurück. »Hier. Der Ring wurde von Michael Cahill gekauft, am Samstag, dem dreizehnten November. Eins Komma fünf Karat, dreitausendachthundert Dollar.«

Grace starrte Michaels Quittung an, dann ihre eigene. Die Adresse stimmte überein. Dann hatte sie also am Freitag vor seinem Tod ihren Verlobungsring anpassen lassen. Sie hatte Ja gesagt.

* * *

Hackett holte sich gerade noch einen Kaffee, als Bishop zurückkam. »Oh Scheiße«, murmelte er so leise in sich hinein, dass Bishop ihn nicht hören konnte. »Hi, ich habe dich nicht so früh zurückerwartet«, begrüßte Hackett ihn mit etwas zu unbeschwerter Stimme.

»Schau nicht so überrascht. War nicht gerade eine Party.« Bishop schenkte sich ebenfalls einen Kaffee ein und Hackett folgte ihm zurück zum Schreibtisch. »Wir waren noch vor elf dort. Gegen zwölf sind wir wieder gegangen. Ich war mit den Kindern noch was essen und habe sie dann wieder in die Schule gebracht.«

»Wie ist es gelaufen?« Sofort bereute er die Frage. Wie sollte es schon gelaufen sein?

»Ich weiß auch nicht. Aber Sandy könnte recht haben. Sie

ist sehr schwach und keiner von uns wusste so richtig, was wir tun sollten, auch wenn Sandy sicher war, dass sie uns alle hören konnte. Die Kinder hatten Angst, besonders Paige, aber es war gut. Ich meine, sie waren froh, dass sie dabei sein durften. Sie war eine gute Frau.« Seine Stimme verlor sich, als wäre seine Schwiegermutter bereits fort.

Hackett sah immer wieder zur Tür und fragte sich, ob dies wohl der richtige Moment war, um das Thema zu wechseln, doch dann nahm ihm Bishop die Entscheidung ab. »Genug davon. Was habe ich verpasst?«

Hackett wusste nicht, wo er anfangen sollte. Sicher nicht damit, dass er vergessen hatte, den Barkeeper vom The Rack anzurufen, oder dass er den Anruf bei der Telefongesellschaft absichtlich hinausgezögert hatte.

In diesem Moment schwang die Tür des Reviers auf und im Raum stand Dave Jacks, der sie für Sheri Preston aufhielt. Sie kam hereingerauscht, blaffte den Mann am Empfang an und stöckelte auf Zehn-Zentimeter-Absätzen und im Minirock auf sie zu, während Jacks ihr kleinlaut folgte.

»Was soll denn das?«, fragte Bishop und stellte seine Kaffeetasse ab.

Hackett wand sich, doch dann richtete er sich etwas auf. »Ich habe sie angerufen.«

»Was?«

»Ich habe ein paar Nachforschungen über die Droge in Jacks' Wohnung angestellt. Das könnte eine Spur sein. Es gibt für ihn keinen vernünftigen Grund, warum er sie in seinem Besitz haben sollte, und die Wirkung scheint auf unheimliche Weise mit diesem Fall in Verbindung zu stehen. Und weil Jacks und Preston einander ein Alibi gegeben haben und ihre Beschreibung auf die Frau passt, die Cahill im The Racks kennengelernt hat, dachte ich, ich sollte noch einmal mit ihnen reden.« Bevor Bishop etwas einwerfen konnte, fügte er rasch noch hinzu: »Ich habe nur auf mein Bauchgefühl gehört, wie du gesagt hast.«

Bishop grinste ihn an wie ein junger Fuchs. »In Ordnung. Dann wollen wir mal.«

Preston ließ ihre Handtasche auf Hacketts Schreibtisch fallen. »Also wirklich, Officers, ich habe keine Zeit für so was. Ich hatte nichts mit Michael Cahill zu tun. Ich kannte den Typen kaum. Hab ihn nur mal getroffen. Brauche ich vielleicht einen Anwalt oder so? Ich bin nämlich drauf und dran, das hier als Schikane zu werten.«

Jacks sagte nichts.

Bishop lächelte. »Danke, dass Sie gekommen sind, Miss Preston, Mr Jacks. Kommen Sie bitte mit.«

Er wandte sich an Hackett. »Bring sie in die Eins und die Zwei.«

Hackett führte die Zeugen in getrennte Vernehmungszimmer, bat sie, Platz zu nehmen, und kehrte dann zu Bishop zurück.

»Fangen wir mit Jacks an«, sagte Bishop. Als sie eintraten, hatte sich Jacks die Jacke ausgezogen und lehnte lässig in dem harten Besucherstuhl. Er lächelte und wirkte genauso stoned wie bei ihrer ersten Begegnung. Bevor sie saßen, legte Jacks auch schon mit seiner Verteidigung los. »Leute, ich helfe euch ja gerne, aber ich habe keine Ahnung, was mit Mike passiert ist. Ich kannte den Typen nicht. Da können Sie jeden fragen.«

Bishop setzte sich ihm gegenüber an den Tisch. »Da sind wir uns nicht so sicher, Dave. Ihr Alibi für Samstagmorgen ist Sheri Preston. Und ihr Alibi sind Sie.«

»Und?«

»Und wir sind uns nicht sicher, ob wir Ihnen beiden vertrauen können.«

»Warum das?«

»Nun ja, wir haben diese Pillen aus Ihrer Wohnung untersuchen lassen. Wie es aussieht, haben Sie ja einen ganz ordentlichen Vorrat an Scopolamin. Eine Droge übrigens, die Cahill in den Tagen vor seinem Tod verabreicht wurde.«

Hackett sah Bishop an. Durften sie so etwas wirklich einfach behaupten? Bishop mied seinen Blick. Offenbar verfolge er eine Strategie.

»Was? Ich war das jedenfalls nicht. Das sind Entspannungstabletten. Sie helfen mir beim Einschlafen. Vielleicht hat er sie genommen …«

Bishop wandte sich an Hackett. Jetzt war er an der Reihe.

»Ihre Erklärung klingt nicht ganz schlüssig für mich«, erklärte er. »Erstens nimmt man diese Medikamente nicht bei Schlafstörungen. Zweitens sind Ihre Pillen keine legal verschriebenen Präparate, sondern selbst zusammengerührte Mittelchen. Und drittens hätten Sie sicher nicht behauptet, dass es sich bei den Tabletten um Vitamine handelt, wenn Sie auf legalem Weg in Ihren Besitz gekommen wären. Außerdem wurde Cahill eine Woche vor seinem Tod dabei gesehen, wie er die Bar mit einer Blondine verlassen hat, und am nächsten Morgen erinnerte er sich nicht mehr an den Abend und litt unter Halluzinationen – beides sind bekanntermaßen Nebenwirkungen von Scopolamin.«

»Klingt für mich, als hätte er zu viel getrunken. Was hat das alles mit mir zu tun?«

Bishop beugte sich vor, bis er Jacks ganz nahe war. »Wir haben da Miss Preston, die genau zu der Beschreibung der Frau passt, mit der Cahill gesehen wurde, und wir haben Sie, der über die entsprechenden Drogen verfügte. Außerdem standen Sie beide miteinander in Verbindung – genau genommen geben Sie einander für den Morgen des Mordes ein Alibi. Wollen Sie uns nicht erklären, warum Sie Cahill unter Drogen gesetzt haben?«

Jacks schüttelte den Kopf. »Sie sind ja verrückt. Ich habe

niemanden unter Drogen gesetzt. Und sicher weiß ich es zwar nicht, aber ich glaube nicht, dass Sheri diesen Typen kannte. Er war ja nie im Restaurant. Grace war jahrelang mit diesem Typen zusammen und er ist nie vorbeigekommen. Hat sich überhaupt nicht für ihre Freunde bei der Arbeit interessiert, wenn Sie mich fragen.«

»Klingt, als hätten Sie sich ausführlich damit beschäftigt«, sagte Bishop. »Vielleicht wollten Sie ja, dass die beiden Schluss machen?«

»Warum sollte ich das wollen?«

»Weil Sie in Grace verliebt sind«, warf Hackett ein.

Jacks senkte den Blick. »Ich mag Grace, aber so ist es nicht.«

Hackett sah Bishop an, der in Richtung Tür nickte und mit der flachen Hand auf den Tisch klopfte. »Tja, wenn Sie bei dieser Story bleiben, Dave, dann könnte das hier noch eine ganze Weile dauern.«

Jacks stand auf. »Hey, wollen Sie mich etwa wegen irgendeiner Vermutung verhaften?«

»Nein. Das hier ist nur eine freundschaftliche Unterhaltung. Sie können jederzeit gehen. Aber ich würde es Ihnen nicht raten. Je kooperativer Sie sich zeigen, desto schneller können wir die Sache klären.«

Die Polizisten erhoben sich und Jacks lehnte sich auf seinem Stuhl zurück.

Draußen auf dem Gang fragte Hackett: »Was meinst du?«

»Lass uns kurz mit Preston sprechen. Sehen wir mal, wohin das führt.«

Als sie den Verhörraum betraten, ging sie darin auf und ab. »Was zum Teufel hat das alles zu bedeuten? Brauche ich einen Anwalt? Ich habe Ihnen doch gesagt, dass ich den Typen nicht einmal kannte. Ich habe mit dem, was hier Ihrer Meinung nach los ist, nichts zu tun.«

Bishop trat vor. »Folgendes, Sheri: Eine Frau, deren Beschreibung auf Sie passt, wurde mit Cahill gesehen, und zwar am Sonntag vor seinem Tod. Wir glauben, dass er an diesem Abend unter Drogen stand.«

»Glauben Sie, ja? Und was soll das heißen? Was hat das mit mir zu tun? Oder mit dem Mord?«

»Tja, Ihr Alibi für den Zeitpunkt des Mordes ist Jacks, und er scheint einen beträchtlichen Vorrat der Droge, die man Cahill möglicherweise verabreicht hat, in seinem Besitz gehabt zu haben. Das bringt Jacks mit dem Opfer in Verbindung – und damit vielleicht auch Sie.«

»Ich habe Ihnen doch schon gesagt, dass ich den Typ kaum kannte. Ich bin nicht die, nach der Sie suchen. Sie wissen doch nicht einmal mit Sicherheit, ob er unter Drogen stand. Klingt für mich alles recht weit hergeholt.«

»Vielleicht haben Sie und Dave versucht, die beiden auseinanderzubringen«, schlug Bishop vor. »Und möglicherweise ist dabei etwas schiefgelaufen?«

Bevor sie antworten konnte, warf Hackett noch ein: »Wenn Dave Sie da in etwas hineingeritten hat, dann sollten Sie uns das am besten einfach sagen, wissen Sie.«

»Das ist doch lächerlich.« Sie setzte sich an den Tisch. »Hören Sie mal, ich werde Ihnen alles sagen, was ich weiß, und ich helfe Ihnen gerne. Ich habe nichts zu verbergen, aber ich weiß wirklich nicht, wovon Sie da reden.«

Die Männer setzten sich zu ihr.

»Von welchen Drogen sprechen wir hier überhaupt?«, fragte sie.

»Scopolamin«, antwortete Hackett. »Schon mal gehört?«

»Nein. Wie wirkt das?«

»Es macht einen vollkommen willenlos. Meist wird es bei Raubüberfällen oder sexuellen Übergriffen eingesetzt – wie Roofies. Die Opfer haben keinerlei Erinnerung mehr daran, was passiert ist.«

Als sie das hörte, riss sie die Augen auf. »Und Dave hatte dieses Zeug in seiner Wohnung?«

Hackett nickte.

Tränen stiegen ihr in die Augen. »Oh mein Gott. Dieses Arschloch.«

»Wie bitte?«

»Ich meine diesen One-Night-Stand mit meinem Drecksack von Chef. Als ich am Samstag in seiner Wohnung aufgewacht bin, habe ich mich so geschämt. Er hat so getan, als hätten wir eine wilde Nacht gehabt, aber ich erinnere mich an gar nichts.« Röte schwappte ihr ins Gesicht und sie schlug mit der Hand auf den Tisch. »Dieser Scheißkerl muss mich unter Drogen gesetzt haben.«

»Wollen Sie uns sagen, dass Dave Ihnen am Freitagabend Drogen verabreicht hat?«, hakte Hackett nach und versuchte, sich seine Aufregung angesichts dieser neuen Entwicklung nicht anmerken zu lassen.

»Tja, beweisen kann ich es jetzt ja wohl nicht mehr, oder? Ich meine, das ist jetzt fast zwei Wochen her. Scheiße, aber ich weiß absolut nichts mehr von dieser Nacht. Dave hat am Freitag nach der Arbeit in seiner Wohnung eine Party gegeben. Viele Leute aus dem Restaurant, ein paar seiner anderen Freunde, wie immer eben. Ich habe keine harten Sachen getrunken und auch nichts von seinem Gras geraucht. Nichts Verrücktes. Ich weiß sogar noch, dass ich mich irgendwann auf den Heimweg machen wollte. Aber dann bin ich in Daves Bett aufgewacht. Nackt. Es war grässlich.«

»Haben Sie Ihr Getränk jemals unbeaufsichtigt gelassen?«

Jetzt kämpfte sie mit den Tränen, konnte sie aber nicht ganz zurückhalten. »Na ja, klar. Ich meine, natürlich habe ich das irgendwann im Laufe des Abends mal getan!«

Hackett machte sich Notizen, während Bishop fortfuhr.

»Erinnern Sie sich noch an etwas Bestimmtes in Bezug auf

Dave? Wie hat er sich an diesem Abend verhalten? Irgendetwas Ungewöhnliches?«

Sie lehnte sich zurück und wischte sich über die Augen, Mascaraspuren zogen sich über ihre Wangen. »Er ist mir bei der Arbeit ziemlich deprimiert vorgekommen – mit den Gedanken woanders. Ich wollte ihn überreden, noch mit uns auszugehen. Dann hat er vorgeschlagen, wir sollten doch mit zu ihm kommen.«

»Wissen Sie, was ihm so zu schaffen gemacht hat?«, fragte Hackett.

»Er hat es nicht gesagt, aber es ging um Grace. Wir wussten alle, dass er total verknallt in sie war. Das hat man sofort erkannt – wie er mit ihr geredet und wie er sie angeschaut hat! Während ihrer Schichten hat sie immer die besten Aufgaben zugeteilt bekommen. Sie hatte sich gerade verlobt. Ich dachte, er könnte einen Drink vertragen. Verdammter Scheißkerl.«

Bishop und Hackett ließen Preston allein und traten wieder in den Gang hinaus. Bishop drehte sich zu ihm um. »Was hältst du davon?«

»Ich glaube ihr.«

»Und wenn sie die Wahrheit sagt, dann scheint Jacks ja geradezu besessen von Grace zu sein. Sie verlobt sich. Er tötet ihren Freund?«

»Vielleicht hat er Preston unter Drogen gesetzt, damit sie ihm ein Alibi verschafft«, folgerte Hackett.

»Nur keine voreiligen Schlüsse ziehen. Vielleicht würde er auch einfach alles für sie tun, zum Beispiel die Mordwaffe für sie entsorgen.«

»Sie hinter seiner eigenen Wohnung zu entsorgen, ist ziemlich dumm.«

»Na ja, er ist ja auch nicht gerade die hellste Kerze auf der Torte.« Bishop lächelte und sie gingen zurück zum Befragungszimmer, in dem Jacks auf sie wartete. »Lass Preston gehen«, ordnete Bishop an, als sie vor der Tür standen. »Ihren Chef fahren wir später nach Hause.«

Als sich Hackett kurz darauf zu seinem Partner in dem Verhörraum gesellte, ging Jacks darin auf und ab. »Das haben Sie alles falsch verstanden«, brüllte er beinahe. »Ich habe nichts getan, das schwöre ich.«

»Setzen Sie sich, Dave«, sagte Bishop.

Kurz machte es den Anschein, als wollte Jacks einfach hinausstürmen, aber dann ließ er sich doch auf einen Stuhl fallen. Hackett setzte sich ihm gegenüber, während Bishop stehen blieb. »Die Dinge stehen folgendermaßen: Wir wissen, dass Sie in Grace verliebt sind. Wir wissen, dass Sie am Freitag wegen ihrer Verlobung aufgebracht waren. Für uns sieht es also so aus, dass Sie Cahill entweder selbst getötet oder Grace geholfen haben, weil sie ihn getötet hat. Wenn Sie nicht alle Schuld auf sich nehmen wollen, dann sollten Sie lieber anfangen zu reden.«

Hackett krümmte sich innerlich. Er wünschte, er hätte dieses Verhör alleine führen können. Hatte er denn nichts weiter erreicht, als Bishop noch mehr Munition gegen Grace zu liefern?

Schließlich setzte sich Jacks aufrecht hin. »Sie sind doch verrückt! Ja, ich mag Grace. Das ist kein Geheimnis. Aber ich bin doch nicht so verrückt, dass ich jemanden umbringen würde. Ich bin kein Psychopath.«

Hackett meldete sich zu Wort. »Aber Sie setzen Frauen unter Drogen, um sie ins Bett zu bekommen.«

Jacks ignorierte ihn. »Ich war nur durcheinander, weil ich nicht gedacht habe, dass es so weit kommt. Das Letzte, was ich über Cahill wusste, war, dass er den Ring verspielt hat. Dieses beschissene Arschloch. Was muss man für ein Typ sein, um einen Verlobungsring zu verspielen? Er hat sie nicht verdient.«

Hacketts Puls beschleunigte sich. »Wovon reden Sie da? Ich dachte, Sie haben Cahill nicht gekannt?«

»Habe ich auch nicht. Aber er ist ein paar Tage vor seinem Tod bei einem Pokerspiel aufgetaucht, bei dem ich mitgemacht habe.«

»Dann kannten Sie ihn also doch.«

»Nein. Ich hatte ihn davor noch nie gesehen. Ich habe erst im Laufe des Abends begriffen, wer er war.«

Bishop zog sich einen Stuhl heraus. »Erzählen Sie uns mehr von diesem Pokerspiel.«

»Da geht es um hohe Einsätze. Oben in Bridgman. Manchmal liegen mehrere Tausend im Pot.«

»Wo genau findet es statt?«

»Im Hinterzimmer einer Kfz-Werkstatt.«

»Und wann war das?«

»Es läuft immer dienstagabends, also muss es wohl der Dienstag vor seinem Tod gewesen sein.«

Bishop machte eine auffordernde Handbewegung. »Nur weiter.«

»Ich kenne den Typ, der das Spiel veranstaltet. Er heißt Tom. Die Mitspieler sind aber normalerweise alle Fremde. Ich gehe auch nicht immer hin. Das kann ich mir nicht leisten. Aber an dem Abend war ich da, und dann sind Cahill und noch so ein anderer Kerl dort aufgetaucht. Den anderen hatte ich davor schon mal gesehen.«

»Und woher wussten Sie, dass es Cahill war?«

»Weil sein Kumpel irgendwas darüber gesagt hat, er würde da gerade Grace verspielen, als er den Ring gesetzt hat. Außerdem hat er ihn die ganze Zeit Mike genannt. Da habe ich zwei und zwei zusammengezählt.«

»Was genau ist passiert?«, wollte Bishop wissen.

»Er lag die meiste Zeit vorne, einmal sogar mit dreitausend Dollar, nur hat sich das Blatt dann irgendwann gegen ihn gewendet. Er wollte aber einfach nicht aufhören. Dann sind die Einsätze bei einem Spiel so richtig hoch geworden. Er hatte nicht genug Geld dabei, um mitzuhalten. Da hat er den Ring auf den Tisch geworfen.«

»Und dann?«

»Sein Kumpel hat gesagt, er wäre ein Idiot. Sie haben eine Weile gestritten, aber Tom hat sich den Ring angeschaut und gesagt, er würde ihn akzeptieren, falls Mike verlieren sollte. Also ist er im Spiel geblieben und hat den Ring gesetzt, und die ganze Zeit hat er behauptet, er wäre viel mehr wert. Hat einen total zuversichtlichen Eindruck gemacht. Vielleicht dachte er, das würde die anderen einschüchtern. Bei mir hat es gewirkt. Ich bin ausgestiegen.«

»Und?«

»Und dann mussten sie zeigen, was sie auf der Hand hatten. Mike hatte einen Straight Flush. Er hat so ein beschissenes Grinsen aufgesetzt und sich schon vorgebeugt, um den Einsatz einzustreichen, aber dann hat ein anderer Typ, George, einen Royal Flush auf den Tisch gelegt. Und das war's. Der Arsch hat den Ring verloren.«

»Wie hat Cahill reagiert?«

»Wie ein Trottel. Er ist aufgestanden und hat George mit ein paar der Chips beworfen. Hat behauptet, er hätte betrogen. Mike war betrunken und die Jungs an der Tür waren sofort da. Haben ihn auf dem Boden festgenagelt. Mit den Typen legt man sich besser nicht an. Sein Freund hat ihn da rausgehauen.«

Bishop schob ihm Zettel und Stift hin. »Sie schreiben uns jetzt lieber mal genau auf, wo diese Werkstatt ist.«

Kapitel 15

Als Grace wieder im Truck saß, starrte sie eine Weile auf den Ring an ihrem Finger, bevor sie den Motor anließ. Sie schaltete den Kassettenrekorder ein, drückte auf »Play« und fuhr vom Parkplatz. Dr. Newell fragte sie, wie oft sie unter Schlaflosigkeit litt und ob sie dabei ein Muster erkennen konnte. Grace erklärte, dass es mittlerweile fast ein Dauerzustand war. Sie konnte zwar einschlafen, wachte in den meisten Nächten aber gegen zwei oder drei Uhr wieder auf und hatte dann Schwierigkeiten, noch einmal einzuschlafen. Ihre Gedanken rasten, sie dachte an ihr Studium, an ihre Probleme mit Michael und manchmal sogar an ihre Kindheit. Wenn sie mit ihren Kollegen aus dem Restaurant noch ausgegangen war und ein, zwei Gläser getrunken hatte, konnte sie manchmal bis vier Uhr schlafen, bevor sie aufwachte.

Grace lehnte sich weit über das Lenkrad nach vorn, um die Stimmen besser hören zu können, während die Autos links an ihr vorbeirasten. Dr. Newell wollte mehr von Michael hören. Für sie, und jetzt auch für Grace, klang es so, als könnten die Schwierigkeiten mit ihrem Freund die Ursache für ihre Schlafstörungen sein. Grace erzählte Dr. Newell, dass sie ein Paar waren, seit sie fünfzehn gewesen war.

»Dann kann man also sagen, dass Michael Ihre erste große Liebe ist?«

»Allerdings.« Grace lachte. »Ich habe mich nie für einen anderen interessiert.«

Sie verpasste ihre Ausfahrt, so vertieft war sie in ihre eigene Geschichte. Schließlich hielt sie am Straßenrand an.

»Dann waren Sie also nie mit einem anderen Mann zusammen?«

Graces Tonfall veränderte sich. »Einmal. Ich habe etwas sehr Dummes gemacht.« Sie hatte Michael betrogen. Eine einmalige Sache. Nach der Arbeit war sie mit ein paar Leuten ausgegangen und hatte zu viel getrunken. Sie sagte, sie hätte sich eigentlich nie zu ihrem Chef Dave hingezogen gefühlt, und sie könnte sich auch an nichts mehr erinnern, aber bei der Arbeit hätte er sie auf ihre gemeinsame Nacht angesprochen. »Er hat gegrinst und mir gesagt, wie froh er war, dass ich es endlich zugelassen habe.« Sie hatte furchtbare Angst gehabt, Michael könnte es herausfinden.

Dr. Newell hakte nach, fragte sie, ob Grace die Beziehung auf irgendeiner Bewusstseinsebene vielleicht hatte beenden wollen; ob es da einen Teil in ihr gab, der hoffte, Michael würde es herausfinden – was ihr endlich einen Grund geben würde zu gehen. Doch in diesem Punkt war Grace sehr entschieden. »Auf keinen Fall. Michael ist so etwas wie meine Familie. Er kann manchmal ein Idiot sein, aber ich liebe ihn. Ich würde ihn niemals so verletzen wollen. Ich will ihn überhaupt nicht verletzen. Ich glaube, genau das ist das Problem.«

»Wie meinen Sie das?«

Ein Schniefen. Grace hörte, wie brüchig ihre eigene Stimme klang, als sie antwortete: »Ich glaube, ich weiß, dass wir eigentlich nicht mehr zusammen sein sollten. Aber ich weiß nicht, ob ich ihn jemals verlassen kann. Er ist …«

»Was?«

»Er ist alles, was ich habe.«

Als Grace schließlich wieder beim Haus ankam, hämmerte ihr Kopf. Sie wollte all diese Tabletten auf dem Tresen ignorieren, aber der Schmerz sandte mittlerweile Tentakeln ihren Hals hinab, die schon bald ihren ganzen Körper im Griff haben würden.

Also nahm sie eine Tablette. Sie wusste nicht, ob sie ihr gegen den Schmerz oder beim Einschlafen helfen sollte, aber mehr wollte sie nicht schlucken, da sie die heftigen Nebenwirkungen fürchtete. Sie holte sich ein feuchtes Tuch für die Stirn und brach auf dem Sofa zusammen. Dann sank sie in den Nebel aus Schmerz.

Nach etwa einer Stunde erwachte sie wieder. Die Sonne, die jetzt höher am Himmel stand, war ihr einziger Hinweis, dass sich die Welt noch immer drehte. Ihre Kopfschmerzen waren abgeflaut und sie konnte aufstehen, ohne dass ihr schwindlig wurde.

Sie schaltete den Fernseher ein und sah sich eine alte *Seinfeld*-Folge an. Einmal lachte sie, weil sie schon wusste, welcher Scherz gleich folgen würde. »Ich kenne die Folge«, erklärte sie dem leeren Zimmer, verblüfft von dieser Erkenntnis.

Sie machte die Augen zu, fest entschlossen, sich an noch mehr zu erinnern. »Michael«, sagte sie. Warum dachte sie jetzt an ihn? Sie ging in ihr Zimmer und nahm das Foto von ihnen beiden in die Hand. Still betrachtete sie sein Gesicht, berührte das Glas. »Michael war ein *Seinfeld*-Fan!«, sagte sie plötzlich und lächelte. Es war nur ein kurzes Aufblitzen, aber sie stellte ihn sich vor, auf dem Sofa liegend, lachend, vor dem Fernseher – der eine Folge von *Seinfeld* zeigte. »Ledersofa, gelbe Wände, Glastischchen«, sagte sie. »Unser Haus.«

Das musste sie überprüfen. Sie schnappte sich die Schlüssel des alten Trucks, holte sich ihre Handtasche und fischte die Quittung des Juwelierladens heraus, auf der die Adresse stand.

Die Kassette war noch immer im Rekorder und sie drückte auf »Play«, bevor sie rückwärts aus der Einfahrt setzte. Dann drehte sie die Lautstärke hoch.

Dr. Newell fragte sie, was sie damit meinte, dass Michael ihre einzige Familie sei. Grace erklärte ihr, dass ihre Eltern ermordet worden waren und dass er ihr geholfen hatte, das alles durchzustehen. Sie ließ sich von dem Navigationssystem auf ihrem Handy leiten, während sie weiter zuhörte. Auf dem Band erzählte sie, dass ihre Eltern im Bett ermordet worden waren, von einem Einbrecher. Dr. Newell fragte, wie Grace überlebt hatte und ob sie diejenige gewesen war, die ihre Eltern gefunden hatte.

»Ich war bei einer Freundin, als es passiert ist.«

»Und wie haben Sie sich gefühlt, nachdem Ihre Eltern ermordet worden waren?«

Ihre Antwort klang verärgert. »Na ja, ich war natürlich vollkommen durcheinander.«

»Und wie alt waren Sie, als es passiert ist?«

»Siebzehn.«

»Und jetzt sind Sie alleine, oder haben Sie Geschwister?«

Sie zögerte, dann schien sie fast zu lachen und sagte: »Beides, irgendwie. Ich meine, ich bin nicht alleine, aber ich könnte es genauso gut sein.«

»Was wollen Sie damit sagen?«

Die Antwort klang zögerlich. »Wissen Sie, ich verstehe, wie das hier läuft. Ich bin zu Ihnen gekommen und jetzt soll ich Ihnen alles über mein Leben erzählen. Aber ich will wirklich nicht darüber sprechen! Ich habe sehr lange gebraucht, um darüber wegzukommen. Ich möchte nur, dass Sie mir mit etwas gegen diese Schlaflosigkeit helfen.«

»Könnte es nicht sein, dass das alles zusammenhängt?«

»Können Sie mir nicht einfach irgendwelche Medikamente verschreiben? Ich meine, vielleicht brauche ich ja nur etwas

Zolpidem oder so.«

»Das kann ich natürlich tun, aber wenn wir nicht herausfinden, was dahintersteckt, wird das nicht lange helfen.«

»Fürs Erste reicht mir die Notlösung.«

Die Ärztin hakte noch einmal nach. »Was haben Sie nach dem Tod Ihrer Eltern gemacht? Das muss äußerst verstörend gewesen sein.«

»Ich hatte ja Michael. Danach sind wir zusammengezogen.«

Schließlich war die Sitzung beendet und die Ärztin verschrieb ihr Xanax, warnte sie aber davor, das Mittel mit Alkohol zu mischen. Grace stimmte zu, in der folgenden Woche wiederzukommen.

Kurz darauf hielt sie bei der Adresse, die auf der Quittung angegeben war. Sie schaltete den Kassettenrekorder aus und betrachtete das Haus: ein winziges, einstöckiges Gebäude. Die Eingangstür wurde von zwei Fenstern flankiert, unter denen rote, mit Schnee gefüllte Blumenkästen befestigt waren. Grace betrachtete diese Kästen und dachte an den Frühling, ans Blumenpflanzen und an Michael, der im Vorgarten arbeitete. Doch die Eingangstür verriet sofort, dass sich in diesem Haus eine Tragödie ereignet hatte: Gelbes Absperrband war um die Klinke gewickelt, es flatterte im Wind.

Ihre Schritte knirschten auf dem harten Schnee, als sie zu den Fenstern ging und hindurchspähte. Sie sah ein braunes Ledersofa, gelbe Wände und ein Glastischchen. Es stimmte tatsächlich, ihre Erinnerung hatte sie nicht getrogen. Sie bahnte sich einen Weg nach hinten, sah ein paar kaputte Terrassenstühle, einen rostigen Grill und weiter hinten einen alten, von Blumenkübeln umringten Steinbrunnen. Die Pflanzen in den Töpfen waren tot, erfroren in ihren Plastiksärgen. Sie spähte durch weitere Fenster. Eines davon war dunkel getönt. »Das Bad«, sagte sie. Dann kam sie zum Schlafzimmerfenster. Ihr Atem schlug sich an der Scheibe nieder, doch sie konnte eine nackte Matratze auf einem metallenen Bettgestell erkennen. In der Mitte prangte ein großer, schwarzer Fleck. Blut. Ihr Magen rumorte, ein scharfer Schmerz durchfuhr ihre Schläfen. Sie schloss die Augen und stützte sich am Fensterrahmen ab, unsicher, ob ihr Gehirn sich erinnern oder vergessen wollte.

»Grace?«

Eine nach Luft schnappende Stimme hinter ihr. Sie fuhr herum.

* * *

»Wir müssen Jacks im Auge behalten«, sagte Hackett, nachdem sie ihn bei seiner Wohnung abgesetzt hatten. »Wenn er Preston wirklich unter Drogen gesetzt hat, wer weiß, wozu er dann sonst noch fähig ist.«

»Stimmt, aber lass uns nicht zu voreilig sein.« Bishop fuhr auf dem Red Arrow Highway nach Norden. »Jacks ist ein Ekel, aber es bleibt eine Tatsache, dass Grace am Freitag noch mit Cahill verlobt war, sich am Abend vor dem Mord aber von ihm getrennt hat. Das macht sie ebenfalls zu einer Verdächtigen.«

Hackett hielt den Blick auf seine Notizen gerichtet und widerstand dem Drang, Grace zu verteidigen. *Bleib objektiv.* »Wohin fahren wir also?«

»Tja, da du den Barkeeper nicht angerufen hast, sollten wir vielleicht mal beim The Rack vorbeischauen. Wenn ich mich richtig erinnere, hat er jetzt Schicht.«

Hackett schwieg. Er wollte sich nicht dafür rechtfertigen müssen, Anordnungen missachtet zu haben.

»Was hast du übrigens bei der Telefongesellschaft herausgefunden?«

»Ich habe dem Typ gesagt, dass wir diese Daten brauchen, aber er meinte, das würde wohl noch etwas dauern. Tut mir leid.«

Bishop nickte und sein Vertrauen ließ Hacketts schlechtes Gewissen nur noch wachsen. »Ich habe mir gestern Abend *Ein Offizier und Gentleman* angeschaut«, erzählte er, verzweifelt um einen Themenwechsel bemüht.

Bishop versenkte seinen Kautabak in einer leeren Limonadendose. »Und? Toller Film, oder? Was hältst du von meiner Imitation?«

»Furchtbar«, antwortete Hackett lachend. »Aber du hast mir nicht verraten, wie traurig die Geschichte ist.«

»Warum? Es gibt doch ein Happy End. Er besteht seine Pilotenausbildung. Er bekommt das Mädchen. Alles gut.«

»Aber die Blonde, Debra Wingers Freundin, ist so gemein. Und der beste Freund bringt sich um.«

Bishop nickte schmunzelnd. »Tja … Blondinen sind Miststücke.«

Hackett lachte. Da musste er seinem Partner zustimmen. Olivia hatte blonde Haare.

Bishop setzte zu einer weiteren Tirade auf Weihnachtsgeschenke an und gab eine Parodie auf Billy Bob Thornton in *Bad Santa* zum Besten. Hackett lachte pflichtschuldig, froh, die Stimmung aufgehellt zu haben, doch nun dachte er selbst an die Grausamkeit einiger Frauen.

Als Bishop und Hackett im The Rack ankamen, stand ein weiterer in die Jahre gekommener Biker hinter der Bar, dünner und größer, aber ebenso stark tätowiert. Es gab nur wenige Gäste. Die Polizisten stellten sich vor und zeigten dem Mann ein Foto von Michael Cahill. Er kannte ihn tatsächlich.

»Am Montag haben wir mit Ihrem Kumpel Buddy gesprochen, Ed«, setzte Bishop an. »Er sagte, dass Sie am Mittwoch vor Mr Cahills Tod hier gearbeitet haben. Wir wissen, dass auch Mr Cahill am Mittwoch gearbeitet hat, und wir fragen uns, ob Sie ihn nach seiner Schicht vielleicht gesehen haben.«

Der Mann nickte. »Klar, er war hier. Saß da drüben.« Er

deutete auf eine der Nischen in einer Ecke.

»Und das war am Mittwoch?«

»Müsste Mittwoch gewesen sein. War ziemlich tote Hose hier. Freitags und samstags haben wir immer alle Hände voll zu tun.«

»Und wann war das ungefähr?«

»Hm, ich würde sagen, so kurz nach sechs. Um die Zeit kommen die meisten Leute.«

»War jemand bei ihm?«

»Eine Weile lang, ja. Sein Kumpel Wesley ist kurz nach ihm gekommen und hat sich zu ihm gesetzt.«

Sofort blätterte Hackett in seinem Notizblock zurück.

Bishop war schneller: »Wesley Flynn?«

»Ich weiß keine Nachnamen. Einfach Wesley – einer seiner Kollegen von der Arbeit. Die kommen schon seit ein paar Jahren, deshalb kenne ich viele von ihnen mit Namen – jedenfalls mit Vornamen.«

»Sie haben also hier gesessen und etwas getrunken«, sagte Bishop. »Nichts Ungewöhnliches?«

»Na ja, sie haben sich gestritten. Dann hat Wesley seinen Drink gekippt und ist gegangen.«

»Konnten Sie hören, worum es bei dem Streit ging?«, wollte Hackett wissen.

»Hey, ich lausche nicht. Dass es ein Streit war, weiß ich nur, weil sie mit ein paar lautstarken Schimpfworten um sich geworfen haben, und dann ist der Typ wie gesagt abgehauen. Das ist alles. Damit meine ich aber nicht, dass er gleich ein Mörder ist oder so. Diese Typen regen sich eben manchmal auf. Hat nichts zu bedeuten.«

Als sie die Bar wieder verließen, ging gerade die Sonne unter. Hackett platzte beinahe vor Aufregung. »Flynn hat gelogen. Er hat behauptet, er hätte ihn seit Sonntag nicht mehr gesehen.«

Bishop lächelte. »Jep, vielleicht sind wir langsam auf der richtigen Spur.«

Die Kfz-Werkstatt in Bridgman, die Jacks als Schauplatz des illegalen Pokerspiels angegeben hatte, war mit dem Auto nur zehn Minuten von Berrien Springs entfernt. Als sie dort ankamen und nach Tom fragten, führte man sie in ein Hinterzimmer, wo der Besitzer der Werkstatt hinter einem mit Papierstapeln und einem Laptop vollgestellten Schreibtisch saß. Sein graues Shirt war voller Ölflecken, sein weiß-rotes Namensschild kaum lesbar und sein Gesicht schmutzig. Er erhob sich und streckte zuerst Bishop die Hand hin. Seine Fingernägel waren von schwarzen Ölrändern eingerahmt.

»Hey, was kann ich für Sie tun?« Er setzte sich wieder und wischte sich die Hände an einem Lumpen ab.

»Wir haben gehört, dass Sie hier wöchentlich ein Kartenspiel mit hohen Einsätzen veranstalten«, verkündete Bishop.

Der Mann hielt kurz inne, machte sich dann aber wieder daran, seine Nägel zu säubern. Er sah ihnen nicht in die Augen. »Ich weiß nicht, von wem Sie das gehört haben wollen. Muss mich wohl mit jemandem verwechselt haben.«

»Sparen Sie sich den Mist«, fiel ihm Bishop ins Wort. »An Ihren Glücksspielchen sind wir nicht interessiert. Wir wollen etwas über ein paar der Spieler erfahren, die vorletzte Woche dabei waren.«

Tom ließ den Lumpen sinken. »Was genau meinen Sie damit?«

»Dienstag, der dritte Dezember. Sie haben ein Spiel veranstaltet. Michael Cahill ist hier mit noch einem anderen Mann aufgetaucht. Wir untersuchen seinen Tod. Anscheinend hat er bei diesem Spiel einen Verlobungsring verloren.«

»Und?«

»Was haben Sie damit gemacht?«

»Hab ihn verkauft.«

»An wen haben Sie ihn verkauft?«

»Sein Kumpel ist am nächsten Tag hergekommen. Hat sich

für seinen Freund entschuldigt. Er wollte den Ring für ihn zurückkaufen.«

»Und Sie haben ihm den Ring gegeben?«

»Hab ihm das Ding verkauft. War so um die viertausend Dollar wert. Einer meiner Kumpel weiß so was.«

»Der Freund hat den Ring also für viertausend Dollar von Ihnen zurückgekauft?«

Der Mann lächelte. »Ich bin ein großzügiger Mensch. Hab ihm ein Angebot gemacht und ihm den Ring für drei gegeben.«

»Wie nett von Ihnen. Und wie war der Name dieses Freundes?«

»Wesley Flynn.«

Kapitel 16

Grace drehte sich zu der Stimme hinter ihr um.

»Wusste ich doch, dass du das bist!« Eine junge Frau, etwa im selben Alter wie sie selbst, stapfte keuchend durch den Schnee auf sie zu. Ihre Wangen und die Nase waren rot. »Ich habe dich vor einer Minute in diesem Truck am Haus vorbeifahren sehen. Oh mein Gott, Wesley hat gesagt, du hättest einen Unfall gehabt.« Sie umarmte sie fest. »Ich bin sofort hergerannt.«

Plötzlich hatte Grace die bunte Strickmütze dieser Frau im Gesicht. Sie rührte sich nicht und versuchte krampfhaft, diese Frau einzuordnen und dabei den plötzlichen Gefühlsaufruhr in ihrer Brust zu verdrängen. Dann löste sie sich aus der Umarmung, um die Frau ansehen zu können. Sie war etwa so groß wie sie selbst und hatte aschblondes Haar, das zu zwei unordentlichen Zöpfen gebändigt war. Ihre große, weiße Daunenjacke reichte ihr fast bis zu den Knien, rote Jogginghose, Schneestiefel.

»Grace, ist alles in Ordnung mit dir?«

Grace wich einen Schritt zurück.

Die Frau ging einen Schritt auf sie zu. »Ich habe mir solche Sorgen gemacht. Mike ist ermordet worden und du bist verschwunden. Wir wussten nicht, was wir denken sollen. Und dann hat mir Wesley erzählt, dass du die ganze Zeit im Krankenhaus gelegen hast!«

»Tut mir leid. Wer bist du?«

»Was? Grace … was ist los?« Sie nahm die Mütze ab. »Ich bin's, Vicki! Was ist mit dir passiert?«

»Ich erinnere mich an nichts.«

»Oh mein Gott, Grace …« Dann sah Vicki durch das Schlafzimmerfenster. »Was machst du überhaupt hier draußen?«

»Ich wollte sehen, ob ich mich wieder daran erinnern kann …«

»Oh, Grace, du solltest da nicht reingehen.«

»Schon gut. Die Polizei hat mir erzählt, was passiert ist. Kennst du mich gut?«

Tränen stiegen Vicki in die Augen und ihre Stimme wurde weich. »Wir sind seit ungefähr zehn Jahren beste Freundinnen.« In ihrer Stimme lag ein Flehen.

Grace sah ihr in die Augen, etwas, was sie bei Dave Jacks oder dieser Kellnerin oder sogar Lisa nicht gekonnt hatte. Ihre Reaktion schien der Frau das Herz zu brechen. Vielleicht hatte sie endlich jemanden gefunden, der weitere Lücken in ihrem Kopf füllen konnte. »Kannst du mir helfen?«, fragte sie.

Wieder zog Vicki sie in eine Umarmung. »Natürlich. Na komm, gehen wir. Es ist eiskalt hier draußen.«

Langsam löste sich Grace von ihr. Sie wollte sich nicht anmerken lassen, wie sehr ihre Rippen nach der Umarmung schmerzten. »Wohin sollen wir gehen?«, fragte sie.

»Zu mir nach Hause. Ich habe Sammy allein gelassen. Ich muss zurück. Komm, ich mache uns einen Kaffee. Dann können wir reden.«

Sie fuhr Vicki zu ihrem Haus, einen Block die Straße runter. Es war genauso klein wie ihres, kaum größer als eine Streichholzschachtel, aber wenigstens gab es hier Anzeichen von Leben und Lachen, von Freude, die im Augenblick nur der strenge

Winter zum Verstummen gebracht hatte: eine Schaukel neben dem Haus, dazu schneebedeckte Plastikgartenstühle, die im Kreis um eine Mulde standen, die wohl eine Feuerstelle sein musste. Über der Eingangstür hing ein selbst gemaltes, mit Eiskristallen überzogenes Schild, auf dem *Home, Sweet Home* stand. Und auf der Fensterbank daneben stand ein kleiner Aschenbecher voller Zigarettenstummel.

Sie setzte sich an den Küchentisch, doch nichts in diesem Raum kam ihr bekannt vor, weder die überall verstreuten Kinderspielsachen noch die Familienfotos oder die getrockneten Wildblumensträuße, die neben der Tür hingen. Doch diese Frau mit ihren großen grünen Augen, ihrem abgetragenen Stray-Dog-Sweatshirt und den dünnen Beinen schien ihr vertraut zu sein. Vielleicht lag es an ihrem Lächeln. Einer ihrer Vorderzähne stand ein wenig schief. Sie kannte dieses Lächeln. Es fühlte sich richtig an. Sie konnte ihr vertrauen.

Vicki holte zwei Becher aus einem Regal und stellte die Kaffeemaschine an, bevor sie sich zu ihr an den Tisch setzte. »Ich wünschte, ich hätte es früher erfahren. Letzte Woche habe ich versucht, Lisa zu finden, ich wollte sie fragen, ob sie irgendetwas weiß, aber beim Haus war nie jemand, und immer, wenn ich in der Bäckerei angerufen habe, hat sie gerade nicht gearbeitet.«

»Ja, sie war die ganze Woche bei mir im Krankenhaus.«

»Gott, es gibt so viel, worüber wir reden müssen. Wir haben uns solche Sorgen gemacht. Ich habe der Polizei deine Nachricht vom Freitag gezeigt, aber natürlich haben wir nach dem Verhör nichts mehr von ihnen gehört. Ich habe es auch ein paarmal auf deinem Handy versucht, aber du bist nicht rangegangen. Dann wollte ich dich bei Lisa besuchen, aber Sammy ist krank geworden. Egal, wie oft ich angerufen habe, ich habe nie jemanden erreicht.«

Grace sah auf ihr Handy. »Ich habe keine Nachrichten bekommen.«

»Weil ich keine hinterlassen habe. Grace, du kannst dir gar nicht vorstellen, was ich mir für verrückte Sachen vorgestellt habe. Mike ist ermordet worden und du warst einfach weg. Ich dachte …« Wieder stiegen ihr Tränen in die Augen, aber sie wischte sie eilig fort. »Ich dachte, was, wenn du entführt worden bist?« Sie schüttelte den Kopf. »Ich habe mir alle möglichen schlimmen Dinge vorgestellt. Ich dachte, wenn du noch leben würdest, dann hättest du mich sicher längst angerufen. Seine Beerdigung war letzten Samstag.«

»Beerdigung … die von Michael?«

»Ja. Seine Mutter wollte, dass sie oben in Grand Haven stattfindet, zwei Stunden von hier. Vermutlich hat sie keinen Grund gesehen, sie hier abzuhalten, aber mir ist es trotzdem irgendwie falsch vorgekommen. Er hat dort nie gelebt. Alle seine Freunde waren hier. Aber vielleicht wollte sie sein Grab besuchen können oder so. Wir sind jedenfalls hochgefahren. Wir haben alle dafür gebetet, dass du lebend gefunden wirst. Grace, wir hatten solche Angst um dich.«

»Glaubt irgendjemand, dass ich ihn umgebracht habe?«

»Nein! Warum sollten wir das denken?«

»Ich habe kein Alibi. Ich kann mich an nichts erinnern …«

»Oh, Grace.« Vicki nahm ihre Hand. »Ich kenne dich seit zehn Jahren. Michaels Mutter kennt dich sogar noch länger. Wir wissen, dass du nichts damit zu tun hattest. Und die Polizei wird das auch bald herausfinden.« Sie stand auf und goss den Kaffee ein. »Dann ist also alles in Ordnung? Du wohnst jetzt bei Lisa?«

»Ja, sie scheint nett zu sein. Aber wir kennen einander überhaupt nicht.«

»Tja, sie ist ausgezogen, als wir gerade dreizehn waren, und du hast eigentlich nie viel über sie gesprochen. Aber vielleicht, nach einem solchen Schicksalsschlag … na ja, sie *ist* immerhin deine Familie.«

Vicki reichte ihr einen Becher und Grace legte beide Hände darum. Sie fühlte, wie die Wärme in ihre Finger sickerte. »Wann haben wir uns das letzte Mal getroffen?«

»Vor etwa einem Monat. Ich habe im Moment viel mit Sammy zu tun, und du hattest dein Studium und die Arbeit. Aber am Abend, bevor es passiert ist, hast du mir eine Nachricht geschrieben. Du wolltest nach dem Joggen bei mir vorbeikommen. Du hast gesagt, du hättest etwas zu erzählen.«

»Wusstest du, dass ich verlobt war?«

Lächelnd schüttelte sie den Kopf. »Aber ich wusste, dass er dich fragen wollte.« Sie nahm Graces Hand und betrachtete den Ring. »Es tut mir so leid.«

»Ist schon gut. Ich meine, ich erinnere mich nicht mehr an ihn. Es ist schwer herauszufinden, was ich fühlen soll. Ich nehme an, dass du Michael auch ziemlich gut gekannt hast?«

Vicki nippte an ihrem Kaffee und nickte. »Gott, das ist alles so verrückt. Ja, ich kannte ihn gut. Eigentlich habe ich ihn immer Mike genannt. Und du hast nur Michael zu ihm gesagt, wenn du sauer warst. Die meiste Zeit hast du einfach ›Schatz‹ gesagt«, erklärte sie lächelnd. »Mike und Wesley waren jedenfalls beste Freunde.«

»Wesley?«

»Mein Mann. Grace, das ist doch total irre. Kannst du dich denn an überhaupt nichts erinnern?«

Grace sah sich um, plötzlich war sie verlegen, weil sie dieser Frau Angst einjagte. »Manchmal blitzt etwas auf, aber viel weiß ich nicht. Kannst du mir sagen, was du über meine Beziehung zu Michael weißt? Waren wir glücklich zusammen?«

»Na ja, das ist eine schwierige Frage, findest du nicht? Ist denn überhaupt irgendjemand glücklich?«

Grace wartete auf eine echte Antwort.

Vicki trank einen Schluck und sah aus dem Fenster in den Vorgarten hinaus. »Ich meine, ich wusste, dass es Höhen und

Tiefen gab. Die beiden sind schließlich Männer.« Sie zuckte mit den Schultern.

Grace nippte an ihrem Becher. »Wir sind also enge Freundinnen, richtig?«

Vicki lächelte und nickte.

»Weißt du, ob ich ihn jemals betrogen habe?«

»Du meinst, mit Dave?«

Diese Vorstellung war noch immer ebenso schaurig wie verwirrend für sie. »Du weißt davon?«

»Ja. Aber das bedeutet nicht, dass du Mike nicht geliebt hast. Das hast du, ich weiß es.«

»Aber habe ich vielleicht darüber nachgedacht, ihn zu verlassen? Habe ich darüber nie etwas gesagt?«

»Nein.«

Dann hatte sie Vicki offenbar nicht alles anvertraut. »Wenn die Polizei herausfindet, dass ich eine Affäre hatte, sieht das nicht gut aus.«

»Eine Affäre? Wohl kaum. Das war eine einmalige Sache. Hat Dave dir erzählt, ihr hättet eine Affäre?«

»Er hat es nicht direkt gesagt. Aber die Art, wie er mich angesehen hat! So als wären wir …«

»Dave ist total besessen von dir. Ich habe dir schon tausendmal gesagt, dass du diesen Job kündigen sollst. Er ist ein Freak.«

»Warum habe ich es dann getan?«

»Du bist mit ein paar Kollegen ausgegangen, warst stockblau, und dann ist es eben passiert. Du hast es auch nicht verstanden. Und du wolltest nicht, dass Mike es herausfindet. Du hast ihn geliebt.«

»Glaubst du, er hat es doch herausgefunden?«

»Ich glaube nicht. Ich meine, das hätte er bestimmt Wesley erzählt. Und ihr wart verlobt.« Sie machte eine Bewegung zu Graces Hand.

»Hatte er Feinde?«

»Nicht, dass ich wüsste.« Vicki holte Milch aus dem Kühlschrank und goss einen Schluck davon in beide Tassen. »Tut mir leid, der war ein bisschen zu stark, oder?«

Grace dankte ihr und probierte. »Besser.« Dann stellte sie die Tasse weg. »Was hast du von ihm gehalten? Von Michael? Die Cops haben gesagt, dass er eine ganze Menge Pot geraucht hat und ein Spieler war.«

Vicki lachte leise, zog sich die Gummibänder aus den Haaren und bändigte die Lockenflut zu einem Knoten. »Das heißt doch nichts. So könnte man auch Wesley beschreiben. Aber es ist ja nicht so, dass irgendjemand hinter ihnen her ist oder so.«

Grace sah zu, wie sie mit ihrem langen blonden Haar spielte, und streckte die Hand aus. »Daran erinnere ich mich.«

»An was?« Vicki erstarrte.

Grace lächelte. »An dich, wie du mit deinen Haaren spielst.«

»Du hast immer gesagt, ich sollte Kosmetikerin oder Hairstylistin werden«, sagte Vicki. »Erinnerst du dich denn noch an irgendetwas aus deinem Leben?«, fragte sie vorsichtig. »An deine Kindheit?«

»Ich habe ein paar Bilder im Kopf, aber das meiste weiß ich von anderen. Ich weiß inzwischen, dass meine Eltern ermordet worden sind.« Grace betrachtete ihren Kaffeebecher, die bunte Schrift darauf: *Beste Mutter der Welt.* Und sie fragte sich, was das alles wohl zu bedeuten hatte.

Vicki nickte. »Ich glaube, den Morgen, an dem die Polizei an unsere Tür geklopft hat, werde ich nie vergessen.«

»Warum sind sie denn zu dir gekommen?«

»Weil du bei mir warst. Du hast bei uns übernachtet.«

»Das warst du?«

Vicki nickte. »Ich weiß es noch, als wäre es gestern gewesen.« Aus dem Babyphone auf dem Tresen kam ein Knacken. Sie lächelte. »Deshalb erinnere ich mich auch noch so gut an jedes Detail dieser Nacht.«

»Wie meinst du das?«

»An dem Abend bin ich schwanger geworden.«

»Aber ich dachte, wir waren zusammen?«

»Waren wir auch, aber natürlich nicht *die ganze Zeit.* Wir haben uns rausgeschlichen. Das haben wir dauernd gemacht. Du hast dich mit Mike getroffen und ich mich mit Wesley.«

»Und davon hat niemand etwas gewusst?«

»Na ja, deine Eltern wussten von Mike. Und sie waren natürlich dagegen.«

»Warum?«

»Weil du siebzehn warst und er siebenundzwanzig. Aber wir waren nun mal total verknallt.«

Grace lehnte sich zurück, trank ihren Kaffee und wusste nicht, was sie als Nächstes fragen sollte.

»Wir haben uns damals wirklich oft rausgeschlichen. Mike und du, ihr wart so verliebt. Wir waren alle bis über beide Ohren verliebt. Ihr habt sogar davon gesprochen, zusammen durchzubrennen. Aber dann sind deine Eltern gestorben. Danach musstet ihr nicht mehr weglaufen.«

»Du hast gesagt, du bist in der Nacht schwanger geworden – wohin sind wir gegangen?«

»Cherry Beach. Es war Ende September. Wir haben am Strand ein Lagerfeuer angezündet, einen Joint geraucht und dann hat sich jeder eine Weile verzogen.« Sie hob die Brauen. »Und etwa eine Stunde später haben wir uns wieder getroffen und sind nach Hause gefahren. Neun Monate später hatte ich dann ein Baby.«

»Rauche ich Pot? Die Cops haben eine ganze Menge von dem Zeug im Haus gefunden.«

Vicki schüttelte den Kopf. »Nein. Wenn es eines gibt, bei dem ich mir sicher bin, dann, dass wir beide uns verändert haben, Süße. Als Teenager waren wir ziemlich dumm, aber da konnten wir ja auch kaum etwas anderes sein. Wir sind erwachsen geworden. Wenigstens wir beide sind erwachsen geworden. Wir sind zwar erst zwanzig, aber wir sind eindeutig die Reiferen in unseren Beziehungen.«

»Wie meinst du das?«

»Ich meine, dass Männer eben dumm sind«, sagte sie grinsend. Dann stockte sie und sah Grace an. »Tut mir leid. Ich wollte nicht respektlos gegenüber Mike sein.«

Grace lächelte. »Schon gut.«

»Wenigstens kannst du jetzt noch einmal von vorne anfangen.«

»Wie bitte?«

»Ich meine, ach, gar nichts, tut mir leid. Ich habe mich nur gerade mit Wesley gestritten, also ist er bei mir gerade ziemlich unten durch. Ich sollte aber wirklich nicht so tun, als wäre sein Tod die bessere Alternative. Es ist nur nicht immer gut, wenn man seine Lebensentscheidungen mit siebzehn fällt, weißt du?«

Grace wusste nicht, was sie darauf sagen sollte, also trank sie weiter ihren Kaffee. Er war viel besser als der von Lisa. »Aber, hey«, sagte Vicki und versuchte, positiv zu klingen. »Aus dieser Entscheidung ist immerhin Sammy entstanden. Ich kann mich also nicht beschweren.«

»Hat jemals jemand davon erfahren, dass wir uns in dieser Nacht mit Michael und Wesley weggeschlichen haben?«

»Oje, nein. Ich hätte einen Riesenärger bekommen. Aber eigentlich hat das auch alles keine Rolle mehr gespielt. Nach dem, was passiert ist.«

»Ich versuche gerade, das alles irgendwie zusammenzusetzen … ich laufe im Haus herum, durchwühle Kartons im Keller, aber ich …« Sie wusste nicht, wie sie es beschreiben sollte – würde Vicki sie für verrückt halten, wenn sie ihr von dem weinenden Mädchen erzählte?

»Du warst im Keller? Seit ich dich kenne, war der Keller immer tabu.«

»Warum?«

»Du hast dich geweigert, da runterzugehen. Du hast gesagt, es wäre gruselig.«

»Was weißt du über meine Eltern? Habe ich mit dir über sie geredet?«

»Nicht wirklich. Ich meine, sie waren eben Eltern. Und wir waren Kids. Wir wollten immer nur weg. Und schon als ich dich damals kennengelernt habe, warst du eigentlich nicht gerne zu Hause.«

Sie hörte zu und zeichnete mit dem Finger die Schrift auf ihrer Tasse nach, während sie sich fragte, ob ihre Abneigung für das Haus vielleicht auf Angst beruhte.

Vicki fuhr fort: »Mir kamen sie ganz in Ordnung vor. Ich meine, wir waren Teenager. Für uns waren alle Eltern Idioten. Und dass du mit Michael zusammengekommen bist, hat die Sache auch nicht gerade einfacher gemacht. Sie haben dir verboten, dich mit ihm zu treffen; sie haben sogar gedroht, ihn anzuzeigen. Also hast dich natürlich erst recht in ihn verliebt und dich dauernd weggeschlichen.«

»Habe ich jemals etwas darüber gesagt, dass meine Eltern gewalttätig waren?«

Vicki wirkte so verblüfft, als wäre ihr diese Vorstellung vollkommen neu. »Nein«, sagte sie. Beide schwiegen, die Andeutung hing in der Luft. »Aber du wolltest oft bei mir übernachten. Zu dir sind wir fast nie gegangen. Einmal hast du erwähnt, dass deine Mutter eine ganze Menge Tabletten eingeworfen hat, aber das war alles.«

»Bin ich jemals ausgerastet?«

Vicki riss ihre grünen Augen auf. »Nicht bei mir. Nein. Nein, Grace.«

»Habe ich dir davon erzählt, dass ich Michaels Reifen zerstochen habe?«

Vicki lachte. Sie stand auf und stellte ihre Tasse in die

Spüle. »Das warst du? Du hast mir zwar davon erzählt, aber nie zugegeben, dass du das gemacht hast.«

»Glaubst du, ich könnte jemanden umbringen?«

»Auf keinen Fall. Na ja … das nehme ich zurück. Ich glaube, wir könnten alle jemanden umbringen, oder? Ich meine, wenn jemand Sammy etwas antun würde, könnte ich ihn bestimmt töten.«

Grace fragte sich, ob ihr altes Selbst da zugestimmt hätte, ob wirklich jeder zu einem Mord fähig war, wenn man ihn bis an eine bestimmte Grenze trieb. »Hatte Michael manchmal Wutanfälle?«

Vicki sah wieder nach draußen, löste ihren Haarknoten und begann dann, die Locken zu einem Zopf zu flechten. »Jedenfalls habe ich es nie miterlebt. Aber wenn er zu viel getrunken hatte, konnte er ein bisschen …«

»Was?«

»Er hatte mit seinen Dämonen zu kämpfen. Harte Kindheit. Das ist alles.« Sie kehrte zum Tisch zurück und setzte sich. »Du machst mir Angst, Grace. Hat Michael dir wehgetan?«

»Ich weiß es nicht.«

Vicki wirkte wachsam, so als hätte sie gerade eine wichtige Verbindung erkannt. »Einmal hat dir jemand das Auto zerkratzt. Du hast gesagt, du wüsstest nicht, wer es war, aber ich habe dir das nicht abgenommen.«

»Glaubst du, dass Michael das getan hat?«

»Ich habe keine Ahnung, aber ich glaube, du schon.« Sie zögerte. »Haben die Cops dir gegenüber Wesley erwähnt?«

»Wesley, deinen Mann?«

Vickis Blick wanderte zum Fenster. »Ja! Er ist total durch den Wind.«

»Warum?«

»Er war es, der Michael gefunden hat. Er war völlig fertig. Und er macht sich Sorgen, dass die Polizei ihn vielleicht verdächtigen könnte.«

»Warum das?«

»Sie haben sich in der Bar, in die sie nach der Arbeit immer gehen, gestritten. Er hat Angst, dass jemand das mitbekommen und falsch verstanden hat. Er ist einfach nur ein Hitzkopf.«

»Worüber haben sie sich gestritten?«

Vicki winkte ab. »Irgendeine Kleinigkeit. Mike hat ihm Geld geschuldet, das ist alles.«

»Wie viel?«

»Nicht viel. Hundert Dollar oder so. Nicht genug, um jemanden deswegen umzubringen, wenn du das denkst, aber eben genug, um genervt zu sein. Er ist eben ein Mann. Aber nach allem, was passiert ist, sind wir beide ein bisschen mit den Nerven runter.« Sie ließ die Knöchel knacken.

Grace grinste breit und griff nach Vickis Hand. »Daran erinnere ich mich.«

»Woran?«

»Dass du deine Knöchel knacken lässt. Immer wenn wir eine wichtige Klassenarbeit geschrieben haben, hast du das gemacht.« Ihr Lächeln wurde immer strahlender, als sie zwei junge Mädchen in einem Klassenzimmer vor sich sah.

Vicki legte ihre Hand über die von Grace. »Wie ich gesagt habe: Wir sind schon ewig beste Freundinnen.«

»Stimmt.« Grace lachte, und die Freude darüber, eine Erinnerung mit einer alten Freundin teilen zu können, beruhigte sie für einen Moment.

Plötzlich drang die Stimme eines kleinen Mädchens aus dem Babyphone und erfüllte die Küche. »Mama, hoch, hoch.«

»Oh, Mist, Sammy ist aufgewacht.«

Grace stand auf. »Dann gehe ich jetzt. Danke, dass du mit mir gesprochen hast.«

Vicki zog sie in eine weitere Umarmung. »Das alles tut mir so leid. Es tut mir leid wegen Mike. Es tut mir leid, dass du dich an nichts erinnern kannst. Aber das kommt wieder. Und ruf mich an. Ich bin für dich da, wenn du etwas brauchst.«

Da war er wieder, dieser Satz, und hallte in ihren Gedanken nach. Bedrohlich. *Ich bin für dich da.*

Grace schüttelte den Kopf, versuchte, dieses unangenehme Gefühl zu vertreiben. Sie zog ihr Handy hervor. »Wie kann ich dich erreichen?«

Vicki nahm es ihr ab und ging die Kontakte durch. »Warum steh ich denn da nicht drin?« Bevor Grace antworten konnte, redete sie weiter. »Gott, hier ist ja überhaupt niemand drin. Was ist denn da los?« Sie erstellte einen neuen Kontakt für sich selbst und reichte Grace das Handy zurück. »Hier, ruf mich jederzeit an.«

Grace saß in ihrem Truck und dachte über die Unterhaltung nach. Michael war zehn Jahre älter gewesen als sie. Es klang falsch, fast kriminell. Kein Wunder, dass ihre Eltern gegen diese Beziehung gewesen waren. Aber vielleicht hatte sie einfach von ihnen fortgewollt. Vielleicht hatte sie verzweifelt nach Liebe gesucht. Vielleicht waren ihre Eltern böse gewesen. Aber dieser Gedanke kam ihr merkwürdig vor, wie ein Satz in einer Geschichte, der einfach nicht zur Handlung passte. Die beiden bildhaften Erinnerungen, die sie an ihre Eltern hatte, waren harmlos, friedlich, sogar fröhlich. Aber vielleicht waren dies ja auch nur die beiden einzigen Erinnerungen, die sie ertragen konnte.

Kapitel 17

Grace saß im Truck vor Vickis Haus. Sie betrachtete die Straße, die Häuser. Die Menschen hinter den Fassaden waren ihre Nachbarn gewesen. Die Polizei hatte ihr erzählt, dass sie Vicki eine Nachricht geschrieben und angekündigt hatte, nach dem Joggen bei ihr vorbeizukommen. Und Lisa hatte ihr erzählt, dass sie regelmäßig joggen ging. Sie legte Kinn und Hände auf das Lenkrad und schloss die Augen. Schon fühlte sie die kühle Luft in den Lungen, hörte ihre rhythmischen Schritte auf dem Asphalt, empfand die friedliche Morgenstimmung; sie hörte das Quaken der Enten in der Ferne, ab und zu ein Reh in den Wäldern. Es war echt. Kein Wunschdenken. Sie erinnerte sich tatsächlich an ihre Joggingrunden.

Das Klingeln des Handys riss sie aus ihrer Trance. Es war Officer Bishop, der sie bat, noch einmal aufs Revier zu kommen.

Lisas Ausbruch wegen ihres letzten Besuchs bei der Polizei fiel ihr wieder ein: *Hilf ihnen nicht auch noch dabei.* Aber vielleicht gab es eine neue Spur, oder vielleicht würde es ihre Kooperationsbereitschaft zeigen, wenn sie hinfuhr. Und Officer Hackett war auf ihrer Seite. Sie sagte Bishop, sie würde gleich da sein. Lisa würde sie begleiten wollen, aber sie war der Polizei gegenüber so paranoid und feindselig, und Grace fühlte sich in ihrer Gesellschaft, als wäre sie erst zehn. Das hier würde sie selbst regeln.

Sie fuhr aus Vickis Ausfahrt, und als sie den Red Arrow Highway erreichte, erinnerte sie sich an den Weg, den Lisa beim letzten Mal zum Revier genommen hatte. Das war eine Verbesserung.

Auf dem Weg hörte sie sich die Kassette weiter an. Die nächste Sitzung begann und Dr. Newell erkundigte sich zuerst, ob das Xanax wirkte und ob sie damit besser schlafen würde. Grace antwortete, dass es ihr tatsächlich half. Sie sagte, sie fühle sich wie neugeboren. Sie konnte die Leichtigkeit in ihrer eigenen Stimme hören.

Dr. Newell fragte, ob es irgendwelche negativen Nebenwirkungen gab. »Könnte man so sagen. Mein Freund mag die Tabletten anscheinend auch.« Das gefiel Dr. Newell überhaupt nicht und sie drohte, ihr die Tabletten nicht weiter zu verschreiben, wenn Grace sie teilte. Rasch entschuldigte sich Grace: Sie hatte Michael das Xanax weder angeboten, noch ihn ermuntert, doch auch einmal eine Tablette zu nehmen. Er schien einfach dauernd den nächsten Rauschzustand zu suchen. Das war zum Teil der Grund, warum sie sich fragte, ob sie noch mit ihm zusammenbleiben konnte. Sie hatte ihm erzählt, dass sie eine Therapie machte und wie erleichtert sie darüber war, die Tabletten zu haben. Und am Ende der Woche hatte sie bemerkt, dass einige davon fehlten. Die Ärztin nahm Grace das Versprechen ab, das Xanax wenn nötig zu verstecken; andernfalls würde sie ihr das Mittel nicht weiter verschreiben.

»Gut, davon abgesehen, gibt es sonst noch irgendwelche Nebenwirkungen? Veränderte Essgewohnheiten, irgendetwas, über das Sie sich Sorgen machen?«

»Nur darüber, dass ich dick werden könnte.«

Die Ärztin fragte sie, wie sie das meinte, und Grace

berichtete, dass sie vor ein paar Tagen aufgewacht war und die Kühlschranktür offen vorgefunden hatte. Auf dem Tresen standen Chips mit Dip und eine fast leere Schale, in der sich offenbar Eiscreme befunden hatte. Michael war die ganze Nacht bei einem Kartenspiel gewesen und noch nicht wieder heimgekommen, also musste sie das gewesen sein. Doch sie erinnerte sich beim besten Willen nicht daran, irgendetwas davon gegessen zu haben. »Kann das passieren?«, fragte sie. »Dass man schlafwandelt und dabei isst?« Die Ärztin bestätigte das und schlug vor, die Dosis zu reduzieren.

Grace war vor dem Revier angekommen. Sie hielt und schaltete die Kassette aus.

Officer Hackett kam in den Empfangsraum, um sie abzuholen. Sobald er sie sah, lächelte er, und ein Teil ihrer Angst verschwand. Es würde schon gut gehen.

»Erinnern Sie sich an irgendetwas Neues, Grace?«, fragte Bishop, nachdem man sie in den Verhörraum gebracht hatte.

Dr. Newell hatte ihr empfohlen, niemandem zu erlauben, sich die Kassette anzuhören. Durfte sie der Polizei erzählen, was sie erfahren hatte? Oder würde sie dann alle Privilegien verlieren? Was, wenn etwas Schlimmes dabei herauskam? »Nichts Wichtiges. Ich bin heute zum Haus gefahren.« Sie setzte sich zu Hackett an den Tisch und Bishop schloss die Tür hinter ihnen.

»Wirklich?« Bishop lehnte sich an die Tür. »Sind Sie hineingegangen?«

Sie konnte nicht beurteilen, ob er verärgert war. »Nein. Ich habe ja keinen Schlüssel oder so, aber ich wollte nachsehen, ob etwas, an das ich mich erinnert habe, stimmt.«

»An was haben Sie sich denn erinnert?«, fragte Hackett.

»An die Einrichtung, an das Wohnzimmer. Mir ist wieder eingefallen, dass sich Michael gerne *Seinfeld* angeschaut hat. Als ich um das Haus herumgegangen bin, kam es mir so vor, als würde ich es kennen. Ich erinnere mich daran, dass ich Blumen in die Kästen unter den Fenstern gepflanzt habe. Aber wie schon gesagt, nichts davon ist wichtig.«

»Dann kehren Ihre Erinnerungen also zurück. Das ist ermutigend.«

Bishop klatschte in die Hände und gesellte sich zu ihnen an den Tisch, so als wäre die Unterhaltung damit eröffnet. »Grace, wir haben heute Mittag Ihren Chef Dave Jacks befragt.«

»Warum?« Ihre Gedanken rasten zu dem Gespräch am Strand, zu seinem Rat, ihn der Polizei gegenüber nicht zu erwähnen. Er hatte behauptet, es wäre besser für sie beide.

Sie sah Hackett an. War es ein Fehler gewesen, dass sie an diesem Morgen zugegeben hatte, sich mit ihm getroffen zu haben? Hatte Hackett versucht, ihr eine Falle zu stellen und sie so zu irgendeinem Geständnis zu bringen?

»Hatten Sie eine Beziehung zu Dave Jacks, die über ein Arbeitsverhältnis hinausging?«, fragte Bishop.

Ihr Herz fühlte sich an, als wollte es ihr aus der Brust springen. »Man hat mir erzählt, dass die Leute von der Arbeit oft nach der Schicht noch miteinander ausgegangen sind. Mehr weiß ich nicht.«

»Was ist mit Sheri Preston, der Kellnerin?«

»Ich habe sie getroffen, als ich meinen Scheck abholen wollte.«

»Sie hat behauptet, Ihre Freundin zu sein.«

»Okay – wenn sie das sagt.«

»Wir haben eine Menge Fotos von Ihnen in Daves Wohnung gefunden«, fuhr Bishop fort.

Oh Gott, sie wussten es. Sie wussten, dass sie mit ihm geschlafen hatte. »Von mir?« Es klang kleinlaut, die Worte waren kaum zu hören. »Was …?«

»Hinter Daves Wohnung haben wir außerdem Michaels Flinte und ein T-Shirt mit seinem Blut gefunden«, erklärte Hackett. »Und er hatte eine sehr gefährliche Droge in seinem

Besitz, die unter Kriminellen benutzt wird. Sie beeinflusst das Erinnerungsvermögen.«

Bishop räusperte sich und sah Hackett finster an. Offenbar hatte er zu viel gesagt.

Grace richtete sich auf und Hackett beugte sich vor, ohne auf seinen Partner zu achten. »Erinnern Sie sich daran, dass Sie Michael am Montagmorgen nach Bridgman in die Notaufnahme gebracht haben?«

»Ich erinnere mich an nichts vor dem Unfall. Ich sehe ab und zu Bilder, aber das scheinen eher ältere Erinnerungen zu sein.«

»Dann wissen Sie also nicht, ob Michael den Verdacht hatte, er sei eine Woche vor dem Mord unter Drogen gesetzt worden?«

»Nein.« Sofort fiel ihr ein, dass Michael sich ihre Xanax-Tabletten geklaut hatte. Spielten die beiden Officers darauf an? Vielleicht hatte er wieder welche davon geschluckt. Sie öffnete den Mund, um etwas zu sagen, bremste sich dann aber. Diese Informationen stammten vom Tonband der Therapeutin. Durfte sie darüber sprechen? Würde es bedeuten, dass dann alles, was sie Dr. Newell mitgeteilt hatte, gegen sie verwendet werden konnte? Fragen jagten durch ihren Kopf, und sie befürchtete, dass die beiden ihr die aufsteigende Panik anmerken würden.

»Erinnern Sie sich an Dave Jacks?«, fragte Hackett. »Erinnern Sie sich daran, dass er in Sie verliebt ist?« Wollte er, dass sie sich daran erinnerte? Würde das helfen? Sie wusste nicht, was sie sagen sollte.

Bishop wartete jedoch nicht erst auf eine Antwort. »Haben Sie seit dem Mord mit Dave Jacks gesprochen?«

Was, wenn sie wussten, dass sie Michael mit Dave betrogen hatte? Was, wenn sie wussten, dass sie sich am Cherry Beach mit ihm getroffen hatte? Was für einen Eindruck würde das machen? Sie schlang die Finger ineinander, fühlte, wie ihr Hitze in die Wagen stieg. »Ich …«

»Hübscher Ring«, fiel ihr Bishop ins Wort.

Grace sah auf ihre Hand hinab, der plötzlich alle Konzentration galt. »Oh, ja. Danke.«

»Ich glaube nicht, dass Sie den schon getragen haben, als wir Ihnen die Fingerabdrücke abgenommen haben.« Er klang ganz harmlos, aber sie spürte seine Anspannung. »Wann haben Sie sich denn verlobt?«

»Ich habe gestern einen Anruf von einem Juwelier erhalten. Er hat mir erzählt, dass ich den Ring am Freitag zu ihm gebracht habe, um ihn anpassen zu lassen.« Nervös drehte sie den Ring um ihren Finger.

Bishops Blick schien sie zu durchbohren. »Michael und Sie haben sich zwei Tage vor dem Mord verlobt. Ich wünschte, das hätten Sie uns mitgeteilt.« Er deutete auf den Ring. »Es würde uns freuen, wenn Sie uns bei unseren Ermittlungen unterstützen.«

»Das tue ich doch.« Doch das klang selbst in ihren eigenen Ohren nicht überzeugend.

»Wenn Sie etwas Neues über die Tage vor dem Mord erfahren und uns das nicht mitteilen, nun ja, dann wirkt das nicht besonders vertrauenswürdig.«

Plötzlich fühlte sie sich wie ein in die Enge getriebenes Tier. Ihr Herz raste. Sie wusste nicht, wem sie trauen oder was sie sagen sollte. Wärme stieg in ihr empor und plötzlich fühlte sich ihr Gesicht ganz heiß an. Sie starrte auf den Tisch hinab, wollte ihnen nicht in die Augen sehen. Was, wenn Dave sie unter Drogen gesetzt hatte? Vicki hatte erzählt, sie wäre entsetzt über ihren Ausrutscher mit Dave gewesen und sie hätte sich an nichts erinnern können. Doch sie konnte nicht beweisen, dass sie unter Drogen gestanden hatte. Wenn sie die Geschichte mit Dave erzählte, würde sie außerdem zugeben, in einer bestimmten Beziehung zu einem neuen Verdächtigen zu stehen. »Wollen Sie mich sonst noch etwas fragen?« Ihre Stimme klang schwach. »Mein Kopf tut weh. Ich glaube, ich sollte besser nach Hause fahren.«

»Natürlich«, lenkte Officer Hackett ein. »Möchten Sie, dass wir Sie fahren?«

Er klang nicht verärgert wie Bishop, aber vielleicht lag das nur an seiner Rolle als guter Cop. »Nein danke, ich komme schon zurecht.«

* * *

»Sie hat etwas zu verbergen«, sagte Bishop, nachdem Grace den Raum verlassen hatte.

»Für mich sieht sie eher aus wie ein Reh im Scheinwerferlicht«, widersprach Hackett. »Glaubst du nicht, dass es total verrückt ist, wenn man sich nicht an sein Leben erinnern kann?«

»Ich glaube, mir würde auch der Kopf wehtun, wenn die Polizei mir langsam auf die Spur käme. Wurde dieses T-Shirt mittlerweile auf irgendeinem von Cahills Facebook-Bildern gefunden?«

»Nein.«

Bishop rieb sich die Augen, bevor er sich wieder seine Notizen vornahm. »Dann hat Flynn den Ring also zurückgebracht. Und kurz darauf hat man Flynn und Cahill bei einem Streit beobachtet. Wie müssen uns noch einmal mit ihm unterhalten.« Bishops Handy summte und er las eine eingegangene Nachricht, dann schnappte er sich seine Jacke. »Ich muss los. Tu mir einen Gefallen: Ruf bei Flynns Arbeitsplatz an und finde heraus, wo er morgen früh sein wird.«

Als Bishop hinausging, klingelte Hacketts Festnetztelefon. Es war Miles aus dem Labor. Einige der Fingerabdrücke auf den Nacktfotos passten zu denen von Grace. Sie hatte die Bilder gesehen. Vielleicht waren sie der Grund gewesen, warum sie am Freitagabend zu Lisa gefahren war. Und wenn sie wütend genug gewesen war, um die Verlobung zu lösen, dann konnte eine Jury möglicherweise auch glauben, dass sie ihn aus Wut umgebracht hatte.

* * *

Es war dunkel, als Grace das Revier verließ. Schweigend, fast wie in Trance, fuhr sie nach Hause. Ein paar Autos hupten, als sie ihren Wagen auf der rechten Spur überholten, und plötzlich sah sie Scheinwerfer direkt auf sich zukommen. Hastig lenkte sie das Auto auf ihre eigene Fahrbahn zurück und hielt dann auf dem Seitenstreifen. Sie sollte besser nicht mehr weiterfahren. Langsam und vorsichtig atmete sie tief durch. Trotzdem durchzuckte ein leichter Schmerz ihre Rippen. Wieder begann ihr Kopf zu hämmern. Sie schloss die Augen, wollte den Schmerz zurückdrängen. Doch es half nichts.

Vorsichtig lenkte sie den Wagen wieder auf die Fahrbahn und fuhr weiter. Die entgegenkommenden Scheinwerferlichter glichen hellen Laserstrahlen. Sie blinzelte schnell und kräftig, um ihre Sicht wieder zu klären, doch es half nichts. Langsam und unter Schmerzen fuhr sie weiter, bis sie endlich in die vertraute Kiesstraße einbog. Als sie die Einfahrt entlangrollte, sah sie Lisas Auto bereits vor dem Haus stehen. Vorsichtig öffnete sie die Tür und versuchte dabei, ihren empfindlichen Kopf nicht aus dem Gleichgewicht zu bringen, als wäre ihr Gehirn ein zerbrechliches Boot, das auf dem Wasser dahintrieb. Wenn sie den Kopf nicht stillhielt, würden die aufkommenden Wellen das Boot gegen die Wände ihres Schädels schmettern.

Sie nahm die Kassette aus dem Rekorder, steckte sie in die Tasche und kletterte langsam aus dem Truck.

Jeder Schritt verursachte ihr Schmerzen. Als sie die Tür

öffnete, wurde eine Pfanne auf den Küchentresen geknallt und Lisa stürmte mit einer solch wütenden Energie auf sie zu, dass sie Grace fast auf die Knie gezwungen hätte.

»Wo warst du?« Sie wartete gar nicht erst auf eine Antwort. »Mit wem hast du geredet? Wohin bist du gefahren?«

Grace hob die Hand und schloss die Augen. »Hör auf. Bitte. Beruhige dich.« Sie ging ins Wohnzimmer und setzte sich. Vier leere Bierflaschen reihten sich auf dem Tisch vor ihr.

»Du sollst doch nicht Auto fahren. Ich bin für dich verantwortlich! Ich bin verantwortlich, okay? Ich habe den Ärzten versprochen, dass ich dafür sorge, dass du deine Medikamente nimmst und dich ausruhst und nicht fährst. Und jetzt schau dir das an!« Sie deutete auf den Tablettenberg auf dem Tresen. »Du hast deine verdammten Medikamente nicht genommen. Du bist Auto gefahren. Was soll ich davon halten?«

Grace ließ sich nach hinten sinken und antwortete mit gedämpfter Stimme: »Herrgott, Lisa. Komm runter. Ich habe mich besser gefühlt, okay? Die Tabletten machen mich vollkommen fertig. Ich glaube, ich komme mit den Nebenwirkungen einfach nicht zurecht.«

»Aber schau dich doch nur mal an. Du hast ganz offensichtlich Schmerzen.« Lisa setzte sich auf die Lehne und atmete schnell und tief durch. »In diesem Punkt war der Arzt sehr nachdrücklich. Du musst deine Medikamente nehmen. Am Montag fahren wir noch einmal zu ihm, dann kannst du ihm sagen, dass du die Tabletten absetzen willst. Aber ich will nicht verantwortlich dafür sein, wenn dir etwas passiert. Bitte, nimm deine Medizin.«

Grace setzte sich auf und sah Lisa an, die sich die Tränen von den Wangen wischte. »Was hast du denn?«

»Nimm einfach die verdammten Tabletten. Du musst sie nehmen.«

»Es geht mir gut, Lisa. Ich hab's verstanden. Du willst nicht, dass mir etwas passiert.«

Lisa stand auf. »Genau.« Sie wischte sich die Hände an der Jeans ab, als wäre diese Unterhaltung eine Art Chaos, das sie soeben wieder in Ordnung gebracht hatte. Sie schnappte sich die leeren Flaschen und ging in die Küche. Kurz darauf kehrte sie mit einem Glas Wasser und mehreren Pillen zurück. Sie hielt sie Grace hin.

Ohne weitere Widerworte nahm Grace sie entgegen und schluckte sie. Diesen Kampf konnte sie nicht gewinnen. Sie fühlte sich schuldig. Es konnte gerade nicht leicht sein, mit ihr zurechtzukommen, sich um einen geliebten Menschen zu kümmern, der einen wie einen Fremden behandelte. Sie legte sich wieder hin, schloss die Augen und legte sich einen Arm über das Gesicht.

»Wo warst du überhaupt?« Lisa klang nun deutlich ruhiger und ging wieder in die Küche.

»Bei der Polizei. Sie haben mich gebeten, noch einmal aufs Revier zu kommen. Sie haben meinen Chef Dave Jacks befragt. Sie wollten wissen, ob ich mich wieder an irgendetwas erinnere.«

»Was? Warum? Was ist passiert?«

Grace zuckte zusammen, weil Lisas Stimme auf einmal wieder so nahe klang. Als sie die Augen öffnete, stand Lisa neben ihr.

»Warum ihn?«

»Ich glaube, weil Michael eine Woche vor seinem Tod unter Drogen gesetzt wurde und weil Dave diese Droge in seiner Wohnung hatte.«

»Was glaubt die Polizei?«

»Ich weiß es nicht. Ich glaube nicht, dass sie etwas Genaues wissen. Aber Michaels Flinte wurde in irgendeiner Mülltonne bei Davids Wohnung gefunden.«

»Was? Oh mein Gott.«

Grace setzte sich auf und sah ihre Schwester an. »Aber ich habe heute etwas herausgefunden.«

»Was meinst du?«

»Wir waren verlobt.« Sie hielt Lisa die Hand mit dem Ring hin. »Warum hast du mir das nicht erzählt? Du hast gesagt, Michael und ich hätten uns getrennt.«

Lisa setzte sich auf die Sofalehne. »Woher kommt der denn?«

»Ich habe den Ring am Freitag vor dem Mord zu einem Juwelier gebracht, um ihn anpassen zu lassen. Er hat mich heute angerufen.«

Eine Weile saß Lisa einfach schweigend da und starrte auf den braunen Teppich hinab. »Das habe ich nicht gewusst.«

»Sag mir die Wahrheit. Was ist Freitagabend passiert? Was habe ich gesagt?«

»Du warst stinksauer. Du hast gesagt, Michael wäre ein Scheißkerl. Aber du wolltest nicht darüber reden. Den Ring da hast du nicht getragen. Und die Verlobung hast du auch nicht erwähnt. Du wolltest alleine sein und am nächsten Morgen bist du losgefahren, um deine Sachen zu holen.«

Grace ließ sich zurücksinken und starrte die Decke an. »Ich glaube, ich brauche einen Anwalt.« Es kam ihr vor, als hätte sie gerade erst damit angefangen herauszufinden, wer sie war. Sie konnte doch nicht wirklich einen Menschen getötet haben, oder?

Lisa nahm ihre Hand. »Grace, sie stellen nur Vermutungen an. Hör auf, ihnen auch noch freiwillig zu helfen, okay? Ich habe dir doch gesagt, dass das nichts bringt.«

»Du hättest sehen sollen, wie dieser Bishop mich angeschaut hat. Als wüsste er etwas, was ich nicht weiß. Ich brauche Hilfe.« Sie sah Lisa an. »Ich brauche professionelle Hilfe.«

»Okay. Ich mache mir nur Sorgen, es könnte dich noch verdächtiger aussehen lassen, wenn du dir jetzt einen Anwalt nimmst. Ich meine, machen das nicht nur Leute, die etwas zu verbergen haben? Ich denke, wir sollten die Polizei einfach ignorieren, bis sie anfangen, dich zu beschuldigen.«

»Das kann ich nicht. Ich …« Sie sah Lisa in die Augen und konnte die Tränen nun nicht mehr zurückhalten. »Ich habe Angst.«

Lisa beugte sich zu ihr hinunter und umarmte sie. Endlich fühlte es sich nicht mehr merkwürdig an, dass Lisa sie hielt und ihr über den Rücken rieb. »Okay«, sagte sie. »Ich sehe mal, ob ich dir einen Anwalt aus der Gegend besorgen kann. Ich muss erst morgen Mittag zur Arbeit. Dann fahre ich dich hin.«

Die Spannung in Graces Körper ließ nach. Sie beruhigte sich in der Umarmung ihrer Schwester und schloss die Augen; endlich empfand sie Dankbarkeit für Lisas Fürsorge.

* * *

Die Medikamente halfen ihr gegen die Kopfschmerzen und sie konnte einschlafen, doch der Sturz weckte sie. Sie zuckte zusammen und riss die Augen auf. Gott sei Dank, es war nur ein Traum gewesen. Sie hatte Angst gehabt und geweint, sie war etwa fünf Jahre alt gewesen. Das gelbe Kleid mit den Gänseblümchen. Ihre Arme waren hinter dem Rücken gefesselt, die Augen verbunden. Plötzlich verschwand der Boden unter ihr, sie stolperte vor und fiel mindestens einen Meter tief in eine Grube. Sie kreischte. Nasse Blätter, Rasenschnitt, Abfälle. Dieser Gestank. Was war das? Ein weiterer Albtraum oder eine Erinnerung?

Sie schloss die Augen, entsetzt von der Vorstellung, in diese Vision zurückzukehren. Aber gleichzeitig wollte sie mehr wissen. War es ein Spiel gewesen? Die Details verblassten bereits in ihren Gedanken. »Holt mich raus«, rief sie flehend in die stille Luft hinaus.

Sie würde nicht wieder im Haus umherwandern. Sie wollte zu Dr. Newell – es konnte gar nicht früh genug Freitag werden. Zwar war sie erst seit vier Tagen in diesem Haus, aber sie wollte hier weg. Ob es in Michaels Haus wohl besser wäre? Wenn es der Besitzer schon hatte reinigen lassen, dann konnte sie vielleicht dortbleiben. Vielleicht würde es helfen. Wie konnte es sein, dass sie das Zuhause ihrer Kindheit beunruhigender fand als den Ort, an dem ihr Freund ermordet worden war? Und doch war es so.

Sie legte sich ins Bett und dachte an Michael. Sie hatte Ja gesagt. Warum? Ihren Therapiesitzungen zufolge hatte sie ernste Zweifel an einer gemeinsamen Zukunft geäußert. Sie fühlte sich wie eine Außenstehende, die die Situation aus der Distanz betrachtete, und aus ihrer Sicht schien Michael nicht gut zu ihr gepasst zu haben. Was hatte sie zusammengehalten?

Und dann war da noch Dave. Warum um alles in der Welt hätte sie mit ihm schlafen sollen? An Dave war nichts, was sie in irgendeiner Weise anzog. Die fettigen Haare, die blutunterlaufenen Augen ... Die Vorstellung, ihn anzufassen, nackt mit ihm zu sein, fühlte sich vollkommen falsch an. Die ganze Nacht hindurch drehte sie sich von einer Seite auf die andere und fragte sich, ob es möglich war, dass eine Kopfverletzung die Persönlichkeit eines Menschen komplett veränderte.

Kapitel 18

Hackett saß im Pub und wartete darauf, dass sein Bierglas noch einmal nachgefüllt wurde. Er starrte die Sportergebnisse auf dem Bildschirm an, aber er konnte sich nicht auf die Informationen konzentrieren. Diese verdammten Laborergebnisse über die Fingerabdrücke würden Grace nicht helfen. Es wirkte tatsächlich nicht wie Zufall, dass Cahill ermordet worden war, kurz nachdem sie diese Bilder gesehen hatte. Bishop würde begeistert sein. Doch Hacketts Gedanken kehrten immer wieder zu Dave Jacks, zu der Droge und Cahills Besuch in der Notaufnahme zurück. Und zu dem Geld. Da gab es noch einige Ungereimtheiten.

Miles hatte bestätigt, dass es zwei unterschiedliche Typen von Fingerabdrücken auf den Aufnahmen gab, und keine der Abdrücke waren Cahills. Hackett hatte Miles gebeten, die anderen Fingerabdrücke mit denen zu vergleichen, die sie am Tatort gefunden hatten. Vielleicht gehörten sie ja zu der Person, die die Bilder geschickt hatte. Und wenn er nachweisen konnte, dass sich diese Person auch am Tatort befunden hatte, dann war das wenigstens etwas.

Alice brachte ihm sein Bier. Die letzten Nachtschwärmer machten sich zum Gehen bereit und sie erklärte ihm, dass sie bald würde schließen müssen. »Oh, Mist«, rief er, nachdem er einen Blick auf die Uhr geworfen hatte. »Tut mir leid, ich hatte nicht vor, so lange zu bleiben.«

»Schon okay, Schätzchen. Sie sehen heute aus, als müssten Sie die Last der Welt auf den Schultern tragen.«

»Fast«, murmelte er.

»Geht es um den Fall oder um eine Frau?«

Er schüttelte den Kopf, musste über ihre Scharfsinnigkeit aber lächeln.

»Um eine Frau«, folgerte sie grinsend, als wäre sein Lächeln Antwort genug. »Kommen Sie schon. Erzählen Sie es Alice. Ich bin immerhin eine Frau. Ich kann Ihnen bestimmt helfen.«

Natürlich konnte sie das nicht. Und er durfte nicht darüber sprechen.

»Hat sie Ihnen das Herz gebrochen?«, riet sie, als wäre sein Schweigen eine Art Aufforderung. »Und jetzt steht Weihnachten vor der Tür?«

Volltreffer. Zwei von zwei.

»Der ganze Verlustschmerz kommt auf einmal wieder hoch?!«

Herrgott, die Frau gab keine Ruhe. »Sagen wir einfach, dass ich mich nicht besonders auf die Feiertage freue.«

»Familienprobleme. Schätzchen, jeder hat Familienprobleme. Wenn es bei uns während der Feiertage nicht mindestens einen handfesten Familienkrach gibt, dann denken wir alle, dass irgendwas ganz furchtbar schiefgelaufen ist.«

Er grinste. Teufel, an seinem persönlichen Drama hätte sie wahrscheinlich ihre helle Freude. Vielleicht gelang es ihr ja tatsächlich, ihn aufzumuntern. Also erzählte er ihr von seiner großen Familie, seiner riesigen italienischen Familie, in der sich alle so nahestanden, dass zu jedem Treffen mindestens fünfzig Leute erschienen.

Sie schenkte ihnen beiden noch ein Bier ein und ermunterte ihn, weiterzuerzählen. Bisher klang das alles noch nicht sehr schlimm für sie. Tatsächlich meinte sie, es würde sie an eine dieser Fernsehfamilien erinnern, von denen man eigentlich nur träumen konnte.

Also redete er weiter. »Es gab da dieses Mädchen, Olivia.« Er berichtete ihr von seiner Highschool-Beziehung, von dem Hin und Her und davon, dass sie schließlich zusammengezogen waren.

»Aber wenn ich das richtig verstehe, ist sie jetzt endgültig aus Ihrem Leben verschwunden.«

Er schüttelte den Kopf. Das war es nicht. Und dann änderte er plötzlich seine Meinung. Er konnte nicht darüber reden. Es war so schon schwer genug, da musste er nicht auch noch alle Details wieder durchkauen. Er bedankte sich bei Alice, legte ein paar Scheine auf die Bar und ging nach Hause.

* * *

Am nächsten Morgen schenkte sich Hackett gerade im Revier einen Kaffee ein, als sein Handy klingelte. Es war Bishop, der sich verspätet hatte. Hackett erzählte ihm, dass Flynn erst am Mittag bei der Arbeit sein musste und dass sie ihn also entweder aufs Revier bitten oder zu ihm nach Hause fahren konnten. Bishop schlug vor, sich in zwanzig Minuten bei Flynns Haus zu treffen.

Hackett tat wie geheißen. Kurz nach ihm traf auch Bishop ein. Mrs Flynn öffnete ihnen und bat sie zu warten, während sie ihren Mann weckte. Sie saßen am Küchentisch, tranken Kaffee und drehten Däumchen. Bishop sah schrecklich aus. Er wirkte zwar immer ein bisschen abgespannt, aber heute waren die Tränensäcke noch deutlicher, seine Augen waren geschwollen und er hatte das Rasieren ausgelassen, weshalb nun auch noch ein schwarz-grauer Stoppelbart das sowieso schon raue Terrain seines Gesichts verunstaltete. Aus praktischen Gründen vergaß

Hackett fürs Erste, Miles' Anruf zu erwähnen. Wenigstens so lange, bis sich Miles wegen der anderen Fingerabdrücke wieder bei ihm melden würde. »Alles in Ordnung?«, fragte er.

Bishop schüttelte den Kopf. »Nicht jetzt.« Dann sagte keiner von ihnen mehr etwas, während sie warteten.

Schließlich kam Flynn, in einen Bademantel gekleidet, aus dem Schlafzimmer. Seine Frau folgte ihm.

»Hey Wesley, tut mir leid, Sie zu stören, aber wir müssen uns unterhalten.«

Er steuerte geradewegs die Kaffeemaschine an und goss sich eine Tasse ein. Seine Hand schien ganz leicht zu zittern. Seine Frau lehnte sich gegen den Türrahmen.

»Mrs Flynn, könnten Sie uns eine Minute mit Ihrem Mann alleine sprechen lassen?«, bat Bishop.

»Ist schon gut. Vor meiner Frau habe ich keine Geheimnisse. Haben Sie etwas Neues über Michaels Tod erfahren?«

»So einiges. Wesley, Sie haben uns erzählt, Sie hätten Cahill seit dem Sonntag vor seinem Tod nicht mehr gesehen, aber mittlerweile wissen wir, dass das nicht stimmt.«

Flynn sah zu seiner Frau hinüber, die nicht überrascht schien. Sie lieferte ihnen die Erklärung. »Wesley hat Panik bekommen. Aber er hat nichts getan. Sie waren beste Freunde.«

»Vicki, hör auf«, unterbrach Flynn sie. »Wir haben uns gestritten. Es war keine große Sache. Wir sind schon ewig befreundet. Ich habe ihn geliebt wie einen Bruder. Ich habe ihm nichts getan.«

»Worum ging es bei dem Streit?«

Wieder antwortete seine Frau. »Mike hat Wes ein bisschen Geld geschuldet. Es war wirklich keine große Sache. Wir wussten, dass Sie die Sache aufblasen würden. Es waren nur hundert Dollar.« Sie setzte sich zu den Officers an den Tisch.

Bishop sah Flynn an. »Da haben wir aber etwas anderes gehört. Setzen Sie sich, Wesley. Erzählen Sie uns von dem Ring.«

»Von welchem Ring?«, fragte seine Frau.

»Graces Verlobungsring«, antwortete Hackett.

»Wovon reden Sie da?« Sie wandte sich an ihren Mann. »Was ist hier los?«

Flynn ignorierte sie. »Wie ich schon gesagt habe, wir waren beste Freunde. Mike hat einen dummen Fehler gemacht. Ich wollte ihm da raushelfen.«

»Könnte mir bitte mal jemand erklären, was hier los ist!«, verlangte Flynns Frau.

Ihr Mann antwortete nicht, aber schließlich tat es Bishop für ihn. »Wesley und Cahill waren am Dienstagabend bei einem Pokerspiel mit hohen Einsätzen, und da hat Cahill seinen Verlobungsring verspielt. Wesley hat ihn am nächsten Tag zurückgekauft.«

»Was? Wes! Du hast mir versprochen, dass du mit diesem Spiel fertig bist!«

»Das war ich auch. Das bin ich auch. Mike hat mich angefleht, ihn mitzunehmen. Er hat gesagt, der Ring hätte ihn ganz schön was gekostet und dass er Geld bräuchte.«

Seine Frau sprach aus, was alle dachten. »Also wollte er spielen?«

»Er hat einfach keine Ruhe gegeben. Er ist am Dienstag zu mir gekommen und hat mich gebeten, ihn zu diesem Spiel zu bringen. Aber er hat es versaut.«

»Warum haben Sie den Ring zurückgekauft?«, fragte Bishop.

»Weil ich wusste, dass er Angst hatte, Grace würde ihn verlassen. Ich wusste, dass sie ihm guttat, und ich wollte helfen.«

»Und was ist dann passiert?«, wollte Hackett wissen.

»Wir haben uns am Mittwoch im The Rack getroffen. Ich habe ihm erzählt, dass ich den Ring zurückgeholt habe, und zuerst war er auch erleichtert und dankbar, aber als ich ihm dann erzählt habe, dass ich dreitausend Dollar dafür hinlegen musste, ist er sauer geworden.«

Vicki Flynn stand auf und knallte ihre Kaffeetasse auf den Küchentresen. »Was? So viel Geld haben wir nicht!«

»Deshalb habe ich dir ja auch nichts davon erzählt. Es war ein Kredit. Er war mein bester Freund!«

»Scheint mir für einen besten Freund trotzdem ganz schön viel zu sein«, warf Hackett ein.

»Ich habe es auch für Grace getan.« Flynn sah seine Frau an. »Du hast mir erzählt, dass sie nicht glücklich wirkt.« Er wandte sich wieder an Bishop. »Das Mädchen hat eine ganze Menge durchgemacht.«

»Was zum Beispiel?«

»Sie hat ihre Eltern verloren. Wir alle sind schon seit Jahren befreundet. Ich dachte, wenn Michael sich zusammenreißt, könnte er sie glücklich machen.«

»Du hättest es mir sagen sollen«, rief seine Frau wütend.

Bishop hob die Hand, um den Streit zu unterbrechen. »Wes, was ist dann passiert?«

»Er hat gesagt, dass er auf keinen Fall noch mal dreitausend Dollar für dieses Ding ausgeben würde. Ich bin sauer geworden. Ich meine, so viel Geld habe ich auch nicht übrig. Sehen Sie sich doch mal hier um.«

»Was du nicht sagst«, zischte seine Frau.

»Und was war dann?«, fragte Hackett.

»Ich habe ihm gesagt, dass er mir einen Teil des Gelds geben müsste, bevor er den Ring zurückbekommen würde. Es musste nicht alles auf einmal sein. Ich wollte nur, dass er mir verspricht, das Geld zurückzuzahlen. Ich habe gesagt, ich würde den Ring in meiner Kommode für ihn aufbewahren.«

»Das hättest du mir sagen sollen«, wiederholte seine Frau.

»Tja, wir wissen, dass er Grace den Ring gegeben hat«, erklärte Bishop. »Sie hat den Ring am Freitag vor der Arbeit zu einem Juwelier gebracht.«

Flynn sprang auf. »Ich habe ihm den Ring nicht gegeben«, rief er und eilte ins Schlafzimmer.

Seine Frau sah die Polizisten an. »Er hätte es mir sagen müssen.«

Flynn kehrte zurück. »Er ist weg.«

»Natürlich ist er weg, du Arsch!«, schrie sie. »Du hast es mir nicht gesagt! Mike ist am Donnerstag nach seiner Schicht hier vorbeigekommen und hat mir erzählt, dass du den Ring für ihn aufbewahren würdest, damit Grace ihn nicht findet. Er hat gesagt, er würde ihn brauchen, damit er ihr einen Antrag machen kann!«

»Scheiße«, rief Flynn. »Warum hast du mir das nicht erzählt?«

»Weil wir ganz offensichtlich nicht mehr miteinander reden!«

Bishop sah Hackett an, bevor er sich wieder an Flynn wandte. »Sie behaupten also, dass Sie nicht gewusst haben, dass er sich den Ring zurückgeholt hat?«

»Ja.«

Bishop stand auf und Hackett tat dasselbe. »Ich weiß nicht recht, Wesley.«

»Ich habe ihn nicht umgebracht.«

Bishop rieb sich seine stoppligen Wangen, er war offensichtlich nicht überzeugt. »Sie haben gelogen, Sie haben uns nicht die Wahrheit darüber gesagt, wann Sie ihn das letzte Mal gesehen haben. Er hat Ihnen Geld geschuldet. Er hat Sie bestohlen.«

»Und er hat am Freitag im Kasino zehntausend Dollar gewonnen«, fügte Hackett hinzu.

»Was?«

»Wollen Sie behaupten, dass Sie das auch nicht wussten?«

»Nein!«

»Wenn mir jemand mehrere tausend Dollar schulden würde und dann in mein Haus käme, um mich zu bestehlen, und wenn ich dann herausfinden würde, dass er das Geld zwar hat, seine Schulden aber nicht zurückzahlt, dann wäre ich ziemlich sauer«, verkündete Hackett.

Bishop versetzte ihm den letzten Stoß: »Und Sie waren es, der ihn gefunden hat.«

»Ich habe es nicht getan.«

»Hat Michael Ihnen das Geld am Freitag zurückgezahlt?«, fragte Hackett.

»Nein. Aber ich habe ihn auch nicht gesehen. Das schwöre ich. Ich wusste nichts davon, dass er Geld gewonnen hat.« Flynns Stimme brach. »Er war mein Freund.«

»Mein Mann hat das nicht getan«, sagte Vicki und legte die Hand auf seine. »Ich bin vielleicht nicht damit einverstanden, dass man einem Freund so viel Geld leiht, aber das ist noch kein Grund, jemanden umzubringen. Ich weiß nicht, wer so etwas tun würde, aber Wes niemals.«

Bishop sagte, sie würden in Kontakt bleiben, und wies Flynn an, die Stadt nicht zu verlassen.

Sobald sich die Eingangstür hinter ihnen geschlossen hatte, wandte sich Hackett grinsend an Bishop. »Was denkst du?«

»Es ist interessant. Setz dich kurz zu mir ins Auto, dann können wir uns unterhalten.« Er folgte Bishop zu seinem Wagen und stieg ein. Bishop rieb sich über die Augen.

»Was ist los? Du siehst aus, als hättest du nicht geschlafen.«

»Sandys Mutter ist letzte Nacht gestorben.«

»Oh nein. Das tut mir leid.«

Bishop hob die Hand. »Schon gut. Die Kinder sind heute nicht in der Schule und Sandy ist auch zu Hause geblieben, aber ich arbeite lieber. Also konzentrieren wir uns einfach auf den Fall, okay?«

»Verstanden. Ich glaube, wir haben seit gerade eben eine neue Spur, oder?«

Bishop fuhr sich durch sein schütteres Haar. »Nichts davon

entlastet Grace. Was, wenn sie wusste, dass er den Ring verspielt hat? Der Typ war ein Vollidiot. Wir hätten da Glücksspiel, Drogen, Sex mit einer anderen Frau. Brauchen wir noch weitere Motive?«

»Tja, aber sie ist offensichtlich nicht die Einzige, die ein Motiv hat. Cahill hat seinen besten Freund beschissen.«

»Stimmt, aber es gibt keinen Beweis, dass Flynn von dem Gewinn im Kasino wusste, und anscheinend hatte er nicht einmal bemerkt, dass Cahill den Ring gestohlen hat. Grace hat kein Alibi, dafür aber ein Motiv. Flynn hat gerade gesagt, dass sie darüber nachgedacht hat, ihn zu verlassen. Ich nehme also an, dass Cahill ihr einen Antrag gemacht und sie Ja gesagt hat – vielleicht gegen besseres Wissen. Und dann findet sie die Fotos. Vielleicht erfährt sie auch noch von dem Ring und dem Glücksspiel und zack, sie rastet aus. Sie haut ab zu ihrer Schwester, fährt am Samstagmorgen noch einmal zurück, tötet ihn, während er schläft, flieht und kracht gegen einen Baum. Fall gelöst.«

Hackett sah aus dem Fenster, betrachtete die gefrorene weiße Landschaft. Es konnte nicht sein. Es gab noch andere Möglichkeiten. War das alles denn nur sein zwanghaftes Wunschdenken? »Vielleicht wusste Wesley doch von dem Gewinn. Vielleicht hat er diesen Post gesehen.« Er zog sein Handy hervor und rief Cahills Facebook-Seite auf, durchsuchte seine Freundschaftsliste. »Hier«, rief er aufgeregt. »Wesley Flynn. Er ist in Cahills Netzwerk. Er hätte den Post aus dem Kasino sehen können.«

Bishop erwiderte nichts. Er starrte einfach nur durch das Fenster das Haus an.

»Und was ist mit Jacks? Vielleicht ist das alles ja auch sein Werk?«

»Vielleicht. Aber ich sehe nicht, warum er das getan haben sollte, wenn sie nicht auch irgendwie beteiligt war.«

»Sie kommt mir nicht so vor, als könnte sie so etwas tun.«

Bishop drehte sich zu seinem Partner um. »Bisher haben wir zweimal mit ihr gesprochen. Wie kannst du überhaupt eine Meinung darüber haben, wozu sie in der Lage sein könnte? Außerdem hat sie vielleicht keinerlei Ähnlichkeit mehr mit der Person, die sie einmal war. Sie hat eine Gehirnverletzung erlitten. Sie kommt uns vielleicht wie ein schüchternes, süßes Mädchen vor, aber sie könnte eine gemeingefährliche Irre gewesen sein.«

Hackett antwortete nicht. Langsam rächte sich alles, die Geheimnisse, die Lügen, die zurückgehaltenen Beweise. Wie hatte es nur so weit kommen können?

»Was hat Flynn eigentlich gemeint, als er von Graces Eltern gesprochen hat?«, fragte Bishop.

Jetzt konzentrierte sich Hackett ganz auf die Landschaft vor dem Fenster. Er schaffte es beim besten Willen nicht, seinen Partner anzusehen. »Sie sind vor drei Jahren gestorben. Ich dachte, das hätte ich dir gesagt.«

»Nein, hast du nicht.«

»Da gibt es eigentlich auch nichts zu erzählen. Du hast mir gesagt, ich solle sie überprüfen. Sie wurde nie verhaftet. Hat nie in Schwierigkeiten gesteckt. Studentin, Kellnerin. Hat pünktlich ihre Rechnungen bezahlt. Ich weiß auch nicht, ich habe einfach nicht daran gedacht.«

»Wie sind sie gestorben?«, fragte Bishop und nahm sich ein Stück Kautabak.

»Ein Raubüberfall im eigenen Haus. Sie wurden im Bett erschossen.«

»Und du hast nicht daran gedacht, das mal zu erwähnen?«

Hackett wandte sich zu ihm, um sich zu verteidigen. »Es war ein klarer Fall. Der Typ, der sie umgebracht hat, sitzt im Gefängnis. Es ist vor mehreren Jahren passiert und wir untersuchen gerade einen anderen Fall.«

Bishop schob sich den Kautabak in die Unterlippe, bevor er antwortete: »Weißt du, wie oft wir in dieser Gegend hier einen Mord haben?« Er wartete jedoch nicht auf eine Antwort. »So gut wie nie. Und jetzt erzählst du mir, dass es vor drei Jahren einen Doppelmord gab und jetzt einen weiteren Mordfall und dass sie alle irgendwie mit Grace in Verbindung stehen?!«

»Ja, aber die Mädchen waren damals nicht im Haus. Sie hatten beide ein Alibi. Und irgendein Typ wurde dafür weggesperrt.«

Schweigend saßen sie eine Weile da und Hackett fragte sich, ob er genug gesagt hatte, um Bishop von Grace abzubringen. Schließlich schüttelte Bishop den Kopf und sagte: »Du kannst jetzt gehen. Wir treffen uns auf dem Revier wieder.«

Er fuhr hinter Bishop her und fühlte sich wie ein gescholtenes Kind. Als sie wieder an ihren Schreibtischen saßen, sagte Bishop: »Grab ihn wieder aus.«

»Hm?«

»Den Mordfall an den Eltern, öffne die Akte.«

Hackett durchsuchte das Netzwerk und fand schließlich den offiziellen Fallbericht des Reviers in Buchanan zu den Abbott-Morden. »Okay, hier ist sie.«

»Wer war es?«

Rasch überflog Hackett die Eintragungen. »Stanford Jones, sitzt gerade im West Shoreland Correctional.« Er las weiter. »Er wurde dabei gefilmt, wie er ein paar ihrer Wertsachen in St. Joe verpfändet hat.«

»Und was war die Mordwaffe?«

»Eine Flinte. Sie hing im Keller. Vermutlich gehörte sie den Eltern. Man hat sie abgewischt, aber sie wurde, kurz bevor wir sie gefunden haben, abgefeuert.«

Bishop sah ihn an. »Dann tötet der Täter die Eltern also mit ihrer eigenen Waffe, wischt sie ab, hängt sie dann wieder auf und geht?«

»Sieht so aus.«

»Verdammt komischer Modus Operandi für einen Raubüberfall. Gab es irgendeine Verbindung zwischen Jones und den Abbotts?«

»Davon steht hier nichts.«

»Ich will mehr darüber erfahren.«

»Ich verstehe nur nicht …«

Bishop fiel ihm ins Wort: »Die Sache ist die: Ich habe keine verdammte Ahnung, wer für den Mord an den Eltern verhaftet wurde, aber diese beiden Verbrechen stehen mit Grace in Verbindung. Die Opfer sind alle in ihren Betten gestorben, getötet von Schüssen aus einer Flinte. Ein bisschen viel Zufall für meinen Geschmack.«

»Was glaubst du?«

Endlich zog Bishop die Jacke aus und hängte sie über die Lehne seines Stuhls. »Ich will nur sichergehen, dass wir hier keine süße kleine Zwanzigjährige haben, die ihre Probleme durch Mord aus der Welt schafft.«

Kapitel 19

Gegen neun erwachte Grace endlich und ging die Treppe hinunter. Lisa war bereits angezogen und ging in der Küche auf und ab. »Oh, gut, du bist wach. Trink einen Kaffee und nimm deine Medikamente.« Sie reichte ihr eine Tasse und ein paar Tabletten. »Ich habe einen Anwalt gefunden. In einer Stunde sollen wir da sein.«

»Okay. Ich gehe mich anziehen.« Sie nahm die Tasse und die Tabletten mit nach oben. Den Kaffee schüttete sie in den Ausguss des Waschbeckens, die Pillen steckte sie in die Tasche ihrer Jeans. Gegen Schwester Lisa hatte sie keine Chance, aber nichts von dem hier tat ihr gut. Mit den Kopfschmerzen konnte sie leben, aber nicht mit diesen Nebenwirkungen. Und Lisas Kaffee war einfach nur scheußlich.

Sie fuhren etwa eine halbe Stunde nach Saint Joseph und durchquerten die kleine Innenstadt, bis sie bei einem halb leer stehenden Einkaufszentrum ankamen. Lisa hielt auf dem Parkplatz vor einem Büro. Die Tür war mit Werbesprüchen tapeziert: *Trunkenheit am Steuer? Keine Sorge! Unter Verdacht? Rufen Sie mich an! Sexualverbrechen, Gewaltverbrechen, medizinisches Marihuana, Wirtschaftskriminalität – ich kenne mich aus!*

»Bist du dir sicher mit diesem Typ?«, fragte Grace. »Für mich sieht das nicht sehr seriös aus.«

»Hey, im Branchenverzeichnis hatte er die beste Anzeige. Der ist gut.«

Sie betraten ein mit Sperrholz verkleidetes Büro, in dem eine ältere Dame mit riesiger Bienenkorbfrisur hinter einem Schreibtisch saß und telefonierte. Nachdem sie aufgelegt hatte, sagte ihnen Lisa, wer sie waren, und die Frau reichte ihr lächelnd ein Clipboard mit einem Formular, auf dem sie ihre Daten eintragen sollten sowie eine vertragliche Zahlungsvereinbarung. Dann deutete sie auf ein paar Stühle an der Wand. Als der Anwalt erschien, um sie zu begrüßen, fühlte sich Grace kein bisschen besser. Sein Toupet saß schief und sein Hemd schien sich verzweifelt darum zu bemühen, in seinem Hosenbund, Größe L, zu bleiben. Nichts an ihm vermittelte Professionalität und Können. Sie standen auf und der Mann verlangte, dass Grace allein in sein Büro mitkam. Lisa schien das nicht zu gefallen, aber er bestand darauf. »Ich weiß, dass sich die Familie immer Sorgen macht und helfen möchte, aber wir müssen die Schweigepflicht beachten, also werden es nur wir beide sein, okay?« Lisa lächelte und setzte sich wieder. Grace folgte ihm in sein Büro.

Der Geruch nach einem McMuffin waberte überraschend vertraut durch die Luft. Er knüllte das Einwickelpapier zusammen, das noch immer auf seinem Schreibtisch lag, und warf es in den Müll. »Siegerfrühstück«, scherzte er und bot ihr einen Stuhl an, bevor er sich hinter dem riesigen Schreibtisch niederließ, der genauso ungepflegt wirkte wie sein Besitzer. Sie starrte auf das Namensschild vor sich. *Ozzy Marshall, Esq.*

»Also, erzählen Sie mal, was man Ihnen vorwirft. Was ist los?«

Grace berichtete von dem Autounfall, dem Gedächtnisverlust, Michaels Tod. Sie sagte ihm, was sie von Dave erfahren und was die Polizei herausgefunden hatte und dass sie nun fürchtete, die Beweise könnten gegen sie sprechen. »Genau genommen wollen sie mich einem Lügendetektortest unterziehen, worüber ich mir keine Sorgen mache, weil ich mich wirklich an nichts erinnern kann, aber jetzt stellen sie mir Fragen über meine Beziehung zu Dave und ich weiß nicht, wie ich damit umgehen soll.«

»Verständlich.«

»Ich dachte, ich sollte mir einen Rat holen. Ich weiß nicht, was passiert ist oder was ich glauben soll, also weiß ich auch nicht, wie kooperativ ich sein sollte.«

»Sie haben das Richtige getan, indem Sie zu mir gekommen sind.«

Wieder sah sie sich im Zimmer um, unsicher, ob sie ihm da zustimmte. »Haben Sie schon einmal mit einem ...« Das Wort blieb ihr in der Kehle stecken. »Mit einem Mord zu tun gehabt?«

»Sicher«, sagte er, lehnte sich zurück und strich sich über seine falschen Haare.

Nicht gerade eine überzeugende Antwort.

Marshall lehnte sich vor. »Lassen Sie sich nicht von diesem ganzen kleinkarierten Marketingmist beeindrucken. Ich mache alles, was Kohle bringt, aber ich bin Prozessanwalt. Ich bin vielleicht kein Spitzenanwalt, aber ich haue meine Leute raus. Egal, wie die Anklage lautet, ich bin der Beste.« Dann warf er seinen Stift auf den Schreibtisch, als müsste diese Ansprache sie einfach überzeugen. »Machen Sie sich keine Sorgen.«

Sein Verhalten bewirkte bei Grace genau das Gegenteil.

»Ich will immer dabei sein, wenn Sie mit der Polizei sprechen. Und ich möchte mit Ihren Ärzten aus dem Krankenhaus reden und den Polizeibericht über den Unfall sehen, bevor Sie sich einem Lügendetektortest unterziehen. Ich werde mich mit der Polizei in Verbindung setzen und den Officers mitteilen, dass das warten muss, bis ich über alles auf dem Laufenden bin.«

Grace holte tief Luft und fuhr fort: »Ich habe herausgefunden, dass ich mit Michael zusammengewohnt habe. Und wir haben uns am Donnerstag vor seinem Tod verlobt. Ich glaube, er wurde am Samstag ermordet. Anscheinend hatten wir am Freitagabend einen schlimmen Streit. Ich bin zu meiner Schwester gefahren und habe sie gebeten, wieder bei ihr einziehen zu dürfen. Am nächsten Morgen hatte ich den Unfall. Das müsste etwa zu der Zeit gewesen sein, als er gestorben ist. Ich habe kein Alibi.«

»Ihre Schwester würde nicht angeben, dass Sie den Morgen mit ihr verbracht haben?«

»Na ja, ich erwarte nicht von ihr, dass sie für mich lügt. Als sie aufgewacht ist, war ich schon weg. Sie hat mir erzählt, dass ich noch ein paar meiner Sachen aus dem Haus holen wollte. Aber davon haben wir der Polizei bisher noch nichts gesagt. Ich weiß nicht einmal, ob ich dort angekommen bin. Vielleicht hatte ich den Unfall ja auch auf dem Weg dorthin. Lisa will mich beschützen, aber ich frage mich, ob ich der Polizei nicht einfach alles sagen sollte. Wenn sie herausfinden, dass ich gelogen habe, könnte das so aussehen, als hätte ich etwas zu verbergen.«

»Welche Medikamente wurden Ihnen verschrieben?«

»Xanax. Ich hatte wohl mit Schlafstörungen zu kämpfen. Ich habe eine Therapie bei einer Therapeutin begonnen, mit der ich mich gestern getroffen habe. Ich hoffe, dass sie mir dabei helfen kann, mich zu erinnern. Die Polizei hat im Haus Fotos von Michael mit einer anderen Frau gefunden – ich nehme also an, dass sie glauben, ich hätte ihn aus Eifersucht oder Wut getötet.«

»Und haben Sie die Fotos gesehen?«

»Ja. Die Polizei hat sie mir gezeigt.«

»Haben Sie die Frau darauf erkannt?«

»Nein. Aber man sieht ihr Gesicht nicht. Nur den Rücken.«

»Was noch?«

»Es waren Drogen im Haus. Und eine Menge Bargeld. Lisa sagt, er war kein guter Mensch, er hat gespielt und Pot geraucht.«

Marshall machte sich eine Menge Notizen und warf den Stift dann wieder auf den Tisch. »Okay. Wir haben viel Arbeit vor uns. Es gibt jede Menge Möglichkeiten. Und sollte man Sie letztendlich anklagen, dann ist es nicht mein Job, Ihre Unschuld zu beweisen, sondern aufzuzeigen, dass es noch viele andere mögliche Szenarien gibt. Wir brauchen nur einen begründeten Zweifel. Und sollten im schlimmsten Fall wirklich alle Beweise auf Sie deuten, dann bleibt uns immer noch die Verteidigung über die Medikamente.«

»Wie meinen Sie das?«

»Es gibt einige sehr ernste und belegte Nebenwirkungen bei Beruhigungsmitteln: Zu den leichteren gehören Schlafwandeln oder im Schlaf essen, aber es gab auch schon Fälle, in denen die Betroffenen im Schlaf Auto gefahren sind oder sogar gemordet haben. Die Täter waren nicht bei Bewusstsein, als sie die Taten begingen, also konnte man ihnen keine Tötungsabsicht nachweisen – sie haben nicht vorsätzlich gehandelt.« Grace fiel die Aufzeichnung ihrer Therapiesitzung wieder ein, in der sie davon erzählte, dass sie schlafend gegessen hatte, während sie unter der Wirkung von Xanax stand.

»Ich werde überprüfen, ob sich Medikamente in Ihrem Körper befunden haben, als Sie ins Krankenhaus eingeliefert wurden. Wenn Sie am Abend vor dem Mord Xanax genommen haben, könnte das etwas sein.«

»So was kommt vor?«

»Sicher. Es ist natürlich selten, aber es ist schon passiert.«

»Wollen Sie etwa sagen, dass ich zu ihm gefahren bin, ihn erschossen habe und dann wieder gegangen bin – und das im Schlaf?«

»Das wäre möglich. So etwas würde ich natürlich erst anführen, wenn alle Beweise zweifelsfrei auf Sie deuten. Im Augenblick klingt es aber so, als hätte die Polizei noch keine echte Spur. Was ich aber sagen will, ist Folgendes: Selbst wenn es übel für Sie aussieht, ist es fantastisch, dass Sie unter Medikamenteneinfluss standen. Und es ist fantastisch, dass Sie diesen Unfall hatten. Das funktioniert. Und dieser Schlafwandelkram – das ist eine echte Verteidigungsstrategie. Zum Teufel, das erklärt sogar Ihren Unfall. Sie sind gegen einen Baum gekracht, richtig?«

»Ja, es waren keine weiteren Fahrzeuge beteiligt und es gab keine Zeugen. Die Polizei sagt, es war ein Wildunfall.«

»Das ist eine sehr interessante Möglichkeit.« Er lehnte sich zurück. »Geben Sie mir die Namen der Polizisten, mit denen Sie gesprochen haben. Ich rufe sie an und sage ihnen, dass sie es jetzt mit mir zu tun haben. Und sollte man Sie wieder aufs Revier bestellen, dann gehen wir zusammen dorthin. Und falls jemand mit einem Haftbefehl auftaucht, dann bin ich der Erste, den Sie anrufen. Alles klar?«

»Okay«, sagte sie und fühlte sich wenigstens etwas besser. Immerhin war er kein totaler Vollidiot.

»Falls Sie sich an irgendetwas erinnern, dann rufen Sie mich an. Wir sollten der Polizei immer eine Nasenlänge voraus sein. Und ich möchte Ihnen raten, mit niemandem über dieses Gespräch zu reden, nicht einmal mit Ihrer Schwester – ansonsten eröffnen Sie der Anklagevertretung im Zweifelsfall die Möglichkeit, unser Privileg des Anwaltsgeheimnisses anzufechten.«

»Okay.«

Er stand auf und kam um den Schreibtisch herum, womit er das Treffen für beendet erklärte. »Hinterlassen Sie Ihre Kreditkartennummer bei Betty, bevor Sie gehen. Für heute macht das hundert Dollar. Bis zur Anklage arbeiten wir auf einer stündlichen Honorarbasis, dann können wir auf der Grundlage eines Gebührenplans weitermachen, wenn es um die Verteidigung vor Gericht geht. Klingt das gut?«

»Ja.« Sie konnte einfach nicht fassen, dass dies hier ihr Leben war.

Nachdem sie alles Gewünschte bei der Empfangsdame hinterlassen hatten, verließen sie das Büro und Lisa wandte sich mit fragendem Blick an sie. »Und, was hat er gesagt?«

»Er hat gesagt, dass er mich vor Gericht vertreten würde, falls das nötig wird, und dass ich mich bei ihm melden soll, falls sich etwas Neues ergibt.«

»Glaubt er, dass es übel für dich aussieht?«

»Er hat mir gesagt, dass ich nicht darüber sprechen soll. Ich glaube, sonst würde ich das Privileg des Anwaltsgeheimnisses gefährden.«

»Oh. Okay.« Lisa legte ihr einen Arm um die Schultern. »Siehst du, das kommt schon alles wieder in Ordnung, Gracie. Wie geht es dir denn? Ich weiß, dass diese Medikamente dich ganz schön fertigmachen können.«

»Oh ja, ich bin ziemlich erschöpft«, log sie.

Lisa setzte sie beim Haus ab, ermahnte sie, sich auszuruhen, und fuhr zur Arbeit. Grace genoss es, allein zu sein. Sie musste sich die Kassette zu Ende anhören. Sie ging in die Küche, wo sie den Schlüssel für den Truck liegen gelassen hatte, aber er befand sich nicht mehr auf dem Tresen. Auch nicht am Haken. Verwundert zog sie eine Schublade auf, dann eine andere und noch eine. Dann öffnete sie alle Schränke. Der Schlüssel war weg.

Sie durchsuchte das Erdgeschoss und machte dann im ersten Stock weiter. Lisas Schrank war vollgestopft mit Kleidern, die meisten davon lagen auf einem Haufen auf dem Boden. In dem kleinen angrenzenden Raum standen Bilder entlang der Wände. Plötzlich sah sie wieder ihre Mutter vor sich: Sie trug eine farbfleckige Schürze, ihr Haar war zerzaust, in der Hand hielt sie einen Pinsel. Grace setzte sich vor einem abstrakten, in hellen bunten Farben gemalten Bild auf den Boden. In der Ecke unten rechts stand der Name *Elsi* – ihre Mutter. Sie betrachtete die Blumen, Vögel und bunten Farbtupfer, die sich zu einer Art Textur verbanden. Sie streckte die Hand aus, um die Farben zu berühren, die wirkten wie Schichten aus Gedanken und Ideen. Es war ein fröhliches, fast euphorisches Bild. Mit den Fingerspitzen zeichnete sie die Muster nach, untersuchte die winzigen Details und erkannte einige kurze Sätze und Affirmationen. Verborgene Schätze, eingebettet in dieses Bild: *Familie ist ewig, Liebe, Frieden.* Und dann, ganz oben links, sah sie plötzlich ihren Namen: *Grace.* Nur ein kleines Stück darunter war auf dem Blütenblatt einer Blume mit einem dünnen Pinsel in etwas dunklerem Grün ein anderer Name geschrieben worden: *Lisa.* Sie suchte weiter; es war, als würde ihre Mutter durch das Bild zu ihr sprechen. Und dann, auf dem Blatt einer Sonnenblume, fand sie etwas in einem zarten Orangeton: *Mary.*

Ihr stockte der Atem und alles Licht verschwand aus dem Raum, als ihr Geist einen dunklen Tunnelschacht hinunterstürzte. Sie hörte den markerschütternden Schrei ihrer Mutter, spürte die tiefe, alte Verzweiflung. Sie fiel nach hinten, die Wucht der Erkenntnis drückte sie zu Boden. *Mary.* Tränen des Verlusts rannen unter ihren geschlossenen Lidern hervor. Jetzt ergab alles einen Sinn – diese Initialen auf der Rückseite des Schmetterlingstisches, für immer miteinander verbunden: *G* und *M.* Die Gänseblümchenkleider. Mary. Ihre Schwester. Ihr Zwilling.

Das Mädchen auf der Schaukel war Mary gewesen. Mary war diejenige, die gestürzt war, plötzlich wusste sie es wieder. Sie hatten immer den Schmerz der anderen gefühlt. Sie hatten im selben Bett geschlafen, Kleider, Spielzeuge und Puppen geteilt. Sie waren unzertrennlich gewesen. »Wir waren erst fünf«, sagte sie laut, als der Schmerz über den Verlust ihrer Zwillingsschwester wie ein brutaler Sturm über sie hereinbrach. Marys Tod war eine dunkle Wolke, die über diesem Haus hing und alles einhüllte.

Das Bild neben dem bunten, abstrakten Werk spiegelte diese Düsternis. Verschmiertes Schwarz, Lila, Blau, Grün, gelbe Tupfer, ein schwächerer Pinselstrich. Das Licht und der Optimismus waren verschwunden. Auf diesem Bild gab es keine Namen oder Worte. Sie verglich die beiden Arbeiten miteinander und spürte die Gegenwart ihrer Mutter. Dies hier war Mom: manchmal glücklich und liebevoll, dann wieder düster und traurig. Und Marys Tod hatte die schlimmste Phase der Dunkelheit im Leben ihrer Mutter bedeutet. Es war weder eine Erinnerung noch eine Vermutung. Sie wusste es einfach.

Grace stand auf und sah durch das Fenster in den Hinterhof hinaus. Sie betrachtete den Wald, den Schuppen auf einer Seite. Diesen Ausblick hatte auch ihre Mutter gehabt, wenn sie gemalt hatte. Wie passte ihre Mutter in diese traumatischen Empfindungen? Die Schreie, die Angst? Und wo war ihr Vater? Sie sah auf ihren Arm hinab, auf die schmalen Narben. Es war ein entsetzlicher Gedanke, dass ihr Vater ihr so etwas angetan haben könnte. Wie konnte sie so etwas nur vergessen haben? Andererseits war es beinahe zu verstörend, als dass sie es sich auch nur vorstellen konnte. Sie fragte sich, was er wohl sonst noch getan haben mochte.

Sie ging zurück zu Lisas Schrank. Obwohl sie selbst nicht wusste, wonach sie suchte, begann sie, den Kleiderhaufen zu durchwühlen. Es war wahrscheinlich ein sehr sinnbildliches Bedürfnis, aber sie wollte graben.

Ganz hinten im Schrank fand sie eine Mülltüte voller Kleider. Sie untersuchte sie genauer. Männerkleider. Sie zog ein paar der Stücke heraus und dachte an die Eindrücke ihres Vaters, an die sie sich erinnerte. Diese Vision mit dem Schubkarren. Er war groß. Ein großer Mann. Diese Kleider hätten ihm nicht gepasst. Außerdem schienen sie noch nicht alt zu sein. Ein Green-Day-Shirt, Skinny Jeans, zu klein für jemanden seiner Größe. Wessen Kleider waren es also? Warum lagen sie versteckt in Lisas Schrank?

Sie setzte sich auf Lisas Bett und ließ den Blick durch das Zimmer schweifen. Sie hatte Lisa so oft um Informationen über ihre Vergangenheit gebeten, aber was hatte sie bisher wirklich erfahren? Dass Michael aufbrausend sein konnte? Dass ihr Vater ihnen wehgetan hatte? Das reichte nicht. Lisa hatte gesagt, sie solle froh sein, dass sie sich an nichts erinnern konnte, und dass sie selbst Jahre gebraucht hatte, um zu vergessen. Schwachsinn. Da gab es nichts, worüber man froh sein konnte. Grace hatte genug davon, dass Lisa versuchte, sie vor der Wahrheit zu beschützen, wie auch immer die aussehen mochte. Nichts konnte schlimmer sein als diese Ungewissheit. Und Lisa versteckte ganz offensichtlich noch mehr vor ihr als nur den Schlüssel für den Truck. Da war sie sich sicher.

Sie durchsuchte die Nachttische, dann machte sie mit der Kommode weiter. Die Schubladen waren vollgestopft mit Kleidern, neunzig Prozent davon schwarz, doch in der untersten fand sie ein kleines Kästchen. Sie setzte sich mitten in dem Chaos, das sie verursacht hatte, auf den Boden, öffnete es und fand mehrere Tablettenfläschchen. Mindestens zehn verschiedene: Lorazepam, Valium, Lithium, Clozapin. Rezepte für Lisa, für ihre Mutter, für Grace. Die Datumsangaben darauf waren alt, manche vier Jahre, manche schon zehn. Einige der Fläschchen waren leer, in anderen lagen noch ein paar Tabletten und in einem klimperte es merkwürdig, als Grace es schüttelte. Sie öffnete es – der Schlüssel! Sie stand auf, zog sich Jacke und Stiefel an und ging zum Truck.

Dort angekommen, ließ sie den Motor an und spielte die Kassette ab, lauschte dem Rest ihrer Sitzung mit Dr. Newell. Die Ärztin bat sie, etwas über ihre Kindheit zu erzählen. Grace beugte sich vor, lehnte mit der Brust fast auf dem Lenkrad, während sie zuhörte. Die Stille schien sich ins Endlose zu dehnen. Dachte sie über eine Antwort nach? Stimmte etwas nicht mit der Kassette? Doch dann hörte sie ihre Stimme wieder – kaum mehr als ein Murmeln.

»Es war schon okay.«

»Waren Sie ein glückliches Kind? Hatten Sie Freunde?«

»Es war schwierig.«

»Warum das?«

»Ich will wirklich nicht darüber reden. Können wir uns nicht einfach auf die Gegenwart konzentrieren?«

»Grace, genau darum geht es bei einer Therapie.«

»Aber die Medikamente wirken. Ich schlafe viel besser, reicht das nicht?«

»Sie wollen doch nicht ewig Medikamente nehmen müssen. Das Xanax wird nicht ewig helfen. Ihr Körper wird sich an den Wirkstoff gewöhnen. Ich möchte wissen, was Ihnen zu schaffen macht. Wie waren Ihre Eltern?«

»Sie waren oft traurig.«

»Depressiv?«

»Es war ein belastendes Zuhause.«

»Erzählen Sie weiter.«

Sie hörte, wie sie tief durchatmete, bevor sie fortfuhr. »Meine Schwester Mary ist gestorben, als ich fünf war. Nach ihrem Tod war ich viel allein. Und ich habe mich oft gefürchtet.«

»Wovor haben Sie sich gefürchtet?«

»Ich wollte nicht alleine schlafen.«

»Aus Angst vor Albträumen?«

»Nein.«

»Wovor haben Sie sich dann gefürchtet?«

Grace antwortete nicht, aber die Ärztin hakte wieder nach.

Endlich sprach sie weiter. »Sie haben gesagt, ich wäre ein nervöses Kind gewesen. Ich konnte nicht in den Wald hinter dem Haus gehen und auch nicht in den Keller.«

»Warum hatten Sie solche Angst vor dem Wald und dem Keller?«

»Ich weiß es nicht.«

»Kommen Sie schon, Grace.«

»Wirklich. Ich hatte einfach schon immer Angst davor. Ich weiß nicht, warum. Aber wenn ich auch nur halb die Treppe hinunter- oder ein paar Schritte in den Wald gehe, bekomme ich Panikattacken. So ist das schon, seit ich denken kann. Irgendwann habe ich dann einfach aufgehört, es zu versuchen.«

»Was haben Ihre Eltern dazu gesagt?«

»Meine Mutter hat es verstanden. Sie hat mich nie darum gebeten, die Wäsche zu machen, weil ich mich geweigert habe, da runterzugehen. Mary und ich haben zusammen im Wald und im Keller gespielt. Mom glaubte, dass ich deshalb nicht an diese Orte gehen kann.«

»Hatte sie damit recht? Ist das der Grund?«

Grace zögerte, bevor sie antwortete: »Ich weiß es ehrlich nicht.«

»Wie ist Mary gestorben, Grace?«

Grace konnte ihre Antwort nicht verstehen. Dann erklang die Stimme der Ärztin plötzlich von weiter weg. Sie tröstete Grace. Sie einigten sich darauf, die Sitzung zu beenden.

Grace saß in der kalten Fahrerkabine des Trucks, das Kinn auf das Lenkrad gelegt, und starrte durch die Windschutzscheibe das Haus an. Es fühlte sich alles so nah an, als läge ihr ein Wort oder ein Name auf der Zunge. Dies hier war ihr Leben. Sie betrachtete das Haus, den Schuppen, die Schaukel, den Wald. Die Antworten waren alle dort.

Kapitel 20

Bishop wies Hackett an, sich alle Beweisstücke und alle Fotos aus der Akte Cahill zu holen, während er online Informationen über den Abbott-Mord zusammentrug.

»Wer hat damals an dem Fall gearbeitet?«, fragte Hackett.

Bishop las aus der Akte vor. »Detective McDougal von der Polizeidienststelle Buchanan hat die Ermittlungen geleitet. Im darauffolgenden Jahr ist er in Rente gegangen.«

Sie lasen sich gleichzeitig durch die Notizen in der Akte. Lange dauerte es nicht.

»Okay, wir haben die Eltern tot in ihrem Bett. Man hat diese Sache als Raubüberfall eingestuft, weil einige der Wertgegenstände der Opfer kurz darauf bei einem Pfandleiher oben in St. Joe aufgetaucht sind und weil die Scheibe der Eingangstür von außen eingeschlagen wurde. Aber man hat diese Leute in ihrem Bett gefunden.« Bishop hielt inne, als wollte er der Information etwas Zeit zum Reifen geben, bevor er fortfuhr. »Wenn jemand eingebrochen und das Haus so dermaßen verwüstet hat, wie man es vorgefunden hat – ausgekippte Schubladen, umgestoßene Möbel –, würde man dann nicht annehmen, dass sie aufgewacht wären? Aber sie lagen beide noch im Bett. Sie wurden mit ihrer eigenen Waffe erschossen.«

»Was hältst du davon?«

»Ich denke, dass sich jemand ins Haus geschlichen, sich die Waffe geschnappt und die Eltern erschossen hat. Erst danach hat er alles auf den Kopf gestellt. Das klingt für mich nicht so, als wäre der Täter ein Fremder gewesen.«

Hackett wusste, dass er in diesem Fall sofort nach den beiden Mädchen gesucht hätte, selbst wenn schon jemand des Verbrechens überführt worden war.

»Was, wenn diese Sache nur wie ein Raubüberfall aussehen sollte?« Bishop scrollte durch das Dokument. »Diese Akte ist Mist.«

»Aber sie haben den Typ.«

»Sie haben *einen* Typ. Einen Typ, der alle Wertgegenstände in einer Stadt verhökert hat, die dreißig Minuten vom Tatort entfernt liegt. Er hat behauptet, die Sachen unter einem Viadukt gefunden zu haben. Was haben sie noch gegen ihn?«

Hackett ließ seine eigenen Notizen liegen und stellte sich hinter Bishop, um über seine Schulter hinweg mitzulesen. »Seine Fingerabdrücke auf einem Wasserglas«, sagte er und deutete zufrieden auf den Bildschirm. »Der Kerl hat behauptet, unschuldig zu sein, aber sein Alibi war ein anderer Junkie. Nicht glaubwürdig.«

»Auf einem Wasserglas? Weil Menschen umzubringen einen so durstig macht?«

»Wie würdest du diese Abdrücke sonst erklären?«

Bishop schüttelte den Kopf und scrollte weiter. »Kein Geständnis. Keine Zeugen. Verdammt. Die Ehefrau hat ausgesagt, dass der Kerl nicht mal ein Auto hatte. Sie sagte, dass er manchmal tagelang verschwand, dass sie ihn in diesen Fällen aber immer mit anderen Drogensüchtigen unter dem Viadukt gefunden hat. Soweit sie weiß, hat er nie die Stadt verlassen. Es gibt nicht einmal eine logische Erklärung dafür, wie er nach Buchanan und danach mit dem ganzen Zeug wieder zurück nach St. Joe gekommen sein soll. Sieht für mich so aus, als wäre er nur ein bequemer Sündenbock gewesen. Ich weiß nicht. Vielleicht waren es falsche Fingerabdrücke?«

Hackett kehrte an seinen Schreibtisch zurück. »Grace war damals siebzehn, sie und ihre Schwester hatten ein hieb- und stichfestes Alibi. Und sie hatten keinerlei Verbindung zum Täter. Er war ein Drogensüchtiger in den Vierzigern.«

»Wenn ich aber recht habe und dieser Mord in Wahrheit nie aufgeklärt wurde, dann wusste der Täter genau, wo er die Waffe finden und wie er leise ins Haus kommen konnte. Was bedeutet, dass die Kinder die ersten Verdächtigen hätten sein müssen. Solche verzwickten Fälle werden dir in deiner Karriere noch öfter unter die Augen kommen, Grünschnabel, und dann wirst du immer auch diesem Druck ausgesetzt sein, den Fall schnellstmöglich zu lösen. Druck von der Gemeinschaft, manchmal auch aus den Reihen der Polizei. Ich habe keine Ahnung, was das für Leute im Revier in Buchanan sind, und ich komme auch nicht von hier, aber ich nehme an, dass die demselben Druck ausgeliefert sind wie in jedem anderen Department, das ich kenne. Niemand hat es gern, wenn diese Art von Verbrechen ungelöst bleibt. Die Leute fühlen sich unsicher und vertrauen nicht mehr darauf, dass die Macht des Gesetzes sie beschützt, wenn nichts passiert.«

»Und gibt es diesen Druck auch bei diesem Fall?« Es gelang Hackett nicht, den beschuldigenden Tonfall aus seiner Stimme zu streichen.

»Willst du damit etwas Bestimmtes sagen?«

Kurz verlor er die Kontrolle über seine Gefühle. »Es kommt mir nur so vor, als ob wir immer wieder an diesem Punkt landen. Wir haben ein paar wirklich interessante Spuren, aber du bist davon überzeugt, dass es Grace war. Und jetzt gräbst du auch noch einen alten Fall wieder aus, einen *gelösten* Fall, und deutest schon wieder auf Grace.«

Bishop lehnte sich zurück und starrte ihn an. »Pass lieber

ein bisschen auf deinen Ton auf, Junge. Wir wollen doch nicht vergessen, wer von uns beiden hier mehr Erfahrung hat, oder? Und ich ignoriere nichts.«

»Vielleicht doch. Vielleicht bist du so wild darauf, Grace die Sache anzuhängen, weil …« Er unterbrach sich.

»Was? Wenn du etwas zu sagen hast, dann raus damit!«

»Nichts.«

Bishop sah sich in dem kleinen Raum um. Niemand war in Sicht. Trotzdem beugte er sich vor und senkte die Stimme. »Du glaubst, es ist wegen der Sache damals in Detroit?«

Hackett wusste nicht, wovon er redete. Er hatte nur gedacht, dass vielleicht Bishops Privatleben und die gegenwärtigen Turbulenzen darin dazu führten, dass er den Fall schnell lösen wollte. Zu schnell.

»Tja, aber so ist es nicht. Ich habe nur aus meinen Fehlern gelernt, Grünschnabel. Das Offensichtliche sollte man nie ignorieren. Und wenn wir schon bei Anschuldigungen sind: Ich würde sagen, dass du anscheinend ganz wild darauf bist zu beweisen, dass es nicht Grace Abbott war. Ich glaube, du solltest dir lieber darüber Gedanken machen.« Dann warf er seinen Stift auf den Tisch und ging in den Pausenraum hinaus.

Hatte Bishop recht? War sein eigenes Urteilsvermögen durch seine Gefühle für Grace getrübt? War er zu sehr von Graces Unschuld überzeugt oder war Bishop zu entschlossen, sie für schuldig zu erklären? Er versuchte, methodisch vorzugehen. Er versuchte, seine Gefühle außen vor zu lassen und sich auf die Fakten zu konzentrieren. Sie war nicht glücklich gewesen, aber sie hatte Cahill auch nicht verlassen. Sie hatte sich verlobt. Sie war gegen einen Baum gefahren. Er stellte sie sich vor, wie sie im Autowrack hing, überall Glasscherben, ihr Schädel zerschmettert, obwohl er doch nur Tage zuvor in diese schönen Augen geblickt und ihre weiche Hand in seiner gespürt hatte … Seine Gedanken verfingen sich wieder im Sog der Gefühle. »Scheiße!« Er war nicht objektiv. Er wusste nicht, ob er es sein konnte. Aber es gab Hinweise, die auch noch andere in ein schlechtes Licht rückten. Flynn, Jacks, alle, die von den Fotos wussten, das Kasinomädchen. Wie konnten sie sich da so schnell auf eine einzige Verdächtige festlegen? Aber sich mit Bishop zu streiten, würde auch nicht weiterhelfen.

Als Bishop mit einem Kaffee in der Hand zurückkehrte, stand Hackett auf. »Tut mir leid. Ich wollte nichts andeuten.«

Bishop verpasste ihm einen leichten Boxhieb auf den Arm, bevor er sich wieder an seinen Tisch setzte. »Keine Sorge, Grünschnabel. Wir stehen beide auf derselben Seite. Das sollten wir nicht vergessen.«

Hackett zwang sich zu einem Lächeln. »Hast du mal was von Cahills Mutter gehört? Ich habe gerade darüber nachgedacht, was du über Druck gesagt hast. Man sollte doch annehmen, dass sie sich Sorgen macht, ob wir den Fall lösen.«

»Habe ich überraschenderweise nicht. Allerdings wollte sie, dass sein Leichnam freigegeben wird, damit sie ihn anständig beerdigen kann. Wir sollten dafür dankbar sein. Im Moment brauche ich wirklich nicht noch mehr Druck.« Bishop las weiter die Fallnotizen auf seinem Computer.

Hackett blätterte durch die Unterlagen vor ihm, unsicher, was er jetzt tun sollte. Doch nur einen Moment später schnippte Bishop mit den Fingern. »Gib mir doch mal das Foto von Cahills Tatort. Das, wo er auf dem Bett liegt.« Hackett tat es und Bishop drehte kurz darauf grinsend den Bildschirm zu ihm um. Cahills Foto hielt er daneben.

»Was siehst du da?«

»Eine Menge Blut.«

»Komm schon … schau hin!«

»Was denn?«

»Es ist dasselbe Bett. Schmiedeeiserner Rahmen. Schau dir das an.«

»Ja, und?«

»Findest du das nicht etwas morbide? Deine Eltern werden in ihrem Bett ermordet und du reißt dir das Gestell unter den Nagel?«

»Ich weiß nicht. Es ist doch nur ein Möbelstück. Als ich ausgezogen bin, habe ich auch alles mitgenommen, was ich zusammentragen konnte.«

»Wie lautete Graces Alibi für die Todeszeit ihrer Eltern?« Bishop scrollte zurück und beantwortete sich die Frage schließlich selbst. »Sie hat bei einer Freundin übernachtet. Die Freundin und die Eltern des Mädchens haben das bestätigt.«

»Und was ist mit Lisa?«, fragte Hackett.

»Auch bestätigt. Sie hat damals eine Stunde entfernt gewohnt. Wie lautet denn der Name dieser Freundin, bei der Grace übernachtet hat?«, murmelte Bishop vor sich hin.

Hackett wartete, bis Bishop die gesuchte Information gefunden hatte. »Vicki Beckerman«, sagte er grinsend und sah seinen Partner an. »Um was wollen wir wetten, dass Vicki Beckerman jetzt Vicki Flynn heißt?«

Hackett antwortete nicht und vielleicht war es auch gar nicht nötig. Möglicherweise war Vicki Flynn vor drei Jahren tatsächlich Graces Alibi gewesen. Und wenn schon? Bishops Telefon klingelte und Hackett stand auf, um sich einen Kaffee zu holen und den Kopf freizubekommen.

Als er zu seinem Schreibtisch zurückkehrte, legte Bishop gerade wieder auf. »Tja, das war interessant.«

»Was ist los?«

»Grace hat sich einen Anwalt genommen. Er hat mich gerade angerufen und mir mitgeteilt, dass wir uns an ihn wenden sollen, wenn wir noch weitere Fragen an Grace haben. Ich habe dir ja gesagt, dass sie uns gestern irgendetwas vorenthalten hat. Sie weiß, dass sie in Schwierigkeiten steckt. Sie hat die Polizeistation verlassen und ist zu einem Anwalt gefahren.«

Hackett schwieg. Er musste eine Möglichkeit finden, sich mit den anderen Spuren zu befassen, und zwar schnell. Bishop fuhr fort: »Und außerdem habe ich gerade meinen Kumpel oben in Muskegon angerufen.«

»Warum das?«

»Weil sich dort in der Gegend das West Shoreline Correctional befindet. Es sind zwar ein, zwei Stunden Fahrt, aber er schuldet mir noch einen Gefallen und er hat versprochen, heute noch im Gefängnis vorbeizufahren und mal mit Stanford Jones zu sprechen.«

Großartig.

»Kinder bringen ihre Eltern um, Hackett. So was passiert ständig.«

Kapitel 21

Als Vicki Flynn die Tür öffnete, hielt sie ihr kleines Mädchen auf dem Arm. Sie erkannte die Polizisten und ihre Miene verdüsterte sich.

»Officers, haben Sie etwas vergessen? Bitte sagen Sie mir nicht, dass Sie wegen Wes hier sind. Er könnte so etwas niemals tun. Das schwöre ich.«

»Dürfen wir reinkommen? Wir möchten mit Ihnen über etwas anderes sprechen.«

Sie führte sie wieder in die Küche. »Wes ist gerade zur Arbeit gegangen.«

Sie ließen sich am Küchentisch nieder und Mrs Flynn setzte ihre Tochter auf dem Boden ab. Mit erstaunlicher Geschwindigkeit tapste die Kleine davon. »Haben Sie etwas Neues über Mikes Tod herausgefunden?«

»Eigentlich wollten wir mit Ihnen über den Tod von Graces Eltern sprechen.«

»Oh.« Sie war sichtlich erleichtert.

»Aus den Akten haben wir erfahren, dass Grace in der Nacht, in der ihre Eltern ermordet wurden, bei Ihnen war«, erklärte Bishop.

»Das stimmt. Ich habe Grace gerade gestern erst davon

erzählt. Es ist total verrückt, dass sie sich an nichts erinnern kann.«

»Sie haben Grace gestern gesehen?«

»Ja. Ich habe mir solche Sorgen um sie gemacht.«

»Nun, wir wissen, dass seitdem mehrere Jahre vergangen sind, aber würde es Ihnen etwas ausmachen, uns noch einmal zu berichten, was Sie und Grace an jenem Abend getan haben?«

»Warum? Sie glauben doch nicht, dass diese beiden Fälle zusammenhängen, oder?« Bevor einer der Officers antworten konnte, fuhr sie fort: »Das wäre ja total verrückt, denn sie haben den Kerl doch damals geschnappt. Was …«

Bishop unterbrach sie: »Lassen Sie uns nichts überstürzen. Erzählen Sie uns einfach alles, an was Sie sich aus der Nacht, in der Grace hier geschlafen hat, noch erinnern.«

»Wie ich schon zu Grace gesagt habe – ich erinnere mich an diese Nacht, als wäre es erst gestern gewesen. Dank meiner zweijährigen wandelnden Erinnerung hier.«

»Wie meinen Sie das?«

»Sammy. Wir haben sie in dieser Nacht empfangen.« Sie lächelte.

Hackett sah von seinen Notizen auf. »Aber Grace hat doch bei Ihnen übernachtet, richtig?«

»Stimmt, aber wir haben uns mit unseren Freunden getroffen.«

»Ich erinnere mich nicht, das in der Akte gelesen zu haben«, sagte Bishop.

»Nein. Wir waren damals erst siebzehn. Unsere Freunde schon älter. Wir haben beide, na ja, ich … ich hätte furchtbaren Ärger mit meinen Eltern bekommen. Ich dachte, dass niemand davon erfahren müsste … es hat doch keine Rolle gespielt. Wichtig war nur, dass wir zusammen waren.«

»Können Sie uns sagen, was genau Sie in dieser Nacht getan haben?«

Sie berichtete ihnen von den Einzelheiten.

»Wann haben Sie und Wesley sich wieder mit Grace und Cahill getroffen, nachdem Sie sich am Strand für eine Weile getrennt hatten?«, fragte Bishop. »Sind Sie zum Lagerfeuer zurückgekehrt?«

»Das weiß ich wirklich nicht mehr, aber ich glaube nicht, dass wir noch einmal beim Lagerfeuer waren. Nein, das Feuer war aus. Grace und Michael waren auch nirgends, also sind wir die Treppe hinauf zum Auto gegangen, und dort haben sie schon auf uns gewartet.«

»Hat sich einer von ihnen vielleicht merkwürdig benommen? Irgendetwas Ungewöhnliches?«

Hackett wusste, was Bishop da tat, und er hielt den Atem an, während sie antwortete.

»Nein.« Es klang, als hielte sie das für eine sehr merkwürdige Frage.

»Wissen Sie noch, wann die Polizei zu Ihnen nach Hause gekommen ist?«

»Das war morgens. Ich weiß noch, wie es an der Tür geklingelt hat. Das Klingeln hat uns aufgeweckt und meine Eltern haben die Tür aufgemacht. Dann haben sie uns beide nach unten gerufen.«

»Wie hat Grace reagiert, als die Polizisten erzählt haben, was mit ihren Eltern geschehen ist?«

»Na ja, sie stand natürlich unter Schock.«

»Hat sie geweint?«, hakte Bishop nach. »Ist sie ohnmächtig geworden? Wie hat sie reagiert?«

»Sie war ganz starr. Wie schon gesagt, sie stand unter Schock. Ich glaube, sie wusste nicht, wie sie reagieren sollte.«

»Haben die Officers Sie gefragt, ob Grace die ganze Nacht über bei Ihnen war?«

»Ja, aber nicht sofort. Wir haben uns alle aufs Sofa gesetzt. Meine Mutter und ich mussten Grace stützen. Wir haben sie mehr oder weniger zur Couch getragen. Es war furchtbar.«

»Aber die Polizisten haben sich erkundigt, wo Grace gewesen ist?«

»Na ja, das war ja offensichtlich. Ich meine, wahrscheinlich haben sie so etwas gesagt wie: ›Und Grace war die ganze Nacht über hier, richtig?‹ Und wir haben bestimmt alle einfach Ja gesagt.«

Hackett wusste, was Bishop davon halten musste: Die Ermittler hatten Grace nicht einmal in Erwägung gezogen.

Als sie über die Kiesstraße zurückfuhren, erfüllte das Knirschen der Steine unter den Reifen das Auto. Sie bogen auf eine Asphaltstraße ab und fuhren über den Red Arrow Highway zurück zum Revier. Es herrschte dicke Luft im Wagen und das Schweigen zwischen ihnen wurde allmählich zu einer Mauer.

»Cherry Beach liegt nur etwa zwanzig bis dreißig Minuten vom Haus der Abbotts entfernt«, sagte Bishop endlich.

»Du glaubst, sie und Cahill haben ihre Eltern getötet?«

»Ich weiß es nicht. Aber sie hat darüber nachgedacht, mit ihm durchzubrennen. Ihre Eltern waren mit der Beziehung nicht einverstanden und Graces Alibi war nicht die ganze Zeit mit ihr zusammen. Ich sage dir was: Wenn sie die Eltern wirklich umgebracht haben, dann hatte Cahill etwas gegen sie in der Hand für den Fall, dass sie mal daran dachte, ihn zu verlassen. Ich will mehr über diese Familie erfahren und …«

»Schon klar«, sagte Hackett. *Sei objektiv, löse diesen Fall. Scheiß auf dein Bauchgefühl.* Er musste aufhören, an sie zu denken, und sich einfach an die Fakten halten. Wenn er das tat, würde alles gut gehen.

Bishops Handy klingelte. Es war anscheinend eines seiner Kinder, der hellen Stimme nach eines der jüngeren. Es war merkwürdig, diese Seite von Bishop kennenzulernen. Der schroffe Ton war verschwunden. Er versuchte, das traurige Kind zu trösten. »Ich liebe dich, Kleines«, sagte er, bevor er auflegte.

Hackett sah weg, er wusste nicht, wie man sich verhielt, wenn man eine Privatunterhaltung seines Partners mitgehört hatte, doch Bishop schien es nichts auszumachen. »Ich fahre heute zum Mittagessen nach Hause.«

»Klar.«

»Ich glaube nur …« Seine Stimme verlor sich und er schien mit den Gedanken meilenweit weg zu sein.

Zurück im Revier setzte Bishop seinen Partner auf dem Parkplatz ab und wies ihn an, sich die Akte über den Mord an Graces Eltern noch einmal gründlich vorzunehmen und sich dabei auf die Mädchen zu konzentrieren. »Und such alles heraus, was du über die Abbotts in Erfahrung bringen kannst. Sämtliche Neuigkeiten, Polizeiberichte, Schulprobleme, alles.«

Hackett schnappte sich eine Limo und rief die eingescannten Notizen über den Fall Abbott und die Befragungsvideos auf. Erst klickte er das von Grace an. Sie wirkte etwas jünger als jetzt, saß still in T-Shirt und Jogginghose da und beantwortete die Fragen der Polizisten. Als die Befragung beendet war, bat sie um ein Taschentuch, und dann, ohne von der Tischplatte aufzusehen, fragte sie, wo sich ihre Schwester aufgehalten hatte. Dic erste Reaktion des Polizisten bestand darin, sie zu trösten, ihr zu versichern, dass es ihrer Schwester gut ging und dass sie sich ebenfalls nicht im Haus aufgehalten hatte. Doch Grace schüttelte den Kopf. »Nein. Sie haben sich gestritten.« Sie erklärte, dass sich Lisa mit ihren Eltern überworfen hatte, weil diese ihr den Geldhahn zugedreht hatten.

Hackett schloss die Akte und klickte Lisas Befragung an. Sie gab den Streit zu, sagte aber, dass ihre Eltern im Recht gewesen seien und dass sie ihnen das auch zwei Tage vor dem Mord in einer E-Mail geschrieben habe. Das Verhältnis zwischen ihnen sei gut gewesen, versicherte sie dem Officer. Sie wohnte in Benton Harbor mit einem Typen namens Bichon zusammen, der bestätigt hatte, dass sie die ganze Nacht bei ihm gewesen war.

Danach nahm er sich die Daten in öffentlichen Registern vor. Er überprüfte, ob eines der Familienmitglieder eine Gefängnisstrafe verbüßt hatte, sah sich Geschäftslizenzen, Eintragungen in das Grundbuch, Eintragungen bei der Verwaltung des Landkreises, Medienberichterstattungen an, einfach alles, was die Suchmaschinen ausspuckten und was er in den internen Akten finden konnte.

Als Bishop eine Stunde später ins Revier zurückkehrte, setzte er sich an seinen Schreibtisch, ohne Hackett auch nur zur Kenntnis zu nehmen. Er saß einfach da und starrte das Familienfoto auf seinem Schreibtisch an. Es sah aus wie das typische Foto auf einer Familien-Weihnachtskarte, eines dieser arrangierten Bilder des kompletten Clans. Alle trugen aufeinander abgestimmte Kleidung und hatten sich vor dem Kamin positioniert. Bishops Frau saß neben ihm, die älteren Kinder flankierten ihre Eltern wie Buchstützen und die jüngeren saßen vorne. Alle lächelten vollkommen natürlich, ein Moment echter Freude, für die Nachwelt eingefangen. Eines dieser seltenen perfekten Familienfotos. Hackett war es vor allem deshalb aufgefallen, weil es ihm seine eigene, ganz und gar nicht perfekte Familie vor Augen führte und die zahllosen gescheiterten Versuche, ebenfalls ein solches Bild zustande zu bringen.

»Alles in Ordnung?«, fragte er.

Bishop schien aus seiner Starre zu erwachen und lächelte ihn schwach an. »Oh, ja, klar. Ist nur einfach keine leichte Zeit für die Bishops.« Er lehnte sich auf dem Stuhl zurück. »Ich sag dir, Junge, es ist ziemlich heftig, mit ansehen zu müssen, wie die eigene Frau allmählich die Kräfte verlassen. Und ich sehe das jetzt schon mehrere Wochen lang mit an. Aber sie ist stark. Ich weiß, dass sie sich zusammenreißen wird. Und sie kann die Situation rational sehen. Das Alter ihrer Mutter, die Schmerzen der Krankheit. Sie weiß, dass ihre Mutter jetzt an einem besseren Ort ist. Aber meinen Kindern bricht es das Herz. Sie sind am Boden zerstört. Und ich kann es nicht wieder in Ordnung bringen. Nichts ist schlimmer als diese Hilflosigkeit.« Er wischte sich über die Augen. »Das macht einen fertig.«

Hackett nickte, nicht weil er denselben Verlust erlitten hätte, sondern weil er ihn genau verstand. Dieses eine Bild würde ihn auf ewig verfolgen: Olivia, die Donnys Arme von seinem Hals löste, während der Kleine weinte und nicht loslassen wollte.

»Also, was hast du für mich?«, fragte Bishop und brachte sie damit beide zurück zum Fall.

Hackett erzählte ihm von den Befragungen der Mädchen und ihren Alibis, dann kam er zu den interessanteren Neuigkeiten. »Es sieht nicht so aus, als wären die Eltern jemals mit dem Gesetz in Konflikt geraten. Die Mutter war eine Art Malerin, ein paar ihrer Bilder hingen in einem örtlichen Coffeeshop. Aber ansonsten war sie hauptsächlich Hausfrau und hat sich um die Kinder gekümmert. Vom Vater habe ich ein LinkedIn-Profil gefunden – er war irgend so ein Techniktyp. Aber eines war interessant. Im Jahr 1998 haben die Abbotts ein Kind verloren.«

»Was heißt verloren? Wie bei einer Vermisstenmeldung? Oder ein Sozialfall?«

»Nein, ich meine einen Todesfall. Ein Mädchen, fünf Jahre alt, Mary.«

»Und hat man die Eltern verdächtigt? Irgendwelche Vorwürfe gegen sie?«

»Erst wurde die Mutter sehr gründlich befragt. Ich glaube, sie hat nicht sofort Hilfe gerufen. Sie konnte nicht sagen, wie lange das Mädchen verschwunden war. Sie hat ausgesagt, die Kinder hätten gespielt und sie hätte stundenlang gemalt. Sie hat zugegeben, unter depressiven Schüben zu leiden. Hat manchmal ziemlich heftige Medikamente genommen. Aber das Mädchen, Mary, wurde nach ein paar Stunden im Feld der Nachbarn gefunden. Ihr Genick war gebrochen. Der Nachbar wurde wegen Mordes verurteilt. Er war bekannt dafür, ein gewalttätiger Säufer zu sein, und die Polizei hatte im Laufe der Jahre schon Dutzende Male wegen häuslicher Gewalt vor seiner Tür gestanden.«

»Und was ist daraus geworden?«

»Er wurde zu fünfundzwanzig Jahren verurteilt. Ist ins Oaks Correctional gekommen. Und rate mal?« Er wartete jedoch nicht auf eine Antwort. »Der Nachbar war Michael Cahill.«

»Michael Cahill, unser Opfer?«

»Michael Cahill senior, der Vater unseres Opfers. Er hat Graces Schwester umgebracht.«

»Scheiße.«

»Es geht noch weiter.«

»Tja, dann spann mich nicht auf die Folter. Was hast du noch?«

»Er war sturzbetrunken. Die Officers haben ihn bewusstlos auf dem Küchenboden gefunden, nachdem man das Mädchen im Feld entdeckt hatte. Die Ehefrau war einkaufen gewesen. Unser Opfer, der junge Michael Cahill, hatte den ganzen Tag im Haus der Abbotts verbracht.«

»Und warum war man sich so sicher, dass es Cahill senior war?«

»Er hat ein paarmal im Haus der Abbotts gearbeitet, hat einiges repariert, und sein Sohn hat oft mit den Mädchen gespielt. Anscheinend haben die Abbotts ihn nicht mehr darum gebeten, etwas zu reparieren, nachdem ihnen die blauen Flecken seines Sohns aufgefallen sind. Ich nehme an, sie hatten Angst vor ihm. Sie haben ausgesagt, dass er die Mädchen oft angebrüllt und sie bedroht hat, wenn sie sich auf seinem Grundstück aufgehalten haben. Sowohl seine Frau als auch sein Sohn haben während der Gerichtsverhandlung ausgesagt, dass er gewalttätig ihnen gegenüber war.«

»Hatte er irgendetwas zu seiner Verteidigung vorzubringen?«

»Eher nicht. Und man hat eine Haarfaser auf dem T-Shirt des Mädchens gefunden, die nicht von ihr selbst stammte.«

»Und ich nehme an, diese Faser passte zu Cahill.«

»Jep. Man hat einen mitochondrialen DNA-Test durchgeführt. Die Faser musste von Michael Cahill oder von seinem Sohn stammen. Und der Sohn hatte natürlich ein Alibi, Cahill senior dagegen nicht, beziehungsweise es gab keine glaubwürdigen Zeugen. Er konnte sich an nichts mehr erinnern, was an diesem Tag nach dem Frühstück passiert war, als er zu trinken angefangen hatte.«

»Wie alt waren die Kinder, als das passiert ist?«

»Michael junior war fünfzehn. Lisa war zwölf. Grace und ihre Schwester waren fünf – Zwillinge. Die Kids, Michael und Lisa, haben ausgesagt, sie hätten Verstecken gespielt, und Lisa hat Mary auf das Grundstück der Cahills laufen sehen. Nach Angabe der Kinder haben sie etwa eine Stunde lang nach ihr gesucht, bevor sie jemandem davon erzählt haben.«

Bishop sagte nichts, also fuhr er fort: »Diese Familie hat einige heftige Schicksalsschläge erlitten. Ich würde sagen, auf ihnen lastet ein schlimmerer Fluch als auf den Kennedys.«

»Da hast du wohl recht. Aber nichts davon spricht Grace Abbott frei.« Bishop rieb sich über das stoppelige Kinn. »Vielleicht lassen wir uns zu sehr ablenken. Ich meine, was sollen wir mit dieser Information anfangen? Und wir sind nur zu zweit. Wir können nicht allen Möglichkeiten gleichzeitig nachgehen. Wir müssen uns darauf konzentrieren, was wir vor uns haben.«

»Aber mir kommt es so vor, als könnte es da eine Verbindung geben. Weißt du noch, als wir den Müll in Cahills Haus durchgesehen haben? Da war ein an Cahill adressierter Umschlag. Der Absender war das Oaks Correctional. Aber da war kein Brief. Findest du das nicht auch interessant?«

»Und jetzt möchtest du im Gefängnis mit Cahill senior

sprechen und ihn fragen, was er in diesem Brief geschrieben hat?«

»Das wäre der nächste Punkt. Wir können nicht mit ihm sprechen. Er hat sich drei Tage vor dem Mord an Cahill umgebracht.«

»Was?« Bishop dachte eine Weile darüber nach und schüttelte dann den Kopf. »Ich glaube, wir verrennen uns da in etwas. Sein Vater könnte den Brief schon vor Jahren geschrieben haben. Das muss nicht unbedingt etwas zu bedeuten haben. Wir wissen, dass Cahill ihn nie im Gefängnis besucht hat. Und wir haben immer noch eine Freundin ohne Alibi, dank der Fotos aber mit einem soliden Motiv.«

»Tja, aber wir haben auch noch die fehlenden zehntausend Dollar«, warf Hackett ein. »Das könnte durchaus das Motiv für den Mörder gewesen sein, und bisher haben wir keine Verbindung zwischen Grace und dem Geld gefunden. Und was ist mit Jacks und dem Scopolamin? Du würdest nicht glauben, was ich über diese Droge gelesen habe. Man kann sie fast überall kaufen. Das ist das gruseligste Zeug, von dem ich je gehört habe. Und was ist mit dieser Blondine auf den Fotos?«

»Liefere mir eine andere Theorie.«

»Lass mich noch einmal mit Dave Jacks sprechen. Diese Droge geht mir einfach nicht aus dem Kopf. Wenn dabei nichts herauskommt, gebe ich es auf.«

Kapitel 22

Ein weiteres Mal umrundete Grace das Grundstück, stapfte durch den harten, eisverkrusteten Schnee, der vermutlich bis weit in den Frühling liegen bleiben würde. Die Temperaturen sanken, der Wind frischte auf und die Wettervorhersage hatte weiteren Schnee angekündigt. Sie sah auf den Boden hinab, suchte mit dem Blick die Spuren ihres ersten Spaziergangs und folgte ihnen zum Schuppen. Die Schubkarre. Vielleicht würde sie die Vision noch einmal erleben, wenn sie die Karre berührte. Doch die Tür war verschlossen. Sie wanderte ein weiteres Mal zum Wald, tapfer gegen ihre Angst ankämpfend. Sie musste sich den Erinnerungen stellen, was auch immer sie ihr zeigen mochten. Auf der Rückseite des Anwesens staunte sie über die Größe des Grundstücks. Lisa hatte gesagt, es seien über zehn Hektar. Vielleicht würde sie ja die Grundstücksgrenze finden.

Sie vergrub die Hände in den Jackentaschen und senkte das Kinn, um ihr Gesicht hinter dem Kragen vor der Kälte zu schützen. Vor ihr hatte irgendjemand ein merkwürdiges Gebilde in die Krone eines Baumes gebaut. Ein Baumhaus? Sie näherte sich der alten Eiche, deren Stamm über einen halben Meter breit war, und spähte zu der Holzplattform in den Ästen hinauf, etwa sechs Meter über dem Boden.

Kein Dach, keine Wände, nur ein provisorisches Geländer an zwei Seiten. Das schien doch kein Baumhaus zu sein. An der Rückseite der Eiche stand eine alte, aus unterschiedlichen Holzstücken zusammengepuzzelte Leiter. Sie berührte das Holz. Ja, da war etwas. Sie war zuvor schon einmal diese Leiter hinaufgeklettert. Prüfend ruckelte sie an den Sprossen. Immer noch solide. Sie begann zu klettern.

Als sie oben angekommen war, wischte sie mit einem Stiefel den Schnee von der Plattform, ließ sich im Schneidersitz nieder und betrachtete die Aussicht. Als Kind musste sie das oft getan haben. Das Haus wirkte so klein und isoliert inmitten dieser endlosen Landschaft. Der große, alte Baum stand im Vorhof, daran die Schaukel, die ihr zumindest einige glückliche Momente beschert haben musste. Jedenfalls schien dieses eine Bild, das sie zutage gefördert hatte, ihr das zu zeigen. Außerdem sah sie Dads alten Truck, den Schuppen und Meilen um Meilen von Wald.

Dann geschah es wieder. Ihr wurde übel, Speichel füllte ihren Mund, der instinktive Drang überfiel sie, herunterzuschlucken, was auch immer in ihr aufsteigen mochte. Sie schloss die Augen, öffnete sie aber gleich wieder. Ihre Sicht verschwamm und ihr wurde schwindlig. Sie holte tief und regelmäßig Luft. Was war das? »Wovor habe ich Angst?«, schrie sie in die Leere hinaus. Und dann, als würde eine Stimme in ihrem Kopf antworten, hörte sie sich selbst, ihr jüngeres Selbst – den Schrei eines kleinen Mädchens. »Hör auf, nein, lass mich runter. Ich will runter!« Gelächter. Es war nicht das Mädchen, das lachte. Es war jemand Älteres, jemand, der ihren Schmerz und ihre Angst lustig fand. Sie schlang die Arme um sich, schloss die Augen und konzentrierte sich auf ihren Atem. Allmählich schlug ihr Herz wieder langsamer. »Ich habe keine Angst. Du hast keine Angst. Wir sind zu-sam-men, Freunde für im-mer.« Die Worte flossen aus ihrem Mund wie ein Mantra, etwas, das sie schon tausendmal gesagt hatte. Sie hatten es zusammen gesagt. Mary und sie. Ihre Stimmen hatten sich verbunden, sie hatten einander umschlungen. Ihr Magen beruhigte sich und sie fühlte sich besser. Sie öffnete die Augen. »Wir haben uns«, murmelte sie. Das hatten sie einander immer wieder gesagt.

Vorsichtig kletterte Grace wieder vom Baum herunter und ging weiter am Waldrand entlang, spähte ins Unterholz, die Arme ausgestreckt. Sie fühlte, wie die Zweige gegen ihre Hände stießen, sich beugten, zurückschwangen, scharf und brüchig in der Kälte. Als sie zum Haus zurückkehrte, entdeckte sie Fußspuren. Nicht ihre eigenen. Mit dem Finger verfolgte sie den Weg, den sie vor ein paar Tagen genommen hatte: zum Schuppen, zum Wald, dann war sie im Schnee zusammengebrochen. Sie wusste noch, dass sie den Platz gesehen hatte, wo sich ihre Knie in den Schnee gegraben hatten. Sie spähte den Weg entlang zum Haus.

Nein, das hier war ein ganz anderer Pfad, er führte zum Wald. Was war dort drüben? Plötzlich sah sie ihre Mutter vor sich, die etwas trug – einen Eimer. Was war dort? Müll? Sie erinnerte sich an Speisereste. Ihre Mutter ging zu der großen Kompostgrube. Das Bild verschwand. Grace ging in diese Richtung, folgte den Fußabdrücken, die am Waldrand endeten. Sie suchte mit Blicken das Unterholz jenseits der Baumlinie ab, doch mehr als drei Meter konnte sie nicht in den Wald hineinspähen. Aber sie sah keine Grube. Nur Erde und Schnee.

Sie kehrte zum Haus zurück und ging hinunter in den Keller. Tageslicht flutete durch das Fenster über der Waschmaschine herein und sie blieb vor dem Berg durcheinandergewürfelter Dinge stehen, entschlossen, sich dem zu stellen, was hier unten lauerte.

Sie fand einen alten Überseekoffer und setzte sich auf den Betonboden, wo sie ihn auskippte: Fotos fielen heraus – Schulfotos, Landschaften, Nahaufnahmen von Blumen und Vögeln, ihr eigenes junges Gesicht. Bei einem der Fotos hielt sie inne: Es zeigte den Rücken eines jungen Mädchens. Sie war etwa sieben Jahre alt – braunes, welliges Haar floss ihr über die Schultern – und saß neben einem älteren Jungen unter einem Baum. Er lächelte. Es sah so aus, als würde er ihr aus einem Buch vorlesen. Grace stand auf und trat ans Fenster, sah in den Hinterhof hinaus. Dort stand der Baum.

Sie fand noch weitere Fotos, Geburtstagskarten, gemalte Bilder. Auf mehreren der Fotos waren ihre Eltern zu sehen. Beide lächelten in die Kamera. Sie wirkten glücklich und liebevoll.

Sie fand auch ein paar Bilder der jüngeren Lisa. Nichts Ungewöhnliches. Höchstens, dass sie nie mit Grace zusammen auf einem Foto zu sehen war. Sie beide waren in unterschiedlichen Situationen und Stimmungslagen aufgenommen worden. Aber nie zusammen.

Grace hob weitere Dinge auf. Ein Bild, auf dem unten neben dem Wort *Kindergarten* ihr Name stand. Sie betrachtete das Bild. Ein Mann mit einem Bart, eine Frau mit Rock und ein Kind mit Zöpfen, allesamt Strichmännchen, standen vor einem weißen Haus und hielten einander an den Händen. Der Mann hob schützend einen Regenschirm über ihre Köpfe. Es regnete stark. Doch die Tropfen kamen nicht aus den Wolken. Am oberen Rand des Bildes erkannte sie etwas, das aussah wie riesige Insekten, die über das Blatt krabbelten. Lange Beine ragten aus den runden Körpern. Ein paar der Beine waren gezackt, fast wie Blitze. Grace drehte das Bild und erkannte, dass es keine Insekten waren, sondern Augen mit langen Wimpern, einige von ihnen wirkten sturmumwölkt. Die Augen weinten. Die Familie und das Haus waren von Tränen umgeben.

Sie stapelte alles auf dem Boden und untersuchte den leeren Koffer. Ein vertrauter Geruch nach Mottenkugeln und Schimmel strömte ihr entgegen. Der Koffer war mit gelbem Satin ausgeschlagen, der an einigen Stellen eingerissen war, vor allem an der Innenseite des Deckels. Sie strich über die Risse. Ihr Herz begann zu rasen. Sie hörte Hämmern, wie von Fäusten oder Füßen, jemand, der gegen Holz trat, das Schreien eines kleinen Mädchens. Ihr wurde mulmig und sie versuchte, ruhig weiterzuatmen – alles ging einfach zu schnell. Ihre Rippen schmerzten, das Weinen des Mädchens schien Besitz von ihr zu ergreifen. Sie schlug den Deckel des Koffers zu und rutschte zitternd weg, hielt sich die Hände vor die Augen und versuchte verzweifelt, das Schreien in ihrem Kopf abzustellen.

Aber sie konnte nicht entkommen. Sie war gefangen, blind in der Dunkelheit, sie kratzte panisch um sich, fühlte Stoff zerreißen, schrie: *Lass mich raus! Ich will hier raus!*

Schockiert öffnete sie die Augen und schnappte nach Luft. Wild schluchzend wiegte sie sich auf dem kalten Beton vor und zurück. Sie wollte raus aus diesem Haus, aus diesem Kopf.

* * *

Bevor Jacks eintraf, stellte Bishop klar, dass er dieses Verhör nur gestattete, um seinem Partner einen Gefallen zu tun. Hackett war es gleich. Er hoffte, dass Bishop dieses Mal ihm die Führung des Verhörs überlassen würde, und das sagte er auch, als Jacks das Revier betrat. Bishop klopfte ihm auf den Rücken. »Klar, Grünschnabel. Nur zu.« Sie führten Jacks in einen Verhörraum und boten ihm einen Stuhl an, den dieser jedoch ablehnte.

»Leute, wenn ich einen Anwalt brauche, müsst ihr mir das sagen. Das ist gesetzlich vorgeschrieben.«

Hackett lächelte und setzte sich an den Tisch. »Sie können jederzeit einen Anwalt hinzuziehen. Sie müssen nicht mit uns sprechen. Wir haben nur gehofft, dass Sie uns helfen können. Bitte«, fügte er noch hinzu und forderte Jacks erneut mit einer Handbewegung auf, sich zu setzen.

Jacks zog sich einen Stuhl heraus und Bishop setzte sich ihm gegenüber und lehnte sich vor. »Ich würde vorschlagen, dass Sie uns erzählen, in welcher Verbindung Sie zu Grace und Cahill standen.« Dann klopfte er Hackett auf den Arm und lehnte sich zurück, wohl als Signal, dass Hackett nun übernehmen sollte.

So viel also dazu, ihm die Führung zu überlassen. »Ich hatte keine Verbindung zu ihnen«, antwortete Jacks und zog sich Mütze und Jacke aus. »Grace arbeitet in meinem Restaurant. Das ist alles.« Seine Miene blieb ungerührt, aber seine Stimme wirkte brüchig. Hackett öffnete den Mund, doch Bishop kam ihm zuvor. »Kommen Sie schon, Dave. Sie sind in Grace verliebt. Sie wollen sie beschützen. So viel haben wir begriffen.« Fast hätte Hackett vor Frustration den Stift auf den Tisch geworfen.

»Wer sagt das?«, fragte Jacks.

Hackett hakte ein. Er musste die Leitung des Verhörs übernehmen. »In Ihrer Wohnung stehen überall Fotos von ihr. Sie verlobt sich und am nächsten Morgen ist ihr Freund tot.«

»Ich habe euch doch schon gesagt, dass ich an diesem Morgen mit Sheri zusammen war.«

»Sie haben Sheri unter Drogen gesetzt«, warf Hackett ein. »Dieses Alibi trägt nicht.«

»Das ist doch alles Mist. Scheißfrauen. Erst können sie die Finger nicht von einem lassen und dann wachen sie auf und man ist plötzlich nicht mehr gut genug für sie.«

»Hören Sie mit diesem Blödsinn auf«, unterbrach ihn Hackett. »Sie haben einen netten kleinen Vorrat Scopolamin in Ihrer Wohnung. Wir müssen nur einen Haartest mit Sheri machen, um zu beweisen, was wir schon wissen.«

»Hey Mann, ich habe ein bisschen Pot in der Wohnung, aber sonst ist dort nichts Illegales.«

Wieder beugte sich Bishop vor, aber Hackett legte ihm eine Hand auf den Arm. Dies hier war sein Verhör. »Sie haben kein Rezept für dieses Mittel. Und eine medizinische Dosis beläuft sich auf weniger als ein Milligramm. In diesen Kapseln ist etwa achtmal so viel. Es mag vielleicht keine illegale Substanz sein, aber Sie sind sich der verheerenden Nebenwirkungen offenbar durchaus bewusst. Das war eine eigene Mischung und die Frau, mit der Sie am Morgen des Mordes zusammen waren, hat ausgesagt, unter Drogen gesetzt worden zu sein. Sie erinnert sich nicht daran, mit Ihnen geschlafen zu haben. Irgendjemand hat auch Cahill unter Drogen gesetzt. Und alle Spuren führen zu Ihnen, Dave.«

»Sheri Preston ist eine miese Lügnerin. Und diese Tabletten sind nur zu meiner Erholung. Ich nehme sie zur Entspannung. Das haben wir beide getan.«

»Kommen Sie schon, Dave, es ist ein bisschen spät, um den Dummen zu spielen.«

»Ich bin kein Mörder!«

Bishop mischte sich wieder ein. »Wenn Sie Grace schützen wollen, dann sollten Sie sich das vielleicht noch einmal überlegen. Hat sie Sie dazu angestiftet?«

»Was?«

Hackett öffnete den Mund, doch Bishop kam ihm zuvor. »Wer auch immer Cahill umgebracht hat, war nicht alleine. Im Augenblick sieht es nach einem Indizienfall gegen Sie aus – wollen Sie wirklich die ganze Schuld auf sich nehmen?«

»Oh mein Gott, das ist doch verrückt«, keuchte Jacks hysterisch.

Bishops Stimme wurde noch eindringlicher. »Alle sagen, dass Sie von Grace geradezu besessen waren. Vielleicht hat sie Ihre Gefühle ausgenutzt. Vielleicht hat sie Sie zu etwas überredet, das Sie eigentlich nicht wollten. Sie kommen mir nicht wie ein gewalttätiger Typ vor, Dave. Lassen Sie dieses Mädchen nicht davonkommen, während Sie Ihr Leben im Gefängnis verbringen. Vielleicht hat sie Ihnen versprochen, Sie könnten zusammen sein, wenn Cahill aus dem Weg ist?«

»Was? Nein!«

Hackett gefiel nicht, wohin dies führte. Jacks war es zuzutrauen, dass er Grace ans Messer lieferte, nur um selbst seinen Hals aus der Schlinge zu retten. Sie mussten sich weiter auf diese Droge konzentrieren. »Warum setzen Sie Menschen ohne deren Wissen unter Drogen?«

»Das tue ich nicht!«

»Ich habe eine ganze Menge über dieses Zeug gelesen, das Sie in Ihrer Wohnung hatten, Dave. Einige nennen es Devil's Breath. In Kolumbien ist es weit verbreitet. Man setzt es bei Raubüberfällen und Vergewaltigungen ein. Es ist leicht zu bekommen und die Opfer wissen nicht einmal, was vor sich geht. Sie werden so fügsam, dass man alles mit ihnen anstellen kann.«

Jacks öffnete den Mund, hielt sich dann jedoch zurück. Er wischte sich über die Stirn. Hackett ließ ihn einen Moment in Frieden. Bishop lehnte sich vor, aber Hackett hob erneut die Hand, um ihn zu stoppen. Er wollte sehen, wie Dave reagieren würde.

»Ich wusste nicht, dass es so schlimm ist. Das schwöre ich.«

Hackett nickte. »Sie haben doch schon von Roofies gehört, oder, Dave? Wenn jemand Roofies konsumiert hat, kann man ihn später hypnotisieren, und normalerweise erinnert er sich dann wieder daran, was passiert ist. Bei Scopolamin ist es unmöglich, sich zu erinnern, weil die Erinnerung gar nicht erst gespeichert wird. Die Droge wirkt auf den Bereich des Gehirns, der Ereignisse aufzeichnet. Haben Sie eine Ahnung, wie ernst es ist, dieses Zeug auch nur zu besitzen?«

Jacks' Gesicht und Hals röteten sich, Tränen traten ihm in die Augen. »Ich habe Michael Cahill nie etwas angetan, das schwöre ich bei Gott. Ja, ich habe schon immer eine Schwäche für Grace gehabt. Ja, ich war traurig, als sie sich verlobt hat, aber das ist alles.«

Endlich kam die Wahrheit ans Licht. Hackett schob Papier

und Stift über den Tisch. »Schreiben Sie uns die Namen aller Personen auf, die am Freitag auf Ihrer Party waren.«

Jacks nahm den Stift und begann zu schreiben. »Ich kenne nicht einmal alle beim Nachnamen. Die Namen meiner Mitarbeiter kenne ich natürlich, aber von ein paar meiner Freunde weiß ich nur die Vornamen.«

»Geben Sie einfach Ihr Bestes.«

Bishop hatte eindeutig weniger Geduld. »Dann wollen Sie also alleine dafür bluten, was?«

»Ich habe Sheri eine Tablette gegeben, ja. Aber das heißt doch noch nichts. Michael habe ich nie etwas getan.«

»Warum haben Sie ihr eine Tablette verabreicht, Dave?«

»Damit sie mir eine Chance gibt.«

»Wie meinen Sie das?«, fragte Hackett.

»Man hat mir gesagt, dass die Dinger einen lockerer machen würden. Dass sie einen dazu bringen, alles in einem anderen Licht zu sehen. Ich habe nicht gerade Glück bei Frauen, okay?«

»Dave, wem haben Sie die Tabletten sonst noch gegeben?«

Er antwortete nicht sofort. Hackett fühlte, dass er überlegte, wie viel er preisgeben sollte.

»Sie haben eine ganze Menge Ärger am Hals«, erklärte er. »Sie haben eine Frau unter Drogen gesetzt und sie sexuell missbraucht. Das erfüllt den Straftatbestand der Vergewaltigung. Natürlich haben wir noch nicht entschieden, ob wir Sie anklagen, aber wenn Sie uns im Fall Cahill helfen, dann könnte Ihnen das helfen.«

Er senkte den Kopf und starrte auf die Tischplatte. »Ich habe die Tabletten nur zweimal benutzt.«

»Bei wem noch?«

Jacks zögerte, Hackett schlug mit der Hand auf den Tisch.

»Bei Grace«, gab er endlich zu. »Wir waren abends aus und haben alle etwas getrunken. Sie hat mich die ganze Zeit angesehen. Ich dachte mir, dass sie mich vielleicht mögen könnte, aber sie hatte einen Freund.«

»Also haben Sie sie unter Drogen gesetzt.«

»So war es nicht. Ich wollte nur, dass sie mir eine Chance gibt. Ihre Hemmungen ein wenig fallen lässt.«

»Wann war das?«

»Etwa vor einem Monat.«

»Haben Sie Grace in Ihre Wohnung gebracht?«

»Nein, ich bin mit ihr zum Cherry Beach gefahren. Wir haben uns geküsst. Sie hat sich nicht gewehrt. Ich habe ihr in die Augen gesehen und erkannt, dass es da eine Chance gibt. Wir sind ins Auto gestiegen und ich wusste, dass sie mit mir überallhin gehen würde. Ich bin in Richtung meiner Wohnung gefahren, aber dann habe ich darüber nachgedacht, wie die Sache enden könnte. Michael war ein ziemlich großer Kerl. Ich habe Panik bekommen, habe sie heimgefahren und ins Haus gebracht. Dann habe ich mich auf den Heimweg gemacht.«

»War er zu Hause?«

»Sein Auto stand da. Aber es war etwa vier Uhr morgens. Er hat geschlafen. Ich habe sie aufs Sofa gelegt und bin gegangen.«

»Hat sich Grace daran erinnert, mit Ihnen zusammen gewesen zu sein?«

»Wenn ja, dann hat sie es nie erwähnt. Ich habe ihr gesagt, dass ich unsere gemeinsame Nacht sehr genossen habe.«

»Und was hat sie gesagt?«

»Nicht viel.«

Hackett nickte.

»Aber ich habe Michael nie unter Drogen gesetzt. Ich kannte den Typ ja kaum. Niemand hat mich gebeten, ihn umzubringen, und schon gar nicht Grace.«

»Woher haben Sie die Drogen?«

»Von einem Bekannten, er heißt Tucker. Er verkauft alle möglichen selbst hergestellten Sachen. Wir haben einmal einen Abend im Restaurant zusammengesessen und ich habe ihm von meinen Problemen bei Frauen erzählt. Da hat er mir die Dinger angeboten, hat gesagt, das Zeug würde Spaß machen. Er hat nur gemeint, dass es dafür sorgt, dass mich die Mädchen genauer ansehen, mehr nicht. Dass sie mal darüber nachdenken. Ich wusste nicht, dass es eine ›Vergewaltigungsdroge‹ ist.«

Bishop schnaubte. »Sie mussten wissen, dass es ein Verbrechen ist, eine Frau unter Drogen zu setzen, um sie ins Bett zu bekommen.«

Jacks rieb sich über die Augen, bevor er antwortete: »Ich habe nicht nachgedacht. Es war dumm.« Hackett und Bishop sahen einander an. »Ich schwöre«, wiederholte er, »ich habe niemanden umgebracht!«

»Und wann haben Sie die Drogen von diesem Tucker gekauft?«

»Ich habe sie nicht einmal gekauft. Er hat sie mir geschenkt!«

»Wird uns Tucker denn dieselbe Geschichte erzählen, wenn wir ihn fragen?«

»Ich weiß es nicht. Aber das ist die Wahrheit. Gehen Sie doch zu ihm. Er arbeitet in dieser Autowerkstatt, in der das Pokerspiel stattfindet.«

Hackett hob die Brauen. »War Tucker auch am vergangenen Dienstag dabei, als Sie zu dem Spiel gegangen sind?«

»Ja, er war es, der Mike in die Mangel genommen hat, als er durchgedreht ist.«

»Dann ist Tucker also so etwas wie ein Rausschmeißer bei diesen Kartenspielen?«

»So was in der Art, ja. Genau genommen bittet er immer darum, in das Spiel einsteigen zu dürfen. Erzählt dauernd, wie pleite er ist und dass er die Chance braucht, einen großen Gewinn abzuräumen. Aber sein Chef lässt ihn nicht. Gibt aber einen guten Rausschmeißer ab. Er ist zwar nicht besonders groß, sondern eher drahtig, aber niemand legt sich mit ihm an, weil er verrückt ist. Ich habe gehört, dass er irgendeinem Kerl mal in die Nase gebissen hat.«

»Kannten sich Tucker und Michael Cahill?«

»Keine Ahnung.«

»Haben Sie gehört, ob Tucker und Cahill irgendetwas zueinander gesagt haben, als Cahill rausgeschmissen wurde?«

»Nee. Ich meine, Tucker ist kein übler Kerl, echt nicht. Er sieht zwar irgendwie aus wie ein Schläger mit diesen ganzen Tattoos und so, aber zu mir war er immer nett. Man kann gut mit ihm auskommen. Er hat nur einfach vor nichts Angst. Sieht sich gern als Psychonaut.«

»Psycho-was?«, meldete sich Bishop zu Wort.

»So nennt er sich«, erklärte Jacks. »Wie ein Astronaut. Ich glaube, von diesen Typen gibt es eine ganze Menge. Er hat gesagt, es gehe darum, ›die Grenzen des Geistes zu erforschen‹. Er glaubt, dass unterschiedliche Drogen verschiedene Teile des Gehirns zugänglich machen. Totaler New-Age-Kram eben. So sind sie alle drauf.«

»Wer?«

»Diese Psychonauten. Ich glaube, da gibt es eine richtig alternative Gruppe, in der alle mit Psychopharmaka experimentieren – angeblich aus religiösen oder spirituellen Gründen. Ich habe ihn gefragt, woher er sein Zeug denn hat, und er hat mir erzählt, dass er alles, was er braucht, im Internet findet. Wie auch immer, er ist ein cooler Typ.«

»Ganz bestimmt. Immerhin verteilt er Gratisdrogen, mit denen man Frauen vergewaltigen kann«, kommentierte Hackett.

Jacks schloss die Augen und rieb sich über das Gesicht.

Als sich Hackett erhob, tat Bishop es ihm nach. Dann ließen sie Jacks allein, damit er eine Weile schmoren konnte. Jacks wollte nicht einmal wissen, ob sie ihn einsperren würden oder ob er einen Anwalt brauchte. Er schien bereit zu sein, hierzubleiben, so als ob sein Geständnis, in Grace verliebt zu sein und ihr Drogen untergeschoben zu haben, schon reichte, um zu beweisen, dass er kooperierte und nichts zu verbergen hatte.

Im Gang lehnte sich Bishop mit verschränkten Armen an die Wand. »Na, was hältst du davon?« Sein Handy klingelte. Er hob die Hand und nahm das Gespräch an. Hackett sah zu, wie Bishop zu seinem Schreibtisch ging und sich ein paar Notizen machte. Dann klingelte auch sein eigenes Telefon. Es war die Telefongesellschaft. Sie hatten Graces Verbindungen zusammengestellt und die Liste per E-Mail an das Polizeirevier geschickt. Sowohl Bishop als auch er sollten ihre Mail-Eingänge überprüfen. Ihm lief die Zeit davon.

Kurz darauf legte Bishop auf.

»Und?«, fragte Hackett.

Bishop warf seinen Stift beiseite. »Das war mein Kumpel, der Stanford Jones im Gefängnis besucht hat. Stanford Jones, der sich mittlerweile von seiner Drogensucht erholt hat und dank des Staates Michigan inzwischen seit drei Jahren clean ist, scheint zu Gott gefunden zu haben. Er behauptet immer noch, die Abbotts nicht umgebracht zu haben und dass er das Zeug unter dem Viadukt gefunden hat, wo er und ein paar andere Junkies die meisten ihrer Tage verbracht haben. Er sagt, er sei nicht einmal in Buchanan gewesen. Er kannte die Abbotts nicht und hatte kein Auto.«

»Was ist mit seinen Fingerabdrücken an diesem Wasserglas im Haus?«

»Er meint, darüber hätte er auch lange nachgedacht. Anscheinend ist er meinem Kumpel gegenüber ziemlich philosophisch geworden. Er sagt, es täte ihm nicht leid, dass er im Gefängnis sitzt, und dass ihm der Knast das Leben gerettet hat. Dass ihn vielleicht irgendjemand oder irgendetwas durch diese Verurteilung retten wollte.«

»Herrje.«

»Genau. Er meint, das Gefängnis sei ein Segen für ihn und dass er sich lieber nicht vorstellen will, wo er wäre, wenn das alles nicht stattgefunden hätte. Er sagt, dass niemand diese Scheiße verdient hätte, die er ihnen angetan hat.«

»Welche Scheiße? Wem?«

»Seiner Frau, den Kindern. Ein paar Pflegekindern. Ich nehme an, sie haben die Pflegekinder aufgenommen, damit sie Geld vom Staat kassieren konnten. Eine armselige Entschuldigung für einen echten Mann, das steht mal fest.« Bishop stand auf. »Komm schon, schließen wir die Sache mit Jacks ab.«

Hackett blieb sitzen. »Warte, ich glaube, da ist noch etwas, das wir bedenken sollten.«

»Was?«

»Jacks hat Frauen mit Scopolamin betäubt und sein Dealer – jemand, der bekanntermaßen irre ist und dringend Geld braucht – steht jetzt auch in direkter Verbindung zu Michael Cahill. Wir wissen, dass diese Droge eingesetzt wird, um Menschen auszurauben, und wir wissen, dass Cahill im Besitz von zehntausend Dollar war, die wir nicht finden können. Ich sage dir, Scopolamin macht echte Zombies aus Menschen.«

Bishop gluckste und lehnte sich gegen seinen Schreibtisch. »Grünschnabel, ich glaube, da lässt du dich etwas zu sehr mitreißen. Wir sollten uns an die Fakten halten.«

»Ich meine es ernst.« Hackett zog seinen Notizblock hervor und blätterte durch die Seiten. »Ich habe viel darüber gelesen. Das Mittel wurde im zwanzigsten Jahrhundert während Geburten eingesetzt, weil es Frauen den Wehenschmerz erleichterte. Hinterher konnten sie sich an nichts mehr erinnern, obwohl sie bei vollem Bewusstsein und bei klarem Verstand waren. Aber während der Geburt konnten sie sich unterhalten und den Geburtsprozess aktiv unterstützen. Dann hat die CIA angefangen, das Mittel bei Verhören von Kriminellen zu verwenden, weil man erkannt hat, dass die Menschen unter dem Einfluss der

Droge nicht mehr über einen freien Willen verfügen. Sie taten oder sagten einfach alles.«

»Woher stammen diese Informationen?«

»Aus dem Internet. Hör zu.« Wieder sah er in seinen Notizen nach. »Die CIA hat die Verwendung des Mittels wegen der unerwünschten Nebenwirkungen wieder eingestellt: Halluzinationen, gestörte Wahrnehmung, verschwommene Sicht, Kopfschmerzen und so weiter. Aber zumindest in Südamerika, wo der« – er blätterte zurück und rang mit der richtigen Aussprache – »der Bott-a-chero-Baum, aus dem das Mittel gewonnen wird, praktisch überall wächst, wird die Droge regelmäßig für kriminelle Zwecke genutzt. Es dauert nur wenige Minuten, bis die Wirkung einsetzt, und wenn die Dosis stark genug ist, können die Nebenwirkungen acht bis achtzehn Stunden lang anhalten.«

Bishop hob ergeben die Hände. »Okay, schalt mal einen Gang runter. Jacks hat recht. Diese Substanz ist nicht einmal verschreibungspflichtig. Ich glaube, einiges von dem, was du gelesen hast, könnte ein bisschen übertrieben sein. Und wir wissen immer noch nicht, ob Cahill diese Droge überhaupt verabreicht wurde oder ob das irgendetwas mit seinem Tod zu tun hat. Es könnte genauso gut sein, dass gerade irgendeine neue Entspannungsdroge die Runde macht, die in keinerlei Verbindung zu unserem Fall steht.«

Wieder unterbrach ihn Hackett. »Dieser Mist ist wirklich ernst. Inzwischen wird das Zeug auch in den USA angebaut. Diese Typen kaufen die Samen online und ziehen die Pflanzen in Hydrokulturen oder in Gärten hoch.«

»Okay, okay, ich glaube dir. Aber wir wissen nicht, was das mit unserem Mord zu tun hat, wenn es da überhaupt eine Verbindung gibt. Was ich aber weiß, ist, dass wir ein Mädchen ohne Alibi, dafür aber mit einem Mordmotiv haben und dass uns jede weitere heiße Spur bis jetzt fehlt. Ich glaube, es ist Zeit, unsere Ermittlungsergebnisse dem Staatsanwalt vorzulegen.«

Hacketts Gesicht rötete sich, sein Herz hämmerte. Seine persönlichen Gefühle standen ihm im Weg, aber irgendjemand musste Grace beschützen. Als er antwortete, brüllte er dabei fast. »Wir sind über diese erinnerungsblockierende Droge gestolpert und deine momentane Hauptverdächtige leidet an Gedächtnisschwund.«

»Willst du damit sagen, dass irgendjemand Grace diese Droge verabreicht hat? Dass Grace das Verbrechen unter dem Einfluss dieses Mittels begangen hat?«

»Ich weiß noch nicht, was ich damit sagen will«, musste er einräumen. »Ich meine, das wäre doch möglich.« Frustriert ließ er sich gegen die Lehne sinken. Hatte die Droge Grace zu etwas getrieben, was sie unter normalen Umständen niemals getan hätte? »Wir müssen diesen Tucker finden. Vielleicht haben wir da eine Spur. Diese ganze Psychonauten-Sache ist total verdreht – Tucker steht offensichtlich die meiste Zeit unter Drogen. Laut Jacks ist er unberechenbar und alle halten ihn für verrückt. Falls er wusste, dass Cahill das Geld gewonnen hat, wäre das …«

Er verlor Bishops Aufmerksamkeit. »Ich würde lieber gerne wissen, ob Graces Fingerabdrücke auf diesen Nacktfotos sind. Mittlerweile müssten die Ergebnisse eigentlich da sein, also …« Bishop musste seine Überlegungen unterbrechen, denn sein Handy summte. Er las die eingegangene Nachricht, um sofort eine Antwort einzutippen. Hackett wartete darauf, dass er fertig wurde. Er musste Bishop von den Ergebnissen der Untersuchung der Fingerabdrücke erzählen, aber wenn er vorher nur dieser Spur noch nachgehen könnte …

Bishop ließ das Handy sinken und sah Hackett an. Sein Gesichtsausdruck hatte sich verändert. Er musterte Hackett aufmerksam. »Komm mit«, sagte er dann. Hackett folgte ihm schweigend in den Gang hinaus. Bishop öffnete die Tür zu dem leeren Besprechungszimmer, das dem, in dem Jacks gerade saß, gegenüberlag. »Da rein.« Bevor Hackett noch etwas sagen konnte, schloss Bishop die Tür hinter ihnen. »Ich glaube, du erzählst mir jetzt besser, was zum Teufel hier los ist.«

Oh Scheiße. Hackett antwortete nicht sofort. Er fühlte sich wie ein gemaßregeltes Kind. Reflexhaft erschien ein verwirrter Ausdruck auf seinem Gesicht, von dem er hoffte, dass er sein schlechtes Gewissen tarnen würde.

»Ich will wissen, warum du Beweise zurückhältst.«

»Das tue ich nicht.« Eine instinktive, aber falsche Reaktion.

»Das war eine Nachricht von Miles. Er schreibt, dass er einen weiteren Treffer für die zweite Variante von Fingerabdrücken auf den Fotos gefunden hat.«

»Das ist gut«, sagte Hackett vorsichtig.

»Warum hast du mir nicht gesagt, dass Graces Abdrücke auf den Bildern sind?«

Es ging um die Fingerabdrücke. Nur um die Abdrücke. Vor Erleichterung wurden ihm die Knie weich, doch bevor er etwas erwidern konnte, knurrte Bishop: »Weißt du, ausgerechnet du hast mir vorgeworfen, ich würde den Fall mit Tunnelblick betrachten, aber jetzt sehe ich jemanden vor mir, der versucht, Löcher in unsere Spuren zu reißen. Jemanden, der mir Beweise vorenthält, die meine Hauptverdächtige belasten.«

Da wusste er, dass es vorbei war. Er musste alles gestehen, sofort. Die Liste mit den Telefonverbindungen würde seiner Glaubwürdigkeit den Rest geben. Aber wie sollte er Bishop begreiflich machen, was er in der Tiefe seines Herzens einfach wusste?

Er setzte sich an den Tisch, ließ jedoch mehrere Stühle zwischen ihnen frei. Langsam atmete er aus. »Ich muss dir etwas über Grace erzählen.«

Kapitel 23

Hackett lehnte sich vor. Jetzt gab es kein Zurück mehr. »Man könnte sagen, dass ich Grace kenne.«

»Was?« Bishop riss die Augen auf und sein Gesicht wurde noch röter.

Hackett hob abwehrend den Arm, als fürchtete er, sein Partner könnte jeden Moment auf ihn losgehen. »Warte. Es ist so: Vor diesem Fall wusste ich nicht einmal, wie sie heißt, das schwöre ich. Ich habe abends ein paar Mal in ihrem Restaurant gegessen. Und ich habe sie manchmal in Bars in New Buffalo gesehen, wenn sie ausgegangen ist. Ich habe versucht, sie anzusprechen. Sie war zwar immer freundlich, aber es waren auch immer Freunde von ihr dabei, und ich habe ihren Namen nie herausgefunden.«

Bisher klang das alles offenbar gar nicht so schlimm, denn Bishops Gesichtszüge entspannten sich ein wenig und er lehnte sich mit verschränkten Armen zurück. »Warum hast du mir nichts davon erzählt?«

»Ein paar Wochen vor dem Mord habe ich sie in dieser Bar getroffen, im The Pub. Sie war mit ein paar Freunden dort, die Billard gespielt haben, aber sie saß alleine in ihrer Ecke und hat ins Nichts gestarrt. Sie wirkte so gedankenverloren und traurig.

Ich wollte mich mit ihr unterhalten, aber sie hat mir höflich einen Korb gegeben und gesagt, sie hätte einen Freund. Ein paar Tage später – also etwa eine Woche vor dem Mord an Cahill – habe ich sie wiedergesehen, und dieses Mal war sie viel besserer Laune. Ich habe sie gefragt, warum ich sie denn nie mit ihrem Freund sehe – ich habe ein bisschen geflirtet –, und sie hat mir anvertraut, dass es mit ihrer Beziehung nicht gut läuft. Ich habe in diesem Punkt auch so einiges durchgemacht, deshalb habe ich sofort gemerkt, dass sie nicht glücklich ist. Sie meinte, sie sei zu jung, um ihre Zeit mit jemandem zu vergeuden, der nicht gut genug für sie wäre. Ich habe vorgeschlagen, dass sie sich doch von ihm trennen und stattdessen mit mir ausgehen soll.«

»Wann war das genau?«

»Am Sonntag vor dem Mord. Wir wissen, dass Michael Cahill an diesem Abend im The Rack war. Ich habe ihr ein Abendessen am kommenden Donnerstag vorgeschlagen.«

»Was hat sie gesagt?«

»Ich wusste, dass sie es sich ernsthaft überlegte. Sie hat mir erzählt, dass sie tatsächlich schon länger darüber nachdachte, ihn zu verlassen, und sie hatte gerade die Nachricht bekommen, dass ihr ein Platz in einem der Wohnheime auf dem Campus bewilligt worden war. Aber es kam ihr offenbar nicht richtig vor, mit mir darüber zu sprechen. Immerhin war ich ja auch nur irgendein Typ in einer Bar. Sie hat mich gefragt, was denn mit mir wäre, und ich habe ihr von meiner letzten Beziehung erzählt. Ich wollte ihr zeigen, dass ich verstehe, wie schwer es sein kann, einen Schlussstrich zu ziehen, auch wenn man weiß, dass es richtig ist. Wir haben lange zusammengesessen und uns unterhalten. Zugegeben, es ging meistens um mich, aber da war eine Verbindung zwischen uns. Sie hat mich richtig ausgefragt. Als sie dann gehen wollte, hätte sie mir fast ihren Namen verraten, aber ich habe sie unterbrochen und ihr gesagt, dass sie mir den ja bei unserem gemeinsamen Abendessen verraten könnte.

Das wäre dann das Zeichen für mich gewesen, dass sie Schluss gemacht hat und jetzt mit mir zusammen sein kann.«

Bishop beugte sich vor, stützte die Ellbogen auf den Tisch und ließ schweigend den Kopf in die Hände sinken. Hackett wusste, dass er weiterreden musste. »Das war noch nicht alles.«

Bishop sah nicht einmal auf, er winkte ihm nur resigniert zu, als Aufforderung fortzufahren.

»Nachdem sie mit ihren Freunden hinausgegangen war, bin ich ihr nachgelaufen. Die anderen waren alle schon um die nächste Ecke gebogen und ich habe sie gebeten, einen Moment zu warten. Sie ist stehen geblieben und ich habe ihre Hände genommen. Ich habe so etwas gesagt wie ›Ich würde dich wirklich sehr gerne am Donnerstag wiedersehen‹. Sie hat mich einfach nur angelächelt. Und dann habe ich sie geküsst.«

Bishops Kopf ruckte hoch, seine Kiefermuskeln waren angespannt und Wut flackerte in seinem Blick. »Was?«

»Es war nur ein Kuss. Und nur ganz kurz. Sie war nicht sauer, ich bin nicht aufdringlich geworden. Es war nur … ich wollte, dass sie sich an mich erinnert. Wir haben einander angelächelt und sie hat sich bei mir bedankt. Sie hat gesagt, das wäre das schönste Geburtstagsgeschenk gewesen, das sie seit Jahren bekommen hätte. Dann ist sie ihren Freunden nachgelaufen. Ich bin heimgefahren und war mir sicher, dass wir uns am kommenden Donnerstag wiedersehen würden.«

»Und ist sie zu der Verabredung aufgetaucht?«

»Nein. Jetzt wissen wir ja, dass sie sich stattdessen am Donnerstag verlobt hat.«

Bishop stand auf und schlug mit der Faust auf den Tisch. »Warum zum Teufel bist du nicht schon damit herausgerückt, als du ihr Foto gesehen hast?«

»Bitte. Setz dich.« Hackett senkte die Stimme. »Ich erzähle dir alles.«

»Ich kann nicht fassen, was ich da für einen Mist höre. Mir

wird für diesen Fall ein Grünschnabel zugeteilt, ein Junge, der noch nie an einem Mordfall gearbeitet hat, und dann passiert gleich so eine Scheiße.«

»Ich konnte nichts sagen. Als sie nicht aufgetaucht ist, war ich ziemlich enttäuscht. Ich bin am Freitag sogar noch einmal zum Restaurant gefahren, ich wollte sie sehen, mit ihr reden …«

Schwer ließ sich Bishop wieder auf seinen Stuhl fallen. »Oh mein Gott, es wird noch schlimmer.«

»Sie hat mich angerufen. Ich hatte ihr meine Nummer gegeben. Sie hat mir eine Nachricht hinterlassen und gesagt, dass es ihr leidtäte, dass sie nicht aufgetaucht ist. Es wäre einfach nicht der richtige Zeitpunkt. Dann hat sie aufgelegt.«

»Wann war das?«

»Ich habe die Nachricht erst spät am Freitag gehört, aber ich glaube, sie hatte sie mir schon früher am Tag aufs Band gesprochen. Ich nehme an, dass meine Nummer in den Daten der Telefongesellschaft auftaucht, die wir gerade bekommen haben.«

»Kapierst du denn nicht, was für ein Vollidiot du bist? Das ist alles relevant für diesen Fall. Verdammte Scheiße!«

Hackett ließ den Kopf sinken. »Ich hatte Angst. Ich … ich habe sie am Freitag gesehen. Als sie das Restaurant nach ihrer Schicht verlassen hat. Aber dann hab ich mich nicht getraut, sie anzusprechen. Sie sah gut aus. Ich meine, ich weiß auch nicht, was ich mir vorgestellt habe. Ich glaube, ich hatte Angst, sie mit einem blauen Auge zu sehen oder so. Als sie losgefahren ist, bin ich ihr bis nach Hause gefolgt.«

»Gottverdammt. Du hast …«

»Ich weiß. Ich habe keine Ahnung, was ich mir dabei gedacht habe. Ich wollte sie einfach nur hineingehen sehen. Dann bin ich wieder gefahren.«

Bishop schüttelte den Kopf.

»Ich weiß, wie das klingt. Aber ich bin kein irrer Stalker

oder so. Ich wollte nur … Weißt du, wie das ist, wenn man jemanden trifft und diesen Funken spürt? Es fühlt sich so echt an. So als würde man diesen Menschen schon sein ganzes Leben lang kennen oder als würde man von jetzt an sein restliches Leben mit ihm verbringen. Ich konnte einfach nicht fassen, dass sie nicht gekommen ist, und ich habe mir Sorgen gemacht. Ich dachte, was, wenn dieser Kerl gewalttätig ist? Als dann am Montag die Meldung reinkam, dass bei dieser Adresse etwas passiert ist, hatte ich wahnsinnige Angst davor, was ich finden würde. Ich dachte, sie wäre tot. Ich konnte nicht einmal sprechen. Ich konnte nichts sagen, ich musste einfach da rein. Und dann haben wir ihn gefunden. Ich hatte Angst um sie, aber ich hatte auch Angst um mich. Was, wenn jemand gesehen hat, dass ich ihr gefolgt bin? Oder dass ich im Pub mit ihr zusammen war? Dass ich sie geküsst habe? Während wir den Tatort untersucht haben, ist mir plötzlich klar geworden, dass ich ein Verdächtiger sein könnte. Ich bin zurück zum Revier gefahren, habe dich getroffen und erfahren, dass ich bei dem Fall mitarbeiten soll. Ich konnte nicht ablehnen.«

Bishop fehlten die Worte. Er hatte den Kopf wieder in die Hände sinken lassen und massierte sich die Schläfen, an denen die Adern deutlich hervortraten. Er atmete ein paarmal tief durch.

»Ich weiß, dass das alles für dich keinen Sinn ergibt, aber ich habe für dieses Mädchen wirklich etwas empfunden. Wir hatten uns zwar gerade erst kennengelernt, aber ich wusste … sie würde mein Leben verändern.«

Bishop wollte etwas sagen, aber Hackett ließ ihn nicht zu Wort kommen. »Wenn ich dir gesagt hätte, dass ich mich mit ihr verabredet habe, dann hättest du mich sofort von diesem Fall abgezogen, wegen Interessenskonflikt oder so. Das konnte ich nicht zulassen.«

»Natürlich gibt es da einen Interessenskonflikt.«

»Ich musste herausfinden, was mit ihr geschehen war. Und als wir dann erfahren haben, dass sie lebt und sich im Haus der Abbotts aufhält, als ich sie gesehen habe, da wusste ich einfach, dass sie nichts getan hat. Ich kenne sie. Es sollte so sein, dass ich bei diesem Fall dabei bin.«

»Du kanntest doch nicht einmal ihren Namen.«

»Aber ich kenne sie.«

»Du bist ein Idiot. Und du hast unsere gesamte Ermittlung aufs Spiel gesetzt.«

»Ich …«

»Nehmen wir mal an, dass Grace angeklagt wird, was ich nach wie vor für sehr wahrscheinlich halte. Und nehmen wir dann mal an, ihr Anwalt findet heraus, dass du mit ihr ausgehen wolltest. Dass sie dich aber versetzt hat. Glaubst du nicht, dass jeder Verteidiger da ›faules Spiel‹ schreien würde? Dass man die Anklage gegen sie als Rachefeldzug betrachten und behaupten würde, sie sei Opfer polizeilicher Willkür geworden?«

»Wir dürfen Grace nicht anklagen. Es gibt immer noch zu viele unbeantwortete Fragen. Zu viele mögliche Verdächtige. Wir müssen noch so vieles herausfinden.«

»Tja, du wirst jedenfalls überhaupt nichts mehr herausfinden. Du arbeitest nicht mehr an diesem Fall. Wenn es nach mir ginge, würde man dich außerdem suspendieren, verdammt noch mal!« Er stand auf.

»Aber …«

Bishop deutete auf die Tür. »Mach, dass du rauskommst.«

Kapitel 24

Gegen Abend kam Lisa durch die Hintertür herein, unter dem Arm eine Tüte mit frischem Brot aus der Bäckerei. Grace lag im abgedunkelten Wohnzimmer und sah ihr entgegen. »Hey«, sagte sie, ohne sich aufzusetzen.

»Herrgott, Grace, hast du mich erschreckt.« Lisa betrat das Zimmer und schaltete ein Licht nach dem anderen ein. »Was machst du denn hier im Dunkeln? Kopfschmerzen?« Grace antwortete nicht sofort. Beim Anblick der Bierflaschen auf dem Tisch hielt Lisa inne. »Was machst du denn da? Ich glaube nicht, dass du Alkohol trinken solltest.«

Langsam setzte Grace sich auf. »Mach keinen Wirbel. Ich hatte einfach Durst.« Sie sagte Lisa nicht, dass sie keine Medikamente mehr nahm, und auch nicht, dass sie die beiden Biere getrunken hatte, um ihre Nerven zu beruhigen, nach einem weiteren Tag, den sie mit dem Gefühl nahender Panikattacken verbracht hatte. Und überhaupt wollte sie gar nichts mehr erklären müssen. Eines wusste sie über sich selbst: Sie war kein Mensch, der gerne redete. Sie beneidete Lisa um ihre Erinnerungen, sie war wütend, dass ihre Schwester ihr nicht mehr verriet, und ihre übertriebene Fürsorge ging ihr auf die Nerven. Sie hatte es satt und sie wollte ein paar Antworten.

»Was ist mit Mary passiert?«, fragte sie.

Lisas blasses Gesicht schien fast einen Blaustich anzunehmen. »Was meinst du damit?«

»Unsere Schwester. Mein Zwilling. Wie ist sie gestorben?«

»Erinnerst du dich wieder an etwas?«

Grace stand auf. »Verdammt, antworte einfach! Warum verrätst du mir nichts über mein Leben? Warum liegen diese ganzen Tablettendöschen in deiner Kommode? Warum versteckst du Männerkleider hinten in deinem Schrank?«

Lisa schleuderte ihre Handtasche quer durch den Raum, kam auf Grace zugestampft und schubste sie. »Was fällt dir ein, meine Sachen zu durchwühlen? Wer hat dir erlaubt, in mein Zimmer zu gehen? Du kannst froh sein, dass ich dich überhaupt hier wohnen lasse.« Lisas Zorn war fast greifbar.

»Tut mir leid.« Dieser Ausbruch erschreckte Grace. War auch Lisa wütend auf sie? Vielleicht hatte sie es satt, sich um Grace zu kümmern, vielleicht nervten sie ihre ständigen Fragen, ihre Distanziertheit. Grace senkte ihre Stimme zu einem Flüstern und hoffte, ihr entschuldigender Tonfall würde Lisa beschwichtigen. »Ich sitze den ganzen Tag hier herum und versuche, mein Leben zu sortieren. Das hier ist unser Haus! Es kommt mir vor, als wären all die Erinnerungen, alles, was ich wissen muss, genau hier, unter meiner Nase. Ich muss mich erinnern.«

Lisa ließ sich neben Grace auf das Sofa fallen und nahm ihre Hand. Instinktiv zuckte Grace zurück, wollte ihre Hand zurückziehen, doch Lisa ließ sie nicht los. Grace sah sie an und Lisa lächelte. »Schon gut. Tut mir leid, dass ich so ausgerastet bin. Ich bin es wohl einfach nicht mehr gewöhnt, jemanden hier zu haben. Versteh mich nicht falsch. Ich freue mich, dass du da bist. Es hat mich wahrscheinlich nur ein bisschen zu sehr an früher erinnert, als wir noch Kinder waren – du hast ständig in meinen Sachen herumgewühlt. Das hat mich wahnsinnig gemacht.« Ihr Tonfall und ihre Stimmung wurden sanfter. »In diesem Haus gab es schon immer fast so viele Medikamente wie in einer Apotheke. Aber das sind alles alte Tablettendöschen. Ich weiß, dass es irgendwie abartig ist, aber die Tabletten gehören zu meinen Erinnerungen an sie, an uns alle. Mom war vollkommen fertig. Sie hatte schon immer mit Depressionen zu kämpfen und nach Marys Tod ist es noch schlimmer geworden. Als ich noch klein war, wurde diagnostiziert, dass ich Probleme damit hätte, meine Wut zu kontrollieren. Totaler Blödsinn. Wir waren alle ein bisschen neben der Spur. Wie hätte es auch anders sein können?«

Grace öffnete den Mund, um weitere Fragen zu stellen, aber Lisa ließ sie nicht zu Wort kommen. »Die Kleider, die du gefunden hast, gehören meinem Exfreund. Er ist vor ein paar Wochen gegangen.«

Grace betrachtete ihr Gesicht, während sie sprach, wollte sich keine Bewegung, keinen Hinweis, keine Gefühlsregung oder unterschwellige Botschaft entgehen lassen. »Warum hast du mir nie von ihm erzählt?«

Tränen stiegen Lisa in die Augen. Sie ließ Graces Hand los und bedeckte ihr Gesicht. »Und wann hätte ich das tun sollen?« Es klang sarkastisch.

Grace antwortete nicht.

»Tut mir leid. Ich will nicht … ich wollte nicht … Es ist nur einfach nicht leicht, das ist alles. Du erinnerst dich nicht an mich, du erinnerst dich an überhaupt nichts, du hast deine eigenen Probleme. Es kam mir einfach nicht wichtig genug vor.«

Es fühlte sich an wie ein Durchbruch. Endlich vertraute Lisa ihr etwas an, wenigstens ein paar Dinge. »Hat er auch hier gewohnt?«

»Manchmal.«

»War es etwas Ernstes?«

»Dachte ich jedenfalls.« Sie wischte die Tränen fort. »Typisch Mädchen, was? Ich halte es für die ganz große Liebe und er hält mich für nichts Besonderes.«

Grace nahm ihre Hand. Sie blickten beide auf ihre verschränkten Hände hinab, sahen dann einander an und lächelten. Es fühlte sich nach einem sehr wichtigen Moment an. »Und das war etwa zu der Zeit, als ich den Unfall hatte?«

»Ja. Ich habe ihn seit« – sie überlegte – »seit fast zwei Wochen nicht mehr gesehen. Eigentlich sollte ich doch inzwischen mit dem Heulen fertig sein. Arschloch.« Sie kicherten.

»Warum hast du seine Klamotten dann aufgehoben? Ich würde sagen, weg mit dem Zeug, oder?«

»Ich habe wohl irgendwie gehofft, dass er zurückkommt.«

Grace tätschelte ihr die Hand. »Tja, Schwesterchen, du bist zwar die Ältere, aber anscheinend könnten wir beide ein bisschen mehr Selbstvertrauen vertragen. Ich meine, verdienen wir es denn nicht, mit Männern zusammen zu sein, die uns zu schätzen wissen?«

Lisa nickte. »Schon, aber weh tut es trotzdem. Er hat zu mir gehört, auch wenn er nicht der Richtige war. Und vielleicht lässt es sich sowieso nicht ändern.«

»Wie meinst du das?«

»Die Geschichte wiederholt sich, richtig? Wir hatten eine durchwachsene Kindheit und haben schließlich beide sehr durchwachsene Beziehungen geführt.« Lisa stand auf und ging zum Kühlschrank, um sich ein Bier zu holen. »Willst du auch noch eins?«

Grace lehnte sich zurück. »Klar. Ich weiß, du glaubst, es wäre besser für mich, wenn ich mich nicht daran erinnere, was passiert ist, aber da irrst du dich. Ich muss wissen, was in diesem Haus vorgefallen ist.«

Lisa öffnete ihre Flasche und leerte sie zur Hälfte, bevor sie antwortete. Sie drehte sich nicht zu Grace um, sondern starrte weiter den Kühlschrank an. »Lass gut sein, okay? Unsere Eltern waren mies. Unsere Familie war mies. Du warst …« Sie verstummte.

»Was?«

»Nichts.«

Dieser Tonfall. Es fühlte sich an wie eine unausgesprochene Anschuldigung. »Bist du wütend auf mich?«

»Nein, das ist doch Unsinn.«

Grace fragte sich, ob sie Lisa etwas angetan hatte. Sie stand auf und ging zu ihr. »Wir standen uns nicht nahe. Trotzdem kümmerst du dich jetzt um mich. Vielleicht wäre es dir lieber, wenn ich gehe?«

Als Lisa sich zu ihr umwandte, war ihr Lächeln so aufgesetzt, dass es wie eine Clownsmaske wirkte. Es tat fast weh, es anzusehen. »Du bist meine Schwester. Ich liebe dich und ich möchte mich um dich kümmern.« Die Worte klangen wie auswendig gelernt. Als wären sie für ein Aufnahmegerät bestimmt. »Und jetzt ab mit dir ins Wohnzimmer. Ruh dich aus, während ich uns Abendessen mache.«

Grace war gegen eine Betonwand geprallt. Das Einzige, was sie erreicht hatte, war, die Distanz zwischen ihnen noch zu vergrößern. »Tja, hoffentlich musst du dich nicht mehr allzu lange um mich kümmern. Ich glaube, allmählich kommt alles wieder zurück. Bis jetzt sind es zwar nur ein paar Szenen aus meiner Kindheit, aber das ist alles nur eine Frage der Zeit, richtig?«

Lisa antwortete nicht.

»Ach ja, und es gibt auch gute Nachrichten.«

»Ja, was denn für welche?« Es klang, als hörte Lisa kaum hin.

»Officer Hackett hat mich gestern besucht. Er hat gesagt, er glaubt nicht, dass ich Michael getötet habe, und er verfolgt auch noch andere Spuren. Er denkt, dass es vielleicht ein Raubüberfall war.«

»Ein Raubüberfall?« Lisa öffnete einen Schrank und suchte

zwischen den Dosen darin herum. »Ist ja merkwürdig. Was hattet ihr beide denn im Haus, das so wertvoll gewesen sein soll?«

Als Grace ins Wohnzimmer zurückkehrte, meldeten sich die Kopfschmerzen wieder. »Na ja, man hat herausgefunden, dass Michael am Freitag zehntausend Dollar im Kasino gewonnen hat«, rief sie hinüber in die Küche. »Hackett glaubt, dass es vielleicht um das Geld gegangen ist.«

»Das sind wirklich gute Nachrichten. Warum solltest du deinen eigenen Verlobten bestehlen?«

»Genau.« Sie legte sich auf das Sofa und sah Lisa zu, die gerade zum Dosenöffner griff.

»Wie geht's deinem Kopf heute?«

»Nicht übel.«

»Hast du deine Medikamente genommen?«

Lisa stand vor dem leeren Tresen, wo zuvor die Tabletten für Grace, zu kleinen Häufchen sortiert, gelegen hatten.

»Ja«, antwortete Grace und legte unwillkürlich die Hand auf ihre nun mit Pillen gefüllte Jeanstasche.

»Gut. Ich mache uns eine Suppe, okay?«

»Klingt gut.«

Grace schaltete den Fernseher ein, während sich Lisa auf die Zubereitung des Abendessens konzentrierte. Allmählich setzte die Wirkung des Biers ein und Grace wurde zu müde, um sich noch zu unterhalten. Sie aßen schweigend und zwanzig Minuten später konnte sie kaum noch vom Sofa aufstehen. Lisa kam, um ihr zu helfen. »Komm, Schwesterchen. Ab ins Bett mit dir. Es ist sowieso schon spät.«

»Wie viel Uhr ist es denn?« Sie brachte die Worte nur lallend heraus.

»Spät«, antwortete Lisa.

Sie deckte Grace zu, als wäre sie ein kleines Kind, und Grace fühlte, wie sie immer tiefer in die Matratze sank, als wöge sie tausend Kilo. Sie konnte die Augen nicht länger aufhalten.

Lisa setzte sich zu ihr und streichelte ihr übers Haar. »Keine Sorge«, sagte sie. »Bald ist das alles vorbei.«

Kurz darauf war Grace eingeschlafen.

* * *

Hackett saß an der fast leeren Theke im The Pub. Er konnte immer noch nicht fassen, wie schnell es ihm gelungen war, nicht nur diese Ermittlung in den Sand zu setzen, sondern auch seinen Job, vielleicht sogar seine ganze Karriere. Seit er hereingekommen war, hatte Alice ihm beständig nachgeschenkt, doch allmählich wurde es ruhiger in der Bar und seine Bestellungen schienen in weiser Voraussicht immer öfter in Vergessenheit zu geraten. Außer ihm waren nur noch wenige Gäste da, die sich am Billardtisch versammelt hatten.

Die Eingangstür wurde geöffnet und ein kalter Luftstoß fegte durch die Bar. Kurz darauf spürte er, dass jemand hinter ihm stand. »Hey Bruderherz.«

Diese Stimme war ihm so vertraut wie seine eigene. Er drehte sich nicht um. »Ich habe dir nichts zu sagen.«

»Ich weiß, aber damit müssen wir beide irgendwie klarkommen.« Der Mann setzte sich neben ihn.

Hackett blickte stur geradeaus und nippte an seinem Bier. »Wie hast du mich gefunden?«

»Mom hat mir deine Adresse gegeben. Ich habe dich vor einer Stunde hier hineingehen sehen. Hat aber eine Weile gedauert, bis ich die Nerven hatte, dir zu folgen. Ich dachte, es wäre vielleicht ganz gut, wenn du zuerst ein paar Bier trinkst.«

»Ich will nicht mit dir reden.«

»Ich wollte dir nicht wehtun, J.«

Seit Monaten hatte ihn niemand mehr anders genannt als Junge, Grünschnabel oder Officer Hackett. Es war einfach niemand nahe genug an ihn herangekommen. Außer Grace. Ihr hatte er gesagt, dass sein Name Justin war, und sie hatte ihn lächelnd wiederholt. *Schöner Name,* hatte sie gesagt. Und sein Herz war dahingeschmolzen. Doch seine Familie nannte ihn J, Little J, Baby J, J. Z. oder J. J. Und sie hatten noch zahllose andere Spitznamen für ihn. Einen davon jetzt zu hören, machte ihm bewusst, wie sehr er sie alle vermisste.

»Bitte komm an Weihnachten nach Hause. Donny vermisst dich.«

Hackett versuchte, beim Klang dieses Namens nicht zusammenzuzucken. Er weigerte sich weiter, Joe anzusehen. »Mach, dass du rauskommst.«

»Komm schon, ich bin den ganzen weiten Weg gefahren. Trink wenigstens ein Bier mit mir. Lass uns eine halbe Stunde lang vergessen, was passiert ist. Tu einfach so, als wäre ich kein Arschloch. Ich bin immer noch dein Bruder.«

Hackett fuhr herum und verpasste ihm einen Faustschlag gegen das Kinn. Joe stolperte zurück, krachte gegen die Stühle hinter ihm und ging dann zu Boden.

Die wenigen Gäste wichen sofort zurück aus Angst vor einer Schlägerei.

»Nein, nein!«, schrie Alice. »Nicht hier drinnen, Hackett, du weißt, dass ich das nicht zulasse!«

Joe hob den Arm und winkte ihr beschwichtigend zu. »Schon gut.« Er wischte sich über den Mund und leckte sich das Blut von der Lippe. Dann kam er langsam wieder auf die Füße. »Hier ist nichts passiert.«

Hackett achtete nicht auf ihn und wandte sich wieder seinem Bier zu.

Alice kam zu ihm. »Alles klar?«

»Tut mir leid. Das war lange überfällig.«

Sie wandte sich an Joe, der sich inzwischen wieder der Theke näherte. »Tut mir leid, Kumpel, aber ich glaube, Sie gehen jetzt besser. Ich will keinen Ärger und ich glaube, es ist ziemlich eindeutig, dass Officer Hackett nicht mit Ihnen sprechen möchte.«

»Okay, okay«, antwortete er an Alice gewandt, doch dann legte er Hackett eine Hand auf die Schulter. »Ich liebe dich, Bruderherz. Es tut mir leid.«

Nachdem er gegangen war, fragte Alice: »Worum ging es da?«

Hackett antwortete nicht.

»Ist das der Grund, warum Sie an Weihnachten nicht nach Hause wollen?«

»Jep.«

»Ihr Bruder.«

»Jep.«

»Wollen Sie darüber reden?«

»Nein.«

Sie füllte das Nussschälchen vor ihm wieder auf und schenkte ihm ein weiteres Bud ein. »Aufs Haus«, sagte sie.

Eine weitere halbe Stunde saß er einfach da, starrte in sein Bier, untersuchte seine Hand – seit Jahren hatte er niemanden mehr geschlagen – und fragte sich wieder, wie er es geschafft hatte, seine Karriere in nur einer Woche zu ruinieren.

Alice kehrte zurück. »Wissen Sie, manchmal hilft es, wenn man darüber redet.«

Ihre Hartnäckigkeit brachte ihn zum Lächeln. Gott, es tat so gut, jemanden zum Reden zu haben. Er stützte die Ellbogen auf die Theke, massierte sich die Schläfen und ließ den Blick durch den Raum schweifen. »Ich wollte nie hier sein.«

»Wo? In Michigan? In dieser Stadt? In dieser Bar?«

»Mein Dad ist Cop. Meine Brüder sind auch alle Cops.« Alice hob die Brauen und er wusste, was sie jetzt dachte. »Stimmt, ich habe also gerade einen Polizisten geschlagen.« Sie tauschten ein Grinsen. »Alle anderen wohnen in Indiana. Alle in derselben Kleinstadt, manche sogar in derselben Straße.«

»Ich nehme an, das kann ganz lustig sein. Kommt natürlich auf die Familie an.«

»Es war großartig. Und als meine Heirat bevorstand, habe ich uns auch ein Haus nur ein Stück die Straße runter besorgt.«

»Verstehen Sie das jetzt nicht falsch, Schätzchen, aber warum die Eile? Sie sind doch erst … Wie alt? Fünfundzwanzig?«

Er lächelte. »Sechsundzwanzig. Meine Freundin war schwanger.«

»Ah. Das erklärt es natürlich.«

»Es hat mir nichts ausgemacht. Ich wollte das, was meine Eltern hatten, was meine Brüder hatten. Ich war seit der achten Klasse immer wieder mit Olivia zusammen. Ich war damals total verknallt in sie. Sie war ›dieses Mädchen‹, wissen Sie? Das Mädchen, das alle anstarren, wenn sie einen Raum betritt. Alle haben sich nach ihr umgedreht – und sie wusste, wie heiß sie war. Ich habe sie vergöttert.«

Alice stemmte sich hoch und setzte sich auf die Arbeitsfläche an der Rückseite der Theke. Sie hatte keine Eile.

»Also sind wir vor ein paar Jahren zusammengezogen, in ein Haus, das nur ein kleines Stück von dem meiner Familie entfernt lag. Ich wollte sie heiraten, aber sie meinte, dass sie dafür noch nicht bereit wäre. Ich dachte, dass wir ja wirklich noch sehr jung waren und dass es irgendwann so weit sein würde. Aber dann ist sie schwanger geworden und ich habe sie natürlich wieder gebeten, mich zu heiraten. Ich habe sie geliebt. Ich liebe Kinder. Gott, ich habe schon neun Nichten und Neffen. Ich fand es toll. Unser Kind würde jede Menge Cousins und Cousinen haben und außerdem würden seine Großeltern ganz in der Nähe wohnen. Wir wären alle zusammen. Sie war sich nicht sicher, ob sie das Baby haben wollte, aber dann haben sich auch alle anderen eingemischt und schließlich hat sie eingewilligt. Sie wollte noch bis nach der Geburt warten, weil sie keine schwangere Braut sein wollte. Das konnte ich verstehen. Meine Familie ist eigentlich streng katholisch, genau wie ihre, aber für mich hat das keine Rolle gespielt.«

Alice rutschte von der Arbeitsfläche herab, schenkte sich ebenfalls ein frisches Bier ein und lehnte sich gegen den Tresen. »Ich habe so eine Ahnung, worauf das hinausläuft«, erklärte sie nickend.

»Dann kam das Baby zur Welt – es war der beste Tag meines Lebens. Wir haben ihn Donald genannt, nach ihrem Vater, gerufen haben wir ihn Donny.« Er zog sein Handy hervor und zeigte ihr ein Foto.

»Süßes Kind«, sagte Alice.

»Olivia hat die Hochzeitspläne immer weiter hinausgeschoben. Ich meine, nach mehreren Monaten habe ich mir dann schon gedacht: ›Worauf warten wir denn noch?‹ Dann bin ich eines Tages früher nach Hause gekommen und habe sie schreien gehört. Sie stand in der Küche, mit dem Rücken zu mir, und hat mit den Töpfen geklappert. Sie hat mich nicht hereinkommen hören. Sie hat ins Telefon gebrüllt: ›Worauf soll ich denn dann noch warten?‹ Ich dachte, es wäre vielleicht jemand von der Kabelgesellschaft, von denen wollte einer vorbeikommen, und ich dachte, er wäre vielleicht nicht aufgetaucht. Donny saß in seinem Kinderstuhl. Er war damals fünf Monate alt und sein Lächeln hat mir als Begrüßung vollkommen gereicht. Er hat die Ärmchen nach mir ausgestreckt und ich wollte ihn gerade hochnehmen, als sie sagte: ›Aber er ist dein Sohn.‹«

Kopfschüttelnd nahm Alice einen Schluck von ihrem Bier.

»Genau. Irgendwo tief in mir drin habe ich wohl immer gewusst, dass sie mich betrog. Ein Teil von ihr ist mir immer ein Rätsel geblieben. Ich dachte, dass es vielleicht noch Jahre dauern würde, bis ich alle ihre verborgenen Seiten entdeckt hätte. Der Gedanke, ihr mit der Zeit immer näher zu kommen, hat mir sogar irgendwie gefallen. Dann hat sie sich umgedreht und mich mit Donny auf dem Arm gesehen. Sie hat den Hörer fallen gelassen, und mehr gab es einfach nicht zu sagen. Die Sache war eindeutig. Donny war nicht von mir.«

»Das tut mir so leid, Schätzchen. Und Ihr Bruder? Ich

nehme mal an, dass er etwas damit zu tun hatte.«

»Leider ja. Danach ist alles ziemlich schnell aufgeflogen. Sie sagte, sie hätte gewusst, dass ich ein guter Vater sein würde, aber sie würde einen anderen lieben. Sie sagte, es täte ihr leid. Und mein Bruder – dieses Arschloch, das Sie gerade kennengelernt haben! – hat mir geraten, mich aus dem Staub zu machen. Er meinte, ich sei jung und die Stadt sei zu klein. Ich solle einfach irgendwo ganz von vorne anfangen. ›Die Ehe ist kein Zuckerschlecken‹, hat er gesagt. Tatsächlich hat ihn damals seine Frau verlassen und die Kinder mitgenommen. Sie sind zwar nur ans andere Ende der Stadt gezogen, aber trotzdem. ›Schau nicht zurück‹, hat er gesagt.«

Alice schüttelte wieder den Kopf. Sie wusste genau, was jetzt kam.

»Es war alles gelogen. Donny ist sein Kind. Er hatte nur einfach nicht die Eier, es mir zu sagen.«

»Und jetzt steht Weihnachten vor der Tür und Sie sollen wieder nach Hause kommen und mit ihnen zusammen feiern.«

»Jep. Meine Mutter ruft mich jeden Dienstag an, pünktlich wie ein Uhrwerk. Aber nachdem diese Bombe geplatzt ist, hat meine Familie das ganze Chaos einfach beiseitegewischt und so getan, als wäre alles beim Alten. Joe und Olivia sind zusammengezogen. Seine Exfrau hat inzwischen sogar schon wieder einen Neuen. Er lässt sich scheiden und tut so, als wäre nichts passiert. Das ist die neue Normalität. Aber Donny war mein Sohn. Ich war im Krankenhaus, als er geboren wurde. Ich habe ihn gefüttert, seine Windeln gewechselt. Ich habe ihn in all diesen Nächten auf dem Arm gehabt. Und jetzt soll ich einfach weitermachen, als wäre nichts gewesen.«

Alice stellte ihr Glas ab und beugte sich zu ihm vor. »Tja, Sie waren zwar ein bisschen zugeknöpft, als ich das letzte Mal davon angefangen habe, aber ich habe Sie vor ein paar Wochen mit einer jungen Frau flirten sehen. Für mich hat es so gewirkt, als hätten Sie sich ziemlich gut verstanden.«

»Ja.« Es klang beinahe wehmütig.

»Was da passiert ist, war wirklich mies. Aber dieser kleine Junge wird immer einen Platz in Ihrem Leben haben, stimmt's? Er ist immerhin Ihr Neffe. Und Olivia war offensichtlich nicht die Richtige für Sie. Ihr Herz war woanders.«

Natürlich hatte sie recht.

»Das hätte eine lebenslange Tragödie werden können. Es geht nie nur um die Kinder. Die Beziehung muss echt sein, man braucht einen richtigen Partner.«

Hackett nickte. »Das gefällt mir so an dem Mädchen, mit dem Sie mich gesehen haben. Sie ist schön, nicht wahr?«

»Sehr schön.«

»Sie ist das genaue Gegenteil von Olivia. Sie benimmt sich nicht, als würde ihr die ganze Welt gehören. Sie ist eher still. Aber ich habe gesehen, wie sie mit Gästen umgeht. Und wie sie mit Kindern spricht ...«

»Warum baden Sie dann noch in Selbstmitleid wegen diesem Miststück? Wir sollten uns stattdessen lieber auf das neue Mädchen konzentrieren.« Sie hob ihr Glas und wartete auf Hacketts Zustimmung.

Zögerlich hob Hackett das Glas und stieß mit ihr an, dann trank er den letzten Schluck Bier und wischte sich über den Mund. Seine Gedanken kehrten zu Bishop und dem Fall zurück. Wahrscheinlich würde sich sein Partner jetzt nur noch umso stärker auf Grace konzentrieren, wenn auch nur, um etwas zu beweisen. Er musste etwas unternehmen. Er musste diesen Tucker finden. Als er sich aber von seinem Barhocker erhob, geriet er ins Stolpern und wusste, dass er an diesem Abend nichts mehr ausrichten würde. Er dankte Alice für das Bier und dafür, dass er sich bei ihr hatte aussprechen dürfen. Sie drückte ihm die Hand. »Jederzeit, Officer.«

Kapitel 25

Hackett hatte es gerade noch geschafft, den Wecker zu stellen, dann war er in tiefen Schlaf gefallen. Als das nervtötende Piepsen einsetzte, ignorierte er den Schmerz, der sich in der Nacht zwischen seinen Schläfen eingenistet hatte, und entschied stattdessen tapfer, zu heiß zu duschen, drei Kopfschmerztabletten einzuwerfen und sich rasch unten an der Straße einen Kaffee zu holen, bevor er nach Bridgman fuhr, entschlossen, die Dinge wieder in Ordnung zu bringen.

Er parkte vor der Autowerkstatt und sah zwei Beine und einen Oberkörper, die unter einem Wagen hervorragten. »Entschuldigung?«

Der Mechaniker rollte mit ölverschmierten Händen unter dem Auto hervor. Es war Tom, der Eigentümer, und bei Hacketts Anblick verdrehte er genervt die Augen.

»Ich habe noch ein paar Fragen.«

»Hören Sie, ich habe Ihnen alles über den Ring erzählt. Mehr weiß ich nicht. Ich habe hier ein Geschäft zu führen.« Damit rollte er wieder unter den Wagen. »Der hier muss vor neun fertig werden.«

Ohne Bishop an seiner Seite wurde er offensichtlich weit weniger respektvoll und aufmerksam behandelt. »Hey, wir können das entweder hier oder auf dem Revier erledigen, aber ich muss mit Ihnen sprechen.«

Tom kam wieder hervorgerollt und stand langsam auf. Für einen Mann seines Alters und mit so einem Bauch konnte das kein leichter Job sein. »Worum geht es diesmal?«

»Ich muss mich mit einem Ihrer Angestellten unterhalten, mit Tucker. Außerdem möchte ich Ihnen ein paar Fragen über ihn stellen.«

Tom wischte sich die Hände an einem Tuch ab, das an seinem Gürtel hing. »Tja, da kann ich Ihnen nicht helfen. Er arbeitet nicht mehr hier. Wer hat Ihnen überhaupt von ihm erzählt?«

»Dave Jacks. Er sagte, Tucker sei am Dienstag, diesem dritten Dezember, beim Kartenspiel dabei gewesen.«

»Was auch immer Jacks von sich gibt, würde ich mit Vorsicht genießen. Dieses Arschloch ist hier nicht mehr willkommen.«

»Wie meinen Sie das?«

»Ich habe nur zwei Anforderungen an die Spieler: Sie müssen genug Geld mitbringen, um zu spielen, und sie dürfen keine zwanghaften Lügner sein. Ich brauche diesen Mist nicht.«

»Und Dave Jacks ist ein zwanghafter Lügner?«

»Tja, sagen Sie es mir.« Tom lächelte. »Wir waren beim Kartenspielen und Cahill hat angefangen, Dave ein bisschen aufzuziehen. Irgendjemand hat erwähnt, dass ihm das Brewster unten in New Buffalo gehört, und Cahill hat so etwas gesagt wie: ›Ach, von dir habe ich schon so einiges gehört.‹ Das schien Dave nicht zu gefallen, aber Cahill hatte offenbar seinen Spaß. Er hat uns erzählt, dass Grace und ein paar andere Mädchen einmal in Daves Büro gegangen sind und seinen Computer eingeschaltet gefunden haben. Auf dem Bildschirm war sein Profil bei einer Datingseite geöffnet. War wohl alles gelogen. Er hat angegeben, er wäre Witwer und Unternehmer. Hat einen anderen Namen eingetragen und behauptet, er würde Kinder und Reisen und Bootsfahrten lieben.« Tom lachte. »So was eben.«

»Und wie hat Dave darauf reagiert, als Cahill das alles erzählt hat?«

»Er hat gesagt, das wäre völliger Blödsinn. Wollte die Unterhaltung wieder auf das Kartenspiel lenken, aber die Jungs hatten ihren Spaß mit der Sache. Eigentlich war es ein ziemlich lustiger Abend, bis Cahill wegen dem Ring ausgerastet ist.«

»Okay, jetzt zu Tucker. War er an diesem Abend auch dabei?«

»Ja. Aber er ist schon seit über einer Woche nicht mehr hier aufgetaucht, also würde ich sagen, dass sein Arbeitsverhältnis im Moment beendet ist.«

»Dann haben Sie ihn also weder gefeuert, noch hat er gekündigt? Er ist einfach nicht mehr aufgetaucht?«

»Richtig.«

»Und wann haben Sie ihn das letzte Mal gesehen?«

»Die restlichen Tage der besagten Woche hat er noch gearbeitet. Am Freitag war er da. Aber das war's dann auch.«

Hacketts Puls beschleunigte sich. »Und wann hätte er eigentlich wieder zur Arbeit kommen sollen?«

»Am nächsten Tag. Er ist nicht aufgetaucht.«

Das war der Tag, an dem Michael Cahill ermordet worden war. »Was können Sie mir über Tucker erzählen?«

Tom rollte mit den Augen. »Tja, Tucker ist schon ein komischer Vogel, aber unter der Motorhaube ist er ein Genie, also bin ich mit ihm klargekommen.«

»Was meinen Sie mit komisch?«

»Ich will niemanden in Schwierigkeiten bringen. Der Junge hat wahrscheinlich schon genug durchgemacht.«

»Soll heißen?«

»Er ist ein Einzelgänger, ist als Pflegekind aufgewachsen. Ich glaube, er wurde ziemlich mies behandelt. Das haben mir jedenfalls die anderen erzählt.«

»Die anderen? Ihre Mitarbeiter?«

»Genau. Besonders überrascht hat es mich ja nicht. Als er hier angefangen hat, war er ein aufbrausender Junge. Hat oft Werkzeug durch die Gegend geworfen, wenn er wütend wurde, aber im letzten Jahr ist er milder geworden. Jedenfalls war er überall auf den Armen und sogar am Hals tätowiert. Ein paar der Bilder waren ziemlich brutal, aber er ist jedes Mal angekommen und hat mir sein neuestes Tattoo gezeigt. Dabei war er immer ganz aufgeregt. Ehrlich gesagt kam es mir fast so vor, als wäre er süchtig danach. Dass man sich hier oder da mal ein Bild stechen lässt, habe ich ja schon gehört, aber er war sozusagen komplett bemalt. Allerdings haben ihn die Leute deswegen für ein bisschen verrückt gehalten und das war ganz hilfreich, um bei den Kartenspielen alle in der Spur zu halten.«

Hackett nickte und verknüpfte die Details im Kopf. »Und ich habe gehört, dass er beim Kartenspiel mitmachen wollte, dass Sie ihn aber nie gelassen haben.«

Tom nickte. »Er konnte es sich nicht leisten. Das wusste ich. Er brauchte ständig dringend Geld, hat mich um Vorschüsse auf sein Gehalt gebeten. Aber Geldprobleme kann man nun mal nicht am Spieltisch lösen. So ein Arschloch bin ich nicht.«

»Wie lange hat er hier gearbeitet?«

»Etwa zwei Jahre.«

»Und nach zwei Jahren taucht er plötzlich einfach nicht mehr auf. Haben Sie sich denn keine Sorgen gemacht? Haben Sie jemanden angerufen?«

»Doch, habe ich. Ich habe bei ihm zu Hause angerufen und gehört, dass er die Stadt verlassen hat. Das war's.«

»Haben Sie hier irgendwo ein Foto von Tucker?«

Tom lachte leise auf. »Das hier ist keine Modelagentur.«

»Können Sie ihn mir beschreiben – Alter, Größe, Haarfarbe, Gewicht, Augenfarbe?«

»Ich glaube, er ist etwa sechsundzwanzig Jahre alt. Weder besonders groß noch dick. Eher drahtig. Vielleicht ein Meter fünfundsiebzig.«

»Und seine Haare?«

»Weißblond. Aber das ist sicher gefärbt. An den Wurzeln waren die Haare ziemlich dunkel. Seine Haare stehen wie Stacheln vom Kopf ab.«

»Noch etwas?«

»Eher nicht. Auf seine Augen habe ich jedenfalls nicht so genau geachtet, dass ich Ihnen die Farbe verraten könnte. Aber wie gesagt, er hatte jede Menge Tattoos und paar Ohrringe. Das ist alles.«

»Wissen Sie, ob er Drogen genommen hat?«

»Das wäre auf jeden Fall möglich. Schauen Sie sich um. Wir sind hier nicht bei IBM. Ich führe keine Drogentests durch. Meine Leute kommen zur Arbeit, machen ihren Job und stempeln wieder aus. Ich brauche keine Referenzen oder Ausbildungsnachweise. Sie zeigen mir, was sie können, und dann tun sie genau das. Tucker hat seinen Job gut gemacht. Er hatte ein echtes Händchen für Autos.«

»Hatte er hier einen Spind oder so? Etwas, worin er seine Sachen aufbewahrt hat?«

»Klar, hier haben alle ein Schließfach im Pausenraum.« Widerstrebend führte Tom ihn in den überfüllten Raum im hinteren Teil des Gebäudes. Auf dem Tisch lagen zusammengeknüllte Fast-Food-Einwickelpapiere. »Schweine«, grollte Tom und warf den Müll in den Papierkorb. Dann deutete er auf einen Spind. »Der da war seiner.« Das Schloss war noch immer zu.

»Tja, jetzt arbeitet er ja nicht mehr hier, richtig? Machen wir das Ding mal auf.«

»Klar.« Tom ging hinaus und kehrte mit einem Bolzenschneider zurück.

Sie öffneten das Schließfach. Ein altes Sweatshirt, eine Baseballkappe, etwas Kleingeld und ein paar Quittungen lagen auf dem Boden des Schranks. Es sah aus wie in einer Kramschublade. Vorsichtig untersuchte Hackett die Gegenstände. »Ich würde diese Dinge gerne mitnehmen. Haben Sie etwas dagegen?«

»Was sollte mich das kümmern?«

Hackett kehrte zu seinem Auto zurück, um sich ein paar Latexhandschuhe und Beutel zu holen. Er wusste selbst nicht, wohin das führen sollte, aber vielleicht gab es ja Fingerabdrücke auf den Papieren, vielleicht auch DNA-Spuren. Vielleicht würden sie eine Verbindung finden. »Sie haben gesagt, dass er am Freitag, dem sechsten Dezember, noch hier war, richtig?«

»Ja.«

»Wann ist er hier erschienen?«

»So gegen eins vielleicht. Ich glaube, er ist bis acht geblieben.«

Hackett las eine der Quittungen. Es war ein Parkzettel des Four Winds Casino. Erfasst um zwölf Uhr mittags, am Freitag, dem sechsten Dezember.

»War's das jetzt? Ich muss wieder an die Arbeit«, sagte Tom.

»Natürlich. Nur noch zwei Fragen. Ich muss wissen, was für ein Auto er fährt und wo er wohnt. Dann sind Sie mich los.«

»Kein Auto, er fährt Motorrad. Eine Honda. Kommen Sie mit ins Büro, dann suche ich Ihnen die Adresse raus.«

Als Hackett vor Tuckers Haus vorfuhr, warf er einen Blick auf sein Navi, um sich zu vergewissern, dass er wirklich am richtigen Ort war. Er war mehrere Kilometer von Buchanan aus über eine schmale Kiesstraße gefahren. Der nächste Nachbar wohnte mindestens fünfhundert Meter weit entfernt. Das Haus lag gut fünfzehn Meter von der Straße zurückversetzt – ein schlichtes Farmhaus, dem die vielen harten Winter Michigans und die jahrzehntelange Vernachlässigung anzusehen waren. In der Einfahrt stand ein alter Kombi, aber kein Motorrad. Ein Stück weiter hinten, auf der rechten Seite, erkannte er eine riesige Scheune, etwa doppelt so groß wie das Haus. Ein kleiner, vorne offener Bretterverschlag befand sich neben der Straße und Überbleibsel aus der Zeit der landwirtschaftlichen Nutzung des Gebäudes lagen verstreut am Zaun: ein gewaltiges Metallrad, ein paar Reifen und mehrere Plastikkisten.

Hackett war sich darüber bewusst, wie dumm sein Verhalten war. Es war nicht länger sein Fall. Aber wahrscheinlich war er mittlerweile suspendiert oder sogar gefeuert worden, also hatte er nichts mehr zu verlieren. Er stieg aus und zog den Reißverschluss seiner Jacke hoch. Die Temperatur war weiter gesunken und lag mittlerweile bei etwa minus zwanzig Grad. Er tastete nach seiner Waffe an der Hüfte. Glücklicherweise war Bishop so erzürnt gewesen, dass er nicht einmal auf den Gedanken gekommen war, ihm die Waffe abzunehmen oder ihn zum Chief zu schleifen.

Er folgte einem niedergetrampelten Pfad zum Haus und klingelte an der Tür. Niemand öffnete. Wieder klingelte er und zog die alte Fliegengittertür auf. Doch die Federn in den Angeln waren gebrochen: Ein Windstoß entriss ihm die Tür und der Aluminiumrahmen krachte gegen die Hausverkleidung.

Er ging zur Rückseite des Gebäudes. Die meisten Fenster waren mit Tüchern verhangen, doch eines war unverhüllt. Er legte die Hände um das Gesicht und spähte durch das Glas. Undeutlich erkannte er ein Wohnzimmer mitsamt Flachbildfernseher und Flohmarktmöbeln. Auf einem Kaffeetischchen lag ein Plastikbeutel mit Kapseln. Dahinter befand sich die Küche, darin ein Tisch, auf dem eine Art Metallpresse stand.

Er vollendete die Runde, doch bei den übrigen Fenstern waren die Rollläden heruntergelassen. Von der Hintertür führten Spuren zum Scheunentor. Durch die Ritzen zwischen Tür und Türrahmen drang Licht heraus.

Als er das mächtige Scheunentor aufschob, knarrte es. Ein Schwall warmer Luft traf ihn, an den Dachsparren summten mehrere Heizstrahler vor sich hin. Hackett zog überrascht die Luft ein: Vor ihm lag eine gewaltige Plantage. Mindestens zehn lange mit Pflanzen bedeckte Tische. Jede der Pflanzen trug ein anderes Namensschild, doch sie alle endeten auf »Datura«. Es war kein Hanf, aber mehr wusste er auch nicht.

Am anderen Ende der Scheune standen zwei Plastikliegestühle mit einer kleinen Kiste dazwischen. Er trat näher. Auf einem der Stühle lag jemand, die Arme hinter dem Kopf verschränkt, Kopfhörer in den Ohren. Mit gezogener Waffe ging Hackett weiter.

»Polizei«, rief er.

Der Mann rührte sich nicht.

Hackett stieß ihn mit dem Lauf der Pistole an.

Langsam drehte der Mann den Kopf und öffnete die Augen.

Hackett wich ein paar Schritte zurück. »Polizei. Hände hoch, so, dass ich Sie sehen kann.«

»Hoppla, Kumpel. Ganz cool.« Träge hob er die Hände ein Stück. Er lächelte. »Dude, das hier ist ein Privatgrundstück.«

»Ja, und dass da« – Hackett zuckte mit dem Pistolenlauf in Richtung der Pflanzen – »ist ein hinreichender Verdacht.«

Der Mann setzte sich auf und zog die Stöpsel aus den Ohren. »Hören Sie mal, ich weiß ja nicht, was Sie glauben, da gefunden zu haben, aber hier drinnen ist nichts Illegales. Auf jeden Fall kein Marihuana, wenn Sie das meinen.« Er stand auf. »Wie kann ich helfen, Officer?«

»Was ist das dann für ein Zeug?«, fragte Hackett und machte eine Geste, die den gesamten Raum einschloss.

»Das sind meine Pflanzen, Kumpel. Was soll ich sagen, ich liebe die Gartenkultur.«

»Sind Sie Tucker?«

»Nein, Mann. Tucker wohnt hier nicht mehr.«

Hackett sah sich um, unschlüssig, was er als Nächstes tun sollte.

Der Mann setzte sich wieder und klopfte auf den Liegestuhl neben sich. »Kommen Sie schon, Dude. Setzen Sie sich. Sagen Sie mir, was ich für Sie tun kann.«

Hackett trat näher und ließ die Waffe sinken. »Ich muss Tucker finden. Wie wäre es, wenn Sie mir verraten, wann Sie ihn zuletzt gesehen haben? Ich nehme an, dass Sie auch hier wohnen?«

»Stimmt. Aber Tucker war mal hier, mal da. Ist schon eine Weile her.« Er legte sich zurück und verschränkte die Arme wieder hinter dem Kopf. »Er hat das Haus eigentlich nur für seine Post und den Anbau benutzt.«

»Und wann haben Sie zuletzt von ihm gehört?«

»Vor ein paar Wochen, glaube ich.« Er gähnte und schloss die Augen.

Hackett stieß ihn am Arm an. »Aufwachen, na los! Ich brauche Details. Wann genau?«

Der Typ hob die Lider und spähte zu den Dachsparren hinauf. »Muss am Freitag gewesen sein.« Er zog sein Handy hervor und drückte ein paar Tasten. »Ja, da haben wir es. Er hat mir eine Nachricht geschickt. Freitag, sechster Dezember, zwei Uhr.« Er zeigte Hackett das Display. »Hat geschrieben, er wäre auf eine Goldader gestoßen. Wir wollten uns am Samstag treffen.«

»Aber dazu ist es nicht gekommen?«

»Nee. Der Arsch ist nie aufgetaucht.«

»Und was könnte er Ihrer Meinung nach mit der Goldader gemeint haben?«

»Geld, schätze ich mal. Wir sind nicht gerade sparsam«, erklärte er verlegen. »Haben Sie das Haus gesehen? Bisschen schäbig, hm? Und wir brauchen Bares für unser Unternehmen.«

»Was für ein Unternehmen?«

Jetzt setzte sich der Typ abrupt auf, begeistert bei der Vorstellung, jemandem davon erzählen zu können. Plötzlich wirkte er energiegeladen. »Na ja, Sie wissen ja, dass das Geschäft mit dem Marihuana nach Michigan kommt. Legal. Medizinisch, wie auch immer. Wir sind so etwas wie Unternehmer.«

»Kann ich mir vorstellen. Und Sie wollen in das Geschäft mit medizinischem Marihuana einsteigen? Aber das da ist kein Hanf.«

Er lächelte. »Richtig. Nein, Mann. Wir haben etwas Besseres. Und es ist ganz legal. Bewusstseinsverändernd legal, Kumpel. Das da ist die Zukunft.«

»Lassen Sie mich raten, Sie sind auch einer dieser Psychonauten.«

Stolz warf er sich in die Brust. »Teufel, ja, Mann. Warum sollte man sich darauf beschränken, auf dieser Erde zu wandeln, wenn man buchstäblich durch den eigenen Geist wandeln kann?«

»Klar.«

»Ich sag's Ihnen, machen Sie es nicht schlecht, bevor Sie es nicht ausprobiert haben.«

Er musste den Kerl dazu kriegen, sich zu konzentrieren. »Kennen Sie Michael Cahill?«

»Wen?«

»Haben Sie Drogen an Michael Cahill verkauft?«

»Ich verkaufe keine Drogen, Mann.«

»Im Ernst, was genau tun Sie eigentlich?«

»Ich bin quasi Wissenschaftler, Dude.«

»Natürlich – und wie verdienen Sie Ihr Geld?«

»Im Sommer baue ich ein bisschen was an. Ich verkaufe Obst und Gemüse, Sie wissen schon, was eben so geht. Manchmal habe ich auch Glück im Kasino.«

»Und was ist am Samstag passiert? Tucker ist nicht aufgetaucht. Haben Sie ihn angerufen?«

»Ja, aber dann habe ich gehört, dass er die Stadt verlassen hat. Arsch! Wahrscheinlich hat er es sich anders überlegt und wollte nicht mit mir teilen.« Dann ließ er sich wieder nach hinten sinken, als wäre damit alles gesagt.

»Von wem wissen Sie, dass er die Stadt verlassen hat?«

»Von seiner Alten.«

Hackett zog sein Notizbuch hervor. »Wie heißen Sie?«

»Henry.«

»Henry, und wie weiter?«

»Henry David.«

»Ihr Nachname ist David?«

Der Typ grinste. »Nein, Mann.«

»Wie lautet Ihr voller Name, inklusive Nachname?«

»Henry David Thoreau.« Er nickte lächelnd vor sich hin. »So ist es.«

Hackett rollte mit den Augen. »Ihr Name lautet Henry David Thoreau?«

»Überprüfen Sie's.« Der Typ griff nach hinten, brachte seinen Geldbeutel zum Vorschein und reichte ihm seinen Führerschein. »Hab ihn vor ein paar Jahren ändern lassen.«

»Und warum das?«

»Weil, Mann, im Wald, da war ein Weg, der Weg lief auseinander, und ich – ich schlug den einen ein, den weniger begangenen, und das war der ganze Unterschied.« Seine glasigen Augen strahlten vor Stolz.

»Tja, ich sage Ihnen das ja nur ungern, aber diese Verse sind von Robert Frost.«

Der Typ fuhr hoch, offenbar zu Tode erschrocken, doch dann ließ er sich grinsend wieder zurücksinken. »Quatsch. Sie wollen mich wohl veräppeln, Kumpel.«

Hackett kam sich nicht oft vor wie ein Gelehrter, aber dieses Gedicht hatte er im Englischunterricht auswendig lernen müssen. »Nein, will ich nicht. Wie auch immer, wie lautete Ihr Name, bevor Sie ihn geändert haben?«

»Marty Kesler.«

»Okay. Also, Marty.« Er notierte sich den Namen, um ihn zu überprüfen. Nein, wahrscheinlich würde Bishop das tun. »Ich brauche Tuckers Handynummer, seinen vollen Namen und die Adresse seiner Freundin.«

Kesler setzte sich auf. »Das mit Thoreau ist echt kein Scheiß?«

»Tut mir leid.«

»Aber Thoreau war doch Poet, oder?«

»Ja. Aber ich glaube, er ist eher für ein Zitat bekannt, in dem es darum geht, dass die meisten Menschen ein Leben in stiller Verzweiflung führen.«

Kesler grinste. »Tja, auch gut. Damit kann ich leben. Etwas, das man vermeiden sollte, finden Sie nicht, Officer?«

Hackett schüttelte den Kopf. Mit den verdrehten Gedankengängen dieses Kerls konnte er einfach nicht Schritt halten.

Kesler schien sich wieder kurz konzentrieren zu können und suchte in seinen Kontakten. Er reichte Hackett das Handy, auf dessen Display die gewünschten Informationen zu lesen waren. »Hier, bitte schön.«

»Scheiße«, fluchte Hackett. Er erkannte Tuckers Nachnamen sofort. »Danke«, rief er und rannte bereits zum Tor.

Kapitel 26

Es war die erste Nacht, in der Grace nicht mehrere Male aufgewacht war, aber sie fühlte sich trotzdem furchtbar. Allein das Aufstehen schien doppelt so viel Kraft zu kosten wie sonst. Durch die Fenster fiel Sonnenlicht herein und als sie auf die Uhr sah, stellte sie überrascht fest, dass es bereits Mittag war. Sie hatte über sechzehn Stunden geschlafen.

Unten in der Küche fand sie weder den üblichen von Lisa vorbereiteten Kaffee noch die morgendlichen auf Notizzetteln hinterlassenen Nachrichten – eine willkommene Veränderung. Irgendetwas sollte heute passieren. Aber Grace wusste nicht mehr, was. Sie zog ihr Handy hervor und setzte sich, völlig erschöpft vom Hinuntersteigen der Treppe. Sie überprüfte den Kalender und nickte. Heute war der große Tag. Vielleicht würde sie endlich ihre Antworten bekommen.

Es war noch kälter geworden, aber die Sonne strahlte vom wolkenlosen Himmel auf die weißen Felder hinab, als sie nach New Buffalo fuhr. Es fiel ihr schwer, sich an das Tempolimit zu halten. Erst zwei Tage waren vergangen, seit sie Dr. Newell zuletzt gesehen hatte, doch es fühlte sich an, als wäre es schon viel länger her, und sie wollte nirgendwo auf der Welt lieber sein als in ihrem Büro. So viel war geschehen und doch waren die meisten ihrer Fragen unbeantwortet geblieben. Die Visionen, die Informationsbruchstücke, das Treffen mit Vicki, die Bilder ihrer Mutter, ihre Panikattacken, ihre wachsende Angst vor dem Haus – alles, was sie erfuhr und fühlte, warf nur noch weitere Fragen auf.

Dr. Newell begrüßte sie in der Praxis und Grace reichte ihr die Kassette zurück. »Das hat geholfen«, sagte sie und setzte sich auf das Sofa.

Die Ärztin ließ sich ihr gegenüber auf einem Stuhl nieder. »Hat es Ihre Erinnerungen zurückgebracht?«

»Nicht wirklich zurückgebracht. Ich erinnere mich nicht daran, Ihnen diese Dinge erzählt zu haben, und auch an Michael kann ich mich nicht besser erinnern als vorher, aber es war informativ und manches ist mir wieder eingefallen.« Sie zögerte. »Ich bin es so leid, nicht zu wissen, wer ich bin und was ich getan habe. Wir werden der Sache auf den Grund gehen, richtig?«

Dr. Newell lächelte ermutigend. »Ich kann Ihnen nichts versprechen, aber ich werde tun, was ich kann. Als Erstes möchte ich wissen, welche Medikamente Sie nehmen und wie Sie sich dabei fühlen.«

»Hier, ich habe sie alle mitgebracht.« In letzter Sekunde, bevor sie das Haus verlassen wollte, war es ihr wieder eingefallen. Sie fischte die Tablettenfläschchen aus ihrer Handtasche und stellte sie auf den Schreibtisch der Ärztin. »Lisa flippt aus, wenn ich sie nicht nehme, aber die Medikamente helfen mir nicht wirklich. Wann immer es geht, lasse ich eine Dosis aus. Die Kopfschmerzen haben nachgelassen, und wenn ich die Tabletten nehme, fühle ich mich völlig benommen. Ich kann nicht schlafen; ich kann mir nichts merken.«

Die Ärztin setzte ihre Brille auf und las die Etiketten, machte sich Notizen. »Am Montag haben Sie einen Termin bei Ihrem Arzt, richtig?«

»Ja.«

»Ich denke, dann ist es in Ordnung, wenn Sie mit der Einnahme der Medikamente bis dahin aussetzen. Das sind ziemlich starke Mittel.«

»Okay.« Grace ließ sich auf dem Sofa nach hinten sinken, bis sie lag. »Fangen wir an.«

Dr. Newell lächelte. »Sie haben es ja sehr eilig. Aber denken Sie daran, Grace, ich kann Ihnen nichts garantieren. Hypnose ist eine Art Meditation. Wir werden versuchen, Sie in einen tiefenentspannten Zustand innerer Konzentration und fokussierter Aufmerksamkeit zu bringen. Ihre Bereitschaft, sich zu konzentrieren und zu entspannen, ist dabei entscheidend. Sie können nicht gegen Ihren Willen hypnotisiert werden! Sie werden außerdem die ganze Zeit wach sein. Ich werde Sie nicht in einen schlafähnlichen Zustand versetzen, damit Sie jederzeit entscheiden können, wann Sie aufhören möchten. Sie brauchen es nur zu sagen. Ich hoffe einfach, dass Sie sich in der Entspannung öffnen und dadurch an ein wenig mehr erinnern können.«

»Ich bin bereit.«

»Außerdem sollten Sie wissen, dass einige Fachleute glauben, Hypnose könne zu falschen Erinnerungen führen. Unser Verstand sucht nach einem Weg, die Lücken zu füllen, was sehr verwirrend sein kann. Aber bei meinen Patienten habe ich gute Resultate damit erzielt. Der Schlüssel des Ganzen ist, dass Sie diese Reise führen. Ich werde Ihnen keine Vorschläge machen oder bestimmte Vorstellungen wecken. Ich werde Sie einfach begleiten und dann werden wir sehen, was wir finden können.«

»Okay.« Grace ließ den Kopf in die Kissen sinken.

»Ich werde versuchen, Sie in einen entspannten Zustand zu bringen, in dem Sie zwar noch immer bei vollem Bewusstsein sind, in dem es Ihnen aber möglich ist, an Erinnerungen heranzukommen, die Sie möglicherweise ausblenden. Zuerst möchte ich, dass Sie jetzt die Augen schließen und sich auf Ihren Atem konzentrieren.«

Grace folgte den Anweisungen der Ärztin und ließ sich von ihr durch einige Übungen führen. Schon bald fühlte sie sich so entspannt, dass sie weitermachen konnten.

»Grace, vor zwei Wochen sind Sie ins Krankenhaus gekommen. Können Sie mir irgendetwas über diesen Tag erzählen?«

»Ich hatte einen Autounfall.«

»Können Sie mir etwas über diesen Unfall erzählen?«

»Nein. Ich erinnere mich an nichts.«

»Und vor dem Unfall? Erinnern Sie sich daran, wohin Sie gefahren sind oder was Sie an diesem Morgen getan haben?«

»Nein.«

»Okay. Gehen wir noch etwas weiter zurück. Vor ein paar Jahren sind Ihre Eltern gestorben. Wie haben Sie sich gefühlt, als das passiert ist?«

»Ich war traurig. Nein, das stimmt nicht. Mehr als traurig. Ich habe mich schuldig gefühlt.«

»Warum haben Sie sich wegen des Todes Ihrer Eltern schuldig gefühlt?«

»Ich wollte mit Michael zusammen sein. Ich habe mich oft mit ihnen gestritten.«

»Wie haben Sie sich gefühlt, als Sie von ihrem Tod erfahren haben?«

»Ich war traurig. Aber da war auch ein Teil in mir …« Sie brach ab.

»Was?«

»Ich habe Michael geliebt. Ich wollte weg aus diesem Haus. Wir wollten zusammen sein, aber sie haben es verboten. Wir hatten uns sogar vorgenommen, zusammen durchzubrennen.«

»Wann wollten Sie das tun?«

»Sobald ich mit dem Schuljahr fertig war.«

Dr. Newell wartete.

»Aber nachdem sie gestorben waren, musste ich nicht mehr weglaufen.«

»Ist das der Grund, warum Sie sich schuldig gefühlt haben? Weil Sie einen Vorteil von ihrem Tod hatten?«

Ihre Stimme brach. »Es war nur ein ganz kleiner Teil von mir. Wie eine leise Stimme in meinem Kopf, die geflüstert hat, dass wir jetzt nicht mehr abhauen müssen.«

»Gibt es noch einen Grund, warum Sie sich schuldig gefühlt haben?«

»Ja.«

»Können Sie mir davon erzählen?«

»Ich war nicht da.«

»Wo waren Sie?«

»Ich habe bei Vicki übernachtet. Wir haben uns rausgeschlichen und uns mit Michael und Wesley getroffen. Wir sind an den Strand gefahren, nach Cherry Beach.«

»Was haben Sie dort gemacht?«

»Wir haben ein Lagerfeuer angezündet, ein paar Joints geraucht, und dann … dann …« Es war, als würde ihr Verstand eine Straße entlangwandern und dann plötzlich in einen Graben stürzen. Einen Moment lang steckte sie fest, so als stünde sie an einer Gabelung und wüsste nicht, welchen Weg sie gehen sollte.

»Was war dann?«

»Vicki und Wesley haben sich in die Dünen zurückgezogen, um miteinander zu schlafen.«

»Und was war mit Ihnen und Michael?«

»Ich habe ihn geliebt.«

»Was haben Sie gemacht, nachdem Vicki und Wesley fort waren?«

»Das Feuer ist ausgegangen. Wir haben uns ins Auto gesetzt. Uns geküsst. Geredet.«

»Haben Sie über etwas Bestimmtes gesprochen?«

»Wir wollten meine Eltern zur Rede stellen, sie dazu zwingen, uns zusammen sein zu lassen.«

»Und haben Sie das getan?«

Grace schüttelte den Kopf.

»Ist da noch etwas? Was ist es, Grace?«

»Es war meine Schuld. Sie sind meinetwegen gestorben.«

»Warum fühlen Sie sich für den Tod Ihrer Eltern verantwortlich?«

»Meine Mutter und ich hatten einen schlimmen Streit.«

»Wann, an diesem Abend?«

»Nein. Ein paar Tage vorher. Sie hat behauptet, ich wäre zu jung, um mit Michael zusammen zu sein oder mit ihm zusammenzuziehen. Sie hat gesagt: ›Warum treffen meine Töchter so schlechte Entscheidungen?‹ Das hat mich furchtbar wütend gemacht.«

»Warum?«

»Weil sie mich mit Lisa verglichen hat. Ich war nicht wie Lisa. Meine Mutter hatte keine Ahnung.«

»Was meinen Sie damit, dass Ihre Mutter keine Ahnung hatte?«

»Meine Mutter war … Sie war so blind.« Wut mischte sich in ihre Stimme.

»Erzählen Sie weiter.«

»Sie hat ihre ganze Zeit damit verbracht zu fotografieren, zu malen, Dinge zu beobachten, und trotzdem hat sie mich nie gesehen. Sie wusste nicht, was in diesem Haus vor sich ging.«

»Was ging dort vor sich, Grace?«

Tränen quollen unter ihren geschlossenen Lidern hervor. Sie wischte sie nicht weg. Sie schüttelte den Kopf, brachte jedoch nichts mehr heraus. Ihre Lippen schienen sich gegen die Worte zu wehren.

Dr. Newell rückte mit dem Stuhl näher an das Sofa heran. Sie nahm ihre Hand. »Sie sind hier sicher. Es kann Ihnen nichts mehr passieren. Alles ist gut. Erzählen Sie mir, was vorgefallen ist.«

»Dieses Haus war ein Albtraum. Sogar nachdem sie fort war, ist es immer weitergegangen.«

»Nachdem wer fort war?«

»Lisa.«

»Erzählen Sie weiter.«

»Wir haben im Wald gespielt. Um das Haus herum gab es viel Wald. Alle haben gesagt, wir müssten uns dort gut auskennen, damit wir uns nicht verlaufen.«

»Wer sind alle?«

»Meine Eltern.«

»Okay.«

»Also hat sie uns die Augen verbunden.«

»Ihre Mutter?«

»Nein.«

»Wer?«

»Lisa.«

»Und wen meinen Sie mit ›uns‹?«

»Mary und mich.«

»Ihre Schwester. Okay, und wie alt waren Sie damals?«

»Sie hat es oft getan. Ich erinnere mich nicht mehr an jedes Mal. Aber am Schluss war es nur noch ich. Da war ich ungefähr sechs.«

»Und was ist passiert?«

Es fühlte sich an, als wäre sie wieder dort, als wäre sie erst sechs Jahre alt. Sie trug ihr Gänseblümchenkleid und stand mitten im Wald. »Sie hat mich fünfmal im Kreis gedreht und gesagt, ich müsste mich zurück nach Hause tasten. Sie hat gesagt, sie würde immer neben mir bleiben. Ich bin über einen Ast gestolpert und hingefallen. Sie hat gelacht, mich wieder hochgezogen und gesagt: ›Oh, Vorsicht, da liegt ein Ast.‹ Sie hat gesagt: ›Geh immer meiner Stimme nach.‹ Also habe ich es getan. Ich habe mich an Zweigen und Ästen gestoßen und meine Beine wurden von oben bis unten zerkratzt. ›Komm schon, das machst du gut‹, hat sie gerufen. ›Nur noch ein paar Schritte.‹ Und dann war plötzlich der Boden weg. Ich bin in ein Loch gefallen und in etwas Feuchtem gelandet. Es roch ekelhaft. Ich habe angefangen zu schreien. Lisa hat nur gelacht. ›Du hättest mal dein Gesicht sehen sollen‹, hat sie gesagt und mir dann die Augenbinde abgenommen. Ich lag in der Kompostgrube, auf verrottenden Blättern, Eierschalen, braunen Bananen und Kaffeesatz.«

»Haben Sie Ihrer Mutter davon erzählt?«

Grace schüttelte den Kopf. »Lisa ist vorgelaufen und hat ihr erzählt, ich wäre in die Kompostgrube gefallen. Meine Mutter dachte, es wäre nur ein harmloses Missgeschick gewesen. Ich habe nichts gesagt.«

»Dachten Sie, sie würde Ihnen nicht glauben?«

Wieder schüttelte sie den Kopf und versuchte, in ihrem Geist weiter durch den Wald zu laufen. Mary war an ihrer Seite.

»Ist das der Grund, warum Sie nervös werden und das kleine Mädchen weinen hören, wenn Sie in die Nähe des Waldes kommen?«

»Nein.«

»Erinnern Sie sich noch an etwas Weiteres?«

Sie kletterten Seite an Seite, sie kicherten. »Mom und Dad haben uns verboten, auf den Hochsitz zu steigen.«

»Okay. Sind Sie trotzdem dort hinaufgestiegen?«

Sie nickte. »Es war unser ganz besonderer Ort – unser Geheimnis.«

»Wessen Geheimnis?«

»Marys und meines.«

»Und wie alt waren Sie?«

»Ich weiß nicht. Vier? Fünf?«

»Ist dort oben etwas passiert?«

»Lisa ist hinaufgekommen. Sie hat uns Angst gemacht. Sie hat uns so weit nach hinten geschubst, dass wir dachten, wir würden hinunterfallen. Wir haben beide geweint und sind nach unten geklettert. Ich bin nie wieder hinaufgestiegen.«

»Das klingt, als wäre Lisa keine einfache große Schwester gewesen. War sie immer gemein zu Ihnen?«

»Sie hat sich immer Spiele ausgedacht, die wir spielen mussten.«

»Haben diese Spiele Spaß gemacht?«

»Nein.«

»Können Sie mir noch von anderen Spielen erzählen?«

»Verstecken.«

»War das unheimlich?«

Grace konnte nicht antworten.

»Woran denken Sie gerade, Grace?«

Sie versuchte, sich zu erinnern … oder sich nicht zu erinnern.

»Grace, wo sind Sie?«

»Ich bin im Keller.« Sie stand dort neben Lisa.

»Erzählen Sie.«

»Sie hat gesagt, das wäre ein gutes Versteck. Aber es war so eng. Ich konnte nicht atmen. Die Verschlüsse waren zu.« Sie fühlte Angst in sich aufsteigen. Ihre Stimme wurde lauter. »Sie hat mich nicht rausgelassen. Ich habe den Stoff von der Innenseite des Deckels gerissen. Er ist nicht aufgegangen! Ich kann nicht atmen.« Sie keuchte.

»Wo sind Sie?«

»Im Koffer. Stopp! Mach auf! Mach auf!«

Dr. Newell drückte ihre Hand. »Schon gut. Sie sind nicht mehr dort drinnen. Atmen Sie tief durch. Sie sind jetzt bei mir.«

Grace holte Luft und stieß sie wieder hervor.

»Wie lange waren Sie dort drinnen, Grace?«

Tränen rannen ihr über die Wangen.

»Es ist alles gut, Grace. Sie sind wieder herausgekommen.«

»Sie hat mich rausgelassen.«

»Wer?«

»Lisa. Sie hat gesagt, es wäre nur ein Spiel gewesen und dass ich mich nicht wie eine Heulsuse benehmen soll.«

Übelkeit überrollte sie. Sie war in einem Tunnel. Sie konnte das Gefühl kommen spüren. »Au!«, schrie sie.

»Was ist los?«

Sie begann zu wimmern, es klang wie die Stimme eines kleinen Mädchens. »Ich stecke fest.«

»Wo sind Sie?«

Sie umklammerte ihr Schienbein. »Ich blute!«, jammerte sie.

»Wo bluten Sie?«

»Mein Bein, ich habe mir das Bein aufgeschlitzt!«

»Wo sind Sie, Grace?«

»Im Schacht.«

»Im Wäscheschacht? Hat Sie jemand in den Wäscheschacht gestoßen?«

Sie sprach noch immer mit der Kleinmädchenstimme. »Sie hat gesagt, es würde lustig werden. ›Schau mal, was Susie macht!‹«

»Wer ist Susie?«

»Meine Puppe. Sie hat sie in den Wäscheschacht geworfen und Kissen in die Waschwanne gelegt. Sie hat gesagt, es wäre wie auf einer Rutsche.«

»Und Sie sind dort drinnen stecken geblieben. Was ist passiert?«

»Da war eine Kurve. Ich bin mit dem Bein hängen geblieben. Ich habe es mir an etwas Scharfem aufgeschnitten.«

»Wo ist Ihre Mutter, Grace?«

»Ich weiß es nicht.«

»Wo ist Ihr Vater?«

»Weiß nicht.«

»Was ist dann passiert?«

Grace schrie. Ihr Körper zuckte. Sie riss die Arme hoch, um ihren Kopf vor dem zu schützen, was auf sie niederprasselte. Sie presste die Augen noch fester zu, verkrampfte das ganze Gesicht.

»Was ist passiert?«

»Es ist nass und kalt …«

»Was ist es?«

»Es ist schwer. Dick. Glitschig. ›*Beweg dich!*‹ Sie hat mich angeschrien, dass ich das Bein bewegen soll.« Sie rollte sich auf dem Sofa zusammen und wischte sich die Tränen vom Gesicht.

»Was ist dann passiert? Sind Sie aus dem Wäscheschacht herausgekommen?«

Grace nickte. »Sie hat Öl in den Schacht gekippt.«

»Hat Lisa noch etwas mit Ihnen getan?«

Sie nickte.

»Ist schon gut, Grace. Alles ist gut. Atmen Sie.«

Allmählich beruhigte sich ihr Atem. Doch als sie zum Sprechen ansetzte, begann sie laut zu schluchzen. »Sie hat versucht, Mary in der Badewanne zu ertränken. Ich bin reingekommen und da hat sie Marys Kopf unter Wasser gedrückt. Mary hat mit den Armen gerudert. Ich habe Lisa angeschrien, bis sie Mary losgelassen hat. Sie hat mich angeschaut, als wäre ich dumm. ›Es war nur ganz kurz, Gracie. Ihr beide müsst lernen, wie man die Luft anhält.‹«

»Was hat Mary gemacht?«

Bei dem Gedanken drehte sich ihr der Magen um. »Wir waren erst vier!«

»Haben Ihre Eltern irgendetwas davon gewusst, Grace?«

Sie schüttelte den Kopf.

»Und warum haben Sie es Ihnen nicht erzählt?«

»Weil wir wussten, was sie dann tun würde.«

»Kommen Sie, Grace. Sie machen das großartig. Erklären Sie mir, was Sie damit meinen. Was wollte Lisa dann tun?«

»Ich hasse sie.« Ihre Stimme wurde kräftiger. »Mom sieht

nie etwas. Sie sieht nur, was sie sehen will. Sie schluckt ihre Tabletten und malt ihre Bilder und weint um Mary. Ich konnte es ihr nicht erzählen.«

»Dann hatten Sie also Angst, Ihre Mutter aufzuregen? Oder hatten Sie Angst vor Lisa?«

»Sie hätte mich umgebracht. Ich habe einmal gesehen, wie sie es getan hat.«

»Was meinen Sie damit?«

Sie schwieg einen Moment – was meinte sie? Sie wartete darauf, dass die Erinnerung kam. »Sie hat mich in den Wald mitgenommen und zu einem umgestürzten toten Baum geführt. Die dickeren Äste waren immer noch da, aber die kleineren waren schon abgebrochen. Sie wollte mir etwas zeigen. Wir sind um den Baumstamm herumgegangen und da habe ich eine Katze gesehen. Es muss irgendein Streuner gewesen sein. Sie hat sich nicht bewegt. Sie hing einfach da, der Kopf steckte zwischen den Ästen fest. Sie hatte die Augen offen und der Bauch hat sich gehoben und gesenkt. Sie ist erstickt.« Grace verstummte, rang nach Luft. »Ich habe die Äste auseinandergebogen, ich wollte sie befreien. Aber Lisa hat mich am Arm gepackt. ›Nein, fass sie nicht an!‹ Ich habe ihr in die Augen gesehen. Sie war wie eine Fremde. ›Ich wollte, dass du zuschaust.‹ ›Warum? Warum machst du das?‹ ›Es ist nur eine Katze, irgendein streunendes Vieh, keine große Sache.‹ Es klang, als könnte sie nicht verstehen, wie man so dumm sein konnte. Und dann hat sie gesagt: ›Aber wie oft kann man schon dabei zuschauen, wie etwas stirbt?‹ Ich habe sie angeschrien und sie geschlagen, aber sie hat mich festgehalten, so stark wie ein Bär. ›Gracie. Du willst doch nicht die Nächste sein, oder? Dann halt lieber den Mund.‹ Ich habe mich losgerissen und bin zum Haus gerannt. Mom hat im Garten gemalt. Ich war hysterisch. Sie hat mich gefragt, was passiert ist, aber ich habe nicht genug Luft bekommen, um zu antworten. Dann kam Lisa und hat behauptet, ich hätte im Wald eine tote Katze gesehen und mich erschreckt. Mom hat mich umarmt und gesagt, dass wahrscheinlich ein Kojote die Katze erwischt hätte. Lisa hat mich angestarrt. Sie hat mich beobachtet, wollte herausfinden, was ich sagen würde. Ich habe nichts verraten. Wenn ich es getan hätte, dann wäre ich vielleicht die Nächste gewesen, die in der Falle steckte. Ich hätte es sagen sollen. Ich hätte meine Mutter in den Wald zerren und die Katze retten sollen. Aber ich habe Lisa geglaubt, dass sie auch mir das antun könnte.«

»Grace, haben Ihre Eltern Ihnen jemals wehgetan? Am Mittwoch haben Sie mir die Narben auf Ihrem Arm gezeigt. Lisa hat Ihnen erzählt, das wäre Ihr Vater gewesen.«

»Er hat das nicht getan.«

»Wer war es dann?«

Sie holte tief Luft, als wäre sie gerade aus einem tiefen Teich aufgetaucht und bräuchte Sauerstoff. »Ich war es.«

»Warum?«

»Lisa hat im Wald Zigaretten geraucht und sich selbst verbrannt. Sie hat gesagt, es würde ihr helfen, wenn sie glaubte, die Kontrolle zu verlieren. Ich wollte, dass sie geht. Ich musste nur bis dahin überleben. Jedes Mal, wenn sie etwas getan hat, habe ich mich geschnitten. Es war wie eine Art Überlebensabzeichen. Wenn ich traurig war, habe ich mir die Narben angeschaut und gesehen, was ich schon alles durchgestanden hatte. Dann wusste ich, dass ich es schaffen würde.«

»Und haben Sie es jemals jemandem erzählt?«

Sie nickte. »Als Mom mich mit Lisa verglichen hat, war es einfach zu viel. Ich habe ihr alles gesagt.«

»Was ist dann passiert?«

»Eine Woche später waren sie tot.«

»Grace, wollen Sie damit sagen, dass Ihre Schwester sie umgebracht hat?«

Sie sah auf sich selbst hinunter, wie sie an jenem Morgen

im Polizeirevier gesessen hatte, eine Sozialarbeiterin an ihrer Seite. Die Frau drückte ihre Hände, während die Polizistin ihr zu erklären versuchte, was passiert war. »Die Polizei hat gesagt, es wäre jemand anderes gewesen.«

All die Auseinandersetzungen, die Spannungen zwischen ihr und Lisa, auf einmal war alles wieder da. Es hatte nie aufgehört. Auch nicht, nachdem sie ausgezogen war. Nicht einmal nach dem Tod ihrer Eltern. »Ich möchte aufhören.«

»Okay, Grace. Aber halten Sie die Augen noch einen Moment geschlossen. Ich möchte, dass Sie ein paarmal tief durchatmen. Sie haben das sehr gut gemacht. Hören Sie mir einfach zu, wie ich von fünf bis eins zähle. Wenn ich bei eins angekommen bin, können Sie die Augen öffnen.« Dr. Newell begann zu zählen.

Grace schlug die Augen auf und setzte sich langsam hoch. Sie wischte sich die beständig laufenden Tränen fort. »Sie hat mich gequält«, sagte sie. »Aber ich hätte etwas sagen sollen. Ich hätte ihnen so oft erzählen sollen, was vor sich ging. Diese Katze ist gestorben, weil ich nichts gesagt habe … Sie hat mich genauso böse gemacht, wie sie es ist.«

»Das ist nicht dasselbe, Grace. Man muss auch an Selbstschutz denken, meinen Sie nicht? Versuchen wir im Grunde nicht alle, einfach nur zu überleben? Sie hatten Angst.«

Sie lehnte sich zurück, presste sich beide Hände vor das Gesicht, als wollte sie ein Leck abdichten. »Aber wenn man weiß, dass jemand böse ist, vielleicht sogar grausam, und trotzdem nichts gegen ihn unternimmt, was sagt das dann über einen aus? In der Schule erzählen sie einem, dass man eingreifen muss, wenn man sieht, wie ein Kind von einem anderen schikaniert wird. Sonst ist man genauso schlimm wie der Schulhoftyrann.«

»Ich glaube nicht, dass das dasselbe ist, Grace. Lisa war viel älter und Sie hatten gute Gründe, Angst vor ihr zu haben. Sie können sich nicht vorwerfen, wie Sie in diesem jungen Alter reagiert haben.«

Grace ließ den Kopf gegen die Lehne sinken. »Ich habe Kopfschmerzen.«

Dr. Newell erhob sich, trat zu einem Beistelltisch und goss ein Glas Wasser ein. »Sie sollten sich ein bisschen entspannen. Offensichtlich haben Sie ein Kindheitstrauma ausgeblendet.« Sie brachte Grace das Wasser. »Vielleicht ist Ihr Verstand im Laufe der Zeit ziemlich gut darin geworden, Sie vor schmerzhaften Erinnerungen zu schützen.«

Grace sah zur Decke, folgte den Linien und Formen mit dem Blick. »Jetzt erinnere ich mich wieder an sie.«

»An wen?«

»An meine Eltern. Sie waren nicht böse. Sie haben mir nie wehgetan.« Sie beugte sich vor und stellte das Glas ab. »Ich muss gehen. Danke, Doktor. Sie haben mir sehr geholfen.«

»Grace, was ist los?«

»Alles in Ordnung. Ich muss nur nach Hause. Ich rufe Sie später an.«

Dr. Newell rief den Kalender in ihrem Handy auf. »Ich würde Sie gerne nächsten Freitag wiedersehen, einverstanden? Ich glaube, wir sollten weiter über all das sprechen.«

»Unbedingt. Ich rufe Sie am Montag an.« Bevor die Ärztin noch etwas sagen konnte, war Grace zur Tür hinaus.

Auf dem Heimweg hielt sie sich nicht an die Geschwindigkeitsbegrenzungen. Ihre Gedanken rasten, Licht fiel in den dunklen Tunnel ihres Geistes. Ihre Kindheit. Ihre Familie. Lisa stand im Mittelpunkt. Das Trauma, die Tränen, Lisa war der Kern des Ganzen. Ihre Erinnerungen, zerschmettert und in tausend Teile zerbrochen, fügten sich wieder zusammen. Doch einige Lücken blieben.

Sie würde die Antworten in diesem Haus finden, da war sie sich sicher.

Kapitel 27

So schnell es ging, raste Hackett über die ungeteerte Straße zurück. Er riss die Tür der Polizeidienststelle auf und winkte dem Beamten hinter dem Schalter wortlos zu, in der Hoffnung, ins Gebäude zu gelangen, bevor irgendjemand – insbesondere Bishop – etwas davon merkte. Sein Partner saß am Schreibtisch und telefonierte.

Hackett duckte sich hinter eine Trennwand und spähte um die Ecke. Er musste zu einem Computer gelangen. Jetzt stand Bishop auf und machte sich auf den Weg zum Pausenraum. Hackett eilte in ein leeres Büro und schloss die Tür. Er tippte Tuckers Name in das Suchfeld und öffnete seine Akte: Trunkenheit am Steuer, tätlicher Angriff auf einen Polizisten (unter sinn- und zusammenhangslosem Gebrüll), Erregung öffentlichen Ärgernisses (Durchstreifen eines Feldes in berauschtem und unbekleidetem Zustand). Dem Bericht zufolge war er auf den Polizisten losgegangen, der ihn verhaftet hatte, und musste daraufhin mit dem Elektroschocker in Schach gehalten werden. Hackett rief die Akte des Mordes an den Abbotts auf und suchte nach den Eintragungen über Stanford Jones, den Mann, der für das Verbrechen verurteilt worden war.

Er fand, was er brauchte. Als Hackett Bishops Büro betrat,

saß dieser mit einem Kaffee an seinem Schreibtisch. »Habe ich dir nicht gesagt, dass du hier nicht mehr herkommen sollst?« Bishop stellte die Tasse ab und machte eine Notiz auf einem Post-it.

»Hast du. Ich weiß, dass ich nicht mehr an diesem Fall arbeite und vielleicht gefeuert werde, aber ich muss dir etwas sagen. Es ist wichtig.«

Bishop sah nicht einmal hoch. »Was?«

»Ich habe mich heute Morgen auf die Suche nach Tucker gemacht. Zuerst war ich bei der Autowerkstatt, danach bei ihm zu Hause.«

Bishop ließ den Stift fallen. »Du hast was?«

»Warte. Er war nicht da. Er ist seit dem Tag, an dem Cahill ermordet wurde, nicht mehr bei der Arbeit aufgetaucht. Und in seinem Schließfach habe ich eine Quittung des Four Winds Casinos vom Freitag gefunden. Ich habe auch sein Sweatshirt und seine Baseballkappe mitgenommen. Vielleicht brauchst du seine DNA noch. Jedenfalls habe ich danach seinen Mitbewohner kennengelernt, noch so einen Psychonauten. Übrigens haben sie eine Plantage in ihrer Scheune, die wir uns mal anschauen sollten. Aber auch der weiß nicht, wo Tucker ist. Am Freitag vor dem Mord hat Tucker ihm eine Nachricht geschickt und ihm gesagt, dass sie sich treffen müssten und dass er auf eine ›Goldader‹ gestoßen sei. Aber dann ist er zu dem Treffen nicht aufgetaucht. Der Mitbewohner hat versucht, ihn zu finden, aber Tuckers Freundin hat behauptet, er hätte die Stadt verlassen.«

Endlich sah Bishop interessiert aus.

»Das Beste kommt erst noch. Tuckers Nachname lautet Bichon. Erinnerst du dich an diesen Namen?«

»Sollte ich?«

»So heißt auch Lisa Abbotts Freund, mit dem sie in Benton Harbor gewohnt hat und der ihr für die Tatzeit bei dem Mord an ihren Eltern ein Alibi gegeben hat. Und weißt du was?« Er wartete Bishops Antwort nicht ab. »Tucker war ein Pflegekind. Ich habe mir gerade seine Akte angesehen. Tucker Bichon war eines von Jones' Pflegekindern.«

Bishop lehnte sich auf seinem Stuhl zurück, um diese Information methodisch zu verarbeiten. »Lisa Abbotts Eltern werden also ermordet und der Kerl, der dafür eingesperrt wird, hat früher ihren Freund misshandelt. Das klingt ein bisschen zu sehr nach Zufall.«

Hackett nickte, seine Aufregung wuchs. »Und die Tatwaffe war eine Flinte, die den Opfern gehörte. Sie wurden in ihren Betten erschossen und ausgeraubt. Auch Michael Cahill wurde mit seiner eigenen Waffe erschossen, im Bett, und vielleicht wurde auch er ausgeraubt. Bisher haben wir die zehntausend Dollar nicht gefunden und wie es aussieht, könnte Tucker von dem Gewinn gewusst haben. Er war beim Kasino. Er hat seinem Mitbewohner geschrieben, dass er auf eine Goldader gestoßen ist. Und dann verschwindet er einfach.«

»Glaubst du, Lisa ist eingeweiht?«

»Ich weiß es nicht. Aber sie war es, die seinem Mitbewohner gesagt hat, Tucker hätte die Stadt verlassen. Vielleicht ist sie ahnungslos – oder sie deckt ihn.« Seine Gedanken überschlugen sich. Lisa könnte ihre Eltern ermordet haben. Oder vielleicht war es auch Tucker gewesen. Doch ganz gleich – der Gedanke, dass sich Grace in ihrer Obhut befand und nichts von der drohenden Gefahr ahnte, drehte ihm den Magen um.

Bishop rieb sich über den Kopf und wirkte zunehmend verstört. »Tja, ich habe auch Neuigkeiten für dich. Gestern Abend hat sich das Labor gemeldet. Graces Kleider, die sie bei dem Unfall getragen hat – Cahills Blut ist nicht darauf. Und Cahills Haare weisen tatsächlich Spuren von Scopolamin auf. Klingt ganz so, als hättest du mit deiner Theorie, er wäre am Sonntag unter Drogen gesetzt worden, recht gehabt.«

Eine gewaltige Welle der Erleichterung erfasste Hackett. Er konnte sein Grinsen kaum unterdrücken. Er wusste nicht, ob dies der richtige Moment dafür war, aber … »Ich hab's verbockt. Es tut mir leid. Und ich möchte mich nicht in deine Ermittlungen einmischen, ich wollte nur, dass du alles weißt.«

Bishop beugte sich vor. »Tja, da wir uns gerade so rege austauschen, ich hätte da noch ein interessantes Detail. Ich habe mir gestern noch einmal Graces Krankenhausakten angesehen. Sie wurde am Samstagmorgen bewusstlos eingeliefert und hat mehrere Stunden im Operationssaal verbracht. Das Krankenhaus hat Lisa erst am Sonntag ausfindig gemacht.«

»Und?«

»Als ich Lisa neulich gefragt habe, wann Grace ihr Haus am Samstagmorgen verlassen hat, da meinte sie, sie wisse es nicht, weil sie lange geschlafen hätte und erst durch den Anruf des Krankenhauses geweckt worden wäre, bei dem man sie über den Unfall informiert hätte.«

»Noch eine Lüge. Weißt du was? Der einzige Grund, warum wir davon ausgehen, dass sich Grace und Michael Cahill getrennt haben, ist Lisas Aussage. Alle anderen haben die beiden als glücklich verlobtes Paar beschrieben. Der einzige Grund, warum wir glauben, dass Grace am Freitagabend bei Lisa zu Hause war, ist ebenfalls Lisas Aussage. Vielleicht tut Lisa nur so, als wollte sie ihre Schwester beschützen. Vielleicht will sie uns in Wahrheit glauben machen, dass Grace den Mord begangen hat. Vielleicht hat Grace ihn geliebt, trotz allem, was wir über Michael Cahill erfahren haben.« Er schluckte schwer und sprach weiter. »Sie hat eingewilligt, ihn zu heiraten, und das war alles. Sie ist am Samstagmorgen joggen gegangen, hat ihn bei ihrer Rückkehr tot aufgefunden und ist davongerannt. Oder sie hat den Mörder gesehen und ist davongerannt. Vielleicht war es Tucker. Vielleicht ist Lisa viel mehr daran interessiert, Tucker zu beschützen als ihre Schwester.«

»Such mir Tuckers Fahrzeugkennzeichen heraus – und Lisas, wenn du schon dabei bist.«

Hackett ging zu seinem eigenen Schreibtisch und holte seine Unterlagen hervor. Ganz oben lag Jacks Liste der Partygäste, die er ihnen gestern erstellt hatte. Rasch überflog er die mehr als zwanzig Vornamen: Tracey, Sheri, Bill, Bobby, Nina … und ganz unten: Tucker, Lisa. Sie waren also dort gewesen, wo sie die Beweismittel sichergestellt hatten. Und wie hatte Lisa zu Hause bei Grace sein können, wenn sie sich doch bei Jacks Party aufgehalten hatte?

Bishop hob den Telefonhörer ab, rief seinen Kontaktmann bei der Stammespolizei an und bat ihn, die Aufnahmen der Sicherheitskameras des Kasinos vom Freitag, dem sechsten Dezember, herauszusuchen, auf denen zu sehen war, wie Michael Cahill gewann. Außerdem auch sämtliche Aufnahmen des Parkplatzes zu der Zeit, um die er das Kasino verlassen haben musste. Er begann, Tucker zu beschreiben, und sah dann fragend Hackett an.

»Viele Tattoos, eher mager, etwa eins fünfundsiebzig groß, stacheliges, blond gefärbtes Haar«, sagte Hackett.

Bishop hob den Daumen und beendete den Anruf. Nachdem er aufgelegt hatte, reichte ihm Hackett eine Notiz mit Tuckers und Lisas Kennzeichen. »Ich weiß, dass ich raus bin aus dem Fall. Ganz egal, was passiert, ich will es nicht noch schlimmer machen. Viel Glück mit allem.« Er ging zur Tür. Wenigstens war Bishop jetzt auf der richtigen Fährte.

»Oh, Scheiße«, sagte Bishop. Hackett drehte sich zu ihm um und Bishop winkte ihn näher. »Schau dir das an.« Hackett eilte zurück zu Bishops Schreibtisch, wo sein Partner gerade die Fotos von Michael Cahill mit der nackten Frau neben ein Foto von Graces toten Eltern auf seinem Computerbildschirm hielt. »Siehst du, was ich sehe?«

»Was?«

»Schau es dir genauer an.« Bishop deutete auf die Wand hinter dem Bett.

»Oh, Scheiße.«

Kapitel 28

Grace stürmte in das Haus. Lisas Auto stand nicht in der Einfahrt. »Lisa?«, rief sie. Stille. Sie ging zurück in das Arbeitszimmer, wo sie zuvor schon die Versicherungsunterlagen und Schuldokumente gefunden hatte. Vielleicht konnte sie hier mehr über Lisa erfahren, ob bei ihr jemals etwas diagnostiziert worden war oder Ähnliches. Oder sie konnte mehr über Marys Tod herausfinden. Ihre Eltern hatten mit ihr nie darüber sprechen wollen. Von ihnen hatte sie nur erfahren, dass ein böser Mann ihnen Mary weggenommen hatte.

Sie fand eine Kiste mit Hängemappen und überflog die Registrierreiter. Auf einem davon stand *Grace,* aber darin war nichts außer alten Zeugnissen und Projektarbeiten aus der Grundschule. Weitere Erinnerungsstücke, die ihre Eltern wichtig genug gefunden hatten, um sie aufzuheben. Sie fand auch Marys Mappe. Arbeiten aus der Grundschule und mehrere Fotos füllten den dünnen Ordner. Auf allen Bildern waren zwei kleine Mädchen zu sehen: im Garten, im Bett – es war das Doppelbett, in dem Grace auch während der vergangenen Woche geschlafen hatte –, in der Küche, in der Schule. Sie waren immer zusammen, Arm in Arm, einander zugeneigt, die Köpfe zusammengesteckt. Auf jedem Foto zweimal dasselbe Lächeln. Grace strich über das Gesicht ihrer Schwester. Sie konnte ihren Geist spüren – als wären sie noch immer zusammen, als wäre sie die ganze Zeit bei ihr gewesen. Doch da war ihre Sterbeurkunde: 5. Oktober 1997.

Auf einer weiteren Mappe stand *Die Mädchen.* Darin befanden sich Graces Geburtsurkunde – 1. Dezember 1992 – und ein Abdruck ihres kleinen Babyfußes vom Krankenhaus. Dazu kamen mehrere Ultraschallaufnahmen der zwei Babys. Unter einer davon stand: *Sie halten Händchen!* In Lisas Mappe gab es keine Geburtsurkunde, aber dafür einige Unterlagen, an die Fotos geheftet waren. Das erste davon zeigte eine etwa dreijährige Lisa, die in die Kamera starrte. Kein Lächeln, kein Glanz in den Augen. Das zweite Bild zeigte ihren entblößten Rücken, voller Blutergüsse und Schnittwunden. Grace sah sich die daran befestigten Papiere genauer an. Adoptionspapiere. Das war also der Grund, warum sie einander überhaupt nicht ähnlich sahen. War dies die Antwort? War Lisa deshalb so grausam gewesen? So unglücklich darüber, Schwestern zu haben? Sie betrachtete die Unterlagen: geboren am 3. Juni 1985, adoptiert am 6. Juli 1988. Lisa war missbraucht und misshandelt worden. Ihre Mutter war drogensüchtig gewesen. Zuvor war sie schon in einer anderen Pflegefamilie untergebracht gewesen, die sie nach einem halben Jahr jedoch wieder weggegeben hatte. Grace konnte sich den Schmerz, die Verletzungen, die eine solche Behandlung verursacht hatten, nicht einmal vorstellen.

Plötzlich fiel vor ihr Licht durch die Fenster wie von einem Stroboskop. Sie wich zurück, als hätte man sie beim Stehlen ertappt. Scheinwerfer. Jemand kam.

Sie legte alles zurück und trat neben das Fenster. Das Verandalicht zeigte ihr fallende Schneeflocken. Lisa stieg aus dem Auto, öffnete die hintere Wagentür, griff nach mehreren Einkaufstüten und betrat die Veranda.

Plötzlich hatte sie Angst davor, Lisa wegen ihrer gemeinsamen Vergangenheit zur Rede zu stellen. Sie wartete in der Bibliothek, horchte auf die Geräusche, als Lisa das Haus betrat, sich an der Tür Stiefel und Mütze auszog und die Tüten auf dem Küchentresen abstellte. Grace sah auf ihren Arm hinab, auf all die Narben, den Schmerz, den sie jahrelang verdrängt hatte. Sie musste sich Lisa stellen!

Grace trat einen Schritt vor. Der Boden knarrte und Lisa fuhr überrascht herum. Sie musterte Grace, als wäre sie ein Geist.

Keiner von beiden sagte etwas. Einen Augenblick lang starrten sie einander nur an. Lisa fing sich als Erste wieder und zwang ein Lächeln auf ihr Gesicht. »Hey! Wie geht's dir?« Sie wartete jedoch nicht auf eine Antwort, sondern begann, die Einkäufe auszupacken.

Grace durchquerte das Wohnzimmer, betrat die Küche und setzte sich an den Tisch. Lisa kehrte ihr den Rücken zu. »Ich habe heute viele meiner Erinnerungen zurückbekommen.«

Lisa, die gerade eine Schachtel mit Cornflakes auf das oberste Regalbrett hatte stellen wollen, erstarrte mitten in der Bewegung. »Wie meinst du das?« Sie schob die Schachtel an ihren Bestimmungsort.

»Ich meine unsere Kindheit. Ich erinnere mich an dich und an das, was du mir angetan hast.«

Lisa drehte sich zu ihr um, ihre Züge waren zu einer Maske der Arroganz verzerrt. »Geht es um den Wäscheschacht?« Sie lachte. »Das war doch nur Spaß!«

Grace zögerte. In Dr. Newells Büro war sie sich ihrer Sache so sicher gewesen, aber in Wahrheit hatte sie keine Möglichkeit, herauszufinden, was wirklich war und was nicht. Sie wusste nur, dass sie keine Angst mehr haben wollte. »Da waren diese Gefühle, all diese Erinnerungsbruchstücke, die schreckliche Angst. Und heute habe ich herausgefunden, dass es alles verschüttete Erinnerungen an dich waren. Du hast mir furchtbare Dinge angetan. Du …«

»Ach, bitte.« Lisa wandte sich wieder den Einkäufen zu. »Mach nicht so ein Drama draus.«

»Du hast mich in einen Koffer eingesperrt. Du hast Mary fast ertränkt. Du hast uns im Wald die Augen verbunden.«

Lisas einzige Antwort bestand darin, dass sie sich einen Korkenzieher aus einer der Schubladen holte. Grace sah zu, wie sie eine Flasche Wein öffnete und dann Gläser aus einem der Schränke holte. Kurz stand sie einfach nur da, mit dem Rücken zu Grace. War sie wütend? War sie gefährlich? Ein Schauder kroch Grace die Wirbelsäule hinauf. Sie sah sich im Raum um. Vielleicht musste sie schnell hier raus.

Doch als sich Lisa wieder zu ihr umdrehte, lächelte sie, trug zwei volle Weingläser zum Tisch und setzte sich neben sie. »Grace, das alles tut mir wirklich leid.« Sie reichte ihr ein Glas und trank einen Schluck. »Wir waren Kinder. Ich wollte dich nicht verletzen. Du hast mir diese Dinge längst verziehen! Komm schon, lass uns darauf anstoßen, dass du deine Erinnerungen zurückhast.«

Grace starrte sie an, sie war immer noch wütend, aber vor allem verwirrt.

»Im Ernst? Willst du wirklich sauer auf mich sein wegen etwas, das passiert ist, als wir noch Kinder waren? Das ist ewig her!« Lisa hielt ihr noch immer ihr Weinglas entgegen und wartete darauf, dass Grace mit ihr anstieß. Ihr Lächeln verschwand, ihre Miene wurde sturmumwölkt.

Langsam hob Grace ihr Glas – Lisas Reaktion machte ihr Angst. Sie stießen an und Grace trank einen Schluck.

Der Sturm verflog. Lisa kehrte an den Tresen zurück. »Schau mal, ich habe dir dein Lieblingsessen mitgebracht.« Sie holte Hühnerbrust, Pasta und eine Packung mit Blattgemüse hervor. »Hähnchen-Piccata. Erinnerst du dich daran? Mit Nudeln? Das war das einzige leckere Essen, das Mom kochen konnte. Weißt du das auch wieder?«

Sie wusste es nicht. Es gab immer noch Lücken.

»Ich habe das zur Feier des Tages mitgebracht.«

»Was gibt es denn zu feiern?«

»Tja, jetzt sogar zwei Dinge. Erstens, dass du ein paar deiner Erinnerungen zurückhast. Tut mir leid, dass es keine guten waren, aber es ist ein Fortschritt, oder?« Bevor Grace etwas erwidern konnte, redete sie weiter. »Und es ist nur noch eine Frage der Zeit, bis wir diesen Unsinn mit dem Mord hinter uns haben. Also, komm schon. Trink aus. Hast du Hunger?«

Konnte Lisa recht haben? Hatte Grace ihr wirklich vergeben? War sie nur so entsetzt und wütend, weil sie gerade alles so furchtbar real noch einmal durchlebt hatte? Lisa hatte ganz offensichtlich einen schlimmen Start ins Leben gehabt. Grace nahm noch einen Schluck Wein. *Aber nein*, widersprach sie sich selbst. Lisa hatte sie belogen. »Du hast behauptet, Mom und Dad wären schlechte Menschen gewesen. Du hast behauptet, sie hätten uns verletzt. Das stimmt nicht. Nichts davon ist wahr.«

Lisa ließ das Messer auf die Arbeitsfläche fallen und fuhr herum. »Es ist wahr. Sie haben verdammt noch mal mich verletzt, Grace.«

»Das haben sie nicht. Diese Verbrennungen an deinem Arm sind nicht von Dad. Das hast du selbst getan. Ich weiß es wieder. Du hast es mir gezeigt.« Plötzlich war jener Augenblick im Wald wieder da: Lisa war damals etwa vierzehn gewesen, Grace erst sieben. Lisa hatte ihr gezeigt, wie man rauchte. Sie hatte sich wie eine echte große Schwester verhalten, die einige Geheimnisse des Erwachsenwerdens mit ihr teilte. Doch dann hatte Lisa sich die Zigarette auf die Haut gedrückt. Erst war sie zusammengezuckt, doch dann hatte sie gelacht und erklärt, dass es sich manchmal gut anfühlte, sich selbst zu verletzen und den Schmerz damit zu fokussieren.

Grace sah auf ihren eigenen vernarbten Arm hinab. »Niemand sonst hat dich verletzt.« Sofort bereute sie ihre Worte.

Diesem Mädchen war vom Tag ihrer Geburt an nichts als Schmerz zugefügt worden.

Lisa öffnete den Küchenschrank über ihr und schlug ihn zu, immer wieder. Ein Ventil für ihre Wut. »Das stimmt nicht!«, wiederholte sie ein ums andere Mal.

Erschrocken über Lisas Unbeherrschtheit schlug Grace einen sanfteren Ton an. »Lisa, du hast Hilfe gebraucht.«

»Blödsinn.«

Grace wandte den Blick ab und sah die etwa elfjährige Lisa vor sich, die ihre Mutter anschrie und immer wieder die Küchenschublade zuschlug. »Warum darf ich nicht gehen?«, brüllte sie. »Warum nicht? Ich hasse dich. Ich hasse euch alle.« Sie schleuderte ihren Teller durch das Zimmer. Ihre Mutter tat nichts, sagte nichts, hielt nur ihren Kopf umklammert, als wollte sie alle Geräusche ausblenden. Die Mauer in Graces Kopf bröckelte und die Bilder kamen zurückgeströmt: Lisa, die Löcher in die Wand des Zimmers im oberen Stockwerk schlug, die Stühle durch die Küche warf, die untröstlich weinte, den Kopf auf dem Schoß ihrer Mutter; wie sie die Treppe hinaufstampfte und gegen die Stäbe trat, bis sie herausbrachen. Die Wut, die Reue, die Bedürftigkeit. Lisa konnte es einfach nicht ertragen, etwas anderes als der strahlende Mittelpunkt zu sein.

»Du brauchst Medikamente, Lisa. Du hast immer Medikamente gebraucht.«

»Blödsinn. Das hier ist die einzige Medizin, die ich brauche.« Sie hob ihr Weinglas. »Ein bisschen Wein und meine Freiheit. Und Ruhe vor allen beschissenen Leuten, die mich einfach nicht in Frieden lassen können.«

Doch genau das hatte Grace getan – plötzlich wusste sie es wieder. Seit dem Tod ihrer Eltern hatte sie sich von Lisa ferngehalten. Sie hatte ihr das Haus überlassen, aus Furcht, dass Lisas Zorn nur noch schlimmer werden würde, wenn sie einen Anspruch darauf erhob. Leider wusste Dads Anwalt nicht, wie die

Dinge zwischen ihnen standen, und er nahm an, dass Lisa das Geld bereitwillig mit Grace teilen würde. Was bedeutete, dass sich Grace ihren Scheck jeden Monat bei Lisa abholen musste. Anders hätte sie sich ihr Studium nicht leisten können.

»Hast du heute deine Tabletten genommen, Gracie?«, fragte Lisa.

»Nein. Damit fühle ich mich nur noch schlimmer.«

Lisa nickte. »So ging es mir auch immer.« Wieder drehte sie sich kurz zur Arbeitsfläche um. Grace sah nicht, was sie tat, doch dann kam Lisa direkt auf sie zu, eine Hand zur Faust geballt, in der anderen das Messer. »Das habe ich immer gesagt. Ich habe Schweißausbrüche bekommen, ich konnte nicht schlafen, hatte Albträume. Die Nebenwirkungen waren grässlich, aber alle haben immer nur gesagt: ›Nimm deine Tabletten.‹ Also sage ich das jetzt auch zu dir.« Sie stand vor ihr und öffnete die Hand, darin lagen zwei Kapseln und eine Tablette. Das Messer deutete direkt auf Grace.

Sie blickte von der Klinge zu ihrer Schwester. Würde sie das wirklich tun? Lisa rührte sich nicht, blinzelte nicht, ihre Augen wurden dunkel. Grace hob die Hand und nahm die Medikamente. Langsam schob sie sich die Pillen in den Mund. Lisa ruckte mit der Klinge, eine klare Aufforderung. Mit ein paar Schlucken Wein spülte Grace die Tabletten hinunter.

Lisa lächelte kalt und ließ das Messer sinken. »Braves Mädchen. Also!« Sie wandte sich wieder den Einkäufen zu. »Ich habe dir dein Lieblingsessen mitgebracht. Wir sollten feiern.«

Grace wusste nicht, was sie tun sollte. Ihre Wut überrollte sie fast.

»Komm und hilf mir.«

Die Hühnerbrust lag auf der Arbeitsfläche und Lisa begann, mit einem Holzhammer darauf einzuschlagen. Die Muskelfasern platzten, Fleischsaft spritzte über den Tresen. »Das muss schön dünn werden, weißt du noch?«

Ihre Bewegungen waren schnell, Kraft lag in ihrer Zerstörungswut, das Fleisch beugte sich ihrem Willen. Wie hypnotisiert sah Grace zu. Morgen. Sie würde zu Officer Hackett gehen. Er würde ihr glauben. Sie würde ihm erzählen, woran sie sich erinnerte. Lisa war gefährlich. Sie mussten sie überprüfen.

Ihr Kopf schwankte, wurde zu schwer für ihren Hals. Ihr Blick fiel auf den Linoleumboden. Das Muster begann zu rotieren und kurz darauf drehte sich der ganze Raum. Sie schloss fest die Augen. Krachend stürzte die Mauer zusammen und plötzlich war alles wieder da: Sie stand in ihrem eigenen Haus, Michaels Haus, in ihrem gelben Wohnzimmer. Säure stieg in ihrer Brust auf, Galle brannte in ihrem Magen. Sie sah das Schlafzimmer, das Blut. Michael lag auf dem Bett, ein Loch klaffte in seiner Brust. Und Lisa. Sie stand im Türrahmen, hinter ihr war ein Mann. Tucker. Alles kam zurück.

Ihre Brust hob und senkte sich schwer. Sie stellte das Weinglas ab und schlug die Hände vor den Mund, um den Schrei einzuschließen. Doch die Tränen konnte sie nicht zurückhalten.

Lisa hielt inne und sah sie an. Sie musste den Ausdruck auf Graces Gesicht erkannt haben. »An was denkst du gerade?«

Sie konnte nicht sprechen. Sie konnte ihre Schwester nicht anschauen. Die Wahrheit darüber, was geschehen war, stand nun quälend deutlich vor ihr.

Lisa grinste, es war ein Raubtierlächeln. »Du erinnerst dich, nicht wahr?«

Sie antwortete nicht.

»Tja, ich wusste, dass das irgendwann passieren würde. Zum Glück ist es jetzt egal.« Sie kam zum Tisch. »Meine Güte, Grace, es ist irgendwie nett, endlich darüber sprechen zu können.«

Grace schüttelte den Kopf, sie wollte die Wahrheit nicht akzeptieren. Dieses Grauen. Sie hatte sich nie von Michael getrennt. Sie hatte nie Angst vor ihm gehabt. Sie war am Freitagabend nicht zu Lisa gefahren, um sich wegen der Trennung auszuweinen. So war es ganz und gar nicht gewesen. Alles, was Lisa ihr erzählt hatte, war eine Lüge gewesen. »Warum …?«, flüsterte sie.

»Das Warum spielt doch eigentlich keine Rolle mehr, oder? Wir sind jetzt hier und es muss ein Ende haben, weil ich auf keinen Fall für den Mord an Michael ins Gefängnis gehen werde.«

Ihre Beine waren schwer. *Beweg dich,* befahl sie sich selbst. Warum konnte sie sich nicht bewegen?

Lisa trank noch einen Schluck Wein. »Wir haben gesehen, wie du gegen diesen Baum gekracht bist. Ich dachte, du wärst tot. Ich wollte sehen, ob das Auto explodiert. Ich wollte dich einfach sterben sehen. Endlich. Dann wäre ich dich los gewesen und hätte der Polizei erzählen können, dass du Michael umgebracht hast, aber dann haben wir eine Sirene gehört und Tucker hat gesagt, dass wir abhauen müssen.« Sie setzte sich zu Grace an den Tisch, als freute sie sich, endlich erzählen zu können, wie alles passiert war. »Ich habe ihm erklärt, dass wir das Geld nicht behalten können, wenn du überlebst, aber das Arschloch war zu dumm und zu stoned, um zuzuhören. Er hat mich eine Psychopatin genannt.« Ärger schlich sich in ihre Stimme. »Und das war's dann.«

Grace fühlte, wie ihr Körper ihr mehr und mehr den Dienst versagte. Vielleicht war dies das Ende. Sie konzentrierte sich darauf, langsam zu atmen. *Atme*, dachte sie, genau wie kurz vor dem Moment, als das Hirschgeweih durch ihre Windschutzscheibe gekracht war.

»Ehrlich gesagt dachte ich, jetzt bin ich im Arsch. Ich habe totale Panik geschoben. Aber als dann das Krankenhaus angerufen und mir gesagt hat, dass du dich an nichts mehr erinnerst, hätte ich fast in den Hörer gelacht.« Lisa hielt noch immer den Holzhammer in der Hand, der mit rohem Hühnerfleisch beschmiert war. Aufgeregt fuchtelte sie damit herum.

»Du hast doch nicht ernsthaft geglaubt, dass ich dafür in den Knast gehe, oder? Ich bin viel klüger als du, Gracie. Das war ich schon immer.«

Atmen.

»Ich wusste, dass ich die treu ergebene Schwester spielen und mich um meine hirnverletzte kleine Gracie kümmern konnte, und zwar gerade lange genug, bis alle Beweise von mir wegführten. Ich musste nur aufpassen, dass du deine Medikamente nimmst und isoliert bleibst. Was hier draußen ja nicht sonderlich schwer ist. Ich musste dafür sorgen, dass sie in dir die Schuldige sehen.«

»Du bist ein Monster.«

»Ich?«, fragte Lisa ungläubig. »Du hast unsere Eltern gegen mich aufgebracht.«

»Das habe ich nicht.«

»Du hast alles verdorben. Alles war gut, bis du …«

»Sie haben uns alle drei geliebt. Sogar dich, trotz allem.«

»Blödsinn.«

Grace schluckte. Das Sprechen fiel ihr nun schwer, jede Bewegung. Sogar ihre Zunge und ihre Lippen waren träge und schwach. »Hast du sie deshalb umgebracht?«, lallte sie. Sie hatte sich nie getraut, Lisa direkt zu beschuldigen, aber nun würde sie ohnehin nicht mehr entkommen. Es gab keinen Grund mehr für Geheimnisse.

»Du hast sie mit deinen Worten vergiftet und gegen mich aufgestachelt, Grace. Es ist deine Schuld, dass sie tot sind.«

Ihre Augen fielen zu, der Kopf sank ihr auf die Brust. »Ich habe ihnen die Wahrheit gesagt.«

»Du hast ihnen erzählt, ich hätte Mary und dich gequält.«

»Das hast du auch.«

Lisa schüttelte den Kopf. »Das waren nur Spiele, Grace. Aber …«

»Du hast sie umgebracht.«

»Ich musste es tun.«

Die Worte legten sich wie eine Decke um Grace – das Geständnis, von dem sie nicht einmal zu träumen gewagt hatte. Endlich war es vorbei. Sie zwang sich dazu, den Kopf zu heben und ihre Schwester anzusehen.

»Dich hätte ich auch umgebracht, wenn du zu Hause gewesen wärst. Dann wäre nichts von alldem passiert, Grace. Verstehst du das nicht? Michael wäre noch am Leben, wenn du hier mit Mom und Dad gestorben wärst, wie es hätte sein sollen. Dann hätte ich auch nicht die vergangenen zwei Wochen deine beschissene Krankenschwester spielen müssen …«

Grace unterbrach sie: »Was hast du jetzt vor?«

»Na ja, ich habe gedacht, dass die Polizei mittlerweile begriffen hat, dass nur du es sein kannst, aber offenbar kommen sie immer wieder von der richtigen Spur ab. Sie konzentrieren sich auf das Geld, also müssen wir dem allen jetzt ein Ende setzen. Es gibt genug Hinweise, die in deine Richtung deuten, also wird niemand überrascht sein, wenn du dich selbst umbringst.«

Grace schüttelte den Kopf. »Ich werde mich nicht selbst umbringen.«

»Du bist schon seit einer Woche dabei. Du hast gefährliche Medikamentenkombinationen genommen. Du hast den Kaffee getrunken. Und dann konntest du es einfach nicht mehr ertragen, also hast du zu viele Tabletten geschluckt. Scheiße, diese Pillen können Selbstmordgedanken sogar erst auslösen. Ich muss das schließlich wissen. Allerdings könnte natürlich auch die Erkenntnis, dass man wegen Mordes angeklagt wird, oder der Gedanke, jemanden umgebracht zu haben, der Grund für einen Selbstmord sein. Es ist perfekt.«

Grace schob das Weinglas von sich.

»Den hättest du lieber nicht trinken sollen, Gracie. Jedenfalls nicht in Verbindung mit den Tabletten.« Lisa lachte. »Gott, ich dachte, du wärst längst tot. Die letzte Nacht hättest du eigentlich nicht überleben sollen. Ich dachte, ich würde dich heute Abend tot im Bett finden. Deswegen habe ich mir dieses Festmahl mitgebracht. Ich war mir sicher, dass dir die Suppe den Rest gibt.« Rügend hob sie den Finger. »Da hat wohl jemand gestern nicht alle seine Medikamente genommen. Aber egal. Jetzt sollte es jedenfalls reichen.«

Grace versuchte aufzustehen. Sie drückte die Handflächen auf die Tischplatte und versuchte, sich hochzustemmen, aber ihr Körper war dreimal so schwer wie sonst. Als sie endlich stand, gaben ihre Beine nach und sie rutschte zu Boden, wobei sie ihr Weinglas mitriss.

Lisa beugte sich vor und flüsterte fast: »Du kannst dich nicht mehr bewegen, richtig? Genau wie geplant. Du bist ja so dumm, Grace. Ihr seid alle dumm.«

Sie versuchte, sich zu rühren, doch ihre Muskeln versagten. Sie wollte etwas sagen, doch sie konnte nicht. Ihr Körper war komplett gelähmt. Sie schrie, so laut sie konnte, doch kein Ton kam über ihre Lippen. Es war nur eine Erinnerung dieses panischen Lautes.

»Sag gute Nacht, Gracie.«

Hilflos spürte sie, wie Lisa sie zur Tür schleifte.

Kapitel 29

Bishop war am Handy, während sie zum Haus der Abbotts rasten. Hackett bekam kaum noch Luft. Er konnte an nichts anderes mehr denken als an Graces Gesicht, an ihre schönen Augen, an die Art, wie sie sich abgewandt hatte, als er sie zum Lächeln brachte, verlegen über seine Aufmerksamkeit und seine Komplimente. Und dieser Kuss. Sie hatte sich für einen anderen entschieden, aber das änderte nichts an seinen Gefühlen für sie. Jetzt wollte er sie einfach nur sehen, sie aus diesem Haus holen, fort von Lisa. Und er wollte Tucker finden.

Bishop legte auf. »Kewanee hat die Aufnahmen von Cahill am Blackjack-Tisch gefunden, als er die zehntausend Dollar gewonnen hat. Ein Mann, auf den Tuckers Beschreibung passt, saß am Nebentisch. Es gab einen Beifallssturm, als es passiert ist. Die Kellnerin ist dazugekommen und hat das Foto geschossen, das wir auf Facebook gefunden haben. Alle im Umkreis wussten genau, was los war.«

»Dann ist die Kellnerin also von jedem Verdacht befreit. Reicht das, um Tucker dranzukriegen?«

»Wahrscheinlich nicht. Aber Kewanee hat auch Aufnahmen von Cahill gefunden, die zeigen, wie er das Kasino am Freitag gegen zwölf Uhr mittags verlässt. Und hinter ihm sieht man unseren dünnen, wasserstoffblonden, tätowierten Tucker auf eine Honda 2002 steigen.«

»Kann es sein, dass auch Tucker Geld gewonnen hat?«

Bishop schüttelte den Kopf. »Von Cahills Gewinn bis zu dem Zeitpunkt, als die Männer den Parkplatz verlassen haben, gibt es keine Aufnahmen, die zeigen, dass Tucker sich Geld abholt. Er hat nichts gewonnen.«

»Dann hat Tucker also geplant, Cahill auszurauben. Er wusste, wer Cahill war … und Lisa zieht irgendein verdrehtes Spielchen ab.«

»Richtig. Wir haben das Motorrad und Lisas Auto zur Fahndung ausgeschrieben.«

Inzwischen war es schon nach fünf und die Landschaft verschwand allmählich im Nichts der Dunkelheit. Der fallende Schnee, dicht und schwer, wurde vom Wind umhergewirbelt, was die Sicht zusätzlich einschränkte. Sie bogen auf die Kiesstraße ein und Bishop fuhr langsamer. Er ließ den Blick über die Einfahrt schweifen, bevor er den Wagen in Richtung Haus lenkte. »Sie ist hier. Okay, wir wissen nicht, ob es in diesem Haus Waffen gibt. Lass sie keine Sekunde aus den Augen. Wir klingeln, hoffen, dass sie nichts ahnt, und legen ihr sofort Handschellen an. Sobald wir sie haben, machen wir uns auf die Suche nach Tucker.«

»Glaubst du, er hat sich die ganze Woche hier versteckt gehalten?«

»Schon möglich. Sei einfach auf der Hut.«

»Verstanden.«

Sie parkten das Auto hinter Lisas Wagen.

Da kam Lisa auch schon aus der Tür gestürzt. Sie winkte hektisch, Tränen liefen ihr über das Gesicht.

Bishop schaltete den Motor aus und sah Hackett stirnrunzelnd an. Es blieb keine Zeit, sich abzusprechen. Sie stiegen aus.

»Detective! Gott sei Dank sind Sie da!«

»Was ist los, Miss Abbott?«, fragte Bishop.

»Es geht um Grace.« Sie schluchzte hysterisch. »Sie ist verschwunden! Ich weiß nicht, was ich tun soll!« Sie rannte zum Haus zurück. Bishop eilte hinter ihr her und Hackett folgte, wobei er die Umgebung nach einem Motorrad absuchte. Seine Hand ruhte auf dem Holster, als er das Haus betrat und im Vorbeigehen einen raschen Blick ins Wohnzimmer warf.

Sobald Lisa in der Küche ankam, trank sie einen großen Schluck Wein und füllte das Glas gleich wieder auf.

Bishop griff nicht nach den Handschellen. »Was meinen Sie damit, dass sie verschwunden ist?«

Lisa wischte sich die Tränen ab und verschmierte dabei ihren dick aufgetragenen schwarzen Eyeliner. Mascaraspuren zogen sich über ihre Wangen. »Sie hat gesagt, sie könnte sich wieder erinnern. Ich glaube, sie hat irgendetwas geschluckt.« Schniefend holte sie eine Zigarette aus der Schublade, zündete sie mit zitternden Händen an und inhalierte tief.

Das war eine Lüge. Es konnte nicht anders sein. Hackett sah Bishop an, der seinen Blick kurz erwiderte, bevor er antwortete. Offenbar hatte sich ihre Strategie soeben geändert. »Was hat sie geschluckt?«

»Ich weiß es nicht. Sie nimmt eine ganze Menge Medikamente. Sie war nicht mehr sie selbst.« Sie sah Hackett an. »Ich wusste, dass irgendetwas nicht stimmt mit ihr. Sie hat das Weinglas auf den Boden geschleudert.«

Alle Blicke wanderten zu den Scherben. Grace war in Gefahr. Aber was würde mit ihr passieren, wenn sie Lisa jetzt festnahmen? Hielt Tucker sie irgendwo fest? Wenn sie Lisa mitnahmen, würde er dann durchdrehen und Grace töten?

Anscheinend fragte sich Bishop dasselbe, denn er spielte mit. »Erzählen Sie uns genau, was passiert ist.«

»Ich habe sie gestern zu einem Anwalt gefahren. Sie hat darauf bestanden.«

Hackett rührte sich nicht, er kämpfte gegen den Drang an, die Wahrheit aus ihr herauszuschütteln. »Hat sie gesagt, warum?«, fragte er.

»Ich glaube, sie hat sich an etwas erinnert.« Sie senkte den Blick. »Sie ist an diesem Samstagmorgen zurück zu ihrem Haus gefahren. Sie hat gesagt, sie wollte ein paar ihrer Kleider holen.« Lisa schüttelte den Kopf. »Ich hätte Ihnen das schon längst sagen sollen. Ich wollte sie beschützen. Ich konnte mir nicht vorstellen, dass sie Michael getötet hat. Also habe ich sie zu einem Anwalt gebracht. Aber ich durfte bei dem Gespräch nicht dabei sein. Danach war sie ziemlich verstört. Sie hat auf dem ganzen Heimweg geweint und wollte gestern Abend nicht mit mir sprechen. Sie wollte mir nicht sagen, was los war. Ich habe ihr geraten, dass sie sich ausruhen soll, aber als ich heute von der Arbeit nach Hause gekommen bin, ist sie im ganzen Haus umhergetigert. Sie hat gesagt, sie wüsste wieder, dass sie Michael umgebracht hat. Sie hat gesagt, sie würde es nicht ertragen, ins Gefängnis zu kommen, und dann ist sie weggerannt.«

Bishop warf einen misstrauischen Blick in Richtung Esszimmer, dann trat er einen Schritt auf Lisa zu. »Ihr Auto ist hier. Der Truck auch. Ist sie zu Fuß geflohen?«

»Wahrscheinlich. Ja. Sie ist zur Straße gerannt.«

»Wie lange ist das her?«, blaffte Hackett.

»Etwa zwanzig Minuten. Haben Sie auf der Straße denn niemanden gesehen? Oh, es ist ja dunkel, wer kann das da schon genau sagen. Sie müssen nach ihr suchen! Finden Sie Grace, bevor ihr etwas zustößt.«

Hackett ging zu Hintertür, wo von mehreren Haken Jacken hingen. Darunter auch diejenige, die Grace bei ihrem Besuch im Revier angehabt hatte. »Trägt sie keine Jacke?«

»Nein«, antwortete Lisa. »Und ihre Handtasche hat sie auch nicht mitgenommen. Sie war außer sich. Sie hat nicht nachgedacht. Sie wollte nicht shoppen gehen!« Allmählich gewann ihr

Ärger die Oberhand über die Tränen. Sie stürmte ins Wohnzimmer. »Was machen Sie noch hier? Finden Sie Grace!«

»Genau das wollen wir«, antwortete Bishop ruhig und folgte ihr. »Wir werden uns hier einmal umsehen, einverstanden?« Er nickte Hackett zu.

»Ich habe Ihnen doch gesagt, dass sie weggerannt ist. Sie müssen gehen.« Sie warf ihre Zigarette in den Kamin.

Hackett zog seine Waffe und öffnete die Schiebetür neben der Treppe. Die vielen Kartons verhinderten, dass er den Raum überblicken konnte, also umrundete er sie vorsichtig, um hinter ihnen nachzusehen. Dann eilte er die Treppe hinauf, nahm immer zwei Stufen auf einmal. Im ersten Stock stieß er mit einer Hand die Türen auf, die Waffe schussbereit in der anderen haltend. Er suchte jedes Zimmer ab. Sah unter den Betten nach, in den Schränken, er zog den Duschvorhang im Badezimmer zurück. Und die ganze Zeit fürchtete er, Grace zu finden, blutüberströmt und tot – es war dieselbe Furcht, die er an jenem Montag in Cahills Haus empfunden hatte.

Er stürmte die Treppe wieder hinunter und schüttelte den Kopf.

»Sieh im Keller nach«, ordnete Bishop an.

»Warum suchen Sie hier?« Lisas Stimme wurde lauter. »Ich habe Ihnen doch gesagt, was los war!«

Bishop streckte ihr eine Hand entgegen. »Warum setzen wir uns nicht, Lisa? Ich glaube, wir sollten uns unterhalten.«

»Wenn Grace etwas passiert, dann gebe ich Ihnen die Schuld daran. Sie müssen ihr nach!«

Sie wollte Zeit gewinnen, von sich ablenken. Hackett rannte die Kellertreppe hinunter. Alles war vollgestellt, aber es gab keinen Hinweis, dass sich hier jemand aufhielt. Rasch kehrte er ins Wohnzimmer zurück und richtete seine Waffe auf Lisa. »Was haben Sie Grace angetan?«

»Was reden Sie da? Ich habe überhaupt nichts getan!«

»Sie waren es.« Hackett trat näher an das Sofa heran. »Auf diesen Fotos mit Cahill. Sie haben ihn unter Drogen gesetzt. Wir wissen, dass das Foto oben aufgenommen wurde. In demselben Zimmer, in dem Ihre Eltern ermordet wurden.«

Sie sprang auf und trat zum Kaminsims. »Sie sind ja verrückt!«

»Beruhigen Sie sich, Lisa«, sagte Bishop und zog langsam die Handschellen hervor. »Wir wollen Ihnen nicht wehtun. Ich will, dass das hier schnell und friedlich über die Bühne geht.«

»Wollen Sie mich auf den Arm nehmen? Was zum Teufel ist hier los?« Rückwärts gehend wich sie zur Eingangstür zurück. »Ich habe es Ihnen doch gesagt, Grace hat Michael umgebracht! Sie hat es zugegeben! Ich habe nichts getan!«

Bishop schien seine Strategie ein weiteres Mal zu ändern. Er steckte die Handschellen wieder weg und hob die Hände. »Ganz ruhig. Helfen Sie uns einfach dabei, Grace zu finden, das macht alles viel leichter.«

Ihnen blieb keine Zeit für so etwas. Grace war in Gefahr. »Hören Sie auf zu lügen«, knurrte Hackett. »Die Tapete auf den Nacktfotos mit Cahill ist dieselbe wie auf den Tatortfotos Ihrer Eltern.«

Ihre Empörung schlug in Hohn und Spott um. »Das beweist gar nichts. Wir haben gevögelt. Grace war eifersüchtig. Vielleicht hat sie ihn ja deswegen umgebracht.«

Bishops Haltung war betont entspannt, sein Tonfall beiläufig. »Was ist mit Tucker? Wir wissen, dass er Ihr Freund ist. Wo ist er, Lisa? Hat er Grace bei sich? Für Sie macht es die Sache einfacher, wenn Sie uns helfen.«

»Tucker?« Sie sah von Bishop zu Hackett. »Wir haben Schluss gemacht. Ich weiß nicht, wo er ist. Hier jedenfalls nicht. Sehen Sie doch selbst nach. Ich habe ihn seit Daves Party nicht mehr gesehen.«

Bishop ging einen Schritt auf sie zu. »Wenn Grace tot aufgefunden wird, sieht es für Sie und Tucker nicht gut aus. Sie können die Lage entweder weiter verschlimmern oder durch Kooperation zu Ihren Gunsten verbessern.«

»Scheiße, Sie sind ja verrückt. Ich habe es Ihnen doch gesagt, Grace hat es getan. Sie war es. Nicht ich!«

Die Fliegentür am Hintereingang krachte gegen die Hauswand und ließ sie alle drei zusammenzucken. Tucker? Mit hämmerndem Herzen lief Hackett zur Tür. Dort war niemand, der Wind musste sie aufgerissen haben. Als er jedoch ins Freie trat, sah er einen Schubkarren und eine Schaufel neben dem Haus stehen. Reifenspuren führten in den Hof hinaus und verschwanden schließlich im Dunkeln. Bei der Vorstellung, was Lisa und Tucker getan haben könnten und dass Grace vielleicht schon tot war, drehte sich ihm der Magen um.

Er rannte zurück ins Haus. »Da sind eine Schubkarre und frische Reifenspuren«, sagte er zu Bishop. »Gottverdammt, wo ist Grace?« Drohend ging er auf Lisa zu.

Sie wich zu dem Stapel Feuerholz neben dem Kamin zurück. Ihre verlogenen Augen waren weit aufgerissen. »Ich habe nur ein paar Holzscheite hereingebracht.« Bevor einer der Polizisten noch etwas tun oder sagen konnte, griff sie nach dem Schürhaken.

Bishop zog seine Waffe. Hackett richtete den Lauf seiner Pistole auf ihre Brust. »Tun Sie das nicht«, sagte Bishop. »Ich möchte nicht, dass noch jemand verletzt wird.«

Ihr Blick huschte zwischen ihnen hin und her. »Dann hören Sie auf, mir etwas anzuhängen, das ich nicht getan habe. Sie setzen hier Graces Leben aufs Spiel, nicht meins.«

Bishop nickte Hackett zu. »Geh den Spuren nach.«

Lisa ließ den Schürhaken fallen und hechtete zur Tür. Bishop schoss, traf aber nur den Türrahmen. Hackett verfolgte sie.

Sie rannte über den Hof zur Straße. Er brüllte sie an, sie solle stehen bleiben, doch schon verschluckte sie die Dunkelheit. Die Schneeflocken waren zu horizontalen Schlieren im Wind geworden. Er schoss. Einmal. Zweimal. Viermal. Dann hörte er ein Stöhnen, das Geräusch eines Körpers, der in den Schnee fiel.

Hinter ihm keuchte Bishop, Taschenlampe und Waffe griffbereit. »Ich rufe Verstärkung und eine Ambulanz. Und ich suche Grace. Wenn Lisa noch lebt, dann leg ihr Handschellen an.«

Hackett konnte kaum atmen, als er sich ihr näherte. Was, wenn er sie umgebracht hatte? Was, wenn er die einzige Person erschossen hatte, die ihnen sagen konnte, wo Grace war? Er ging neben Lisa in die Hocke. Der Schnee um ihren Körper färbte sich bereits schwarz. Mit zitternden Händen tastete er sie nach Wunden ab. Eine Kugel hatte ihr Bein getroffen. Eine andere ihren Bauch. Doch sie war bei Bewusstsein.

Er rannte zu seinem Auto, schnappte sich den Erste-Hilfe-Kasten und eine Decke und raste zurück. Dann verband er die Wunden, so gut er konnte, und breitete die Decke über sie. »Tun Sie das nicht, Lisa«, flehte er. »Helfen Sie mir, Ihre Schwester zu retten.«

Lisas Augen waren schwarz wie die Nacht. Sie blickte ins Leere. »Sie verdient es zu sterben.«

»Hackett!« Das war Bishop, der ihn von irgendwo hinter dem Haus rief. »Hierher, schnell!«

Kapitel 30

Hackett rannte zum Waldrand hinüber, die Taschenlampe in der Hand. »Hol eine Schaufel!«, brüllte Bishop.

Er bog zum Schuppen ab, zerschlug das Glas in der Tür und öffnete sie. Übelkeit überrollte ihn. Er wusste nicht, ob er es ertragen konnte, sie zu sehen. Grace, in gefrorener Erde begraben. Kalt. Er hatte sie im Stich gelassen.

Das Licht seiner Lampe huschte suchend über die Wände. Dort, ganz hinten – eine Schaufel. Er schob Säcke mit Dünger beiseite und entdeckte eine Plane, die in einer Ecke über etwas Großes gebreitet worden war. Wieder zog sich sein Magen zusammen; er befürchtete das Schlimmste. Schwer atmend griff er nach der Plane und schlug sie zurück.

Doch darunter fand er nur Maschinenteile. Er leuchtete sie ab: zwei Reifen, eine breite Lenkstange, ein Nummernschild. Und dann sah er das Emblem. Honda. Tucker war hier. Wahrscheinlich hatte er Grace umgebracht. Zorn erfasste ihn. Er packte die Schaufel und rannte ins Freie. »Wo bist du?«, rief er nach Bishop. »Leuchte mit deiner Taschenlampe.«

»Ich bin etwa drei Meter hinter dem Waldrand, auf der Nordseite. Beeil dich …«

Hackett jagte auf die Stimme zu. Er fand Bishop auf den

Knien, mit den Händen Schnee und Erde beiseiteschiebend.

»Oh, Scheiße!« Selbst in diesem spärlichen Licht konnte er sehen, dass der Schnee großflächig mit Erde vermischt war. Eine dunkle Stelle hob sich von dem frischen Weiß des Neuschnees ab.

Der Boden war gefroren, doch diese Stelle war noch vor Kurzem umgegraben worden und die Erde dementsprechend locker. Er stieß die Schaufel hinein und hob große Brocken davon an. In der Ferne heulte eine Sirene und kurz darauf sahen sie flackerndes rotes Licht, das den Nachthimmel auf der anderen Seite des Hauses erhellte. Die Sanitäter würden Lisa sofort sehen.

Nach einigen weiteren Grabbewegungen stieß er auf etwas. Vorsichtig senkte er das Schaufelblatt. Es war Holz. »Hier!«, rief er und kratzte rasch den Bereich um das Holz frei. Bishop kniete sich neben ihn. Er förderte eine Holzschachtel zutage, die etwa fünfzehn Zentimeter unter der Oberfläche gelegen hatte. Doch diese Kiste war klein. Zu klein. Bishop schob noch mehr Erde beiseite und holte die Kiste schließlich heraus, während Hackett wieder aufsprang und weitergrub.

Schweiß rann ihm über die Stirn, lief ihm in die Augen, doch er glaubte, etwas zu erkennen. Etwas Strähniges unter der schwarzen Erde. Er ließ die Schaufel fallen, ging auf die Knie und beugte sich hinab, um zu sehen, was es war. Haare. »Hier!«

Es traf ihn wie ein Schlag – sie waren zu spät gekommen. Bishop kam zu ihm und sie schoben mit bloßen Händen die Erde fort. »Nein, nein«, keuchte er immer und immer wieder, nach Atem ringend.

Bishops Funkgerät knisterte. Er setzte sich auf und nahm den Funkspruch an. »Wir sind hinten. Die Verdächtige liegt vor dem Haus, sie wurde angeschossen. Wir haben etwas gefunden. Bringt so viele Lampen mit wie möglich.«

Hackett hörte Schritte, jemand rannte durch den Wald.

Strahlen von Taschenlampen jagten zwischen den Bäumen umher. »Hier drüben!«, rief Bishop.

Hackett achtete nicht auf ihn. Seine Bewegungen wurden langsamer; vorsichtig, fast ehrfürchtig wischte er den Schmutz von dem toten Körper. Seine Grace. Sie hatte so viel durchgemacht. Sie hatte es nicht verdient, noch mehr verletzt zu werden.

Bishop leuchtete ihm und als er die Erde aus dem Haar strich, erkannte er, dass es nicht braun war. Hellblonde Strähnen! Mit schnellen Bewegungen befreite er das Gesicht von der gefrorenen Erde, entblößte Nase, Lippen und Augen. Es war nicht Grace. Es war nicht Grace. Tränen stiegen ihm in die Augen.

Er sah zu Bishop hoch, der den Oberkörper weiter ausgrub. Schließlich hob er einen Arm aus dem provisorischen Grab. Er war mit Tätowierungen bedeckt.

»Ich nehme an, das hier ist Tucker«, folgerte Bishop.

»Hier drüben!«, rief einer der Männer etwa zehn Meter weiter.

Hackett sprang auf und rannte auf die Stimmen zu.

Mehrere Polizisten scharten sich am Waldrand um einen Holzstapel. Einer von ihnen eilte gerade zurück zum Haus. Hackett schob sich an ihnen vorbei, umrundete den Stapel.

Es war Grace. Vornübergekippt lag sie mit dem Gesicht nach unten im Schnee, als wäre sie gegen das Holz gelehnt worden, dann aber zur Seite gerutscht. Ihre Augen waren geschlossen. Über ihren Körper hatte sich eine etwa zwei Zentimeter dicke, frische Schneeschicht gelegt. Er zog sie an sich, wollte sie seine Wärme spüren lassen. Dann legte er ein Ohr an ihre Brust und betete darum, dass er etwas hören würde.

Kapitel 31

Grace öffnete die Augen und starrte zu den weißen Deckenkacheln hinauf, musterte jene winzigen Löcher, die ihr vor einer Woche keine Antworten hatten geben können. In nur sieben Tagen war alles wieder zurückgekommen: Erinnerungen, Bilder und eine Realität, die sie verzweifelt wieder vergessen wollte. Die Sonne ging auf und die Jalousien warfen Schatten über ihr Krankenhausbett, die aussahen wie die Gitterstäbe eines Käfigs. Sie war gefangen in den Bildern, die sie nicht länger ausblenden konnte. Sie schloss die Augen, öffnete sie wieder, klammerte sich an die Vorstellung, dass dies nur ein schrecklicher Albtraum war. Doch alles blieb, wie es war – die sterilen Wände, das schneebedeckte Dach vor ihrem Fenster, die Wahrheit.

Ein leises Klopfen an der Tür lenkte sie ab. Detective Bishop und Officer Hackett – *Justin* – traten ein. Sie lächelten vorsichtig und näherten sich dem Fußende ihres Bettes.

Bishop sprach als Erster: »Schön, Sie zu sehen, Grace.«

Justin kam näher. »Geht es dir gut?«

Sie erinnerte sich an die Schüsse, die gestern Abend durch den Wald gehallt waren. »Ist sie …?«

Er warf Bishop einen Blick zu, bevor er antwortete. »Sie

lebt. Gerade noch. Ich musste schießen, Grace. Es tut mir leid, sie wollte fliehen.«

»Ich …« Sie rang um die richtigen Worte. Justin stand nun direkt vor ihr, aber sie konnte ihn nicht ansehen. »Sie hat versucht, mich umzubringen«, flüsterte sie.

»Das wissen wir, Grace. Wir wissen alles.«

Sie schloss die Augen und Tränen liefen ihr über die Wangen. *Wirklich?*

»Lisa und Tucker haben Michael getötet«, erklärte Bishop. »Wir haben Beweise, dass sie in seinem Haus war.«

»Cahill hat am Freitag zehntausend Dollar im Kasino gewonnen«, fuhr Hackett fort, als hätte er ihr das nicht schon vor Tagen erzählt. »Tucker war hinter dem Geld her. Wir haben es gestern Abend in einer Kiste im Wald hinter Lisas Haus gefunden.«

»Und dort war auch Tucker vergraben«, übernahm Bishop. »Er wurde erstochen.«

Oh Gott. Sie drehte den Kopf zum Fenster, wollte nichts mehr hören. Sie presste die Augen zu, konnte jedoch ihre Ohren nicht verschließen.

Justin kam um das Bett herum, zog sich einen Stuhl vor das Fenster und setzte sich an ihr Bett. »Nach der Tat müssen sie sich gestritten haben. Vielleicht hat sie Panik bekommen. Es ist schwer zu sagen, was in ihr vorgegangen sein könnte.«

»Wie ich Hackett schon erklärt habe: Manchmal bekommen wir nicht alle Antworten, aber die wichtigen kriegen wir«, sagte Bishop. »Erinnern Sie sich an irgendetwas, Grace?«

Sie sah ihm in die Augen, brachte die Worte einfach nicht heraus. Langsam nickte sie.

»Waren Sie auch dort?«

Sie nickte.

»Was ist passiert?«, fragte Bishop.

»Als ich reingekommen bin, waren sie da. Sie hat mich

gesehen und ich bin aus dem Haus gerannt.«

Justin beugte sich vor. »Warst du davor joggen?«

Sie nickte, ließ sich von seinen Worten führen.

Er lächelte. »Ich wusste es. Ich wusste, dass du es nicht getan hast, Grace.«

Dieses Lächeln. Nach dem Kuss hatte sie es tagelang nicht vergessen können. Nun erkannte sie denselben Ausdruck in seinem Gesicht wie damals, intensiv und ernst. Eine Welle der Erleichterung erfasste sie.

Sie sah Bishop an. »Lisa hat unsere Eltern umgebracht. Sie hat es mir gestern Abend gesagt. Wahrscheinlich hat sie geglaubt, dass ich nicht mehr lange genug leben würde, um es jemandem zu erzählen.«

»Haben Sie sie schon immer im Verdacht gehabt?«

Bei der Vorstellung, jetzt dieses Gespräch führen zu müssen, wollte sie tief Luft holen. Das würde sie vielleicht mehr Stärke kosten, als sie aufbringen konnte. Beim Einatmen durchfuhr ein scharfer Schmerz ihre Brust und sie versuchte, sich aufzusetzen. Justin sprang auf und half ihr, indem er ein zusätzliches Kissen hinter ihren Rücken schob.

»Danke«, sagte sie leise. Er hatte ihr bereits so oft Kraft gegeben. Sie heftete den Blick auf ihre Bettdecke. »Als jemand verhaftet wurde und man mir sagte, dass Lisa ein Alibi hätte, dachte ich, dass nicht einmal sie zu so etwas fähig sein könnte. Aber dann war ich vor etwa einem Jahr bei ihr zu Hause, um meinen Scheck abzuholen, und da habe ich gehört, wie Tucker und sie über den Mann gelacht haben, der im Gefängnis sitzt. Ich weiß nicht einmal mehr genau, was sie gesagt haben, aber es klang so, als wüsste Tucker, wer er ist.«

»Warum sind Sie nicht zur Polizei gegangen?«, fragte Bishop.

»Michael fand, das wäre keine gute Idee. Lisa war mir immer einen Schritt voraus. Ich hatte keine Beweise und ich wollte ihr nicht noch einen Grund geben, mich zu schikanieren. Wir wussten beide, wie gefährlich sie war. Sie hat mich schon immer gequält, seit ich denken kann.«

»Wie mit diesen Nacktfotos«, fügte Justin an.

Erleichtert wandte sie sich ihm zu. Er hatte eine Menge herausgefunden. »Genau.«

»Tja, wir wissen, dass er unter Drogen gesetzt wurde. Wenn das irgendwie hilft. Er hat nicht mit Lisa geschlafen. Oder wenigstens wusste er nicht, was er tat.«

»Sie ist ein Monster«, flüsterte Grace.

»Dieses Mal wird sie nicht davonkommen«, versprach Justin.

»Wenn sie überlebt«, ergänzte Bishop.

Lisa tot. Dann wäre es wirklich vorbei. Das Ende ihrer verdrehten, kranken Spiele. Sie sah zu Bishop auf. Endlich schien seine Miene milder geworden zu sein. Seine Haltung wirkte entspannt, aber vielleicht war er auch einfach nur müde. Die dunklen Ringe unter seinen Augen waren nicht länger bedrohlich, nun da das Misstrauen aus seinem Blick verschwunden war. Sie betrachtete Justin, sein unrasiertes Kinn, die Erschöpfung in seinen Augen, und wurde von Schuldgefühlen überwältigt.

»Ich muss sagen, dass es eine Weile nicht gut für Sie aussah«, erklärte Bishop, als hätte er ihre Gedanken gelesen. »Aber mein Partner hier wusste, dass wir weitersuchen mussten. Er hat nie geglaubt, dass Sie es waren.«

Lächelnd lehnte sich Justin zurück. Sie streckte die Hand nach ihm aus und er nahm sie. Sie betrachtete ihre ineinander verschlungenen Hände. Er war der Grund, dass sie am Leben war und frei. »Ich erinnere mich an dich«, sagte sie.

Er stieß die Luft aus und lachte dann leise auf. »Ich bin ja so froh, Grace. Ich glaube nicht, dass ich diesen Kuss jemals vergessen könnte, und ich weiß nicht, was ich getan hätte, wenn du dich nie daran erinnert hättest – oder an mich.«

»Es tut mir leid, dass ich an diesem Abend nicht gekommen bin.«

»Schon gut. Ich nehme an, dass es zwischen euch eben doch nicht vorbei war.«

Tränen traten ihr in die Augen und sie schüttelte den Kopf. Das war es ganz und gar nicht. »Ich wollte kommen«, begann sie, ihre Stimme zitterte. Die Details standen ihr lebhaft vor Augen. »Es war nur so kompliziert«, murmelte sie, während sich jener Abend vor ihrem inneren Auge ein weiteres Mal abspielte.

Sie war nach Hause gekommen, bereit für eine Konfrontation. In ihrem Kopf wiederholte sie immer wieder das, was sie ihm sagen wollte. Sie hatten sich auseinandergelebt. Doch sobald sie durch die Tür war, hatte sich Michael vor sie gekniet, den Ring in der Hand und mit Tränen in den Augen. Er hatte ihr gesagt, wie lange er sie schon liebte und dass ihre Beziehung ihn gerettet hätte. Offenbar hatte er die Zweifel in ihrem Blick erkannt, denn plötzlich war er zusammengebrochen und hatte sie angefleht, ihn nicht zu verlassen. Er hatte versprochen, sich zu ändern. »Ich werde nicht wie mein Vater«, hatte er ständig wiederholt. »Ich werde besser sein als er.«

Grace hatte sich zu ihm auf den Teppich gesetzt. »Warum sprichst du von deinem Vater?« Schon vor Jahren hatten sie sich darauf geeinigt, seinen Namen nie zu erwähnen. Es war für sie beide zu schmerzvoll.

»Er ist tot.« Tränen waren ihm über die Wangen gelaufen. »Vor ein paar Stunden habe ich einen Anruf bekommen. Er hat sich erhängt.«

»Oh mein Gott.« Instinktiv hatte sie die Arme um ihn geschlungen. »Es tut mir so leid.«

Er hatte sie an den Armen gepackt und sie gezwungen, ihn anzusehen. »Das ist nicht der Grund, warum ich dir diesen Antrag mache, Grace. Das schwöre ich. Ich habe den Ring am Samstag gekauft. Bitte heirate mich.«

Jede Entschuldigung, jede Rechtfertigung, ihn zu verlassen, schmolz dahin. Sie konnte ihm nicht wehtun. Solange sie denken konnte, hatte er sich um sie gekümmert, sogar schon, als sie noch ein kleines Mädchen gewesen war. Also sagte sie Ja, trotz ihrer Zweifel. Jener Kuss mit Justin, dieser Traum, etwas Neues zu beginnen, weiterzugehen – es war nicht mehr als eine Fantasie gewesen. Michael gehörte zu ihr. Sie konnte nicht fortgehen.

Justin legte eine Hand auf ihre, holte sie aus ihrer Trance. »Schon gut«, sagte er. »Ich verstehe das und dein Verlust tut mir ehrlich leid.«

»Danke.« Sie lächelte.

»Okay.« Bishop grinste. »Ich warte dann mal draußen.«

»Einen Moment noch«, bat Grace. »Was passiert jetzt?«

Bishops Miene wurde wieder ernst. »Wenn Lisa überlebt, geht sie für lange Zeit ins Gefängnis.«

Sie wollte es glauben, doch sie konnte es nicht. Als sie versuchte, sich weiter aufzusetzen, stockte ihr der Atem in der Brust und sie verzog vor Schmerzen das Gesicht.

Justin ließ ihre Hand los und hielt sie sanft an der Schulter fest. »Gestern Abend ist deine Lunge wieder kollabiert. Fast hätten wir dich verloren. Du bist sehr schwach.«

Sie sah auf den Schlauch hinab, der an ihrer Brust befestigt war, und spürte ihr Gesicht heiß werden. Wieder kamen die Tränen. Sie fragte sich, ob sie wohl jemals versiegen würden.

»Was ist los?«

Sie brachte die Worte kaum heraus. »Ich wünschte, ich könnte mich nicht erinnern. Ich will mich nicht erinnern.«

Justin griff wieder nach ihrer Hand und hielt sie. »Es wird leichter werden. Ruh dich aus. Ich bin direkt vor der Tür. Ich muss ein paar Anrufe machen, aber ich gehe nicht weg.«

Kapitel 32

Hackett saß auf einem der Stühle, die sich vor Graces Zimmer reihten, und hörte eine Nachricht von seiner Mutter ab, die ihn daran erinnerte, dass es nur noch vier Tage bis Weihnachten waren und dass er ihr noch immer nicht gesagt hatte, ob er sie besuchen würde oder nicht. Sie bat ihn ein weiteres Mal, nach Hause zu kommen, und machte sogar einen Scherz darüber, dass Joe bereit wäre, auch noch einen Faustschlag einzustecken, wenn er das wollte. Hackett lächelte. Endlich fühlte er sich bereit, sie wiederzusehen. Sein Blick fiel auf die Zimmertür. Er war sicher, dass Grace etwas damit zu tun hatte. Olivia war nicht die Richtige für ihn gewesen. Das hatte er immer gewusst. Oder jedenfalls hätte er es wissen sollen. Vielleicht geschah ja doch alles aus einem bestimmten Grund.

Bishop trat aus dem Fahrstuhl, einen Kaffee in der Hand, gerade als er die abgehörten Nachrichten löschte. Er setzte sich neben ihn und gab ihm einen Klaps auf das Bein. »Freut mich, dass für dich alles gut ausgegangen ist, Grünschnabel.«

»Es tut mir leid, dass ich dich angelogen habe. Ich habe wirklich Mist gebaut.«

»Da widerspreche ich dir nicht.«

»Ich glaube, ich liebe sie. Ich weiß nicht, was ich getan hätte, wenn alles anders gelaufen wäre.«

»Tja, zum Glück haben wir unseren Mörder ja, und gerade rechtzeitig vor Weihnachten. Also lasse ich es dir noch mal durchgehen. Nennen wir es einfach einen Grünschnabelfehler. Ich werde dir deswegen nicht die Karriere ruinieren.« Bishop hielt ihm die Hand hin und Hackett schüttelte sie. Dann stand Bishop auf. »Ich rufe jetzt den Staatsanwalt an und mache mich auf den Heimweg. Aber den Papierkram überlasse ich dir.«

Hackett grinste. »Klar. Ich fahre später ins Revier. Ich will nur sicher sein, dass es ihr gut geht. Sie kommt mir ziemlich verstört vor.« Doch in Wahrheit war er einfach nicht bereit, sich so schnell wieder von Grace zu trennen, nachdem sie sich endlich an ihn erinnert hatte. »Hey Boss, darf ich dich mal was fragen?«

»Schieß los.«

»Als wir uns wegen des Falls gestritten haben, hast du mich gefragt, ob ich auf die Sache in Detroit anspiele. Was hast du damit gemeint?«

»Ach.« Bishop setzte sich wieder. »Weißt du noch, dass ich dir einmal von einem Fall erzählt habe, in dem wir zwar dachten, wir hätten den Mörder, aber trotzdem weitergesucht haben? In der Zwischenzeit hat der Täter noch einmal gemordet.«

»Ich erinnere mich.«

»Das war meine Schuld. Die Mörderin war ein junges Mädchen und ich konnte nicht glauben, dass sie zu so etwas fähig ist. Ich habe die Beweise vor meiner Nase ignoriert. Natürlich konnte ich das nie vergessen. Aus diesem Fall habe ich eine Menge gelernt.«

»Verstehe. Und ich nehme an, dass du dachtest, mir könnte es mit Grace vielleicht genauso gehen?«

»Und ich dachte, dass du vielleicht von diesem Fall gehört hast und denkst, ich würde Grace nur deshalb verdächtigen.« Bishop stand auf. »Wie auch immer, ich muss los. Meine Familie braucht mich zu Hause und nach diesem Fall weiß ich sie nur umso mehr zu schätzen.«

Hackett nickte. »Ich auch. Und es tut mir leid um deine Schwiegermutter. Schreibst du mir, wann die Beerdigung ist? Ich würde gerne kommen.«

»Mache ich, Junge. Und jetzt ruh dich aus und setz dich danach an den Schreibtisch.«

»Verstanden.« Hackett grinste und sah Bishop nach. Er war dankbar, dass er an diesem Fall hatte arbeiten dürfen, dankbar, dass ihm Bishop als Partner zugeteilt worden war.

Er wählte die Telefonnummer seiner Mutter. Ihr Tonfall rief ihm in Erinnerung, dass ihr letztes Gespräch viel zu lange her war. Sie vermied es, sofort zum Thema Weihnachten zu kommen, und fragte ihn stattdessen über seinen neuen Job aus.

»Ich werde da sein, Mom«, sagte er, als sie ihn schließlich, etwa zum hundertsten Mal, fragte, ob er an Heiligabend heimkommen würde. Als sie erfreut aufkreischte, hielt er das Handy rasch ein Stück von seinem Ohr weg und lachte.

Sie erzählte ihm, welches Essen sie für den Weihnachtsabend geplant hatte und wer alles kommen würde, nämlich sämtliche Geschwister, sein Bruder Joe, Olivia, Joes Exfrau, der neue Freund der Exfrau und etwa zwanzig Kinder. Es war vollkommen gestört, aber er vermisste sie – sie alle. Sie fragte, ob er auch über Nacht bleiben wolle. Am nächsten Vormittag würden sie alle zum Brunch zu seinem älteren Bruder Tommy gehen, die Kinder würden ihre neuen Spielsachen mitbringen. Er dachte an Donny, daran, dass er am Weihnachtsmorgen nicht mit ihm zusammen sein konnte, und es tat immer noch weh. Aber die Lösung war nicht die schlechteste. Alice hatte recht – wenigstens gehörte Donny noch zur Familie. Sie würden immer miteinander verbunden sein.

»Und wenn du jemanden mitbringen möchtest, Schatz, dann wäre das natürlich toll«, fügte sie hinzu, voller Hoffnung, dass er über alles hinwegkommen und wieder glücklich sein würde.

Noch einmal sah er Graces Tür an. Der Gedanke, sie an seiner Seite zu haben, ließ Schmetterlinge in seinem Bauch aufflattern. Sie hatte keine Familie. Vielleicht würde sie sich über Weihnachten an einem schönen Ort freuen. »Schauen wir mal«, sagte er.

Nachdem er aufgelegt hatte, ließ er den Kopf gegen die Wand sinken und schloss die Augen. Er dachte an den Kuss, an ihre Hand in seiner, an ihr Lächeln. Die Umstände waren schrecklich, aber wenigstens war sie jetzt frei. Er stellte sich vor, Joe und Olivia am Tisch gegenüberzusitzen, er dachte an ihre Heimlichtuerei und an den Schmerz, den sie verursacht hatte. Aber mit Grace an seiner Seite wäre es okay. Sie war anders. Keine Geheimnisse würden sie jemals trennen.

Kapitel 33

Nachdem Justin und Bishop gegangen waren, starrte Grace auf die geschlossene Tür. Noch immer konnte sie die Tränen nicht bändigen, während ihr das volle Ausmaß der Ereignisse bewusst wurde. Sie konnte nicht glauben, dass es vorbei war, dass Lisa ins Gefängnis kommen und endlich für alles bezahlen würde, was sie getan hatte.

Die Sonne stieg, die Schatten der Jalousien waren weitergewandert, und sie fühlte die Freiheit nahen, als würde die Giftwolke über ihr bald fortgetrieben. Sie blickte aus dem Fenster und betrachtete den Rauch, der aus einem Kamin stieg, sich in den blauen Himmel erhob und auflöste. Mit fest geschlossenen Augen wünschte sie sich, mit ihren Erinnerungen würde dasselbe geschehen. Doch sie konnte nicht vergessen; jedes Detail ihres Lebens, dieser Nacht und dieses Morgens waren für immer in ihr Gehirn gebrannt.

Ein leises Klopfen erklang und die Tür schwang auf. Eine Ärztin trat ein und setzte sich auf die Armlehne des Stuhls neben ihrem Bett. Offenbar war sie nicht hier, um Grace zu untersuchen.

»Hallo Grace, wie geht es Ihnen?«

Der Ärztin stand förmlich ins Gesicht geschrieben, dass sie

schlechte Nachrichten brachte. »Ganz okay«, antwortete Grace leise und wartete auf die nächste Hiobsbotschaft.

»Ich behandle Ihre Schwester.« Und da war sie schon. »Der Officer vor der Tür hat mir erklärt, dass sie der Grund ist, warum Sie hier liegen, und ich bin sicher, dass Ihre Gefühle ihr gegenüber sehr kompliziert sind. Aber sie hat viel Blut verloren. Wir haben sie operiert, aber sie hat schlimme Verletzungen erlitten und die kommenden Stunden sind kritisch.«

Grace wandte sich dem Fenster zu. Sie fühlte sich wie ein Monster, weil sie sich wünschte, dass Lisa starb, doch sie konnte nicht anders.

»Sie hat nach Ihnen gefragt«, fuhr die Ärztin fort. »Ich verstehe natürlich, wenn Sie sie nicht sehen wollen, aber eine andere Chance bekommen Sie vielleicht nicht mehr. Ich war der Meinung, Sie sollten das erfahren.«

Grace antwortete nicht, stattdessen durchlebte sie noch einmal den Moment an jenem grauenvollen Morgen, als sie Lisa gesehen hatte, die Angst, die sie gepackt hatte, als sie aus dem Haus floh. Die Ärztin stand auf und wandte sich zum Gehen. »Denken Sie darüber nach. Ich bringe Sie gerne zu ihr, falls Sie sich entschließen …«

»Okay«, sagte Grace. Es gab sonst niemanden mehr. Sie musste es tun. Es würde das letzte Mal sein, dass sie Lisa sah, ganz gleich, was als Nächstes geschah.

Als die Ärztin sie in den Gang hinausschob, erhob sich Justin von seinem Stuhl. »Möchtest du, dass ich dich begleite?«

Sie schüttelte den Kopf und er setzte sich wieder. »Ich warte genau hier.«

Schweigend rollten sie den Korridor entlang und fuhren mit dem Aufzug in das obere Stockwerk. Sie betraten Lisas Zimmer und die Ärztin lenkte den Rollstuhl zum Bett. Lisa hing an mehreren Maschinen und eine Sauerstoffmaske aus Plastik bedeckte ihr Gesicht. Ihre Augen waren geschlossen. Einer der

Apparate piepste leise, aber beständig und bestätigte so, dass sie – noch – am Leben war.

»Kann sie mich hören?«, fragte Grace die Ärztin. Diese nickte. »Lisa.« Sie beugte sich über sie. »Ihre Schwester ist hier. Wie Sie es wollten.«

Lisa öffnete die Augen und wandte den Kopf unter sichtbaren Anstrengungen Grace zu.

»Ich lasse Sie beide ein paar Minuten allein. Wenn Sie dort draufdrücken« – die Ärztin deutete auf einen roten Knopf neben dem Bett –, »dann kommt eine Schwester und bringt Sie zurück in Ihr Zimmer.«

Grace nickte und versuchte, den Blickkontakt mit Lisa zu halten. Dieses Monster! Sie wollte sie niederstarren, diese Frau, die während der vergangenen Woche so getan hatte, als würde sie Grace lieben, sich um sie sorgen. Doch sie konnte es nicht. Sie fühlte keinen Triumph. In diesem Raum gab es keine Gewinner.

Langsam hob Lisa die Hand und zog an dem Gummiband, das die Sauerstoffmaske über ihrem Mund und ihrer Nase hielt. Grace sah, wie sie sich abmühte, doch sie konnte ihr nicht helfen. Vielleicht wollte sie es auch nur nicht.

»Wir dachten nicht, dass jemand zu Hause sein würde«, flüsterte Lisa kaum hörbar. »Sein Auto war nicht da. Du gehst morgens joggen. Wir wollten nur das Geld. Wir haben nicht …«

Grace fiel ihr ins Wort. »Ich habe der Polizei gesagt, dass du unsere Eltern umgebracht hast«, sagte sie bitter. »Sie haben Tucker gefunden und das Geld, das du vergraben hast. Es ist vorbei.«

Lisas Worte kamen zögerlich, so als würde jeder Atemzug sie mehr schmerzen als der vorherige. »Tucker sollte nicht sterben.« Tränen traten ihr in die Augen, als bereute sie ihre Gewalttaten tatsächlich dieses eine Mal in ihrem Leben. »Es war ein Unfall.«

»Sicher. Er wurde aus Versehen erstochen.«

»Er hat es nicht begriffen. In dem Moment, als ich dein Gesicht gesehen habe, wusste ich, dass du der Polizei sagen würdest, ich hätte es getan. Du würdest ihnen alles erzählen. Und sie würden dir glauben.«

Plötzlich wusste Grace nicht mehr, warum sie hergekommen war. »Endlich zahlst du für das, was du getan hast«, flüsterte sie.

Lisas Blick verdunkelte sich. »Du weißt, dass ich Michael nicht getötet habe.«

Grace schüttelte den Kopf. »Du tust mir nicht leid.«

»Warum?«, stieß Lisa hervor, als kostete sie dieses eine Wort enorme Anstrengungen.

Grace sah weg. Sie wollte tough sein, eiskalt, zufrieden über diesen Ausgang der Ereignisse. Es war so gekommen, wie sie es sich in jenen Augenblicken, als sie aus dem Haus geflohen war, gewünscht hatte. Doch sie konnte nicht. Plötzlich waren all die Wut, der Schock und der furchtbare Schmerz wieder da und sie ertrank in Erinnerungen. So viele davon. Zu viele.

Sie war gegen neun Uhr abends von der Arbeit heimgekommen, trotz der frühen Stunde erschöpft. Das lag überwiegend daran, dass sie den Großteil des Tages damit verbracht hatte, die glückliche zukünftige Braut zu spielen. Sie hatte versucht, der freudigen Erwartung ihrer Kollegen gerecht zu werden und die drückende Last einer Entscheidung, die sie vielleicht immer bereuen würde, abzuschütteln. Sie hatte gehofft, den Abend mit Michael verbringen zu können: Seine Freude über ihre Verlobung würde sicher auch in ihr ein Glücksgefühl entzünden.

Als sie jedoch das Haus betrat, fand sie ein Bündel Geldscheine auf dem Tisch, zusammengehalten von einem Gummiband. Daneben lag ein Zettel: *Lass uns einen draufmachen!* Sie fuhr mit dem Daumen über die Kante des Geldbündels. Er spielte also immer noch. Ihr Haus war eine Bruchbude, etwas

Besseres konnten sie sich nicht leisten. Ihr Studium war teuer und trotzdem riskierte er seinen Lohn und redete darüber, einen draufzumachen. Sie warf das Bündel auf die Ablage, auf der sich bereits leere Bierflaschen reihten. Dann starrte sie durch das Fenster in den dunklen Wald hinaus und fragte sich, ob sie diesen Mann wirklich heiraten konnte. Fragte sich, wie ihr gemeinsames Leben aussehen würde.

Sie musste Vicki treffen – Vicki, die sie beide schon ewig kannte. Sie würde ihr sagen, dass alles gut gehen würde. Während Grace ins Schlafzimmer ging, tippte sie eine Nachricht an ihre Freundin, in der sie ankündigte, morgen nach dem Joggen bei ihr vorbeizukommen.

Das Licht und der Fernseher waren an, doch Michael schlief tief und fest. Sie versuchte ihn zu wecken, doch er rührte sich nicht. Auf dem Nachttisch neben ihm stand ihr offenes Xanaxfläschchen. Es waren nur noch zwei Tabletten übrig. Er hatte ein paar davon geschluckt. Mal wieder. Sie zog sich aus, streifte ein altes T-Shirt über und ging mit dem fast leeren Fläschchen ins Wohnzimmer, um es wieder zu verstecken. Und dort nahm das Unglück seinen Lauf.

Auf dem Kaffeetisch lag die Post, ungeöffnet natürlich. Michael zahlte nie irgendwelche Rechnungen. Sie ging den Stapel durch und kam schließlich zu einem großen Umschlag, der an sie adressiert war. Auf der Rückseite stand: *H B G.* Happy Birthday Grace. Sofort war ihr klar, dass dieser Umschlag von Lisa kam. Lisa unterschrieb jede Geburtstagskarte an sie so, als müssten die abgekürzten Glückwünsche und eine Karte reichen. Eine lästige Pflicht, die ihre Eltern ihr aufgedrängt hatten, als sie noch jünger gewesen waren.

Sie wappnete sich, als sie den Umschlag aufriss. Seit dem Tod ihrer Eltern hatte Lisa an jedem von Graces Geburtstagen etwas getan, um sie daran zu erinnern, dass sie noch immer ihr grausames Spielchen mit ihr trieb. Ihre Geschenke waren stets kriminell und wurden von gerade ausreichend Hinweisen begleitet, um Grace ahnen zu lassen, wer dahintersteckte. Doch es reichte nie, um es auch zu beweisen: das aufgebrochene Auto an ihrem Siebzehnten, der Ziegelstein durch ihr Fenster an ihrem Achtzehnten, letztes Jahr die zerstochenen Reifen. Und jetzt eine Quälerei zu ihrem Zwanzigsten.

Als sie die Fotos von Michael mit einer nackten Frau aus dem Umschlag zog, konnte sie es nicht glauben. Der Schock lähmte ihre Gedanken. Dann sah sie näher hin. Sie erkannte das Schlafzimmer. Lisa.

Michael hatte ihr immer geraten, sich von Lisa fernzuhalten. Sie hatte ihm alles erzählt, was Lisa ihr angetan hatte; selbst von ihrem Verdacht, sie könnte ihre Eltern ermordet haben, wusste er. Es kam ihr unmöglich vor, dass er mit ihr geschlafen hatte. Dann sah sie das Datum auf der Rückseite: *01.12.2013.* Ihr Geburtstag. Der Abend, an dem Michael nach der Arbeit nicht wie versprochen nach Hause gekommen war. Stattdessen hatte er sich an nichts erinnern können und war am nächsten Morgen in einem so schlechten Zustand gewesen, dass sie ihn in die Notaufnahme gebracht hatte. Wieder gab es keinen Beweis dafür, aber sie wusste, dass Lisa dahintersteckte. Tucker und sie hatten ständig mit Drogen zu tun. Der Beweis lag vor ihr – auf den Fotos schien Michael nicht einmal bei Bewusstsein zu sein. Und Lisa war zu allem fähig, was in ihren verdrehten Verstand drang.

Mit den Fotos kehrte sie ins Schlafzimmer zurück und legte sie auf ihren Nachttisch. Sie würde Michael jetzt nicht wach bekommen. Sie konnten morgen darüber sprechen.

Da bemerkte sie den aufgerissenen Umschlag auf dem Boden. Er war an Michael adressiert und als Absender war das Oaks Correctional angegeben. Sein Vater. Er musste ihm diesen Brief geschickt haben, bevor er sich umbrachte.

Der Umschlag war leer. Sie schlug die Decke zurück. Da.

In seiner Hand. Vielleicht war das der Grund, warum er das Xanax geschluckt hatte. Vielleicht war es einfach zu viel für ihn gewesen, von seinem Vater zu hören. Seit dieser im Gefängnis saß, weigerte sich Michael, über ihn zu sprechen. Er sagte, es sei einfach zu schmerzvoll.

Sie zog ihm den Brief aus der Hand und hoffte, er würde nicht ausgerechnet jetzt aufwachen. Das war eindeutig ein Vertrauensbruch, aber sie konnte nicht anders. Sie war Michaels Vater nie gegenübergetreten. Damals war sie zu klein gewesen, doch er war teilweise der Grund, warum sie sich Michael so verbunden fühlte: Sie waren beide von demselben Mann irreparabel verletzt worden. Während sie las, kehrte sie ins Wohnzimmer zurück.

Michaels Vater entschuldigte sich für seinen Alkoholismus, für den Missbrauch. Er schrieb, Michael sei ein guter Junge, der einen Vater wie ihn nicht verdient habe.

Doch er entschuldigte sich nicht dafür, Mary getötet zu haben. Graces Herz zog sich zusammen. Die Worte färbten sich blutrot – oder vielleicht bildete sie sich das auch nur ein. *Ich bin sicher, dass ich dich dazu getrieben habe, und ich möchte, dass du weißt, dass ich dir vergebe.* Sie las die Zeile ein zweites Mal. *Dass ich dir vergebe.* Wofür? Sie las weiter, dann begann sie noch einmal von vorne, schloss die Augen, öffnete sie wieder. Sie war sicher, dass sie es nicht richtig verstand.

Doch eine andere Bedeutung gab es nicht. Michael – ihr Michael – hatte Mary getötet? Ihre Knie gaben nach und sie fiel auf das Sofa. Das Blatt zitterte in ihrer Hand. Michaels Vater erinnerte sich daran, gesehen zu haben, wie sein Sohn Marys Leiche in das Feld warf. Damals war er zu betrunken gewesen, um zu reagieren, danach war der Blackout gekommen und er war sich nicht mehr sicher gewesen, was passiert war. Doch dann, zehn Monate nach seiner Verhaftung, als er endlich ausgenüchtert war, hatte er im Gerichtssaal seiner Frau und seinem Sohn gelauscht, die von den jahrelangen Misshandlungen erzählten. Er wusste nicht genau, was an jenem Tag passiert war, doch er hielt die Verurteilung für seine gerechte Strafe. Er hatte fünfzehn Jahre in seiner Zelle zugebracht und sich dabei Rechtfertigungen für sein armseliges Leben ausgedacht, für seine Entscheidungen und die Tatsache, dass er sich aufgrund seiner Sucht nicht einmal hatte verteidigen können. *Staatlich verordnete Therapie* nannte er es. Als er endlich die Wahrheit über jenen Tag wiederfand, schwor er, das Geheimnis mit ins Grab zu nehmen. Es war das Einzige, was er tun konnte, um seinen Sohn zu schützen.

Die Worte trafen sie wie Messerstiche, zerschnitten ihre Organe. Sie senkte sogar den Blick auf ihren Bauch, um sich zu vergewissern, dass dort kein Blut war, dass ihre Eingeweide nicht hervorquollen. »Warum?«, stieß sie kaum hörbar hervor. »Warum?«, schrie sie dann. Sie rannte ins Schlafzimmer und stieß Michael an, schlug ihn, brüllte ihn an. »Wach auf! Wach auf!« Er regte sich nicht.

Sie stürzte zurück ins Wohnzimmer, sah das Foto von ihnen beiden auf dem Kaminsims und schleuderte es durch den Raum. Es knallte gegen die Wand, Glas splitterte. »Wir waren erst fünf«, schrie sie in das leere Zimmer. »Du hast uns geliebt!«

Erst war es nur ein Flüstern, eine Stimme, die durch ihre Verwirrung drang und ihr etwas zuraunte, an das sie niemals gedacht hatte. Michael, damals fünfzehn, der Mary etwas Unaussprechliches antat. Sie sah das Gesicht ihrer Zwillingsschwester vor sich, vor Angst verzerrt, um Hilfe rufend. Was hatte er mit ihr gemacht? Ihr Schluchzen wurde immer heftiger, sie schlug sich die Hand vor den Mund, konnte es nicht einmal denken.

Wie ein heranrasender Güterzug brach die Vergangenheit über sie herein. Michael, der immer an ihrer Seite war, sich um sie kümmerte, sie liebte. Solange sie denken konnte, hatte er mit ihr gespielt. Sie dachte an das erste Mal, als er sie geküsst hatte. Damals war sie erst zwölf gewesen. Und er zweiundzwanzig! Kein Wunder, dass ihre Mutter gegen diese Beziehung gewesen war. Was für ein fünfundzwanzigjähriger Mann schläft mit einer Fünfzehnjährigen? Ihr ganzes Leben lang hatte er ihren Freund gespielt, ihren Beschützer, ihren Liebhaber, dabei war er der Grund, warum sie Mary verloren hatte. Sie hörte auf, sich das Gesicht abzuwischen, griff nach einem Taschentuch und drückte es sich unter die laufende Nase, die mittlerweile so zugeschnürt war, dass ihr das Atmen schwerfiel. Eine Weile blieb sie vollkommen reglos stehen. Nichts war echt. Ihre ganze Beziehung eine Illusion.

»Du krankes Stück Scheiße!«, brüllte sie, doch es war nicht genug, um ihrer Wut Ausdruck zu verleihen. Er hatte Mary getötet. Er hatte seinen Vater für den Mord an ihr ins Gefängnis gehen lassen. Sie ging im Zimmer auf und ab, bis sie es nicht mehr ertrug, daran zu denken. Sie stand vor dem Spülbecken, ein volles Bier in einer Hand und die zwei verbliebenen Xanax in der anderen. Sie zwang sich dazu, erst die Tabletten zu schlucken und dann die Flasche in drei Schlucken zu leeren. Hektisch wischte sie sich über das Kinn, als das Bier daran hinablief.

Sie kehrte ins Schlafzimmer zurück, setzte sich auf das Bett, starrte ihn an. Angewidert von diesem Gesicht, das sie so gut kannte – jede Linie, jeden Ausdruck, jedes Lächeln. Sie kannte ihn überhaupt nicht.

Die Wirkung der Tabletten setzte ein und sie brach auf dem Bett zusammen. Ihr Innerstes schrie, während ihr Körper herunterfuhr. Ihr letzter bewusster Gedanke war, sofort am Samstagmorgen ihre Verlobung zu lösen und sich endlich aus diesem Netz aus Lügen und Betrug zu befreien. Und wenn sie schon dabei war, würde sie auch Lisa endlich abschütteln. Sie ertrug dieses Leben nicht mehr.

Doch dann träumte sie davon: Michael, der Mary anfasste,

ihr Angst machte. In ihrem Traum befanden sie sich auf dem Hochsitz. Grace war auch da und versuchte, ihre Schwester zu retten, ihn von ihr fortzuziehen, der Sache ein Ende zu machen, aber dann fiel Mary. Ihr Körper stürzte durch die Luft, der Boden verschwand in der Tiefe, als würde sie von einer Klippe fallen, während Grace die Arme nach ihr ausstreckte und ihren Namen schrie.

Sie fuhr hoch. Sie musste ihre Schwester retten. Und durch die Tränen und den Zorn griff sie hinab und zog Michaels Flinte unter dem Bett hervor.

Mit zitternden Händen richtete sie sich auf und drückte ab. Der Knall brach wie ein Alarm in ihren Albtraum ein. Beim Anblick des Blutes an der Wand hinter dem Bett schrie sie auf. So viel Blut, das aus seinem Körper lief wie aus einem geöffneten Wasserhahn. Sie ließ die Flinte fallen, rannte ins Badezimmer und übergab sich heftig in die Badewanne, bis sich ihr Magen zu einem winzigen Ball zusammengezogen hatte.

Die Krankenhaustür öffnete sich und riss Grace aus ihren Gedanken. Eine Schwester spähte ins Zimmer, lächelte Grace an und ging wieder, anscheinend überrascht, dass die Patientin Besuch hatte. Grace sah Lisa an, rang um Atem und flüsterte schließlich die grausame Wahrheit, den Grund, warum sie es getan hatte. »Er hat Mary umgebracht.«

Lisa holte ein paarmal unter der Maske Luft, bevor sich ihre Lippen wieder bewegten. »Du bist genau wie ich.«

Grace schüttelte den Kopf und wischte sich über das Gesicht. Das war nicht wahr. Grace hatte nichts davon geplant. Und als sie dann auf dem Kachelboden gesessen hatte, über und über mit Michaels Blut bedeckt, da hatte sie begonnen zu zittern, fast krampfartig. Sie begriff, was sie getan hatte. Dann wurde ihr wieder bewusst, was Michael getan hatte und dass schon jemand für seine Verbrechen ins Gefängnis gegangen war. Und nun würde sie dasselbe noch einmal tun. Ihre Gedanken rasten, als würde ein Autopilot die Führung übernehmen. Sie musste duschen und die Beweise loswerden. Sie musste joggen gehen, danach Vicki besuchen und schockiert sein, wenn sie heimkehrte und ihn tot auffand.

Sie zog sich das Nachthemd aus, das voll mit seinem Blut war. Nachdem sie sich ihre Laufsachen angezogen hatte, holte sie den Brief von Michaels Vater und warf ihn in den Brunnen im Hof. Sie sah zu, wie die Blätter in das schwarze Loch hinabsegelten. Wie im Traum fuhr sie den Red Arrow Highway entlang, benommen von Tabletten, Bier und Blut. Ihr einziger Gedanke war, die Beweise loszuwerden und so viel Abstand wie möglich zwischen sich und das Verbrechen zu bringen.

Die Straßen waren leer. Dunkelheit umgab sie. Die Sachen einfach in den Wald zu werfen, kam ihr falsch vor, dort konnten sie leicht gefunden werden. Doch als sie sich New Buffalo näherte, entdeckte sie links die Wohnhäuser – Bell Avenue – und die vier großen Müllcontainer am Rand des Parkplatzes. Sie lagen im Dunkeln, jenseits des Scheins der Laternen. Sie stellte sich vor, wie ein Müllwagen diese riesigen Tonnen hochzog und leerte, wie ihr Inhalt zerquetscht wurde, bevor man ihn auf einer Deponie entsorgte, wo man ihn niemals finden würde. Sie schaltete die Scheinwerfer aus und fuhr auf den Parkplatz. Er stand voller Autos, doch es war niemand zu sehen, als sie die Beweisstücke in einen der Container warf und zum Auto zurückrannte.

Gerade als sie die Hand auf den Zündschlüssel legte, hörte sie Stimmen, Gelächter, Bierdosen, die über den Parkplatz gekickt wurden. Sie rutschte auf ihrem Sitz nach unten. Eine Gruppe von Menschen verließ das Gebäude, offenbar war gerade eine Party zu Ende gegangen. Sie sah zu, wie sie zu ihren Autos stolperten, dann rollte sie langsam wieder auf den Red Arrow, gab Gas und floh.

Als sie zum Haus zurückkehrte, wurde der Himmel bereits

hell, als würde die Zeit schneller verrinnen. Bald würde alles erwachen. Sie griff nach der Post und warf sie mitsamt der leeren Umschläge in den Müll, dann wandte sie sich zur Eingangstür, um joggen zu gehen.

Doch da öffnete sich knarrend die Hintertür. Grace erstarrte. Sie hörte Schritte, das Knarzen der Dielen, dann weitere Schritte. Jemand war im Haus. Sie duckte sich hinter die Kochinsel in der Küche.

»Sich im Schlafzimmer nach.« Diese Stimme kannte sie. Lisa.

Und dann die von Tucker: »Wo, glaubst du, hat er es versteckt?« Er ging den Korridor hinunter.

»Da!« Lisas Schritte näherten sich. Sie schnappte sich das Bündel Geldscheine von der Ablage. Nur wenige Meter trennten sie noch von Grace. Wenn sie sich jetzt zur Eingangstür wandte, würde sie sie entdecken. Grace hielt den Atem an und presste die Augen zu, flehte stumm, dass sie gehen würden, dass sie eine Chance bekam zu entkommen.

»Scheiße, was zum Teufel …«, brüllte Tucker aus dem Schlafzimmer. Lisa eilte seiner Stimme nach. Graces Herz hämmerte gegen ihre Rippen. Sie sprang auf und griff nach der Türklinke. Der Riegel war vorgeschoben und gerade, als sie ihn zurückzog …

»Grace!«

Langsam drehte sie sich um.

»Scheiße, was hast du getan?« Lisa lallte, sie war betrunken und kam auf sie zu getorkelt.

Ihr Blick raste durch den Raum, Entsetzen packte sie und Angst vor Lisas Zorn, vor dem, was nun passieren konnte. Ich war es nicht, dachte sie. *Ich war es nicht.* Sie wich gegen die Tür zurück, umfasste den Türknauf, drehte ihn und rannte ins Freie, gerade, als Lisa bei ihr angekommen war.

Mit zitternden Händen steckte sie den Schlüssel ins Zündschloss. Sie spähte über die Schulter zum Haus, rammte den Rückwärtsgang hinein und setzte aus der Einfahrt. Kies spritzte auf. Dann schaltete sie in den ersten Gang, drückte das Gaspedal durch und raste die Straße hinunter.

Lisa hatte das Geld gestohlen. »Lisa war da. Sie hat es getan. Lisa hat es getan«, wiederholte sie stumm in ihrem Kopf. *Lisa hat ihn umgebracht.* Das würde sie der Polizei erzählen. Sie war nach dem Joggen heimgekommen und hatte sie dort gesehen. Lisa hatte ihr diese Fotos geschickt. Sie war eine Mörderin. »Ich könnte so etwas niemals tun«, flehte sie, weinte sie. »Ich habe ihn geliebt.« Die Verzweiflung, der Schmerz trieben sie voran. Lisa hatte ihre Eltern umgebracht und einen anderen für diesen Mord bezahlen lassen. Michael hatte Mary umgebracht und seinen Vater für ihren Tod bezahlen lassen, also würde sie nun Lisa für Michaels Tod bezahlen lassen. Das war das Einzige, woran sie denken konnte, bevor das Universum einschritt und sie gegen einen Baum schleuderte.

»Ich bin nicht wie du«, sagte Grace. Ihre Stimme klang nun fester und sie wischte sich die letzten Tränen von den Wangen. »Ich habe es nicht geplant. Aber Michael hat Mary umgebracht. Er hat mir meine Schwester gestohlen, meine Kindheit.« Sie konnte kaum atmen, die Luft schien vergiftet zu sein. Doch das spielte keine Rolle mehr. Es gab nichts mehr zu sagen. Sie würde nie wieder darüber sprechen. Nie wieder.

Sie beugte sich vor und drückte den Rufknopf. Plötzlich begann Lisa zu keuchen.

Nein, kein Keuchen. Sie lachte.

Lisa hob die Maske von ihrem Gesicht und holte quälend langsam Luft, die in ihrer Lunge rasselte. Sie sah Grace an, ihre dunklen Augen schienen größer zu werden, in ihren Tiefen lag jenes Funkeln, das Grace als Kind so sehr gefürchtet hatte. »Du irrst dich«, flüsterte sie.

Bevor Grace fragen konnte, was sie damit meinte, kam eine

Schwester ins Zimmer. »Bereit zu gehen?«, fragte sie fröhlich, dann runzelte sie die Stirn. Sie trat ans Bett und drückte Lisa die Sauerstoffmaske wieder auf Mund und Nase. »Sie müssen sich ausruhen«, ordnete sie an.

»Wobei irre ich mich?«, platzte Grace heraus. Es war ihr egal, ob die Krankenschwester zuhörte. Was meinte Lisa damit? Irrte sie sich in Bezug auf Michael? Aber Lisa hatte die Augen geschlossen und die einzige Antwort war ihr rasselnder Atem.

Die Krankenschwester schob Grace in den Gang hinaus. *Du irrst dich.* Die Anschuldigung jagte durch ihre Gedanken, suchte nach einer Bedeutung. Zwanghaft rieb sie sich mit den Handflächen und Handrücken über das Gesicht, aber sie beruhigte sich nicht. Sie konnte sich nicht irren. Michaels Vater hatte ihn gesehen. Er hatte ihn mit der Leiche gesehen. Selbst angesichts des Todes trieb Lisa noch immer ihre kranken Spielchen, versuchte, Grace ein letztes Mal zu quälen.

Aber was, wenn mehr dahintersteckte? Wenn Lisa in alles verwickelt gewesen war oder wenn es einen Unfall gegeben hatte? Was, wenn Michael ihre Schwester nicht umgebracht hatte? Was machte das aus Grace?

Durch die geschlossene Tür drang noch immer schwach das regelmäßige Piepsen von Lisas Pulsmessgerät, dann wurde ein lang gezogener, durchdringender Laut daraus. Alle wussten, was das bedeutete. Die Schwester eilte zurück, ließ Grace im Flur stehen. Hinter ihr folgte weiteres Krankenhauspersonal. Sie lauschte auf die hektischen Geräusche im Zimmer, bis der Lärm wieder verklang. Die Energie wich aus dem Raum und mehrere Schwestern und Ärzte traten langsam wieder heraus, geschlagen. Einer von ihnen legte Grace eine Hand auf die Schulter, als läge zumindest ein Trost darin, dass sie die Chance gehabt hatte, sich zu verabschieden.

Eine andere Schwester schob sie zurück zu ihrem Zimmer. Sie redete, doch Grace hörte nur ein gedämpftes Plätschern.

Das einzige Geräusch, das klar in ihrem Kopf hallte, waren der Schuss und ihr eigener Schrei. Sie starrte den sterilen weißen Boden an, doch ihre Gedanken konzentrierten sich auf Michael, der in seinem Blut lag. Als sich die Fahrstuhltüren öffneten, erhob sich Justin von seinem Stuhl und lächelte sie an.

Er folgte ihnen in das Zimmer und wartete, während die Schwester Grace wieder ins Bett half. Dann setzte er sich auf den Rand der Matratze. »Alles in Ordnung?«

Sie wusste nicht, was sie sagen sollte. Alle waren fort. Lisa. Michael. Sein Vater. Tucker. Sie war frei von ihrem alten Leben, doch von ihren Erinnerungen an jenen Tag, an das, was sie getan hatte, würde sie niemals frei sein. Und auch nicht von Lisas quälenden letzten Worten. »Sie ist tot«, flüsterte sie.

Er stieß schwer die Luft aus. »Ich bin für dich da. Was auch immer du brauchst.«

Sie brauchte die Wahrheit. Aber die würde sie nie bekommen. Und hier war der Mann, der unerschütterliches Vertrauen in sie hatte. In ihre Unschuld. Sie konnte es ihm niemals sagen. Wie könnte er ihr jemals verzeihen, was sie getan hatte? Wie könnte irgendjemand so etwas verzeihen? Sie würde damit leben müssen. Es in einem Teil ihres Geistes einschließen. Ihre Erinnerungen würden auf ewig durch Geheimnisse, Lügen und Ungewissheit gebunden sein.

Er streckte ihr die Hand entgegen und sie legte ihre hinein.

Sie verdiente diesen Halt nicht, doch sie wollte nicht loslassen. Sie konnte nicht loslassen.

DANKSAGUNG

Ich danke den Lesern von »Green Line – Mord in Chicago« die mir über soziale Netzwerke Nachrichten geschrieben, Rezensionen verfasst und mir ihre Unterstützung, ihr Interesse und ihre freundlichen Worte übermittelt und mich so ermutigt und dazu ermuntert haben, dieses Buch zu schreiben.

Darüber hinaus stehe ich in der Schuld so vieler Menschen, deren Unterstützung, Liebe und Hilfe es mir ermöglicht haben, diese Geschichte zu verfassen.

Zuallererst Jim: Danke, dass du deine Ehefrau immer mit guter Laune ertragen hast, obwohl sie im vergangenen Jahr öfter mal das Abendessen vergessen hat und während Unterhaltungen plötzlich in ihrer Fantasiewelt versunken ist. Ich bin die glücklichste Frau der Welt und habe den besten aller Ehemänner, dessen Liebe und Humor all meine Träume wahr werden lassen. Danke an Caroline und Jimmy für euer Interesse und eure Begeisterung für meine Geschichten – obwohl ihr sie nicht lesen dürft –, und danke an meine lieben Freunde, nah und fern. Euer Enthusiasmus und eure Unterstützung haben mir Kraft gegeben. Ich kann meiner Mutter, meiner Schwester, meinem Ehemann und meinem Vater nicht genug für ihre Bereitschaft danken, mir gleichzeitig als Vertraute, Cheerleader,

Kritiker, Leser und Therapeuten zur Seite zu stehen.

Danke an Cynthia Quam, Julia Buckley, Martha Whitehead, Peter und Carolyn Ferry für eure Zeit, eure Energie und das Feedback zum Manuskript in diversen Entstehungsstadien. Ihr habt so viel bewirkt.

Mein aufrichtiger Dank geht an die Staatsanwältin aus Michigan, Mona Armstrong, die meine unablässigen Fragen zu Tatorten und Ermittlungsmethoden beantwortet hat; an den Chief des Buchanan Police Departement, William Marx, für die Beantwortung all meiner juristischen Fragen; und an meine Freundin Dr. Doris Nussenbaum, weil sie meine Unsicherheit in Bezug auf Medikamente, Behandlungsmethoden und die Wechselwirkungen zwischen Medikamenten ausgeräumt hat. (Natürlich haben all diese Experten sich mit meinen Fragen befasst, ohne die ganze Geschichte des Romans zu kennen. Sollten sich also in den genannten Bereichen Fehler eingeschlichen haben, bin einzig und allein ich dafür verantwortlich.)

Danke an Anh Schluep für ihr Interesse an diesem Manuskript und danke an das ganze Team bei Thomas & Mercer, das den gesamten Entstehungsprozess des Manuskripts begleitet hat – vielen Dank an euch alle. Und auch an meine Lektorin Caitlin Alexander, die an diese Geschichte geglaubt und mir dabei geholfen hat, sie zu verbessern – dafür bin ich sehr dankbar.

Und schließlich und endlich vielen Dank an die Oak Park Public Library dafür, dass ich dort einen schönen und warmen Rückzugsort hatte, an dem ich zahllose Stunden damit verbracht habe, Cola light zu trinken und an diesem Buch zu arbeiten.

17561336R00218

Printed in Poland
by Amazon Fulfillment
Poland Sp. z o.o., Wrocław